HEYNE HARDCORE

Zum Buch

Allen Smith ist Mulatte, weder schwarz noch weiß. Seine Mutter, die ohne sein Wissen als Edelprostituierte arbeitet, hat ihn als Kind missbraucht. Gleichzeitig verabscheut sie ihn. Allen, der seiner Mutter in einer abgründigen Hassliebe verbunden ist, hegt eine tiefe Abneigung gegen Frauen. Nach seinem Verweis aus der Militärschule zieht Allen mit seiner Mutter nach New York, um seinen Highschool-Abschluss zu machen. Sie wohnen in einer exklusiven Gegend nahe des East River, die meisten Nachbarn sind Weiße. Allen hasst diese Welt, und er hasst alle, die ihn erniedrigen.
Nur die intelligente Josie, schwarze Tochter eines weißen Cops, verliebt sich in Allen – trotz seiner abweisenden Haltung. Sie muss erfahren, dass Allens Hass vor niemandem haltzumachen scheint – besonders nicht vor denen, die ihm Gutes wollen. Es zeigt sich aber, dass Allen nicht der Menschenhasser ist, als der er auftritt; er will seine Mitmenschen nicht zerstören, sondern ihnen eine Lektion erteilen. Doch dann scheint Allens Welt zusammenzubrechen. Als er in einen Unfall verwickelt wird, bei dem ein Baby zu Tode kommt, gibt es nur einen Menschen, der seine Unschuld beweisen kann: Josies Vater …

Blind vor Wut ist der letzte Roman von Jim Thompson, der jetzt erstmals in deutscher Übersetzung vorliegt.

Ebenfalls enthalten ist die in Deutschland bislang unveröffentlichte psychologische Novelle *Ein Pferd in der Babywanne.*

Zum Autor

Jim Thompson wurde 1906 in Anadarko, Oklahoma, als James Myers Thompson geboren. Er begann früh zu trinken und schlug sich als Glücksspieler, Sprengstoffexperte, Ölarbeiter und Alkoholschmuggler durch. Obwohl er bereits mit fünfzehn Jahren seine erste Kriminalgeschichte verkaufte, konnte er erst seit Beginn der Fünfzigerjahre vom Schreiben leben. Für Hollywood verfasste er zahlreiche Drehbücher, unter anderem für so namhafte Regisseure wie Stanley Kubrick. Thompson gilt als zentraler Vertreter des Noir-Genres. Er starb 1977 in Los Angeles, seine Asche wurde im Pazifischen Ozean verstreut.

JIM THOMPSON

Blind vor Wut

ROMAN

Aus dem Amerikanischen
von Peter Torberg

Mit einem Vorwort
von Ed Gorman

WILHELM HEYNE VERLAG
MÜNCHEN

Die amerikanische Ausgabe
CHILD OF RAGE
erschien 2008 bei Centipede Press, Lakewood, Colorado

MIX
Papier aus verantwortungsvollen Quellen
FSC® C014496

Verlagsgruppe Random House FSC-DEU-0100
Das für dieses Buch verwendete
FSC®-zertifizierte Papier *Holmen Book Cream*
liefert Holmen Paper, Hallstavik, Schweden.

Vollständige deutsche Erstausgabe 12/2012

Redaktion: Ulf Müller
Printed in Germany 2011
Umschlaggestaltung: Melville Brand Design, München,
unter Verwendung des Original-Artworks von © Harry O. Morris
Satz: C. Schaber Datentechnik, Wels
Druck und Bindung: GGP Media GmbH, Pößneck

ISBN: 978-3-453-67606-0

www.heyne-hardcore.de

Vorwort

Von Ed Gorman

Seit einer Weile schon ist die Lebensgeschichte von James Myers Thompson Bestandteil der amerikanischen Kultur. Er wurde am 27. September 1906 in Anadarko, Oklahoma, geboren. Zwischen diesem Zeitpunkt und seinem Tod am 7. April 1977 in Los Angeles führte er, trotz Frau und Familie, eine Art von Leben, wie man es bei vielen Alkoholikern findet – lange Phasen der Depression, fast mittellos, dazwischen ausgedehnte Aufenthalte in Entzugskliniken.

Dass er überhaupt schrieb, ist Beweis für seinen Drang, Worte aufs Papier setzen zu wollen. Noch überraschender ist zudem, dass er einen Großteil der abgegriffenen Metaphern seiner Zeit verwendete und sie in Literatur verwandelte.

»Niemand«, so der bekannte Schriftsteller R.V. Cassill unter Bezug auf Ikonen wie Hammett, Chandler oder Horace McCoy, »niemand hat je ein Buch geschrieben, das auch nur annähernd an Thompson herankam.« Cassills Aufsatz über Thompson trug den Titel »Furcht, Reinigung und das Licht des Sophokles«. Thompson wurde originellerweise auch als »Groschenheft-Dostojewski« bezeichnet.

In seinem Aufsatz kommt Cassill zu dem Schluss, dass kein anderer amerikanischer Autor die dunkle Seite des amerikanischen Lebens derart beschrieben hat wie Thompson selbst.

Thompsons ersten Arbeiten waren hauptsächlich für die True-Crime-Magazine bestimmt, die damals zu den populärsten Monatsheften gehörten. Sein eigenes Leben und eine journalistische Ausbildung bereiteten ihn auf die Bücher vor, die er später verfasste. Seine ersten beiden Romane, *Jetzt und auf Erden* (1942; 2011 erstmals auf Deutsch bei Heyne erschienen) und *Heed the Thunder* (1946), waren düstere Geschichten, die eher dem Mainstream zuneigten, nicht den Einflüssen der Kriminalliteratur. Sie brachten Thompson zwar Anerkennung, aber weder Geld noch Ruhm.

In den Fünfzigern gab es allerdings durchaus bemerkenswerte Ereignisse für Thompson. Anthony Boucher feierte ihn in der *New York Times*, und der junge Stanley Kubrick heuerte ihn an, um sowohl an *The Killing* (1956; dt. *Die Rechnung ging nicht auf*) als auch an *Paths of Glory* (1956; dt. *Wege zum Ruhm*) mitzuarbeiten.

Wenn Thompson nichts anderes getan hätte, als uns in seinen Werken auf eine weitere Führung durch die menschliche Hölle mitzunehmen, dann würden wir kein Wort über ihn verlieren. Dutzende von Autoren haben uns in den Vierzigern und Fünfzigern auf solche Touren mitgenommen.

Doch denkt man daran, dass Jonathan Swift sein Lieblingsschriftsteller war, dann fangen wir an zu begreifen, wie originell und hinterhältig seine besten Werke waren.

Hier geht es nicht um die Serienkiller und Irren aus den üblichen Schundheftchen. Thompsons Helden spielen oftmals die Rolle des Unterlegenen, um so ihr wahres Ich vor den vermeintlich Stärkeren zu verbergen – dies ist ihre Stärke.

Thompsons Bücher handeln im weitesten Sinne von Moral. Wie Dashiell Hammett es ausdrückte, sieht Thompson sehr deutlich, dass alles, was die Menschen sagen, nur sehr wenig mit dem zu tun hat, was sie tun. Ganz offenkundig dient die Verkleidung als Dummkopf – das Sich-Verbergen in Gestalt des Narren – nur dazu, die »Überlegenen« zu verhöhnen, was diese meistens gar nicht erkennen.

Der zweite Vorteil einer solchen Strategie liegt darin, dem Opfer (dem »Stärkeren«) eine Falle zu stellen. Ohne zu wissen, mit wem – oder womit – sie es zu tun haben, sind sie ganz den Täuschungen des »Schwächeren« ausgesetzt. Dieser weiß genau, was er tut; sie hingegen haben nicht die leiseste Ahnung. Viele von Thompsons Hauptfiguren sind gnadenlose Jäger.

Blind vor Wut weicht von den vertrauten Pfaden Thompsons ab. Ein verwirrter, verwirrender Roman. Wie viele Kritiker bemerkten, beschloss Thompson offenbar, dass sein Background und sein scharfer Blick für die politischen Bewegungen ihn dazu prädestinierten, eine Untersuchung der afroamerikanischen Bewegung der Sechziger und Siebziger zu schreiben. Das Buch ist in höchstem Maße politisch unkorrekt und gewiss nicht für die Schwachen bestimmt, auch wenn Thompson dies offensichtlich als Satire meinte.

Blind vor Wut ist, gelinde gesagt, nicht gerade der Erfolg geworden, auf den Thompson immer gehofft hatte. Mit all dem Rassismus, den Andeutungen von Inzest, Irrsinn, Schwulenfeindlichkeit und mehreren Formen sexueller Perversion ist dies wohl Thompsons am wenigsten gelesener, aber am meisten diskutierter Roman.

Kein ernsthafter Leser Thompsons kann allerdings ohne dieses Buch auskommen. *Blind vor Wut* nimmt einen besonderen Platz in Jim Thompsons Werk ein. Es ist das faszinierende Experiment eines Mannes, der voller Unruhe in eine neue Richtung gehen will – koste es, was es wolle.

Ed Gorman, geboren 1941, ist ein legendärer amerikanischer Thriller- und Mystery-Autor, der zahlreiche Preise gewann. Als Co-Autor von Dean Koontz schrieb er Frankenstein: Die Kreatur, *den zweiten Teil der* Frankenstein-*Serie, erschienen im Wilhelm Heyne Verlag.*

1.

Ich hatte Mutter nicht begleitet, als sie die Wohnung mietete (natürlich nicht!). Die Leute hatten mich kurz gesehen, als wir einzogen, aber ich schätze, sie hielten mich für irgendeinen Burschen, den Mutter angeheuert hatte, um ihr zu helfen. Die Wahrheit ging ihnen erst am nächsten Morgen auf, als wir zusammen zu der Schule gingen, in der ich angemeldet werden sollte.

Unser Apartment lag in einem sogenannten »Garten«-Wohnkomplex am East River. Garten hieß, dass zwischen den einzelnen Gebäuden Grünflächen lagen. Als wir den Weg zwischen den Häusern hindurch nahmen, achtete Mutter sorgsam darauf, dass alle, die uns vielleicht beobachteten (was wohl der Großteil der anderen Mieter gewesen sein durfte), meinen wahren Status erkannten. Sie schnatterte und lachte mich auf ihre aufgekratzte Art an. Ab und zu drückte sie mir die Hand oder legte mir kurz den Arm um die Schultern und presste mich an sich.

»Ist das nicht hübsch hier, Allen?«, fragte sie fröhlich. »Ich bin sicher, wir werden hier sehr glücklich werden, meinst du nicht?«

»Hübsch. Sicher«, antwortete ich.

»Wie bitte, Schätzchen?«

Ich sagte, ich hätte ihre beiden Fragen damit beantwortet: Es sei ein hübsches Fleckchen, und ich sei mir sicher, dass wir beide hier glücklich werden würden.

Sie senkte die Stimme ein wenig und schaute besorgt. »Dies könnte der Beginn eines wundervollen neuen Lebens für dich sein, Allen. Du wirst es doch versuchen, oder? Du machst doch deiner Mutter keinen Ärger mehr?«

»Ja und nein«, antwortete ich.

»Wie bitte?«

»Ja, ich werde es versuchen. Nein, ich mache meiner Mutter keinen Ärger mehr.«

»Mal sehen. Ist dein Termin beim Psychiater nächste Woche oder diese?«

»Nächste. Montagnachmittag.«

Wieder sah sie mich besorgt an. »Du bist heute Morgen nicht sehr gesprächig, Allen. Macht dir etwas Sorgen?«

»Ach, ich frage mich nur«, antwortete ich.

»Was denn?«

»Warum musstest du einen Schwarzen heiraten …«

Das fröhliche kleine Lächeln verschwand von ihrem Gesicht. »Ach, *Allen*«, sagte sie nur.

»Und wenn es schon sein musste, warum konntest du dir dann nicht einen nehmen, der etwas hellere Haut hatte?«

Wir gingen am Fluss entlang zur Schule. In der Ferne hinter Hell Gate malte die Morgensonne die Skyline Manhattans in atemberaubenden Pastelltönen.

»Allen«, sagte sie. »Du hast doch versprochen, mir keinen Ärger mehr zu machen.«

»Ich mache dir keinen Ärger«, erwiderte ich. »Die Umstände tun das. Und die Umstände kontrollierst du.«

»Was soll das denn heißen?«

»Denk drüber nach«, sagte ich. »Denk dran, ich komme heute und jeden weiteren Abend ein paar Stunden vor dir nach Haus ...«

»Und?«

»Ist 'ne ziemlich schicke Gegend, in die wir hier gezogen sind. Nur Weiße, obere Mittelschicht. Überall werden Sicherheitsleute sein. Was, glaubst du, wird passieren, wenn ein pechschwarzer Bengel auftaucht und in eine der Wohnungen will?«

»Du hast ein Recht, hier zu sein, Allen! Genau wie alle anderen!«

»Aber klar doch«, entgegnete ich.

Sie seufzte und sah sich nach einem Schlepper um, der den Fluss hinunterfuhr. Ein paar Bootsleute lehnten an der Reling, gafften Mutter an – und fragten sich wahrscheinlich, was sie mit diesem Negerlümmel zu schaffen hatte. Jemand an Bord, vielleicht der Kapitän, ließ die Schiffssirene heulen wie einen Wolf.

Mutter lachte und winkte. Ich machte eine lange Nase. Wieder seufzte sie und zögerte; dann zog sie mich auf eine der Bänke am Flussufer.

»Mach dir keine Sorgen, Allen«, sagte sie leise. »Die Hausverwaltung wird alles tun, damit es keine Schwierigkeiten gibt. Ich habe mich ein wenig mit ihnen unterhalten, bevor ich die Wohnung gemietet habe. Ein offenes, klärendes Gespräch. Die Hausverwaltung steht in letzter Zeit unter ziemlichem Druck vonseiten der Wohnungsbaubehörden. Deshalb ...«

»Ich versteh schon«, unterbrach ich sie. »Ich bin Beweisstück A, stimmt's? Der Beweis, dass sie Schwarze nicht diskriminieren. Vielleicht könnte ich ihnen ja ein paar Piepen dafür abknöpfen, dass ich hier wohne.«

Sie sah in ihren Schoß hinunter und zerknüllte ihr Taschentuch. »Ich wollte es dir eigentlich gar nicht sagen«, erklärte sie. »Mir fiel keine taktvolle Erklärung ein, irgendetwas, das dich nicht beleidigt hätte, also wollte ich gar nichts sagen. Aber als ich merkte, welche Sorgen du dir machst …«

»Die Irrungen und Wirrungen der Mutterschaft«, sagte ich. »Es bricht mir das Herz!«

»Allen«, meinte sie. »Sag mir einfach nur, was ich tun soll. Sag es mir, und ich tu's!«

»Nein, tust du nicht«, entgegnete ich.

»Doch, wirklich! Ich werde alles tun, um dich glücklich zu machen.«

»Na gut«, sagte ich. »Dann kehr den Geburtsprozess um. Schick mich wieder dorthin zurück, wo ich hergekommen bin.«

Auf ihrem Gesicht jagte ein Gefühlsausdruck den nächsten. Sie sprang auf und ging weiter am Fluss entlang zur Schule. Ich musste laufen, um sie einzuholen.

»Hör mal«, sagte ich. »Wozu die ganze Aufregung? Ich habe nichts getan. Ich habe versprochen, dass ich keinen Ärger mache, und den mache ich auch nicht.«

»So wie heute Morgen, ja? Du bist mal wieder so fröhlich und höflich wie nur was!«

»Tut mir leid«, sagte ich. »Entschuldigung. Ich war nur nervös und aufgeregt, und …«

»Schon gut«, unterbrach sie mich. *»Schon gut!«*

Was bedeutete, dass nichts gut war. Und sie anzuflehen hätte auch nichts gebracht. Nichts hätte etwas gebracht – nicht mal, mich anständig zu benehmen, wie sie ständig von mir verlangte. Was immer ich tat oder nicht tat, andauernd kriegte ich dafür einen Tritt in den Hintern. Und das war schon immer so …

Ich gab ihr natürlich nicht die Schuld dafür.

Ich an ihrer Stelle hätte es auch gehasst, eine gut aussehende weiße Braut, die das Pech hatte, ein strubbelköpfiges schwarzes Kind mit sich herumschleppen zu müssen.

Ich hätte es gehasst.

2.

Nehmen Sie ein beliebiges größeres Ziegelsteingebäude. Irgendein altes, schlecht entworfenes dreistöckiges Haus. Stellen Sie es auf spärliches Grasland von ungefähr der Fläche eines Häuserblocks. Beschmieren Sie die von Gießfehlern schimmernden Fensterscheiben. Ölen Sie die ungewischten und nur halb gefegten Fußböden ein. Stopfen Sie doppelt so viele Schüler hinein wie vorgesehen. Das Ergebnis: eine Schule in New York City. Praktisch jede Schule in New York City.

Diese eine Schule.

Ein Tresen quer durch das Vorzimmer des Schuldirektors trennte den Empfangs- vom Arbeitsbereich. Eine junge Frau von etwa achtzehn Jahren – hellbraune Haut, glatte, schwarzbraune Haare – schrieb an dem Tisch auf der anderen Seite des Tresens auf der Schreibmaschine. Ich blieb ein paar Schritte zurück, als meine Mutter auf die Barriere zuging und ihren Namen und den Grund ihres Kommens nannte.

Die junge Frau lächelte sie an – und was für ein hübsches Lächeln.

»Eine Neuanmeldung? Ach, dafür brauchen Sie nicht zum Direktor. Das kann ich …«

»Wie heißen Sie?«, wollte meine Mutter wissen.

»Warum, ähm – Josie – Josephine, Ma'am. Josephine Blair.«

»Und glauben Sie nicht, Miss Josie Josephine Blair, dass ich besser weiß als Sie, was für meinen Sohn nötig ist?«

»N-nun, also, ja, Ma'am. Aber …«

»Danke«, sagte meine Mutter. »Vielen, vielen Dank!« Und damit schritt sie durch die Schwingtür im Tresen und trat ins Büro des Direktors, bevor Josie Blair auch nur einmal mit ihren großen, schönen Augen blinzeln konnte. Ich wollte Mutter folgen, doch plötzlich war die junge Frau hellwach.

»Ja, bitte?«, fragte sie und baute sich vor mir auf. »Kann ich was für dich tun?«

»Ich bin der neue Schüler«, antwortete ich. »Allen Smith.« Dann setzte ich noch anständigerweise hinzu, damit sie verstand: »Der Sohn von Mrs. Mary Smith. Der Lady, die gerade so viel Staub aufgewirbelt hat, als sie da reingegangen ist.«

»Schluss jetzt!« Josie stampfte mit dem Fuß auf. »Was genau hast du … du …«

Ihr versagte die Stimme. Trotz meiner schwarzen Haut, meines wolligen Schopfs erkannte sie die Ähnlichkeit zu meiner Mutter.

»Es tut mir so leid«, sagte sie. »Ich hab nicht, ähm, gewusst …«

»Vergiss es«, erwiderte ich. »Ich such nur nach dem Scheißhaus.«

Ich fragte sie, ob ich mir ein Stück Kreide ausleihen könnte, weil ich doch so gern schmutzige Bildchen an Klowände malen würde. Josie starrte mich immer noch an und versuchte, ihre Fassung wiederzuerlangen, als Mutter rief: »*Allen!*« Also ging ich ins Büro des Direktors.

Sein Name, also der des Direktors, lautete Velie. Ich schätzte ihn auf Mitte dreißig, etwa so alt wie Mutter, und so, wie er gebaut war, hätte er auch als Spielertrainer im Football durchgehen können. Ich konnte sehen, dass Mutter ihn schon in der Gesäßtasche hatte, bildlich gesprochen. Was, um die Wahrheit zu sagen, der Stelle ziemlich nahe kam, an der er jetzt wohl ganz gern gewesen wäre.

Mutter hatte das Zeug dazu, verstehen Sie, was ich meine? Sie war bis obenhin voll davon. Der arme alte Papa hatte sich in Korea den Arsch wegschießen lassen, aber vorher hatte er sich noch einen hübschen Hintern geangelt.

Natürlich gibt es noch andere Frauen, die genauso viel vorzuweisen hatten wie Mutter, mit ähnlich schönen Gesichtern und Körpermaßen. Allerdings hatte ich noch keine gesehen, die so gut darin war, das alles auch angemessen zu verpacken. Ein Blick auf das Kostüm von Saks Fifth Avenue – *heruntergesetzt auf $ 399,99*. Ein Blick auf diesen Hauch von einem Hattie-Carnegie-Hut – *etwas ganz Besonderes, $ 140*. Ein Blick auf die handbestickte Bluse von I. Magnin – *nur $ 112,50*. Ein Blick auf …

Direktor Velie riskierte einen Blick. Denselben, den er offenbar riskiert hatte, als er sie das erste Mal zu Gesicht bekam. Er besah sich all die netten Dinge und die hübsche Verpackung drumherum und entschied, dass es sich um Güter handelte, die seine kühnsten Vorstellungen übertrafen. Er entschied auch, dass sie vielleicht zu haben sei. Was ganz verständlich war.

Eine Frau, die es mit einem Schwarzen treibt, hat es offenkundig ziemlich nötig.

Eine Frau, die es mit einem Schwarzen treibt, wird einen Weißen erst recht ranlassen.

»Also gut!«, sagte Velie, der es endlich schaffte, seine Augen von ihr zu nehmen und mich anzulächeln. »Ich bin sehr froh, dass du dich unserer Schule anschließt, Allen.«

»Danke, Sir«, erwiderte ich.

»Deine Mutter hat mir eine Abschrift deiner Noten von der Militärakademie gezeigt. Sehr gut, Allen. Sehr, sehr gut.«

»Danke ...«

»Mr. Velie«, unterbrach ihn Mutter. »Habe ich eigentlich meine Privatnummer auf die Karte geschrieben, die ich Ihnen gegeben habe? Ach da, ich sehe schon. Nun, Sie können mich jederzeit nach sechs Uhr abends anrufen. Und während der Geschäftszeiten erreichen Sie mich natürlich im Büro. Sollte ich beschäftigt sein, hinterlassen Sie einfach Ihre Nummer, und ich rufe umgehend zurück.«

Velie nickte und lächelte. »Danke, Mrs. Smith. Ich werde ...« Er unterbrach sich und fuhr sich zögernd mit der Zunge über die Lippen. »Sie anrufen?«, fragte er.

»Ja. Wegen Allen. Nur für den Fall, dass sie ein Problem mit ihm haben.«

»Problem? Ich verstehe nicht ganz, ähm ...«

»Allen stiehlt manchmal«, erklärte Mutter. »Er lügt außerdem; er ist ein überaus einfallsreicher und überzeugender Lügner. Und wenn er wütend ist, kann er sehr ausfallend werden. Nicht nur das, sondern …«

Sie führte den Teil mit dem »Nicht nur das« nicht weiter aus. Das konnte sie nicht. Es hatte nie einen Beweis dafür gegeben. Nur Indizien, und die hatten nicht gereicht, damit die Polizei hätte einschreiten können.

Velie hatte sich umgedreht und sah zum Fenster hinaus. Wahrscheinlich schaute er gerade zu, wie der Hintern seiner Träume vor seinen Augen davonflatterte.

»Mrs. Smith«, murmelte er. »Wir sind hier wirklich nicht darauf eingerichtet, uns mit Problemfällen auseinanderzusetzen.«

»Allen ist in der letzten Klasse, Mr. Velie. Und da er in nicht mal einem Jahr seinen Abschluss machen wird – in etwa sieben Monaten, um genau zu sein …«

»Ich weiß. Aber ich finde nicht …«

»Ich bin mir sicher, Sie haben auch noch andere Schüler, die stehlen, Mr. Velie. Andere, die lügen und ab und zu unflätige Wörter in den Mund nehmen. Ich glaube, dass Eltern am besten mit der Schule kooperieren, wenn sie ihrem Kind vollkommen objektiv gegenüberstehen, deshalb habe ich Ihnen ja alles gesagt. Ich kann nicht glauben, dass sie mich oder meinen Sohn dafür bestrafen wollen, dass ich Ihnen die Wahrheit über ihn gesagt habe, statt sie Ihnen zu verheimlichen.«

Das konnte Velie selbst nicht glauben. Man durfte doch sicherlich die Ehrlichkeit nicht bestrafen und die Verschlagenheit auch noch belohnen. Wo kämen wir da denn hin, nicht wahr?

Und dann war da noch dieser saftige Hintern, der sich mitten im Flug umdrehte und wieder zum Fenster zurückgeflattert kam.

»Nun, da ist viel Wahres an dem, was Sie sagen, Mrs. Smith«, meinte Velie wissend, womit er zum Ausdruck brachte, dass da ziemlich viel in der handbestickten Bluse von I. Magnin steckte. »Ich bin allerdings noch nicht ganz sicher, ob es nicht doch besser wäre, wenn Allen auf eine Privatschule ginge, aber …«

»Einige sehr gute Psychiater sehen das anders«, widersprach Mutter. »Allen wird sein eigenes Leben führen müssen, das Leben eines Schwarzen in einer weißen Gesellschaft, in einer Umgebung ohne Schutz. In der Gesellschaft an sich, meine ich, nicht in einem geschützten Teil davon. Die Psychiater sind der Ansicht, dass seine Anpassung am besten gelingen wird, je früher er mit dieser Gesellschaft ins Reine kommt.«

Velie nickte, wirkte aber leicht bedrückt. Es ist grausam, einem Mann gegenüber von Psychiatrie zu sprechen, der gerade von einem Hintern träumt.

»Aber Mr. Velie!« Mutter warf ihm einen aufreizenden Blick zu. »Sie sind doch sicher nicht einer von denen, oder?«

»Ähm – von welchen, Mrs. Smith?«

»Sie wissen schon. Einer von denen, die schon bei der Erwähnung des Wortes Psychiatrie blass werden!« Sie lachte heiter. »Das kann ich nicht glauben. Sie doch nicht. Nicht der Direktor einer großen Highschool!«

Tja …

Velie erklärte, das sei ganz und gar nicht der Fall. Weit gefehlt, usw. Tatsächlich glaube er sehr fest an die

Psychiatrie, usw. Er nahm einen Stundenplan aus seiner Schreibtischschublade, schrieb meinen Namen und weitere Hintergrundinformationen darauf, dazu Mutters Name, Beruf und so fort. Dann vertiefte er sich in ein Themen- und Klassenbuch und listete Zeit und Art meiner Fächer auf.

»Also«, sagte er und sah auf seine Uhr. »Die erste Stunde ist in etwa fünf Minuten zu Ende. Wenn du jetzt sofort anfangen möchtest, Allen …«

Ich sagte: »Ja, Sir.«, und stand auf. Mutter blieb sitzen.

»Nun lauf schon los, Schatz. Ich unterhalte mich noch einen Augenblick mit Mr. Velie, wenn ich darf.«

»Aber selbstverständlich«, erklärte Velie. »Allen, gib deinen Stundenplan der jungen Dame da draußen – sie heißt Josie …«

»Danke, Sir. Und auf Wiedersehen, liebste Mutter«, sagte ich.

Ich beugte mich über sie und gab ihr einen satten Kuss auf den Mund. Sie wich natürlich ruckartig zurück, warf ihr Gewicht nach hinten, und ich machte eine kleine Bewegung mit dem Fuß gegen die Stuhlbeine. Ich zog am Stuhl, während sie sich nach hinten lehnte.

Mutter stieß einen spitzen Schrei aus und machte fast einen Rückwärtssalto. Ihr Rock flog hoch, ihre Bluse löste sich aus dem Bund und gab Velie einen schnellen freien Blick auf alles, was sie vom Arsch bis zum Appendix zu bieten hatte.

Ich richtete sie im letzten Augenblick auf und murmelte Entschuldigungen. Mutter war viel zu sehr damit beschäftigt, sich die Kleidung wieder herzurichten, um aufzustehen und mich umzubringen, was sie zweifellos noch vorhatte, also floh ich lieber heil und am Stück ins Vorderzimmer.

Dort gab ich Josie Blair meinen Plan und setzte ein leicht entschuldigendes Lächeln auf.

»Bitte verzeih meine rüde Ausdrucksweise vorhin«, sagte ich. »Ich weiß nicht, was über mich gekommen ist, aber das war sicher keine Art einer netten jungen Dame wie dir gegenüber.«

»Meine Schuld«, sagte sie herzlich. »Ich kann dir nicht verdenken, dass du wütend bist.«

»Nein, nein«, entgegnete ich. »Das war ganz allein meine Schuld. Ein Wort von dir, und ich gehe vor dir auf die Knie und küsse dir die Füße.«

Sie schaute mich nervös und fragend an. Ich verbeugte mich und machte eine ausladende Handbewegung hin zum Tresen. »Wenn du so freundlich wärst und mir zeigen könntest, wo meine erste Stunde stattfindet …«

»Oh, ähm, aber ja. Natürlich.«

Ich ging schnell vor und hielt die Schwingtür weit auf, damit sie mir vorausgehen konnte. Josie lächelte zum Dank ein wenig, ging hindurch, und ich …

Na, Sie können sich ja denken, was ich gemacht habe.

Die Tür traf sie so hart am Hintern, dass es sie fast aus den Schuhen warf. Sie gab ein schockiertes, schmerzvolles *»Uff«* von sich und stolperte voran gegen die Wand. Ich schob sie schnell auf den Gang hinaus, damit Mutter und Velie nichts mitbekamen, und gab einen solchen Schwall von Entschuldigungen von mir, dass ich es fast selbst geglaubt hätte.

»Das war ja furchtbar«, sagte ich und beklopfte ihr den Hintern, als wollte ich ihn abstauben. »Sie ist mir einfach aus der Hand gerutscht. Im einen Augenblick hielt ich sie noch fest, und im nächsten – ich hoffe, du bist nicht verletzt. Ich würde mir niemals verzeihen, wenn ich dir wehgetan hätte …!«

Und so weiter und so weiter, und dabei machte ich ein Gesicht, als würde ich gleich losflennen. Ich kann eine ziemliche Schau abziehen, wenn ich will (fragen Sie Mutter!). Also war Josie Blair bald überzeugt und schaffte es sogar, trotz Tränen in den Augen ein Lächeln aufzusetzen.

»So was kommt schon mal vor«, sagte sie. »Vergessen wir es einfach, hm?«

»Du bist zu gütig«, meinte ich. »Ich sollte auf die Knie gehen und dir die Knöchel küssen. Dir tun doch bestimmt die Knöchel weh, oder? Wenn man so nach vorn stolpert.«

»Wir sollten uns besser beeilen«, erwiderte sie und marschierte los den Gang entlang. »Du kommst sonst zu spät zu deiner ersten Stunde.«

»Lieber zu spät kommen, als dich leiden sehen«, beharrte ich. »Wo tut es dir denn weh? Sag es mir, und ich gehe auf die Knie und …«

»Wir sind im selben Klassenzimmer, wie ich sehe«, meinte sie, als sie einen Blick auf meinen Plan warf. »Miss Critchetts Raum. Du wirst sie bestimmt mögen, Allen.«

»Im selben Klassenzimmer?«, fragte ich. »Du gehst also hier zur Schule?«

»Ja. Ich arbeite nur ein paar Stunden im Büro.«

»Und wann beschubst du?«

»Also, ich – *was?*« Sie starrte mich wütend an und blieb stehen. »Was hast du da gerade gesagt?«

»Wann du schrubbst, meinst du das?«

»Das hast du nicht gesagt! Jetzt hör mal zu, Mr. Allen Smith. Ich habe mir ja eine Menge von dir gefallen lassen und viel Verständnis für dich gehabt. Aber falls du auch nur eine Sekunde lang glaubst, ich …«

»Warte!«, unterbrach ich sie. »Warte mal, Josie! Ich wollte dir nur ein Kompliment machen. Ich hab nur geraten, ich meinte damit, ob du Geige spielst. Nur geraten. Alle Geigerinnen, die ich bisher gesehen habe, hatten solche Hände wie du, wohlgeformt, mit wunderschön schmalen Fingern, also hab ich gedacht, du schrubbst die Geige. Und selbst wenn nicht, dachte ich, das wäre doch nett, so etwas zu sagen.«

Sie sah mich streng und mit zusammengekniffenem Mund an. Ich erwiderte den Blick ernst, besorgt, verwirrt. Ein unschuldiges Kind, das für sein dargebotenes Geschenk eine Ohrfeige kassiert hat.

»Nun«, sagte sie voller Argwohn. »Also.«

»Ich glaube, ich finde den Weg jetzt allein«, fuhr ich fort. »Ich scheine andauernd das Falsche zu tun und zu sagen, ganz gleich, wie sehr ich mich anstrenge. Wenn du mir jetzt einfach nur meinen Stundenplan gibst …«

Das überzeugte sie. Josie lächelte plötzlich, wenn auch ein wenig zweifelnd, und meinte, wir seien wohl beide ein wenig genervt.

Ich nickte steif und ließ sie spüren, dass sie mich tief verletzt hatte. Wir gingen die Treppe in den ersten Stock hinauf, und Josie erklärte, sie würde zwar keine Geige spielen, hätte es aber immer tun wollen. Ich schwieg weiter – war zu verletzt, um zu sprechen, Sie verstehen –, und sie fragte schüchtern, ob ich denn ein Instrument spielen würde.

»Flöte«, antwortete ich. »Ich spiele auf der Flöte, solange ich denken kann.«

»Das ist aber nett. Du musst ziemlich gut darin sein.«

»Bin ich auch. Ich kann beidhändig spielen.«

»Das ist ganz schön ungewöhnlich, oder? Spielst du in einem Orchester?«

»Nein, ich glaube, das würde mir nicht gefallen«, antwortete ich. »Manche machen das, ich weiß, aber ich bin gern mit mir allein. Ich geh einfach ins gute alte Badezimmer und schließe ab. Und dann …«

»Du schmutziger, widerlicher Mistkerl«, sagte Josie mit leiser, gepresster Stimme. »Man sollte dir den Mund auswaschen.«

»Mund?«, entgegnete ich. »Meine Mutter sagt immer nur, ich soll mir die Hände waschen.«

Josie wollte etwas erwidern, verschluckte sich an den Worten, stotterte. Ich grinste sie an, während sie vor einer Tür stehen blieb. Sie machte eine ruckartige Bewegung mit dem Kopf.

»Das ist dein Klassenzimmer«, erklärte sie. »Und ich hoffe, du – ich hoffe …«

»Du seifst mich ein?«, fragte ich und legte mir eine Hand hinters Ohr. »Das würde ich auch wirklich gern mal tun, Schätzchen, dich einseifen.«

Josie machte auf dem Absatz kehrt und ging davon. Dann wurde sie langsamer und blieb stehen. Sie drehte sich um und kam zu mir zurück.

»Du willst doch nur, dass ich dich bei Mr. Velie melde, stimmt's?«, fragte sie. »Du willst aus der Schule geschmissen werden.«

»Geh und scheiß dir in den Hut!«, erwiderte ich.

»Es ist hart, eine weiße Mutter zu haben, stimmt's? Das macht einem das Leben sehr schwer, wenn ein Elternteil so jemand ist wie deine Mutter.«

Ja, es sei hart, antwortete ich. Sie würde ja nicht glauben, wie viel ich für Unterhosen ausgeben müsse. Als Josie nichts erwiderte, sondern mich einfach nur mit stillem Mitgefühl ansah, sagte ich ihr, sie solle sofort damit aufhören, um Gottes willen.

»Wage es ja nicht, mich zu bemitleiden, du blöde Niggerin! Du kannst dein Mitleid nehmen und es dir sonst wohin stopfen …«

Eine Glocke schrillte laut und übertönte meine Stimme. Zeit, die Räume zu wechseln. Die Türen sprangen auf, Kinder strömten auf die Gänge hinaus, und Josie Blair verschwand zwischen ihnen. Sie ging wohl zurück an die Arbeit oder zu dem, was sie sonst um diese Tageszeit machte.

Ich hatte also keine Gelegenheit mehr, ihr zu sagen, wie leid es mir tat.

Ich hatte keine Gelegenheit mehr, mich auf sie zu stürzen, ihr den Ausdruck gütigen Verständnisses aus dem Gesicht zu prügeln und ihr die hassenswert mitfühlenden Augen auszureißen.

3.

Auf den Gängen oder in den Klassenräumen, in die ich einen Blick werfen konnte, sah ich nur wenige Schwarze. Vielleicht einen unter fünfzig Weißen. Nicht dass mich das sonderlich gekümmert hätte, wissen Sie? Das soll nur eine Information sein. Es würde mich nicht die Bohne kümmern, wenn jeder schwarze Scheißer im Lande an blutenden Hämorrhoiden krepieren würde.

Ich stand ein wenig abseits von der Tür zum Klassenzimmer und sah zu, wie die anderen Schüler den Raum betraten. Schließlich waren alle da, wie es aussah, und alle waren sie weiß.

Ich beugte mich vor und band mir die Schuhe neu. Dann richtete ich mich wieder auf und betrachtete meinen Stundenplan. Zumindest tat ich so. Ich fragte mich, wo ich mich verstecken konnte, wenn ich die Stunde schwänzte, und was ich machen sollte, wenn die nächste Klasse auch rein weiß wäre. *Was, wenn sie alle weiß sind?* Mir fiel die Militärakademie wieder ein – dabei hatte ich alles nur Erdenkliche unternommen, um sie zu vergessen –, und mir wurde richtig übel.

Mutter hatte auf der Akademie dieselbe Nummer durchgezogen, die sie auch schon andernorts gebracht hatte. Sie ließ mich einschreiben, bevor die Lehrer einen

Blick auf mich werfen konnten. Die Akademie war in Maryland gewesen (Mutter arbeitete zu der Zeit in Washington). Es gab da irgendeine Absprache mit dem Verteidigungsministerium, wodurch die Akademie in den Genuss eines saftigen Zuschusses durch den Staat kam. Das und die Tatsache, dass Mutter gut mit ein paar Kongressabgeordneten und Senatoren konnte …

Spaß? Da können Sie wetten. Ein Schwarzer auf fünfzehnhundert Weiße – der nette alte General (i. R.) nannte das den Stolz und die Hoffnung des Südens. In der Messe hatte ich meinen eigenen Tisch. Ich schlief in meinem eigenen Zimmer, nicht im Schlafsaal. Ich hatte in der Turnhalle meine eigene Dusche mit meinem Namen drauf. Ich war aus »körperlichen Gründen« vom Exerzieren befreit, sonst hätte ich wohl meinen eigenen Exerzierplatz gekriegt.

Ich hatte gute Noten – die habe ich immer, ganz egal wo –, aber ich musste nichts dafür tun. In den neun Monaten dort wurde ich nicht ein einziges Mal aufgerufen, und ich wurde auf die Ehrenrolle jener Schüler gesetzt, die vom schriftlichen Examen befreit waren.

… Wieder schrillte die Glocke. Die Nachzügler eilten in letzter Minute in die Klassenzimmer. Überall im Gang klappten die Türen zu. Ich stand noch immer da und fragte mich, was zum Teufel ich machen sollte.

Dann hörte ich ein leises Schlurfen in der Nähe. Das weckte meine Aufmerksamkeit. Ich sah auf, schaute mich um, und da stand dieser dürre Schwarze, der mich nervös angrinste. Er war etwa siebzehn und sah gar nicht übel aus. Wenigstens war er nicht so ein Wollkopf wie ich. Er trug einen glänzenden blauen Anzug, der ihm vielleicht zwei Nummern zu klein war. Die Hosen endeten knapp über den Knöcheln, und auch die Jackenschöße waren ein paar Zentimeter zu kurz.

»Wie geht's?«, fragte er.

»Wie geht's?«, antwortete ich.

»Willst du da rein?«, wollte er wissen und nickte in Richtung der Tür zur Geometrie-Klasse.

»Und du?«, fragte ich zurück.

»Na ja, bin noch nicht drin gewesen.«

»Dann bringen wir's mal hinter uns«, sagte ich.

Gerade als die Lehrerin die Tür schließen wollte, gingen wir hinein. Sie kontrollierte unsere Stundenpläne und sah uns dann stirnrunzelnd an. Es sei bereits die dritte Schulwoche, betonte sie. Warum wir erst jetzt in die Klasse kommen würden?

»Du, Gerald … Gerald Franklin«, sagte sie und sah den dürren Burschen an. »Wo bist du gewesen?«

»Ich?«, erwiderte er. »Meinen Sie mich, Ma'am?« Er rollte mit den Augen und setzte ein maulaffiges Schwarzengesicht auf. »Also, mal sehn. Tja, wo war ich noch gleich?«

Die Klasse brüllte vor Lachen. Ich hätte den Mistkerl erschlagen können! Die Lehrerin meinte, er werde die Ausfallstunden nachholen müssen, und sagte, er solle sich setzen. Der Bursche schlurfte nach hinten, und eine Welle von Gelächter folgte ihm, weil er weiter auf blöde machte.

»Und nun zu dir, Allen … Allen Smith …« Die Lehrerin drehte sich zu mir um. »Wo bist *du* gewesen?«

»Ich, Miss Joan … Miss Joan Carter?«, fragte ich zurück.

»Ja, du! Ich will wissen – ach«, sagte sie, und ihre Stimme wurde freundlicher, nachdem sie einen zweiten Blick auf meinen Stundenplan geworfen hatte. »Tut mir leid, Allen. Du bist neu, wie ich sehe.«

»Nee, Sir, Ma'am, nee, Ma'am, niemals!«, verkündete ich. »Ich bin noch ganz der Alte. Is einfach nur 'ne andere Schule.«

Wieder Gelächter in der Klasse, aber nicht so wie beim ersten Mal. Da war eine gewisse peinliche Berührtheit, eine Zurückhaltung. Mrs. Carter runzelte die Stirn, damit die Schüler Ruhe gaben, dann fragte sie mich, wo ich zur Schule gegangen sei. Ich antwortete, das sei im guten alten Süden gewesen, jawoll Ma'am, aber sicher. Sie zögerte und fragte mich dann, ob ich schon ebene Geometrie durchgenommen hätte.

»Eben, Ma'am?« Ich kratzte mich am Kopf und gab ein lautes, glückliches Onkel-Tom-Lachen von mir. »Eben nicht, Ma'am, im Gegenteil! Kam mir eher furchtbar holprig vor, aber wirklich!«

Die Klasse prustete aus vollem Halse los, alle Peinlichkeit war verflogen. Selbst Mrs. Carter musste lächeln, was ihrem Gesicht noch um die hundert Falten mehr bescherte.

»Also, Allen«, murmelte sie. »Ich bin mir nicht sicher, ob du, ähm – welchen Geometrietext habt ihr denn in deiner letzten Schule benutzt?«

»Text, Ma'am? Ach, das Buch meinen Sie, wo wir drin gelernt haben«, sagte ich und nickte zu dem Buch auf ihrem Pult. »Schätz mal, dasselbe wie das da, Ma'am. Sieht jedenfalls ganz so aus.«

»Ich fürchte nicht«, meinte sie freundlich. »Das Buch dort benutzen wir gar nicht hier im Kurs. Das ist Trigonometrie.«

»Trigo-was, Ma'am?«, fragte ich. »Nicht so wichtig«, sagte sie mit immer sanfterer Stimme. »Ich fürchte, hier liegt ein Irrtum vor, Allen. Verstehst du, das hier ist ein Kurs in Raumgeometrie. Und du kannst hier nur teilnehmen, wenn du vorher ebene Geometrie hattest …«

»Hab ich auch gehabt, Ma'am. Ehrlich«, sagte ich. »Ich hab 'ne Menge von all dem Mathemarithmetikzeugs gemacht. Ja, Ma'am, und das auch wirklich gut. Die alte Lehrermiss hat gemeint, die Bücher sind zu leicht für mich, also hab ich mir meine eigenen Aufgaben ausgedacht.«

Mrs. Carter nickte verständnisvoll. »Das freut mich sehr, Allen. Ich bin sicher, du hast immer dein Bestes gegeben, und …«

»Ich zeig's Ihnen«, erklärte ich. »Ich rechne Ihnen mal jetzt gleich eine Aufgabe von mir vor.«

Noch bevor sie mich aufhalten konnte, stand ich mit einem Stück Kreide in der Hand an der Tafel:

»Gegeben sei ein Kegel aus einer Nickellegierung mit einem Molybdän-Anteil von 38 Prozent. Der Umfang des Kegels beträgt an der Basis 76,5324979 Zoll mit einer Toleranz von 2,2 Zoll auf 10 000 Zoll. Die Abmessung an der Spitze ist genau null, natürlich ohne Toleranz. Wie groß sind bei einem Gesamtkegelvolumen von 1012 Kubikzoll, das wir Reibungswiderstandsbereich nennen können, und einer Geschwindigkeit von 5000 Meilen pro Stunde beim Wiedereintritt in die Erdatmosphäre das Verhältnis von Reibwiderstand, in Wärmeeinheiten angegeben, und der zurückgelegten Entfernung sowie das Verhältnis des Temperaturunterschieds zwischen Spitze und Basis?«

Ich füllte die eine Hälfte der Tafel und ging dann zur zweiten Hälfte über. Ich redete schnell und schrieb genauso schnell, wie ich redete.

Wäre meine Stimme nicht gewesen, hätte man eine Stecknadel fallen hören können. Und ich bezweifle sogar, dass sich irgendjemand gerührt hätte, wenn man eine Bombe ins Zimmer geworfen hätte.

Heute bin ich mir nicht mehr sicher, ob ich das Problem so wiedergebe, wie ich es damals getan habe. Wahrscheinlich nicht. Allerdings versteht sich von selbst, dass ich es nicht erfunden habe.

Jahre zuvor war ich in Chicago oder Cleveland oder Los Angeles oder sonstwo beim Stöbern in der öffentlichen Bibliothek auf eine Doktorarbeit in Mathematik gestoßen. Das Problem war eins von mehreren in dieser Doktorarbeit, und aus irgendeinem Grund ist es bei mir hängen geblieben. Ich habe zwar kein fotografisches Gedächtnis, aber gewisse Dinge graben sich tief bei mir ein. Anders kann ich das nicht erklären. Je mehr ich mich bemühe, sie zu vergessen, umso deutlicher erinnere ich mich an sie.

So eine Art negativer Fertigkeit. Man tut es, indem man versucht, es nicht zu tun. Probieren Sie doch zum Beispiel, sagen wir mal, nicht an das Empire State Building zu denken oder nicht an die Brooklyn Bridge. Probieren Sie es. Okay? Sehen Sie, was passiert?

Ich bin gut in Mathematik, aber nicht gut genug, um diese besondere Fragestellung vollständig zu verstehen. Ich hatte sie nur aus meinem Gedächtnis hervorgekramt und sie an die Tafel geschrieben. Um damit anzugeben. Um es ihnen zu *zeigen*.

Als ich fertig war, hatte ich die gesamte Tafel gefüllt, und die Stunde war fast vorüber. Ich legte die Kreide weg und staubte mir die Hände ab. Ich wollte Zeit schinden, denn nun kam ich mir wie ein Volltrottel vor und wollte mich unter gar keinen Umständen umdrehen.

»Das war sehr gut, Allen …«, sagte Mrs. Carter mit trockener Stimme. »Ich bin mir sicher, dass wir alle noch sehr viel von dir lernen können, oder nicht, Klasse?«

Füße scharrten. Ein kleines, sehr schwaches Händeklatschen.

Gott sei Dank klingelte in diesem Augenblick die Pausenglocke, und ich konnte flüchten.

4.

Die nächste und letzte Stunde des Vormittags war englische Literatur. Neben Franklin, dem »komischen Nigger« aus der Matheklasse, waren noch zwei weitere Schwarze da, Bruder und Schwester.

Beide waren schick angezogen. Ihre Haut war fast so dunkel wie meine, aber sie waren keine Wollköpfe wie ich. Sie hatten Haare auf dem Kopf, richtige Haare, keine Perücken, und zwar so viele davon, wie sie nur tragen konnten. Die Haare des Mädchens reichten bis über ihre Schultern, seine bis an den Kragen.

Ich verstehe nicht, warum Schwarze so einen gottverdammten Riesenwirbel um ihre Haare machen. Die meisten jedenfalls. Und wenn sie sie nicht auf dem Kopf haben, dann eben im Gesicht. Ein beschissener kleiner Schnurrbart, so dürr, dass er aussieht wie eine zerschmelzende Raupe, oder ein Ziegenbart aus vielleicht dreieinhalb Haaren. In letzter Zeit ist mir dann noch die Sache mit den Sonnenbrillen aufgefallen – man trägt Sonnenbrille. Brille und Haare, das gehört anscheinend zusammen.

Gib irgendeinem Hungerleider aus Harlem eine billige Sonnenbrille aus dem Ramschladen und ein paar Haare, und schon hält er sich für den Größten. Mehr braucht er nicht – eine Sonnenbrille und Haare –, und schon ist er Mr. Großkotz.

Kein Wunder, dass die Menschen über die Schwarzen lachen und auf sie herabsehen.

Diese blöden Angebertrottel machen uns allen nur das Leben schwer. Diese Geschwister, von denen ich gerade sprach, hatten keine Sonnenbrillen auf, weil sie was Besseres waren, und das ließen sie einen auch sofort spüren. Kaum war ich aus dem Englischraum heraus, hängte sich der Bursche, Steve Hadley, auch schon an mich. Er stellte sich und seine Schwester vor und meinte, wir sollten doch zusammen zu Mittag essen. Als wir dann in der Cafeteria saßen, hatte ich bereits erfahren, dass ihr Vater Arzt war und die beiden, neben vielen anderen Dingen, schon von meinem Matheauftritt gehört hatten.

Ich schätze, ich muss ein wenig verwirrt geschaut haben – vielleicht auch etwas verärgert. Der Kerl lachte und meinte, ich würde es ihnen hoffentlich nicht übel nehmen, aber seine Schwester Lizbeth und er seien nun mal neugierig auf ihn gewesen.

»Ich sag dir, wie es ist, Al«, erklärte er ganz offen, »Liz und ich waren hier irgendwie einsam. Wir ham …«

»Wir *haben*, nicht ham«, unterbrach ihn Lizbeth streng. »Du weißt doch, was Vater über solche Dinge sagt.«

»Wir haben«, verbesserte sich Steve, »nach jemandem gesucht, der zu uns passt, verstehst du? Liz ist zufällig Josie Blair begegnet, gleich nachdem du mit deiner Mutter heute Morgen beim Direktor warst, und Josie und Liz, na ja, die sind nicht wirklich Freundinnen. Aber Josie ist ganz süß, eckt nicht gern an, und wenn Liz etwas herausfinden will, dann *findet* sie es auch heraus. Wir hatten uns also schon halbwegs entschieden, dass du zu unserer Gesellschaftsschicht gehörst, und, ähm …«

Ihr verlogenen kleinen Einschleimer, dachte ich. *Junge, werd ich es euch zeigen!*

Ich nickte ernst. Dann sagte ich, mit jemandem Freundschaft zu schließen, sei ein ziemlich weitreichender Schritt, also sollten wir lieber noch eine Weile darüber sprechen, bevor sie sich endgültig entschlössen. »Schließlich gibt es hier doch eine ganze Reihe anderer Nigger. Ihr beide findet sicherlich jemanden, der noch besser zu euch passt.«

»Nein.« Steve schüttelte den Kopf. »Wir haben nichts mit Niggern zu schaffen. Und außerdem ist das genau das treffende Wort für die, Al, selbst wenn wir es nicht gern in den Mund nehmen. Es gibt Schwarze wie uns, und dann gibt es Nigger. So wie es Juden und Itzigs gibt und, ähm …«

»Katholiken und Fischfresser?«

»Richtig, richtig! Und …«

»Deutsche und Krauts? Italiener und Spaghettis? Mexikaner und Fettlocken? Puerto Ricaner und …«

»Steve«, ging Lizbeth dazwischen, »holst du mir bitte noch eine Milch?«

»Aber natürlich«, meinte Steve. Er ging hinüber und stellte sich an der Essenstheke in die Schlange. Ich dachte, Lizbeth würde seine Abwesenheit dazu verwenden, mich abzukanzeln, aber das tat sie natürlich nicht. Einschleimer kanzeln nicht die Leute ab, bei denen sie sich einschleimen. Stattdessen fragte sie mich, wie mir denn die Militärschule gefallen habe.

»Oh, ich habe sie geliebt!«, antwortete ich. »Wie auch anders? Die beste Einrichtung dieser Art im ganzen Land – so sagt man –, und ich war der einzige Schwarze dort.«

Lizbeth nickte verträumt und stützte ihr Kinn in ihre Hand. »Großartig! Was für eine großartige Gelegenheit! Dad würde seine Augenzähne dafür geben, Steve an eine solche Schule zu bringen.«

»Was ist denn mit Steve?«

»Was soll mit ihm sein? Er denkt natürlich ebenso. In dieser Welt muss man so einiges schlucken, was einem nicht gefällt. Dad hatte viel zu schlucken, bevor er Arzt werden konnte.«

»Das glaube ich«, sagte ich. »Aber nun ist er Arzt, und er muss nicht mehr so viel einstecken, oder? Doktor Hadley hat's geschafft.«

»Du weißt, dass es nicht so ist.« Lizbeth schüttelte den Kopf. »Aber stell dir mal vor, wie viel schlimmer es wäre, wenn er kein Arzt wäre. So muss man denken, Allen«, erklärte sie ernst. »Und so zu denken, das hat Dad Steve und mir beigebracht. Wenn es Wege gibt, die dir verbaut sind, nun, dann konzentrier dich eben auf die, die dir offen stehen. Und wenn du nicht die richtigen Freunde findest, Menschen, die dich weiterbringen, dann such dir besser gar keine.«

»Ich verstehe, was dein Vater meint«, sagte ich und kniff die Augen zusammen, um wach und wissend zu wirken. »Lass keinen Trick aus, weder gesellschaftlich noch beruflich, dann kannst du gar nicht anders, als ans Ziel zu kommen. Zumindest teilweise. Irgendwann.«

»Genau«, sagte Steve, der gerade mit der Milch zurückkam. »Ganz genau, Allen. Schwesterherz, hast du Al von all den großen Versammlungen erzählt, zu denen Dad geht? Einmal hat er sogar vor der AMA einen Vortrag gehalten!«

»Sieh mal an«, sagte ich.

Die Glocke läutete zum Ende der Pause.

Wir verließen die Cafeteria, und Steve erzählte mir, dass die meisten der anderen farbigen Schüler nicht aus der Gegend waren, sondern mit dem Bus zur Schule kamen. »Viele davon sind aus Harlem, kannst du dir das vorstellen?«

»Entsetzlich!«, sagte ich.

»Josie wohnt hier in der Gegend«, sagte Lizbeth. »Ihr Vater ist Hausverwalter auf Teilzeitbasis oder so etwas, und zu dem Job gehört eine Wohnung im Souterrain. Keine besonders schöne, nehme ich an, aber das weiß ich nicht genau. Ich mag Josie ganz gern. Eigentlich sogar sehr gern, wirklich. Aber ich stehe ihr sicher nicht nahe.«

Du Miststück, dachte ich. *Du schleimiges kleines Miststück!*

»Mal sehen«, meinte Steve. »Du wohnst in Fußnähe, stimmt's, Al? Sicher tust du das. 'ne verdammt gute Adresse.«

»Du kennst sogar die Adresse«, sagte ich.

»Und wie ich die kenne. Dad hat versucht, dort eine Wohnung zu bekommen. Wir dachten, er würde es schaffen, weil sie eigentlich für Ärzte eine Ausnahme machen. Aber …« Er runzelte die Stirn und schüttelte den Kopf. »Ich nehme an, es hat was mit Mutter zu tun.«

»Womit denn sonst?«, meinte Lizbeth. Die Menschen bräuchten nur einen Blick auf sie zu werfen, und schon sei alles vorbei.

»Du weißt gar nicht, was für ein Glück du hast, eine solche Mutter zu haben, Allen. Jemand mit Stil und gutem Aussehen und Benehmen. Sie wird sicherlich überall wohnen können, wo sie möchte.«

»Zumindest solange sie weiß bleibt«, pflichtete ich ihr bei, »und mich im Hintergrund hält.«

»Na ja«, meinte Lizbeth und tat das Thema schulterzuckend ab. »Natürlich wohnen wir auch nicht schlecht. In Woodside. Nicht so gut wie du, aber akzeptabel.«

Steve fragte mich, ob ich ein Auto hätte. Nein, antwortete ich, das hätte ich nicht, und sofort boten sie mir an, mich in ihrem Wagen nach Hause zu fahren. Vielleicht könnten wir ja erst noch bei ihnen vorbeischauen und eine Coke trinken oder so? Ihr Vater und ihre Mutter, eine Krankenschwester, seien im Krankenhaus, also gäbe es nicht das übliche Problem mit störenden Eltern.

Ich willigte ein, und wir verabredeten uns für nach der Schule. Dann gingen die beiden die Treppe hoch zu ihrer nächsten Stunde, und ich lief durch den Gang im Erdgeschoss zu meiner.

Plötzlich fühlte ich mich blendend. Mir war nämlich aufgegangen, dass ich im Vergleich zu solchen lachhaften Losern wie den Hadleys ziemlich weit oben stand. Im Vergleich zu diesen Schleimern, diesen schnöseligen Pennern war ich ein König. Doch so schäbig sie auch waren – Himmel, was für ein schäbiges Pärchen! –, ich verachtete sie nicht länger, wollte es ihnen auch nicht mehr heimzahlen. Allein der Gedanke an das, was ich da hatte aushecken wollen, erschütterte mich nun ein wenig. Die Pläne, die ich mir für sie geschmiedet hatte.

Ich meine, warum, um alles in der Welt, wollte ich jemanden verletzen, der so erbärmlich stank, dass ich daneben nach Rosen duftete? Was konnte ich angesichts der beiden anderes fühlen als eine matte Traurigkeit?

Abgesehen davon bin ich gerecht, ich bin der gerechteste Mistkerl, den Sie jemals kennenlernen werden – nach meinen eigenen Maßstäben. Ich behandle niemanden ungerecht, es sei denn, er verdient es – meiner Meinung nach. Steve und Lizbeth Hadley hatten ihre Strafe schon bekommen. Von ihnen selbst und von ihrem Arschloch von Vater, dem Doktor.

Wie gesagt, ich war bester Laune. Ich war tolerant, sprudelte schier über vor guter Laune und gutem Willen. Dann kam ich an Mr. Velies Büro vorbei, nickte und lächelte ihn an, weil er in der Tür stand. Er sah den Gang entlang, als hielte er nach jemandem Ausschau. Was er tatsächlich tat, wie sich herausstellte.

Nach mir.

Seine Hand schloss sich auf vertraute Weise um meinen Arm. Eine Weise, die ich schon tausendmal gespürt hatte und die mich mit Furcht und Hass zugleich erfüllte. Er sprach mich mit einem alten, vertrauten Ton in der Stimme an, und Hass und Furcht glühten und flackerten in mir auf.

Er zog mich durch den Durchgang in der Theke und an Josie Blairs leerem Schreibtisch vorbei – *warum war ich so froh, dass sie nicht da war und mich sah?* – in sein Büro.

Er schloss die Tür und befahl mir, mich zu setzen. Warum, fragte ich, was sei denn das Problem, oder etwas in der Art. Er gab mir keine Antwort darauf, sondern wies nur streng auf einen Stuhl. Wieder fragte ich ihn, worum es denn ginge, brachte den Satz aber nicht zu Ende.

Mr. Velie packte mich bei den Schultern und drückte mich hinunter auf den Stuhl.

So fest, dass mir die Wirbelsäule schmerzte.

5.

Mr. Velie setzte sich so dicht vor mir auf die Tischkante, dass seine Knie gegen meine stießen. Leise hörte ich es schrillen, die Glocke drei Minuten vor Beginn der nächsten Stunde, und ich glaubte zu hören, wie draußen jemand ins Vorzimmer trat. Velie ließ seinen Fuß ein wenig schwingen, und seine Schuhspitze traf mich am Schienbein. Ich riss mein Bein nach hinten, ließ es dann aber, wo es war. Ich unterdrückte den Reflex, es erneut zurückzuziehen. Wieder trat er mir gegens Schienbein, dann wieder. Und wieder und wieder. Vielleicht ein Dutzend Mal. Ich rührte mich nicht.

Ich hätte mich auch nicht gerührt, wenn er mir in die Eier getreten hätte.

Schließlich gab er es auf und rutschte ein wenig auf dem Schreibtisch zurück.

»Weißt du, was deine Mutter zu mir gesagt hat, Allen? Nachdem du heute Morgen gegangen bist? Sie hat gesagt …«

»Ja«, antwortete ich.

»Sie hat gesagt – was?«

»Sie hat Ihnen gesagt, dass Sie mich sehr, sehr streng behandeln müssen, damit ich mich anständig benehme. Dass ich Freundlichkeit oder Rücksichtnahme als Schwäche auslegen würde. Sie hat Ihnen außerdem die vom Gesetz vorgeschriebene schriftliche Erlaubnis erteilt, mich zu züchtigen, falls Sie das für nötig halten.«

»Nun, ähm …« Das nahm ihm ein wenig die Luft aus den Segeln. Was wohl daran lag, dass ich die Worte meiner Mutter haargenau wiedergegeben hatte. »Du erinnerst dich, dass ich eigentlich dagegen war, dich hier unter welchen Umständen auch immer aufzunehmen, Allen. Ich hatte den Eindruck, dass du auf eine Privatschule gehörst, und ich …«

»Ich weiß«, unterbrach ich ihn. »Deshalb hat sich Mutter ihren Satz von wegen hart bleiben und körperliche Züchtigung und so ja für den Schluss aufgespart, nachdem sie wusste, dass sie Sie am Haken hatte. Das macht sie immer so. Erst lockt sie den Fisch mit ihrem leckeren Köder und verspricht unausgesprochen mehr, und dann rückt sie mit den letzten Informationen über mich heraus.«

Ich solle nicht so über meine Mutter reden, fauchte er. Meine Mutter sei eine anständige, ehrliche Frau, die nur mein Bestes wolle!

»Und ich habe was ganz Fürchterliches getan«, fuhr ich fort und nickte. »Ich habe ihr einen Abschiedskuss gegeben. Vor Ihren Augen. Ein Nigger küsst eine weiße Frau vor den Augen eines weißen Mannes. Ich wette, da hätten Sie mir am liebsten die Fresse eingeschlagen, habe ich recht?«

»Darum geht es hier nicht!« Mr. Velie wurde rot. »Wechsle nicht das Thema, junger Mann! Wenn du dich nur nicht so bemitleiden würdest, du – ich … ich habe absolut keine rassischen Vorurteile. Ich habe viele Freunde, Kollegen, die Schwarze sind, und ich …«

»Und wie gefällt es denen, wenn Sie ihnen vors Schienbein treten?«, fragte ich. »Oder behalten Sie sich diese Behandlung für minderjährige Jungen mit hübschen weißen Müttern vor?«

Er machte eine ärgerliche Bewegung mit der Hand, dann streckte er sie mit offener Handfläche aus.

»Meinen Füller, Allen. Gib ihn mir.«

»Füller …?« Ich starrte ihn an. »Welchen Füller?«

»Ich sagte, *gib mir meinen Füller!* Tu es, oder ich filze dich und nehme ihn dir gewaltsam ab!«

Es klopfte an der Tür. Mr. Velie überhörte es und wiederholte seine Forderung, dann klopfte es erneut. Diesmal lauter.

»Ja, bitte?«, sagte er barsch. »Ich bin beschäftigt.«

»Ich bin's, Josie, Sir. Ich …«

»Ich hab doch gesagt, ich bin beschäftigt! Kommen Sie später wieder!«, sagte er laut und wendete sich wütend wieder zu mir. »Ich besitze einen schwarzen Füllfederhalter mit Goldring. Er lag auf meinem Schreibtisch, als du heute Morgen hier warst, und später fiel mir auf, dass er fort war. Wenn du ihn nicht auf der Stelle zurückgibst, dann …!«

»Ich habe ihn nicht«, sagte ich.

»Natürlich hast du ihn! *Josie, wollen Sie wohl endlich aufhören, gegen die Tür zu hämmern!* Wer denn sonst. Du bist ein gerissener kleiner Dieb, deine eigene Mutter sagt es, und …«

»Nein, nein, genommen hab ich ihn schon«, unterbrach ich ihn. »Aber ich habe ihn nicht mehr.«

»Wo ist er dann? Was hast du damit gemacht?«

»Ich bin darauf herumgetrampelt und habe ihn ins Klo geworfen«, antwortete ich.

Er verpasste mir eine Ohrfeige – eher einen Schlag – mit der halb geschlossenen Hand. Bevor ich mich wieder aufrappeln konnte, kam Josie hereingeplatzt. Sie baute sich schützend vor mir auf und starrte Velie mit funkelnden Augen an.

»Hier!« Sie hielt ihm einen Füllfederhalter hin – einen schwarzen Füller mit Goldring. »Das ist doch Ihr Füller, oder?«

»A-aber – was – wo haben Sie ihn ...« Mr. Velie schluckte und biss sich auf die Lippen. »Ich ... ich dachte ...«

»Sie sind gegen elf Uhr heute Morgen bei mir gewesen, um mit mir zu sprechen. Sie wollten bis nach dem Mittagessen fort sein, und ich hatte noch ein paar Unterlagen, die Sie unterschreiben mussten. Nachdem Sie gegangen sind ...«

»Auf Ihrem Schreibtisch ...«, sagte er halb stöhnend, halb flüsternd. »Ich habe ihn auf Ihrem Schreibtisch liegen lassen ...«

»Genau. Ich habe ihn eingesteckt, damit er nicht verloren geht oder gestohlen wird. Und wenn Sie mir nur die Chance gegeben hätten, ein Wort zu sagen, wenn Sie mich beim ersten Klopfen hereingelassen hätten ...«

»Bitte«, winkte er schwach ab. »Glauben Sie vielleicht, ich würde mich nicht schon schlecht genug fühlen, ohne ...«

Josie erklärte streng, dass er sich auch besser schlecht fühlen *solle*. Man müsse ihn eigentlich bei der Schulaufsicht melden, und falls ich eine Beschwerde einreichen wolle, würde sie alles bezeugen.

»Und das meine ich ernst, Mr. Velie! Jedes einzelne Wort davon. Und wenn Sie mich feuern wollen, nun, ich glaube sowieso nicht, dass ich für einen Mann wie Sie arbeiten möchte!«

Velie sagte wieder: »Bitte«, diesmal flehend. »Natürlich werde ich Sie nicht feuern, und ich möchte auch nicht, dass Sie kündigen. Wenn Sie das einfach vergessen könnten, und – Allen – ich kann dir gar nicht sagen, wie leid mir das tut, aber …«

»Ach, um Himmels willen …«, sagte ich und lachte herzlich und gutmütig. »Wozu die ganze Aufregung? Das war alles nur ein dummes Missverständnis, und keinem wurde wehgetan. Warum vergessen wir nicht die Angelegenheit und tun so, als wäre nichts geschehen?«

»So tun, als wäre nichts *geschehen?* Nachdem er – nachdem Mr. Velie dir fast den Kopf abgeschlagen hat, und …!«

»Ach, Blödsinn!«, sagte ich lachend und fügte hinzu, dass Velie mich überhaupt nicht angerührt habe. »Ich hab mich nur ein wenig zu schnell hingesetzt und dabei den Stuhl umgeworfen. Und wenn Mr. Velie bereit ist, mir meine Grobheiten ihm gegenüber zu verzeihen …«

Ich streckte ihm die Hand hin und lächelte ihn an. Velie packte meine Hand und riss sie mir fast ab vor Dankbarkeit. Was für ein feiner junger Mann ich doch sei, sagte er, welche Größe ich zeigte, indem ich die Angelegenheit so sah, und Josie machte auf dem Absatz kehrt und stolzierte hinaus.

Ich zwinkerte ihm kumpelhaft zu und flüsterte: »Überlassen Sie das mir, Sir. Ich werde ihr das schon erklären. Ach, übrigens …«, ich sah an mir herab, »ich sollte wohl besser in den Waschraum gehen und mich ein wenig frisch machen. Ich weiß, ich müsste eigentlich im Unterricht sein, aber die Stunde ist schon halb vorbei, und …«

»Tu das, Allen. Was immer du möchtest«, sagte Mr. Velie eifrig. »Und wenn dir nicht mehr nach Unterricht zumute ist, wenn du lieber heimgehen willst …«

»Nein, mir geht es gut. Alles bestens«, sagte ich.

Wieder gaben wir uns die Hand. Ich dankte ihm erneut dafür, dass er mir meine Widerworte verzieh. Dann ging ich hinaus und schloss die Tür hinter mir.

Ich zwinkerte Josie zu und lächelte, als ich an ihrem Schreibtisch vorbeikam, dann bedeutete ich ihr, mir nach draußen zu folgen. Das tat sie, und ich fragte sie, ob ich sie nach der Schule nach Hause begleiten dürfe.

»Nun …« Sie sah mich argwöhnisch an. »Warum denn?«

»Um mich für heute Morgen zu entschuldigen«, antwortete ich, »und mich dafür zu bedanken, was du gerade gemacht hast.«

Josie wies darauf hin, das hätte ich doch soeben getan, warum also noch mehr Zeit mit ihr verbringen? Ich entgegnete, weil ich sie mögen würde und sie besser kennenlernen wolle. Sie zögerte, grübelte, ihre Zungenspitze blitzte zwischen den Zähnen hervor.

»Ich habe dich beim Mittagessen mit den Hadleys sprechen sehen. Liz und Steve. Sag bloß nicht, sie hätten dich nicht nach der Schule zu sich eingeladen.«

»Das haben sie, und ich habe mich hiermit ausgeladen«, sagte ich. »Die kann ich jederzeit sehen.«

»Ach wirklich? Ziemlich selbstsicher, was?«

»Aber nicht wegen mir«, erwiderte ich. »Wegen ihnen. Wegen ihrer Art. Ich könnte ihnen in den Hintern treten, und die würden so tun, als hätte ich ihnen gerade einen Wirbel eingerenkt.«

Josie kicherte. Liz werde ziemlich sauer sein, meinte sie, und dabei tanzten ihre Augen schelmisch, aber okay, wenn ich wirklich wolle. Ja, sagte ich, und wir gaben uns die Hand darauf. Dann kehrte sie in Velies Büro zurück, und ich ging weiter zur Toilette im Kellergeschoss.

Dort traf ich erneut auf einen Schwarzen. Einen Kerl in schwarzer Hose, schwarzem Hemd und schwarzer Lederjacke. Den Kopf hatte er sich kahl geschoren, die umgekehrte Form des Haarfetischismus und eine Art Markenzeichen, wenn man denn genug Ahnung hatte, um es zu erkennen. Er beschirmte eine Zigarette mit der Hand und pustete nach jedem Zug den Qualm zum Fenster hinaus.

»Na, wenn das mal nicht der kleine alte Schwarz-Weiß ist.« Er sprach, ohne dabei die Lippen zu bewegen. »Warum hast du nicht deine hübsche Mama mitgebracht, du halbe Quarknase?«

Ich lächelte ihn an und fummelte in gespielter Nervosität am Kragen meiner Jacke herum. Dabei drückte ich die Rasierklinge heraus, die ich im Stoff versteckt hielt.

»Und warum hast du nicht deine dicke, schwarzärschige Mama mitgebracht, du kugelköpfiger Hurensohn?«, fragte ich zurück. »War wohl zu beschäftigt, ihre Büchse für 'nen Zweier pro Schuss zu verticken?«

Die Leute sind immer ganz überrascht, wenn ich grob werde; dann erstarren sie regelrecht. Ich sehe nämlich so aus, als würde ich nicht mal Ups sagen, wenn man mich vollsülzt. Bevor der Bursche sich noch erholen und sich vergewissern konnte, dass er richtig gehört hatte, war ich schon auf ihn losgestürmt.

Ich verpasste ihm drei Kerben am Schädel, ganz kleine, natürlich. Gerade groß genug, um ihm klarzumachen, zu was ich fähig war, wenn ich es darauf anlegte. Er schreckte auf und wollte schon ausholen. Dann ließ er die Fäuste wieder sinken.

Weil die Rasierklinge an seinem Adamsapfel ruhte. Bereit, ihn zu schälen, wenn er auch nur eine falsche Bewegung machte.

»Bist schnell, Mann«, krächzte er. »Verdammt schnell.«

»Und böse«, ergänzte ich. »Schnell und böse.«

»Und böse. Ich nehm zurück, was ich über deine Mutter gesagt hab.«

»Und ich das über deine.«

Wir grinsten uns an. Ich steckte die Klinge ein, und wir gaben uns die Hand.

Der Bursche hieß Dan – »Doozy« – Rafer. Er sei sauer auf die ganze Welt gewesen, als ich reingekommen sei, weil Velie ihn hart angegangen habe.

»Ich hab versucht, eine kleine Gruppe zusammenzustellen, weißt du? Ich wollte sie BSC nennen. Black Students Club. Velie behauptet, ich hätte ein paar von den Leuten zu sehr bedrängt mitzumachen.«

»Und was bezweckt der Klub? Schwarzenmist? Suaheli lernen im Schlaf?«

»Sag nicht Mist! Ist doch nichts Falsches dran, Suaheli zu lernen.«

»Nicht für die Trottel, nein.« Ich nickte. »All dieser Schmus von wegen Schwarze Kultur ist für die Trottel ganz okay. Dagegen kann keiner was sagen, ist 'ne gute Tarnung. Aber das ist nicht das, was wir *wollen.* Ist nur ein *Mittel* zum Zweck. Erzählen wir ihnen, den braven guten Schwarzen, was von Revolution, dann machen sie sich in die Hose, und die Weißen greifen nach dem Tränengas. Nennen wir es *Kultur*revolution, ist alles bestens. Wen kümmert's, ob ein Haufen armer Negerkinder sich zusammentut und die Trommeln schlägt und afrikanische Masken schnitzt? Billiger als Baseball und viel lustiger noch dazu.«

Doozy kratzte sich am Kopf und sah gedankenverloren zu Boden. »Red weiter, Mann. Ich sag nicht, dass ich dir das abkaufe, aber ich sag auch nicht das Gegenteil.«

»Also gut«, fuhr ich fort. »Die Schublade Schwarze Kultur ist nur der Köder, ein Vorwand für einen Black Students Club. Den setzen wir dann für das ein, was wir in Wirklichkeit wollen. Und was wollen wir? Das Beste, Himmel noch mal! Das Beste. Anders gesagt, wir wollen das, was die Weißen auch haben. Und genau dahinter sind wir her, Doozy ...« Ich tippte ihm gegen die Brust. »Wir sind hinter den Weißen her. Und ich finde, wir fangen gleich mit Bruder Velie an.«

»Da sag ich nicht Nein, Al.« Er kicherte gehässig. »Da sag ich bestimmt nicht Nein. Hat dir der alte Velie das Leben auch schwergemacht?«

»Hat mich nur durch sein Büro geprügelt, mehr nicht. Wollte mich zwingen zuzugeben, ich hätte ihm seinen Füller geklaut.«

»Ach ja?« Doozy kniff die Augen ein wenig zusammen. »Und stimmt es?«

»Was macht das für einen Unterschied?«

»Einen Riesenunterschied, verdammt«, antwortete er kühl. »Das tut uns weh, jedem Einzelnen mit schwarzer Haut. Jedes Mal, wenn einer von uns stiehlt oder im Job schlampt oder sich besäuft oder … oder unsere Frauen sich leicht rumkriegen lassen, tut das uns allen weh. Dann sagen die Leute, typisch Schwarzer. Ist doch von denen nicht anders zu erwarten. Sie … sie …«

»Immer langsam. Reg dich ab«, sagte ich. »Ich hab den verdammten Stift nicht geklaut.«

»Ich hab 'ne kleine Schwester, fast noch 'n Kind, und schon wackelt sie bei jedem, den sie sieht, mit dem Hintern, hängt ihm ihre Titten unter die Nase und lässt ihn praktisch an ihrem Ding schnüffeln. Und ich sag dir was, Al, ich sag dir, was ich zu ihr gesagt hab …«

Er werde sie umbringen, wenn er sie dabei erwische, dass sie einen ranlasse. Er würde jedem Schwarzen die Seele aus dem Leib prügeln, der seiner Rasse Schande mache. Seine Augen bekamen einen halbirren Blick, während er sprach, seine Stimme zitterte und versagte ihm fast. Schließlich konnte ich ihn beruhigen und ihn dazu bringen, mir zuzuhören.

»Dein Klub, Doozy. Erzähl mir davon. Wie viele Leute hast du schon zusammen?«

»Also … ich, natürlich, und vielleicht noch vier andere. Vier, auf die ich wirklich zählen kann.«

»Und wie weit kannst du auf sie zählen?«

»Ist wohl eher anders rum«, meinte er kichernd, »kommt aber aufs selbe raus. Sie wissen, sie können darauf zählen, dass ich ihnen den Arsch aufreiße, wenn sie nicht tun, was ich ihnen sage. Sie haben Angst, es nicht zu tun, verstehst du? Ich rufe Frosch, und sie hüpfen.«

»Vier sind prima«, meinte ich. »Ganz prima.«

War es aber nicht. Nicht für mich. Ich hasse diese Black-Power-Mistkerle. Ich wünschte, es wären vier Millionen, damit ich sie alle gemeinsam in ihrer eigenen Scheiße untergehen lassen könnte. Denn genau das hatte ich mit Doozy und seiner Gruppe vor.

»Aber der alte Velie …« Doozy zögerte. »Ich bin ja dafür, ihn ranzukriegen, aber er ist 'ne ziemlich große Nummer. Vielleicht sollten wir mit jemand anders anfangen und uns dann zu ihm hocharbeiten, oder?«

»Mh-mh. Velie ist ganz oben. Die Autorität. Du musst die Autorität vernichten, bevor du irgendetwas anderes tun kannst.«

Doozy kratzte sich am Kopf und meinte: »Klar, aber wieso?« – »Um Himmels willen«, entgegnete ich. Wenn er nicht mal so was Einfaches kapieren würde, dann hätte es gar keinen Zweck, weiter mit ihm zu reden.

»Liest du denn gar nicht? Mao oder Marx oder Che oder sonst was? Schaust du denn nicht mal in die Zeitung? Der Präsident eines Colleges oder der Direktor einer Highschool sind immer die Ersten, die in Misskredit gezogen werden müssen. Immer die Topleute. Das *muss* so sein! Du tötest eine Schlange doch nicht dadurch, dass du ihr auf den Schwanz trittst. Du hackst ihr den Kopf ab! Also, meine Güte …!«

»Versteh schon«, unterbrach er mich unterwürfig. »Ich versteh, was du meinst, Al. Also, wie gehen wir bei Velie vor?«

Ich sagte ihm, wie. Doozy schaute schockiert und wich ein wenig vor mir zurück.

»Also, das geht weit unter die Gürtellinie, Al. Zeig mir jemanden, dem das Hirn rausgeprügelt gehört, und ich mach's. Aber das … Was du da vorschlägst …«

»Ja?«

»Also, das gefällt mir einfach nicht. Das ist … Also, das ist nicht nett!«

Ich sah ihn an.

Ich lachte ihm ins Gesicht.

»Auf Wiedersehen!«, sagte ich. »Bis bald, Soul Brother.«

Ich drehte mich um und ging zur Tür. »Warte«, sagte Doozy. »Warte einen Augenblick, Al!«

»Na?« Ich drehte mich wieder um. »Na, Doozy?«

»He … ich hab nicht gesagt, dass ich es nicht mache. Ich war nur 'n bisschen überrascht.«

»Na?«

»Na, ähm, lass uns 'ne Weile drüber nachdenken. Noch mal drüber reden.«

»Mach das«, erklärte ich. »Sprich es durch. Mit dir selbst. Und wenn du dich entschieden hast, sprich mit mir.«

Und damit ging ich zur Tür hinaus.

Steve und Liz Hadley waren tatsächlich beleidigt, als ich ihnen von meinen geänderten Plänen berichtete. Liz vor allem. Sie kaufte mir die Geschichte nicht ab, dass ich wegen meines Stundenplans zu Josie müsste – zumindest nicht ganz. Sie meinte, Steve und sie würden gern auf mich warten, bis ich mit Josie alles geklärt hätte. Ich erwiderte, das könne ich nicht verlangen, schließlich hätten sie ja noch andere Dinge vor. Liz meinte, ich bräuchte das nicht zu verlangen, das sei allein ihre Entscheidung. Außerdem hätten sie nichts anderes vor.

»Na ja, ich schon«, meinte ich. »Wenn ich bei Josie fertig bin, dann muss ich schnell nach Hause. Meine Mutter kommt heute früh von der Arbeit, und sie erwartet von mir, dass ich dann das Abendessen fertig habe.«

»Oh!«, machte sie beleidigt und rümpfte die Nase. »Na, wenn da so ist, natürlich …!«

»Ich sag euch was«, meinte ich. »Warum kommt ihr nicht einfach mal bei uns zum Abendessen vorbei?«

Liz klappte der Mund auf. Ihr Gesicht strahlte, als wäre dahinter die Sonne aufgegangen. »Also … also, das würden wir sehr gern! Wir würden uns freuen, oder, Steve? Ich, ähm, bist du sicher, dass deiner Mutter das recht ist, Allen?«

»Ob es ihr recht ist?«, fragte ich zurück. »Warum, um alles in der Welt, sollte es ihr nicht recht sein?«

»Nun ja, ähm, du weißt schon. Ich meine, na ja …«

»Weil ihr Schwarze seid? Und was bin ich in euren Augen?«

»Na ja«, lachte sie. »Solange du sicher bist. An welchem Abend sollen wir denn kommen?«

Steve runzelte die Stirn und stupste sie an. »Um Himmels willen, Liz, sie sind gerade erst eingezogen!«

»In den nächsten paar Tagen machen wir was aus«, sagte ich. »Sobald wir uns eingewöhnt haben. Später würden wir dann gern auch eure Eltern für einen Abend einladen. Aber natürlich wird sich meine Mutter deswegen noch bei ihnen melden.«

Bei der Erwähnung ihrer Mutter runzelten die beiden ein wenig die Stirn, und Steve meinte, sie ginge so gut wie nie aus. »Außerdem würde sie nicht dazupassen«, fügte Liz hinzu. »Aber ich weiß, dass Dad sicher gern kommen würde. Glaubst du, Allen, dass deine Mutter ihn bald anruft?«

»Liz!« Steve rollte mit den Augen. »Bitte!«

»Ach, schon gut.« Liz lachte. »Dann bis morgen, Allen.«

Sie gingen den Gang hinunter, und ich rief Liz nach und meinte, ich würde gern kurz mit ihr allein sprechen. Sie kam zurück, und Steve ging weiter.

»Wegen morgen«, sagte ich, »wenn wir zu euch gehen. Kannst du Steve für eine Weile wegschicken?«

»Für eine – wie lang ist denn eine Weile?« Sie runzelte die Stirn. »Und warum sollte ich ihn wegschicken?«

»Lang genug, um es zu tun«, antwortete ich, und die Antwort darauf wisse sie doch eigentlich selbst. Und warum Steve verschwinden solle, nun, ich dachte, ohne Publikum sei es besser.

Liz starrte mich an und sprach ganz langsam. »Ich weiß nicht, wovon du sprichst, Allen. Und ich glaube auch nicht, dass ich es wissen will.«

»Frag Steve«, meinte ich. »Er wird es dir schon erklären.«

»Ja, und er wird – er wird dir eins auf die Nase geben!«

»Weswegen? Ich dachte, du wüsstest nicht, wovon ich rede.«

Ich zwinkerte ihr zu, sie wirbelte herum und ging steif ein Stück den Gang hinunter. Nach etwa sechs Schritten, jeder ein wenig langsamer als der vorige, blieb sie stehen und sah mich über die Schulter hinweg an. Dann kehrte sie zurück, ließ die Schultern hängen und schaute zu Boden.

Sie murmelte leise, gab ein heiseres, flüsterndes Gestammel von sich. Sie flehte mich unter Tränen an und erklärte: Steve und sie würden mich wirklich mögen. Mutter und ich seien die Art von Menschen, die sie kennenlernen wollten, die Art, von der ihr Vater wolle, dass sie sie kennenlernten. Natürlich sei meine Mutter weiß und schön, aber ihr Vater sei *Arzt* und die meisten seiner Patienten seien weiß; er würde so gut wie nie schwarze Patienten behandeln, es sei denn, sie wären aus der besten Gesellschaft, also … also, nun, das würde doch alles ausgleichen, oder nicht? Wir stünden ziemlich auf der gleichen Stufe, obwohl meine Mutter weiß und schön sei.

»Hör mal«, entgegnetet ich. »Worauf zum Henker willst du eigentlich hinaus? Ich hab ja nichts dagegen, ein bisschen Konversation gegen einen hübschen Hintern zu tauschen, aber das ist einfach zu viel, verdammt.«

Liz fing an zu weinen, aber leise, vorsichtig, um keine Aufmerksamkeit bei den Schülern oder Lehrern zu wecken, die an uns vorbeikamen. »D-du w-weißt doch, Allen. Wir … w-wir sind anders. Wir sind nicht wie die anderen. Du weißt schon, die *anderen?* Wir sind …«

»Wir sind keine Schwarzen, meinst du?«, fragte ich sie. »Was zum Henker sind wir denn dann, deiner Meinung nach?«

»Ach, *Allen!*«

»Hör mal!«, fuhr ich fort. »Du kannst dir die Haut bleichen, bis deine Knochen gelb werden, du kannst dir die Haare wachsen lassen, bis sie dir ins Arschloch kriechen. Und trotzdem bist du eine Schwarze. Du bist hübscher und besser ausgestattet als die meisten anderen, aber du *bist* eine Schwarze. Und das bedeutet, du bist leichte Beute. Du lässt andere ran, das brauchst du nicht zu leugnen.«

»A-aber das *tu* ich doch gar nicht!« Ein großes, stummes Schluchzen durchfuhr ihren Körper. »Das h-hab ich noch nie! Ehr... – *ehrlich* ... Ich hab noch nie ...«

»Ach, Scheiße!«, unterbrach ich sie. »Was zum Henker hast du denn geglaubt, was wir bei dir zu Hause tun würden?«

»N-na ja, ich dachte, w-wir u-unterhalten uns und ... und vielleicht essen wir was. Ein p-paar Chips und Coke, und ...«

Ich unterbrach sie erneut und meinte, sie und ich würden schon eine Coke haben. Eine warme. Schön aufgeschüttelt, gäbe das eine erstklassige Dusche.

»Und statt kleiner Häppchen gibt es eine kleine Nummer. Nur eine kleine Änderung der Pläne, verstehst du? Faktisch dasselbe, womit du gerechnet hast. Also, kommen wir ins Geschäft, oder machst du dich samt deinem Bruder vom Acker und bleibst auch dort?«

Liz biss sich auf die Lippen und wand sich. »Allen ... Konntest du damit nicht warten? Ich meine, einfach so in der Öffentlichkeit, b-bevor du überhaupt meine Hand gehalten oder mich ge-geküsst hast, ich ...«

»Das kann ich ja morgen machen«, fiel ich ihr ins Wort. »Dann tätschel ich dir den Hintern und drück dir den Busen und all das. Jetzt will ich nur eine Antwort. Ja oder nein. Nicke einfach nur, wenn du nichts sagen willst.«

Weiteres Zögern. Weiteres Sich-Winden und Jammern. Doch schließlich nickte sie. Sie würde die Entscheidung nicht bereuen, sagte ich zu ihr. Endlich sei sie auf dem Weg zu dem Leben, das ein schwarzes Mädchen nun mal vor sich habe, und in ein paar Monaten würde ihr das zur zweiten Natur geworden sein.

»Und nicht nur das, ich werde dir nicht nur die Augen öffnen und deine Schenkel etwas spreizen, deine Du-weißt-schon wird viel Übung kriegen.«

»Oh, Allen!«, jammerte sie.

»Oh, Scheiß«, sagte ich, »und vier macht acht.«

Dann drehte ich Liz herum, da sie sich anscheinend nicht rühren konnte, und gab ihr einen leichten Schubs. Ich achtete darauf, dass sie ein gutes Stück den Gang entlangstolperte. Als ich schließlich sicher war, dass sie weiterlaufen würde, ging ich hinaus, setzte mich auf die Eingangstreppe und wartete auf Josie Blair, die in Velies Büro noch ein paar Dinge zu erledigen hatte.

Ja, da ich ein Mensch bin, zumindest ein recht anständiges Faksimile davon, hatte ich so meine Zweifel über mein Verhalten an diesem Tag und an den vielen, vielen Tagen zuvor. Zeitweilige Zweifel, gepaart mit Schuldzuweisungen. Und natürlich sehr, sehr bescheidenen Rechtfertigungen.

Menschen beurteilen? Absolut fair in meinem Urteil sein? *Katzenkot! Dingodung!*

Natürlich beurteile ich sie. Und da ich absolut fair darin bin, finde ich sie alle schuldig und verurteile sie dazu, an den Eiern aufgehängt zu werden, bis sie rot (oder in irgendeiner anderen fröhlichen Farbe) anlaufen. Sie sind alle schuldig, wir sind alle schuldig. Wir kommen randvoll mit beschissener Sünde auf die Welt, und die müssen wir uns rausprügeln lassen, bevor wir Gnade erfahren (jaha, so steht es in der Schrift. Der HERR is'n müder alter Mann, der alles Leid auf'm Buckel trägt, und ganz sicher kann er all den Scheiß und all die Sünder nicht *zusammen* in den Himmel raufschleppen).

Mitgefühl? Mitleid? *Pferdepisse! Schlangenschiss!*

Niemand hat jemals wirklich solche Gefühle, weil sie nämlich gar nicht existieren. Man glaubt vielleicht, sie zu haben, so wie ich es gegenüber den Hadleys kurz geglaubt hatte. Aber diese Gefühle sind nicht mal der Schatten von etwas Substanziellem, höchstens der Schatten von Schatten. Fälschungen, Ersatz. Und glauben Sie mir, sie halten nie lange an. Immer gibt es jemanden wie Velie, der einem sofort wieder in die Wirklichkeit verhilft.

Es ist wissenschaftlich wiederholt bewiesen worden, dass wir alle mit einem Zapfhahn in unserem kollektiven Magen geboren werden. Wenn wir glauben, wir lieben, dann erleben wir in Wahrheit eine Attacke der Yummies, so der medizinische Fachbegriff für das Verlangen, etwas zu wollen, ohne zu wissen, wie man es bekommt, und das wiederum führt dazu, dass aus dem Zapfhahn Säure in den Zwölffingerdarm tropft. Das schnellste und sicherste Mittel gegen die Schmerzen ist ein stilles Örtchen, das aufgeklappte Playmate des Monats und eine gehörige Pumperei des Phallus.

Eine andere wiederholt wissenschaftlich bewiesene Tatsache ist, dass unsere Köpfe völlig leer sind bis auf einen Schmiedehammer. Wenn wir glauben, wir hassen, verspüren wir in Wahrheit einen Anfall von *Boxusbossabus*, den Wunsch, den Vorgesetzten zu verprügeln, und das führt dazu, dass oben erwähnter Hammer in deinem Hirnkasten wie blöde hämmert. Der Zustand kann durch verschiedene Methoden geheilt werden, einzeln angewandt oder in Kombination, je nach Schwere der Attacke: (A) Man pinkle beim nächsten Bürofest dem Chef in den Drink. (B) Man gebe seinem kleinen Frauchen ein wenig von dem, was kleine Frauchen am meisten brauchen. (C) Man sperre den Kotzbrocken in den Safe und fliehe mit dem ursprünglichen Inhalt nach Brasilien.

Doch zurück zur Rationalisierung meines Verhaltens:

Rache? Abrechnung? *Pumapisse! Schnabeltierdreck!*

Dazu hasse ich niemanden stark genug. Dazu liebe ich niemanden stark genug. Das ist ein und derselbe Scheiß.

Tatsache ist und war, dass ich so war und bin, wie ich bin und war, denn ich war und bin ein unverfälschter, absolut reiner, 24-karätiger, unverpanschter, hundertprozentiger Mistkerl. Der *Einzige* in der ganzen Literaturgeschichte, den das Leben kopiert.

All die anderen sogenannten Mistkerle anderer Rassen und meiner Rasse sind nur pseudo. Deren Mistkerligkeit ist motiviert, ein anderer Ausdruck dafür, dass sie einen Grund hat, prinzipiell entschuldbar ist. Und dem Ausdruck »Mistkerl« eine Begründung zu geben, ist semantischer Verrat.

Alle Psychosen und Neurosen, die Motivationen echter Mistkerligkeit, wurzeln im Sex, wenn wir Freud glauben wollen. Und Freud hat schon recht, selbst für so einen Jung-Mann wie mich. Daher hat der weiße Mistkerl (oder Pseudo-Mistkerl) so viele Motivationen wie die Gesamtzahl aller Menschen all der anderen Rassen zusammen, weil er sie alle gebumst hat. Wohin man auch sieht, entdecken wir die Ergebnisse seines Rummachens: Wälder und Felder sind flach gelegen von seinem wahllosen Rumgemache, von den stinkigen Abgasen seines Bumsens und Keuchens; Flüsse und Seen sind verstopft und verpestet von seinem ausgepissten Samen. Diese konstante Kopulation hat seinen kleinen Mann so groß werden lassen, dass er ihn nicht länger der Welt verabreichen kann, sondern zum Mann im Mond muss. Und wenn man dem Mond schon den blanken Hintern zeigt oder ohne klarkommen muss, dann hat man beste Chancen auf den Job als Mistkerl. Natürlich hat er ein paar weniger wichtige Motivationen (oder Qualifikationen), wie zum Beispiel, sich in letzter Sekunde noch zu verpissen oder beim Pissen zu sekundieren, was er sich nun schmackhaft zu machen versucht, weil es eh nichts anderes mehr zu trinken gibt. Doch am Arsch all des Ärgers findet sich der gute alte Sex. (Und schon bald wird sich der Ärger am Arsch des Mannes im Mond wiederfinden: Der ahnt noch nicht mal, was auf ihn zukommt!)

Versteht sich von selbst, dass die Schwierigkeiten des schwarzen Mannes ebenfalls im Sex begründet liegen. Oder anders ausgedrückt, ist die Liebe zu dieser seiner Wurzel die Wurzel seines Übels.

Alle schwarzen Männer sind Hirnchirurgen. Das ist die einzige Arbeit, die sie beherrschen. Oft schuften sie rund um die Uhr, massieren das verlängerte Rückenmark, knabbern an Hirn und Kleinhirn, frickeln und schnipseln an Frontallappen herum. Natürlich bringt dieses ganze Arbeiten im Oberstübchen den Schwarzen völlig durcheinander, ja, bis hin zum Verlust der elementarsten anatomischen Kenntnisse. Und kommt er dann schließlich nach Haus und macht's der Frau in Saus und Braus, dann versucht er, ihn durchs Ohr einzuführen statt an der passenden Stelle, die ja nun ganz woanders ist. Und in diesem Augenblick ist die Kacke am Dampfen. Sie macht ihn zur Schnecke, und er kriegt Pickel am Pimmel; nur bildhaft, natürlich, aber nicht minder Furcht einflößend.

In seiner natürlichen Umgebung, dem Getto, nicht einem dreigeschossigen Apartment an der Park Avenue; mit der Beschäftigung, die ein weises Schicksal für ihn vorgesehen hat – dem Schrubben von Scheißhäusern –, hätte er seine Tage vielleicht friedlich verbringen können und der Welt womöglich ein paar Dutzend rachitische, von Ratten gebissene Blagen geschenkt. Doch, ach! Die Bestie Zivilisation hat ihn zum Hirnchirurgen gemacht, mit den obigen schrecklichen Resultaten. Sein Liebesleben ist geprägt vom hemmungslosen Gevögel, und also wurde er zum Mistkerl.

Was den roten Mann betrifft, diesen Mistkerl, und das, was ihn zum Mistkerl machte, haben wir erneut die Geschichte am Schwanz gepackt, ganz nach Vater Freuds Vorgaben. Eine einfache, aber bittere Geschichte. Der Rote verscherbelte Fire Island für Feuerwasser; und wenn die Menschen heute sagen: Ach, der arme Indianer, dann meinen sie das nicht im Scherz. Er steht hilflos am Ufer und beobachtet gierig das fröhliche Treiben jener lustigen Truppe in der Entfernung. Immer fehlt ihm das Geld für den Besuch beim Homo – dem logischen Spielgefährten für einen Mann, der die Gesichtskosmetik für den Mann erfunden hat und stets halb nackt und handlungsbereit herumrennt.

Der Mistkerl der gelben Rasse kommt so auf die Welt wie wir alle – allerdings mit einem entscheidenden Unterschied. Er wird quer geboren, da dies die Richtung ist, in der die Tür zum Leben (um einen Euphemismus zu gebrauchen) an seiner Mutter angebracht ist, wie auch bei allen anderen gelben Frauen. Das muss ich nicht weiter ausführen, das weiß ja jeder Schuljunge.

Ich nehme an, die meisten werden zugeben, dass ein Baum so krumm wächst, wie der Sprössling gezogen wurde, und dass ein Kind, das quer auf die Welt kommt, offenkundig ziemlich heftigen Krümmungen unterworfen wurde. Ich würde nicht so weit gehen zu behaupten, so ein Schlitzauge würde nicht den Hauch einer Chance haben, da man ja keine Witze auf anderer Rassen Kosten reißen sollte. Außerdem ist es rassistisch, Schlitzauge zu sagen, das korrekte Wort lautet »Chinese«. Halten wir also einfach nur fest, dass dieser kleine schlitzäugige Mistkerl von Anfang an verschissen hat. Und dies trotz der Tatsache, dass er ja nicht mal ausgeschissen wurde.

Geht ja auch gar nicht. Sein potenzieller Papa ist gezwungen, sich quer über seine potenzielle Mama zu legen, eine Position, in der seine Knöchel von der einen und sein Kopf von der anderen Bettseite baumeln. Schon bald tun ihm die Beine höllisch weh; seine Hände suchen vergeblich nach einer Brust oder einem Schenkel zum Drücken, und es kommt, wie es kommen muss, er schnappt sich den allgegenwärtigen Nachttopf und wirft ihn um. Seine Frau wiederum hat keine Wange, die sich an ihre schmiegt, keine Zunge, die die ihre kitzelt, keinen Anblick, der ihre Lenden erregt. Alles, was sie sieht, ist der gelbe Hintern ihres Gatten. Und statt süßer Zärtlichkeiten kriegt sie Sätze zu hören wie: Autsch, meine Knöchel tun weh! Und: Du solltest mal den Dreck auf dem Fußboden sehen!

Schließlich kommt es zu einer Art Vereinigung, aber befriedigend kann man das nicht nennen. Der kleine Chinamann ist noch kleiner geworden, und die Frau hat es aufgegeben und schläft. China ist heutzutage das einzige Land auf der Welt, wo man einen Vergewaltiger belohnt, nicht den, der hilft, ihn zu ergreifen.

Tja. Kein Wunder, dass der Samen, der bei einer asiatischen Vereinigung anfällt, von Anfang an sauer ist. Kein Wunder, dass die ersten Worte des gelben Kindes lauten: *»Oy, vey!«*, was grob übersetzt *»Oh, Shit!«* bedeutet. Und deshalb kämpfen wir in Vietnam.

6.

Ich saß auf der Eingangstreppe und wartete auf Josie. Nach etwa vier Minuten kam sie einen Augenblick an die Tür, entschuldigte sich für die Verzögerung und sagte, sie sei ganz, ganz bald fertig.

Keine Eile, erwiderte ich, ich würde die Zeit nutzen, um in der Drogerie auf der anderen Straßenseite ein paar Einkäufe zu machen. »Geschenke für meine Mutter. Zum Einzug.«

»Wie nett«, sagte Josie und nickte. »Aber du brauchst doch nicht lange dafür, oder? Sie einpacken zu lassen und alles? Ich bin so spät dran, ich muss mich sputen, nach Hause zu kommen, und …«

»Wird nicht länger als fünf Minuten dauern«, beruhigte ich sie. Und das tat es auch nicht. Josie war wenig später mit der Arbeit fertig. Wir überquerten die Straße und gingen zum Flussufer, weil Josie fand, das sei ein netterer Weg. Dann fielen ihr die Geschenke wieder ein, und sie fragte mich, was ich denn für Mutter besorgt hätte.

»Rate mal«, sagte ich. »Ich wette, du kommst nicht drauf.«

»Tja … Du hast es wohl in der Hosentasche, also muss es klein sein. Ähm … hm … ah, ich weiß! Ein Lippenstift und ein Taschenspiegel!«

»Nein, nicht mal lauwarm.«

»Also … Ein Feuerzeug? Ein Feuerzeug und …«

»Nein.«

»Aschenbecher? Bonbonschalen? Ein Aschenbecher und …«

»Nein.«

»Na gut, ich geb auf. Sag's mir.«

»Nun, das eine Geschenk ist ein Schraubenzieher …«

»Ein Schrau…? Ach«, sagte Josie schnell. »Wie nett. Werkzeug kann man in einer neuen Wohnung immer gebrauchen.«

Das Werkzeug würde ich sofort brauchen, meinte ich, bevor Mutter heimkäme, für einen bestimmten Türknauf.

»Genauer gesagt, den Knauf an der Badezimmertür, wenn du den Ausdruck gestattest.«

»Das wird deine Mutter bestimmt gut finden«, sagte Josie ernst. »Ein wackliger Türknauf ist lästig, um das Mindeste zu sagen.«

»Oh, er ist noch gar nicht wacklig«, entgegnete ich. »Den mache ich erst wacklig. Damit er leicht abgeht, wenn man daran dreht.«

»*Ab*geht? Aber …« Josie verstummte und sah mich stirnrunzelnd an. »Aber wozu willst du das tun?«

Darauf gab ich ihr keine Antwort. Ich war zu sehr damit beschäftigt, sie anzusehen, sie zu saufen, wie ein Verdurstender Wasser saufen würde. An ihr war Schwarz schön. Vielleicht sollte ich besser sagen Hellbraun. Ihre Art von Hellbraun. Sie hatte nicht den Hintern und die Brüste von Liz Hadley, aber die brauchte sie auch nicht. Was sie hatte, war genau richtig an ihr, und sie war schön.

Ich schüttelte mich, riss mich aus meinen Gedanken. Himmel, was zum Teufel scherte es mich, ob sie schön war oder nicht?

In ein paar Jahren würde sie in einer dreigeschossigen Wohnung an der Park Avenue wohnen, und ihr Mann würde zwischen den Hirnoperationen nach Hause kommen und ihr seinen kleinen Mann ins Ohr schieben.

»Und?«, hakte Josie nach. »Wozu willst du das tun?«

»Das hat mit dem zweiten Geschenk zu tun«, antwortete ich. »Eine Flasche …« Ich unterbrach mich kopfschüttelnd. Aus irgendeinem Grund wollte ich ihr nicht verraten, dass es sich bei dem sogenannten Geschenk um ein schnell wirkendes Abführmittel handelte, das ich Mutter ins Essen schütten wollte.

»Egal«, winkte ich ab. »Ich wollte dich was fragen. War das wirklich Mr. Velies Füller, den du ihm zurückgegeben hast?«

»Aber – natürlich, sicher! Wessen sollte es denn sonst gewesen sein?«

Ich zuckte mit den Schultern und meinte, dass es ja auch genauso gut ihr eigener hätte sein können. Schließlich seien schwarze Füllfederhalter mit Goldrand nicht gerade selten.

»Ich dachte, du hättest vielleicht mitbekommen, dass er mich fertigmacht, und beschlossen, mich da rauszuhauen.«

»Habe ich nicht.« Josie zögerte und sah mich erneut stirnrunzelnd an. »Aber wenn du glaubst, dass es nicht sein Füller war, dann musst du …«

»Ihn tatsächlich gestohlen haben? Nein, nein. Es könnte auch eine andere Erklärung dafür geben. Aber ist schon gut. Ich wollte dich noch etwas anderes fragen.«

»Ja?«

»Hast du von den Lehrern irgendetwas über mich gehört? Wie ich mich als Schüler so mache?«

»Ob ich irgendetwas *Schlimmes* gehört habe, meinst du?« Josie lachte herzlich, weiße Zähne blitzten auf, der rosige Mund bog sich apart. »Mir ist nichts Besonderes zu Ohren gekommen. Aber ich habe *hier und da* ein wenig mitgekriegt …«

»Und?«

»Soll ich es dir wirklich sagen?«, lockte sie mit tanzenden Augen. »Wirklich und wahrhaftig?«

»Ja«, sagte ich, doch Josie meinte, erst solle ich sie schön darum bitten, und ich meinte: Du meine Güte. Sie solle es einfach vergessen.

»Du meine Güte«, äffte sie mich nach und machte ein langes Gesicht. »Das wenige, was ich gehört habe, war sehr schmeichelhaft. Du seist ein überragender Schüler – praktisch ein Genie.«

»Praktisch, für'n Arsch«, widersprach ich. »Ich *bin* ein Genie, sagen jedenfalls alle IQ-Tests.«

»Und wie ist es im Bescheidenheits-Test gelaufen?«, fragte Josie und fuhr dann ernsthaft fort: »Ich freue mich für dich, Allen. Ich mag es, intelligente Menschen um mich zu haben.«

»Na ja, so groß kann ich mir das nicht auf die Fahnen schreiben«, erwiderte ich. »Die meisten wichtigen Dinge im Leben habe ich am Rockzipfel meiner Mutter gelernt.«

»Hm«, machte Josie. »Mal sehen. Ich schätze, ich soll jetzt sagen, dass deine Mutter ja eine fürchterlich kluge

Person sein muss, und dann antwortest du, nein, aber sie trug fürchterlich kurze Röcke. Richtig?«

Ich lachte. Wir lachten beide. Dann fragte ich sie, was sie denn am Rockzipfel ihrer Mutter gelernt habe, doch Josies Gesichtsausdruck änderte sich schlagartig.

»Meine Mutter ist tot, Allen. Sie starb, als ich noch ein kleines Mädchen war.«

»Tut mir leid«, sagte ich. »Wenn du nach ihr kommst, muss sie sehr schön gewesen sein.«

»Danke. Nach den Fotos zu urteilen, war sie das auch, aber ich erinnere mich nur daran, dass sie krank war. Sie war sehr lange krank und ist schließlich unter Schmerzen gestorben.«

Ich nahm ihre Hand. So gingen wir den Schlackenweg am Fluss entlang; ich hütete meine Zunge und behielt die simple Wahrheit für mich: Wir alle sind sehr lange krank, sterben eines langen, schmerzvollen Todes, mein Stadium war schon weit fortgeschritten. Stattdessen schwieg ich. Es herrschte Frieden, und ein derart seltener Augenblick sollte nicht mutwillig verdorben werden.

Zu dieser Tageszeit war der Fluss vollkommen regungslos, weil die Gezeiten, die ihn erst in die eine, dann in die andere Richtung zwangen, gerade wechselten. Das war der eigentliche Grund, aber ich konnte mir noch einen anderen vorstellen. Die Bewegungslosigkeit war ein Zögern. Eine Pause, bevor der Fluss sich entschied, ob er noch eine Runde um Manhattan drehen oder den Tag beenden und ins Meer hinausfließen wollte.

Zu dieser Stunde war der Fluss also ein See, silbrig und still. Ein hübscher Spiegel für den Himmel und die Bäume und die zauberhafte Bogenbrücke über Hell Gate. Die dürre, die verwelkte Zeit war gekommen, doch noch immer zwitscherten die Vögel; und schon bald, jeden Augenblick, würde der gewandete Arm des Schicksals aus dem Wasser brechen und das Schwert Excalibur emporrecken, auf dass der König es ergreifen könne. Und im ganzen Land würden darob alle Waffen niedergelegt, und Brüder, gleich ob weiß, rot, gelb oder schwarz, würden aufhören, einander zu morden. Und auf immer würde die Liebe regieren.

»… wunderschön, Allen. Ach, war das schön. Kannst du mir das aufschreiben?«

»Was?«, fragte ich zurück. »Wovon redest du?«

»Von dem, was du gerade gesagt hast. Aber …«

»Vergiss es«, unterbrach ich sie. »Lässt Velie dich auch abends arbeiten?«

»Aber …« Josie sah mich neugierig die Stirn runzelnd an. »Na ja, manchmal muss ich nach dem Abendessen noch mal hin. Ein-, zweimal die Woche, dann und wann.«

»Ich kannte mal einen, der hatte seine Sekretärin die ganze Nacht bei sich. Für den Fall, dass ihm was einfiel und sie es aufschreiben musste.«

»Ich werde dich hier verlassen«, sagte sie leise. »Ich wohne da in dem Gebäude auf der anderen Straßenseite.«

Es handelte sich um ein dreigeschossiges, verklinkertes Gebäude. Hübscher als alles, was ich in der Gegend gesehen hatte, mal abgesehen von dem Mietshaus, in dem Mutter und ich wohnten. Soweit ich sehen konnte, gab es keine Souterrainwohnungen, obwohl doch die

Hadleys mir erzählt hatten, Josie und ihr alter Herr würden in einer hausen.

»Irgendwann komme ich abends mal in der Schule vorbei und statte euch einen Besuch ab«, sagte ich. »Will mal sehen, was ihr beide, du und Velie, so treibt.«

»Du kannst nach Schulschluss nicht mehr ins Gebäude. Das kann keiner.«

»Nur Velie und du«, korrigierte ich. »Bespringt er dich im Stehen, oder legt er dich den Arsch voran auf einen Tisch?«

»Also, du gemeiner, dreckiger …! Ich sag Ihnen mal was, Mr. Allen Smith! Wenn ich jemals so etwas tun sollte, dann nur mit dem Mann, den ich heirate! Und noch etwas, ich rede in meinem ganzen Leben nie wieder mit Ihnen – und – *ich sollte Ihnen eine Ohrfeige verpassen!*«

»Warum lässt du das nicht deinen alten Herrn mit seinem Wischmop erledigen?«, entgegnete ich. »Ist er zu sehr damit beschäftigt, die Scheißhäuser zu schrubben?«

»Was? Wovon redest du überhaupt?«

»Ich rede von Papa Blair, dem beschissenen Hausmeister«, sagte ich. »Hausmeister, Himmel! Kannst davon ausgehen, dass ein Nigger auch noch einen tollen Namen dafür findet, dass er anderen die Scheiße wegwischt.«

Josie verpasste mir eine so heftige Ohrfeige, dass mir die Ohren klingelten und ich vor Tränen kaum richtig sehen konnte.

Benommen hörte ich, wie sie mich beschimpfte. Wie ich auf die Idee käme, dass ihr Vater Hausmeister sei? Wer mir denn so etwas erzählt habe? Wie ich … ich …

Ihre Stimme wurde wie der Lärm in meinen Ohren ständig lauter und leiser. Dann war der Lärm plötzlich verschwunden und mit ihm auch meine Tränenblindheit. Zögernd begann Josie, sich bei mir zu entschuldigen, und ihr Gesichtsausdruck wirkte wütend und zerknirscht zugleich.

»… mein Fehler, nehme ich an. Teilweise zumindest. Ich habe nie jemand zu mir nach Hause eingeladen oder über mich gesprochen, oder … oder – ich habe eben gedacht, das ginge niemanden etwas an, und wenn du erst mal anfängst, etwas zu erklären, brauchst du gar nicht mehr aufzuhören. Also, also, na jedenfalls ist das wohl ein gefundenes Fressen für solche Kindsköpfe wie die Hadleys. Was die nicht wissen, erfinden sie einfach hinzu. Ich hätte dir schon irgendwann die Wahrheit gesagt, und heute Morgen habe ich dir sogar schon einen kleinen Hinweis gegeben. Wir beide haben etwas gemeinsam, irgendwie, und ich dachte, du würdest das verstehen. Ich meine, wo doch deine Mutter und mein Vater …«

Josie unterbrach sich plötzlich und sah mir über die Schulter. Sie riss die Augen vor Entsetzen auf, öffnete den Mund und schrie.

»Nein, Daddy! Nein, nein, nein! Daddy!«

Ich hatte keine Gelegenheit, mich umzudrehen. Stattdessen drehte er mich um. Besser gesagt, er wirbelte mich mit einer Hand herum, während er mit der anderen schon ausholte.

Ein großer Kerl. Eigentlich eher kompakt als groß; ein Kerl, der den *Eindruck* machte, groß zu sein. Er trug einen grauen Hut mit hochgeklappter Krempe, dazu einen dunklen Anzug von unbestimmbarer Farbe, dessen Jackett so geschnitten war, dass eine Waffe darunterpasste. Die Waffe, von der man einfach wusste, sie befand sich dort.

Josie Blairs Vater.

Ein Bulle.

Ein weißer Bulle.

»Spuck's aus!«, spuckte er aus. »Aber schnell! Warum hat sie dir eine Ohrfeige verpasst, hm? Was hast du meiner Tochter angetan, *du schwarzer Mistkerl?*«

7.

Nun, wie schon O'Rourke zu O'Malley sagte: »Himmel, Arsch und Wolkenbruch, was ist denn falsch daran, einen Neger einen schwarzen Mistkerl zu nennen?« Und O'Malley antwortete O'Rourke: »So isses, die sind einfach Sensibelchen, diese schwarzen Mistkerle – oder warn's die schwarzen Saukerle? Ich kann es mir einfach nicht merken, egal, wie oft ich's auch sage.«

Himmel, Arsch und Wolkenbruch.

Mr. Blair – Detective Sergeant Blair – ließ langsam die Hand sinken, mit der er ausgeholt hatte, um mir eine zu kleben. Die andere Hand ließ mich los, und er warf Josie einen verlegenen Blick zu.

»Tut mir leid, Mädchen«, sagte er mürrisch. »Meine Pferde sind ein wenig mit mir durchgegangen, schätz ich. Du warst spät dran, und es sah irgendwie so aus, als hätte dieser, ähm, na ja, ich dachte, er hätte irgendwas angestellt, und …«

»Habe ich auch«, unterbrach ich ihn. »Ich habe nach der Schule auf sie gewartet, und dann habe ich mich mit ihr unterhalten, während wir am Fluss entlanggingen. Offenbar habe ich etwas gesagt, das sie nicht hören wollte, also hat sie mir eine geschmiert. Ich würde eigentlich auch nicht hören wollen, was ich ihr gesagt habe, also darf sie mir gerne noch eine schmieren.«

Er machte eine Bewegung mit der Handkante, um mir zu bedeuteten, ich solle den Mund halten. Sein Blick ruhte weiter auf Josie.

»Ich meinte es nicht so, Schätzchen. Ich meine, um Gottes willen, das weißt du doch! Ich benutze solche Wörter nicht, ich denke sie nicht mal. Wie könnte ich denn, wo doch meine eigene Tochter – wo ich doch verheiratet war mit, ähm … Ach verdammt, du weißt schon, was ich meine!«

Als ich davonging, entschuldigte er sich noch immer bei ihr … bei ihr, nicht bei mir.

Ich war auf dem Weg am Fluss etwa einen Block weiter gelaufen, als er mir mit verlegener Stimme nachrief, und auch Josie rief meinen Namen. Ich hörte nicht darauf und drehte mich auch nicht um.

Ich hatte es eilig.

Ich brauchte noch ein paar Minuten allein in der Wohnung, bevor Mutter heimkam.

Der Badezimmerknauf musste noch präpariert werden. Und ich würde nicht allzu lange auf meinen Spaß warten müssen. Statt sie in Mutters Essen zu mischen, würde ich ihr die Medizin in einem Highball verabreichen. Einen kräftigen, der seine Wirkung zeigen würde, noch bevor sie den Hut absetzen konnte.

Bis auf die letzte Faser würden ihre Klamotten ruiniert sein, und um den ganzen Scheiß vom Leib zu kriegen, würde sie durch eine Autowaschanlage müssen. Und dann, bei Gott, dann würde ich ihr sagen, warum! Ich würde ihr sagen, ich wisse ganz genau, dass sie selbst es war, die Velies Füller gestohlen hatte, dass sie es absichtlich getan hatte, damit er sich auf mich stürzte.

Das hatte ich jedenfalls vor.

Doch es kam ganz anders.

Ich erreichte das Mietshaus, in dem Mutter und ich wohnten, und ging den Weg zum Eingang entlang. Die Stufen zu unserer Haus- oder Eingangstür lagen hinter einer scharfen Rechtswendung, die von einer vielleicht anderthalb Meter hohen Hecke verdeckt war.

Ich weiß nicht, wie ein Architekt so dumm sein kann, Häuser mit solchen eingebauten Stolperfallen zu errichten. Doch je mehr ich von der Arbeit der Architekten sehe, umso mehr neige ich zu der Ansicht, dass sie Schutzhelme auf dem Kopf tragen, um ihren Arsch zu bedecken. Wahrscheinlich sind das alles Nigger, die ihrer natürlichen Bestimmung, Scheißhäuser zu schrubben, entflohen sind.

Jedenfalls bog ich gesenkten Hauptes und schnellen Schrittes um die unübersichtliche Ecke. Und im nächsten Augenblick segelte ich schon durch die Luft, landete hart auf den Stufen, und ein übergroßer Kinderwagen stürzte um, dessen Insasse – ein wenige Monate altes Kleinkind – nun ebenfalls auf dem Boden landete und sich die verdammte Lunge aus dem Leib schrie.

Ich sollte erwähnen, dass für eine New Yorker Mutter ein Kinderwagen (oder Buggy, wie Sie wollen) ebenso wichtig ist wie die Kopulation, aus der das Kind hervorgegangen ist. Das ist so ein Statusobjekt; je größer der Kinderwagen, umso wichtiger die Besitzerin. Was schon in Ordnung ist, nehme ich an. Zumindest wäre es das, wenn die Kinder selbst die Wagen schieben würden, und nicht ihre Mütter. Denn gewiss würde kein verdammtes Blag, ganz gleich, wie beschränkt es auch ist, diese gottverdammten Karren dazu einsetzen, die Gänge in den Lebensmittelläden zu verstopfen oder sie am Fuße einer dunklen Treppe stehen zu lassen, wo mit absoluter Sicherheit jemand Unschuldiges darüberstolpert und sich den Hals bricht, oder sie an einer Stelle wie dieser hier stehen lassen, was dann zu oben erwähntem Ergebnis führt.

Halb benommen, stand ich auf. Ich stellte den Kinderwagen wieder hin und legte das Kind hinein. Und dann, nun, dann …

Dann stürzte sich eine Frau auf mich. Eine Frau, so fett, dass sie faktisch genauso breit wie lang war. Sie hieb mir ein Dutzend Mal mit den Fäusten in den Rücken, bevor ich mich umdrehen konnte. Die ganze Zeit über kreischte sie, ich hätte versucht, ihren Herbert umzubringen, und was ich Niggerbursche denn mit ihrem Herbert vorhätte, und so ging das ununterbrochen weiter.

Als ihr schließlich die Luft ausging, sagte ich zu ihr, es hätte keinen Sinn, Herbert umzubringen, da Herbert ja schon tot sei, was selbst so eine Halbirre wie sie sehen könne.

»Sie heißen doch Hoover, nicht wahr?«, fuhr ich fort. »Und das ist Ihr Sohn Herbert? Er sieht zwar nicht so voller Scheiße aus wie früher, aber die Gesichtszüge sind dieselben.«

»Hoover?« Die Frau blinzelte mich blöde an. »Was … was willst du …?«

»Ehemaliger Präsident der Vereinigten Staaten?«, half ich ihr auf die Sprünge. »Der große Ingenieur. Seine größte Erfindung waren die Ecken, hinter denen der Wohlstand schon lauerte.«

Die Frau starrte mich weiter an und machte den Mund auf und zu, ohne etwas zu sagen.

»Und was meine Absicht betrifft«, sagte ich, »so hatte ich vor, ihn zu fressen. Schließlich mögen wir Kannibalen dieses weiße Fleisch, jaha!«

Ich streckte die Hände aus, so als wollte ich Hoover packen (alle Babys sehen aus wie Hoover), und bleckte zugleich die Zähne. Die Frau stieß einen kleinen Entsetzensschrei aus – sie glaubte wohl wirklich, ich meinte es ernst –, und ich beschloss, lieber zu verschwinden, solange noch Gelegenheit dazu war. Also ging ich schnell durch die Eingangstür und verschwand in unserer Wohnung. Drinnen fühlte ich mich tot und verloren. Ich fragte mich, warum der ganze Spaß, den ich immer hatte, nie wirklich spaßig war.

Die Pläne für Mutter interessierten mich nicht mehr; sie war die Mühe nicht wert, die sie mich gekostet hätten. Ich warf Abführmittel und Schraubenzieher in den Mülleimer, ging ins Wohnzimmer und setzte mich.

Es klopfte an der Tür. Ein festes, entschlossenes Klopfen.

Ich stand auf, sah durch den Spion und riss die Tür auf.

Es war Josies Vater, Sergeant Blair. Er nickte mir kurz zu und ließ so etwas wie ein Lächeln sehen – das Lächeln eines Mannes, der nicht sehr oft lächelt.

»Wie geht's dir, mein Junge? Darf ich reinkommen?«

»Natürlich«, antwortete ich, »solange Sie einen Durchsuchungsbeschluss haben.«

»Wollte mich nur entschuldigen und dir was erklären, was du vielleicht wissen solltest«, sagte er.

Ich hätte nicht mit einer Entschuldigung gerechnet, sagte ich. Schließlich sei einem Kerl, der eine Schwarze heiratet, alles Mögliche zuzutrauen. Als sich sein Gesicht hässlich versteinerte, winkte ich ihn herein.

»Also gut«, sagte er und ließ sich schwer in das Sofa fallen. »Josie hat mir alles erklärt, und ich würde sagen, dir ist übel mitgespielt worden. Ziemlich übel. Und wohl nicht nur in dieser Schule. Jedenfalls – kommt deine Mutter bald nach Hause? Wenn ja, dachte ich, es wär vielleicht gut, wenn ich mich mal kurz mit ihr unterhalte.«

»Ich danke Ihnen für das Angebot«, sagte ich und hängte noch ein »Sir« hintendran. »Aber ich bezweifle, dass irgendetwas, was irgendjemand sagt, Mutters Ansichten über mich ändern könnte.«

»Aber sie ist doch bald zu Hause?«, fragte er und nickte, als ich es tat. »Dann bleibe ich besser. Zumindest kann ich die Geschichte mit dem Kinderwagen geraderücken. Ich schätze, sie wird noch einiges darüber zu hören kriegen.«

»Hören Sie«, erwiderte ich. »Meine Wortwahl war vielleicht ein wenig grob, aber ich habe nichts mit …«

»Das habe ich mitbekommen«, sagte er und winkte ab. »War vielleicht einen Block entfernt, als es passierte, aber ich habe genug gesehen, um zu wissen, dass dich keine Schuld trifft. Diese verdammten Mütter mit ihren Kinderwagen« – er grunzte. »Ein Wunder, dass die Kleinen es überhaupt bis zum Windelwechseln überleben.«

»Aber die Frau hatte eine Menge über mich zu sagen?«, fragte ich.

»Und nichts davon war nett. Wie ich schon sagte, ich habe es selbst gesehen, also kommst du ungeschoren davon. Aber wenn sich ein Kind wehtut, egal, ob man daran Schuld ist, tja ...« Er schüttelte den Kopf und verstummte.

»Ich wusste nicht, dass das Kind sich wehgetan hat«, sagte ich. »War es sehr schlimm?«

»Schlimm genug jedenfalls, um einen Arzt zu rufen«, meinte der Sergeant. Genaueres würden wir später erfahren. Das musste ich erst verdauen, und mir war ein wenig mulmig zumute, als Mutter heimkam.

8.

Sergeant Blair erhob sich, ohne den Drink, den Mutter ihm gemacht hatte, angerührt zu haben, und wollte gehen. »Also, ich würde sagen, damit ist alles geklärt«, meinte er zu ihr. »Das war nur das schlechte Ende eines schlechten Tages für Allen, und er ist dafür ebenso wenig verantwortlich wie für alles andere.«

»Nun, ich bin überaus froh, das zu hören«, sagte Mutter. »Ich weiß, Allen meint es gut, doch wohin wir auch kommen, scheint es …«

»Tja, also«, unterbrach Blair sie. »Ich muss los. Wenn es irgendwelchen Ärger mit dieser Sanders gibt – die mit dem Baby –, rufen Sie mich einfach auf dem Revier an.«

Mutter bedankte sich mehrmals und folgte ihm zur Tür. Sie hielt sie ihm auf und sagte dann noch: »Ach, Sergeant. Ich fürchte, ich war zu Ihrer Tochter heute Morgen etwas grob. Ich hoffe, sie hat das nicht missverstanden.«

»Hat sie nicht«, erwiderte Blair. »Josie ist wohl die verständigste kleine Person auf der Welt.«

Dann ging er.

Mutter wischte an mir vorbei, ging in ihr Schlafzimmer und zog sich einen Morgenrock an.

Ich legte Steaks in die Pfanne und machte den Salat; dabei trank ich den unangerührten Drink des Sergeants.

Ich deckte den Tisch, servierte die Steaks und rief Mutter. Sie setzte sich an den Tisch und warf mir einen eisigen Blick zu, als ich den letzten Rest des Drinks hinunterkippte.

»Ich habe dich doch gebeten, nicht zu trinken, oder, Allen?«

»Ja«, antwortete ich.

»Und meine Bitten bedeuten dir nichts?«

»Etwa so viel, wie meine Bitten dir bedeuten.«

»Unsere zweite Nacht in dieser Wohnung«, sagte sie enttäuscht. »Erst unsere zweite Nacht, und schon kommt wegen dir die Polizei.«

»Aber nur, um mein Verhalten zu loben«, entgegnete ich. »Wenn sie allerdings deinetwegen gekommen wäre …«

Was ich denn damit andeuten wolle, fragte sie. Warum solle ihretwegen denn die Polizei kommen?

Ich grinste und zwinkerte ihr zu.

»Allen! Antworte mir!«

»Nun, da könnte es zwei Gründe geben«, sagte ich. »Ein Grund bist du selbst – das, was du bist.«

»Und was genau bin ich?«

»Na ja, es könnte noch einen zweiten Grund geben. Kleindiebstahl. Der Fall des entwendeten Füllfederhalters von Mr. Velie heute Morgen und der Versuch, es mir anzuhängen.«

Mutter holte erschrocken Luft und verzog überrascht den Mund. »Warum – also, das ist eine Lüge! Ich habe nichts dergleichen getan!«

Ich zuckte mit den Schultern. »Na gut. Wie du meinst.«

»Das ist doch verrückt, und das weißt du auch! Warum, um alles in der Welt, sollte ich einen Füllfederhalter stehlen?«

»Vielleicht ein Zwang«, meinte ich. »Du bist eine Kleptomanin.«

Sie sah mich an, die Augen zusammengekniffen, während ihre üppigen Brüste sich heftig hoben und senkten. »Ich wette, das hat dir diese schreckliche kleine Josie Blair eingeredet, nicht wahr? Und du glaubst ihr mehr als deiner eigenen Mutter!«

»Gott bewahre«, entgegnete ich. »Auch wenn meine eigene Mutter jedem anderen eher glauben würde als mir. Aber um auf Josie Blair zurückzukommen – sie hat dich *nicht* beschuldigt. Sie hat geschworen, dass ich es nicht gewesen sei, und es Velie angelastet. All deine klugen Pläne, ihn dazu zu bringen, dass er mir den Arsch versohlt, sind damit gescheitert.«

»So etwas muss ich mir nicht anhören«, sagte sie streng. »Ich werde mir kein weiteres Wort dazu mehr anhören!«

»Und glaube bloß nicht, dass ich den Mistkerl nicht dafür bezahlen lasse, wie er mich behandelt hat«, fuhr ich fort. »Bevor ich mit ihm fertig bin, wird er mit bloßen Fingernägeln die Wände hochklettern.«

Sie schob ihren Teller von sich und sprang auf, beugte sich einen Augenblick über mich und keuchte vor Enttäuschung und Wut. Dann setzte sie sich langsam wieder hin.

Mit leiser Stimme sagte sie, ich solle mir zwei Dinge gut merken. Erstens habe sie in keiner Weise geplant,

Velie gegen mich aufzuhetzen. »Das bildest du dir alles nur ein, Allen. Nichts weiter. Du hattest schon immer einen Verfolgungswahn, mit mir als deine Verfolgerin …«

»Was ja auch stimmt«, unterbrach ich sie. »Sonst würdest du ja nicht versuchen, einen Hirnchirurgen aus mir zu machen.«

»Was?«, fragte sie. »Wovon, um alles in der Welt, redest du da?«

»Ach, schon gut«, erwiderte ich, und sie solle einfach fortfahren. »Du hattest mir doch noch was anderes zu sagen, oder? Dahingehend, dass du mich, wenn ich mich nicht anständig benehme, in eine Irrenanstalt sperren lässt.«

Sie biss sich auf die Lippen, nahm ihren Blick schuldbewusst von mir und nickte ruckartig. »Also gut«, erklärte sie. »Sosehr es mir zuwider wäre, das zu tun, Allen, ich …«

»… du würdest es nicht tun«, fiel ich ihr ins Wort. »Erstens gibt es dafür keinen Grund; du kannst mir absolut nichts anhängen. Nicht nur das, du wirst im ganzen Land auch keinen Psychiater finden, der nicht davon überzeugt wäre, dass ich in einem Pickel an meinem Schwanz zehnmal so viel Intelligenz besitze wie du in Hirnstamm und Kleinhirn und Großhirn und Stirnlappen zusammen.«

»Du … du überhebliches kleines Stück Rotz!« Ihre Augen funkelten. »Wie redest du überhaupt mit deiner eigenen Mutter!«

»Das«, sagte ich und nickte, »das vor allem ist der Grund, warum du diese Drohung, mich einzuliefern, niemals wahrmachen wirst. Weil du meine *Mutter* bist. Eine weiße Frau mit einem Niggerblag. Das war dein Fehler, und es gibt keine Möglichkeit für dich, dass du dich der Verantwortung entziehst. Du kannst mich dafür bestrafen, und die Gelegenheit dazu lässt du ja nur selten aus, selbst wenn es nur unbewusst geschieht. Du kannst ja nicht offen zugeben, dass du mich hasst, kannst ja mit mir nicht anstellen, was du willst.«

Sie starrte mich an, die Gesichtszüge entglitten ihr, Tränen schossen ihr in die Augen. »Ach, A-Allen«, stammelte sie schluchzend. »Ich bemühe mich doch so sehr! Wie kannst du nur glauben, dass ich dich hasse?«

»Wie denn nicht?«, fragte ich zurück. »Schau doch mal.«

Ich deutete auf den großen Spiegel, der die lange Seite des Esstischs flankierte. Sie drehte langsam den Kopf und schaute hinein, und ich tat es ihr gleich. Unsere Spiegelbilder sahen uns an. Mein schwarzes Gesicht mit dem Wuschelkopf. Ihre schönen Gesichtszüge, bezaubernd eingerahmt vom seidig braunen Haar.

»Aber Allen«, flüsterte sie und unterdrückte ein Schluchzen. »Du bist das Ebenbild deines Vaters. Und wenn ich ihn liebte … ihn so nahm, wie er war …«

»Damals gab es die Pille noch nicht«, tat ich es mit einem Schulterzucken ab. »Vielleicht warst du zu jung, um zu wissen, dass du schwanger warst – oder um zu wissen, was man in so einem Fall tut.«

»Ach Allen! Allen, Schätzchen …«

»Vielleicht hattest du Angst, dir Hilfe zu suchen«, fuhr ich fort. »Vielleicht hat er dich vergewaltigt. Es ist ja schließlich eine altbekannte Tatsache, dass Nigger gerne weiße Frauen vergewaltigen.«

Urplötzlich holte sie mit ihrer Hand aus und verpasste mir einen brennenden Schlag.

Sie sprang auf, floh ins Bad, und nach ein, zwei Minuten hörte ich Wasser in die Wanne fließen.

Ich stand leise auf und ging in ihr Zimmer.

Ihre Handtasche lag auf dem Bett. Drinnen fanden sich zwei Füller – beide ganz gewöhnlich, mit kleinen Goldringen verziert. Sie mochten Velies Füller ähneln. Vielleicht gehörte einer davon ihm. Ich hatte keine Möglichkeit, es herauszufinden, aber letztendlich war das auch egal.

Als ich das letzte Mal in Mutters Handtasche geschaut hatte, waren mir keine Füller aufgefallen. Womöglich hatte sie sie schon immer gehabt. Ich bezweifelte das zwar, aber vielleicht hatte sie sie wirklich schon besessen.

Ich brauche gar nicht erst erwähnen, dass Mutters Handtasche, wie die von jeder anderen Frau, noch eine große Zahl anderer Dinge enthielt, darunter ein beträchtliches Bündel Geldscheine. Ich zählte sie – etwas, das sie so gut wie nie tat (womöglich konnte sie nicht zählen?) – und kam auf eine Summe von über siebenhundert Dollar. Ich nahm hundert davon an mich und fügte sie den mehreren Hundert Dollar hinzu, die sich bereits in meinem Besitz befanden; Geld ist ja *so* nützlich, finden Sie nicht? Dann verließ ich das Schlafzimmer, kehrte ins Wohnzimmer zurück und räumte die Teller ab.

Ich spülte sie und stellte sie weg.

Mutter kam aus dem Bad, den Morgenmantel eng um sich geschlungen.

Ohne mich eines Blickes zu würdigen ging sie ins Schlafzimmer und schloss die Tür. Erst nach einer ganzen Weile hörte ich, wie sie zu Bett ging.

Ich zögerte, haderte mit mir selbst. Fragte mich, ob ich nur dieses eine Mal der Strafe entgehen konnte, von der ich wusste, dass sie kommen würde. Von der ich schon im Voraus wusste, dass ich ihr nicht entgehen konnte, ihr niemals entgehen würde. Das einzige Entkommen war der Tod.

Denn ich hasste die Strafe, das fürchterliche Versprechen, das darin verborgen lag, und zugleich gierte ich danach. Und vielleicht bettelte ich durch mein Verhalten auch danach.

Ich bettelte um Folter …

Ich ging in mein Schlafzimmer und zog mich aus.

Nackt setzte ich mich auf die Bettkante und wartete. Rauchte eine Zigarette nach der anderen. Denn das gehörte zur Strafe, zur Folter dazu. Das Warten. Die Erwartung. Ich fragte mich, ob ich wohl wirklich bekommen würde, was ich so fürchtete und wonach ich mich zugleich so sehnte.

Fast eine Stunde verging. Dann hörte ich es an der Wand zu ihrem Schlafzimmer dreimal klopfen.

Unwillig – begierig – stand ich auf und schaltete das Licht in meinem Zimmer aus. Langsam ging ich ins Wohnzimmer und löschte auch dort das Licht. Zögernd und stolpernd suchte ich mir im Dunkeln den Weg zu ihrer Schlafzimmertür.

Drehte den Knauf.

Ging hinein.

Es war stockfinster, doch das Bett knarrte leise, knarrte wiederholt, leitete mich zu sich und zu ihr. Ihre Arme streckten sich ins Dunkle, umfingen mich, drückten mich eng an ihre nackte Haut. Und dann küsste sie mich zögernd, und ihre Zunge huschte über meine Lippen.

Ich stöhnte, und meine Zunge versteifte sich, als ich versuchte, sie vorzuschieben. Sofort waren ihre Lippen fest versiegelt. Ich ließ meine Hände heimlich zu ihrem Hintern gleiten; in Sekundenbruchteilen waren die Pobacken hart vor angespannten Muskeln, und sie schob die Hände fort und zwang meine Arme wieder zu ihren Schultern hinauf.

Die Beine hatte sie übereinandergeschlagen. Fest. Und wenn die Beine einer Frau in dieser Position sind, dann war es das. Das war's, mehr gibt es nicht.

Und da lagen wir. Ein nackter Mann und eine nackte Frau, die sich in der Dunkelheit eng umschlungen hielten. Wir hätten ebenso gut tausend Meilen auseinander sein können. Genauso bedeutungslos war es.

Zumindest für mich.

Nach einer ganzen Weile – Minuten für sie, Jahrhunderte für mich – gab ihr Körper nach, und ich hörte einen leisen, ekstatischen Seufzer. Und ich wusste, sie hatte erreicht, was mir verweigert worden war.

»Also gut«, sagte sie dann kühl, »wir haben uns geküsst und wieder versöhnt. Du bist doch nicht mehr wütend auf Mutter, oder?«

»Mutter«, stöhnte ich. »Mary, um Himmels willen …!«

»Du darfst deine Mutter nicht beim Vornamen nennen.« Ihre Stimme klang pedantisch. »Das gehört sich nicht.«

Na gut, sagte ich, sie habe ja gewonnen, verdammt. »Aber um Himmels willen, Ma… Mutter. Wenn du nur …«

»Diese Flucherei gehört sich auch nicht. Ich möchte dich ja wirklich glücklich machen« – mit sinnlicher Stimme –, »damit du dich vollkommen wohlfühlst, aber solange du fluchst und gemein bist und mich so hasst …«

Das würde ich nicht mehr tun, sagte ich. Ehrlich und wahrhaftig nicht. Ich würde alles tun, was sie wolle, wenn ich nur …

»Was willst du denn?«, unterbrach sie mich kühl. »Ich hoffe doch, es ist nicht das, was du anzudeuten scheinst.«

Ich würde nur wollen, was sie mir schon seit Jahren verspreche, entgegnete ich. Nicht mit Worten, aber in Taten. Ich hätte ein Anrecht darauf, verdammt. Denn wenn sie sich weiter so aufführen würde wie bisher – was sie alles tat, um mir ihre Verachtung und ihren Hass zu zeigen –, wenn sie das Schlimmste tun würde, was eine Frau einem Mann antun könne …

»Ich bin müde«, fiel sie mir ins Wort. »Sei so nett und geh bitte in dein Zimmer.«

»Den Teufel werde ich tun!«, rief ich. »Erst stellst du so etwas mit mir an, und dann sagst du, ich solle zu Bett gehen und …«

»Und du gehst. Weil Mutter … nun, vielleicht wird sie dir morgen Nacht etwas Hübsches geben, wenn du den ganzen Tag ein wirklich braver Junge bist und nichts tust, um sie zu ärgern.«

Ich ging hinüber in mein Bett.

Das war die letzte Drehung der Schraube. Der letzte Schlag mit der Peitsche des Folterers.

Hoffnung im Angesicht unausweichlicher Abweisung. Stets gab es Hoffnung für die nächste Nacht oder die darauf oder die folgende. Und ich wusste, dass jede dieser Nächte nichts als Enttäuschung bringen würde.

Am Morgen begleitete sie mich ein Stück auf dem Schulweg. Ab und zu schaute sie mich an und lächelte, oder sie packte meinen Ellbogen und drückte eine Brust dagegen.

»Bis heute Abend, hm?«, sagte sie und wollte in Richtung Stadt weitergehen. »Heute bist du Mutter zuliebe ein wirklich braver Junge, und vielleicht wird Mutter heute Nacht wirklich gut zu ihrem Jungen sein.«

Ich schüttelte den Kopf und machte mich von ihr los. »Gott«, sagte ich, »wie sehr du mich hassen musst!«

»Aber Schätzchen!«, schmollte sie. »Natürlich hasse ich dich nicht!«

»Fahr zur Hölle«, erklärte ich. »Fahr doch einfach zur Hölle!«

Ich stapfte weiter in Richtung Schule, ohne mich noch einmal umzusehen. Doch ihr Lachen verfolgte mich. Amüsiert, lockend. Hasserfüllt.

9.

Der Tempel der Bedeutungslosigkeit ist umgeben von einem hohen Turm aus Elfenbein, bewohnt von Trotteln, Spaßmachern, Zauberern, Psychopäderasten, mentalen Masturbationisten und Spundlochstechern, die jeden Morgen vor den Priestern der großen Göttin Vox populi knien, ihr Lob preisen, furzen, schnauben und zurückschrecken, bis der anrüchigste Gestank wie Parfum erscheint und der Geruch von Kot leicht mit dem Duft wilden Honigs zu verwechseln ist.

Der Tempel ist nur über eine einzige Treppe zu erreichen, so schmal und mit derart unregelmäßigen Stufen, dass nur jene, die mit ihren Proportionen willkürlich gewählte Maße treffen, sie erklimmen können. Des Weiteren sind die Seitenwände mit fotoelektrischen Zellen versehen, die all jene ausmustern, die nicht einer vorbestimmten Farbe oder Gesichtsform entsprechen; alle anderen werden von einer riesigen Herkulesstatue hinuntergestoßen, die eine mächtige Schaufel schwingt und so die Ausmistung des Augiasstalls nachspielt. Und selbst wenn man die Treppe erklommen und das Tor zur Bedeutungslosigkeit erreicht hat, kann einem noch immer der Zutritt verweigert werden. Denn vor jedem Eingang, den man durchschreiten oder vor dem man für immer alle Hoffnung fahren lassen muss, hockt eine der drei Schicksalsgöttinnen Lachesis, Klotho und Atropos, die nach ausgeklügeltem Plan sporadische Ströme reiner Säure pissen, und unter ihnen steht Hydra, deren Schlangen auf dem Haupt nach den willigen Verehrern am Tempel schlagen und sie beißen. Und wie schon zu Beginn, als man sich an den Aufstieg wagte, als man die Reise treppauf begann, beruht der Erfolg nicht auf Intelligenz, sondern auf Konformität, nicht auf Ambitionen und Entschlossenheit, sondern auf behände Füße und allumfassender Heimlichtuerei. Man mag sich ruhig fragen, warum dies so sei, wie zahllose andere es schon getan haben. Die Antwort lautet, es war schon immer so, und es wird auch immer so bleiben.

… Es war kein guter Tag für mich. In diesem matschigen Morast der Nachgeburt, den ich für mein Linsengericht erhalten hatte, ohne meine Einwilligung oder auch nur ein »Verpiss dich«, sollte es doch zumindest einen guten Tag geben, so wie selbst im schwärzesten Tunnel am Ende ein Licht aufscheint. War es aber nicht. Alle meine Tage stinken, doch manche von ihnen sind ein wenig besser als andere: manche sind gar mit Flecken von Klarheit durchsetzt. Dieser zählte allerdings nicht dazu.

Der Grund dafür war, wie immer, Mutter. Die Strafe, die sie mir in der Nacht zuvor und den vielen vorangegangenen Nächten zugedacht hatte. Denn im Nachhinein wuchs (wie immer) der Verdacht in mir, ob das, was wie der Ausbund des Teuflischen erschien, nicht tatsächlich nur der Gipfel der Unschuld war.

In der völligen Dunkelheit der Wohnung hatte ich nichts gesehen – erheblich weniger, als ich normalerweise bei Tageslicht sah, wenn sie völlig bekleidet war. Ebenso hatte ich nichts Körperliches von ihr gespürt, nicht mehr jedenfalls, als wenn sie mich am Tag geküsst oder umarmt hätte, usw., usw. Sie hatte mir, wie sie es nannte, verziehen – wir hatten uns »wieder versöhnt« –, und obwohl dies in ihrem Bett stattgefunden hatte, bewies diese Tatsache doch nur ihre Unschuld und nicht ihre Schuld, oder?

Ich will sagen, welche Frau außer der dümmsten Frau der Welt – ein Titel, der ihr durchaus zustand –, würde einen erwachsenen Sohn mit ins Bett nehmen, um sich zu »küssen und zu versöhnen«?

Und welcher Sohn, wenn er nicht völlig pervertiert und verdorben war, würde diesen Akt im schlimmsten Falle anders erklären als mit völliger Unwissenheit?

Denn sie *war* unwissend. Ihre Gespräche strahlten nur so von angelesenem Wissen, ihre ganze Haltung drückte Cleverness aus. Doch wenn man an dem Lack kratzte (und nur ich hatte mir die Mühe gemacht), dann stieß man auf eine geistesschwache Stupidität, die alle Vorstellungen sprengte.

Also …

Also war an ihr nichts falsch. Ihr Benehmen war, angesichts ihrer Geistesgröße, völlig normal.

Ich war hier der Irre, ich war der Pervertierte. Ich war es, der eine gute, wenn auch ignorante Frau auf sein eigenes niedriges Niveau herabzog.

»… die philosophische Schule des Pragmatismus. Ich spreche mit dir, Allen.«

Es war Mr. Egger, der Lehrer für Philosophie, eines meiner Zwei-Stunden-pro-Woche-Fächer. Ich schreckte auf, als er mich fragend anstarrte.

»Pragmatismus«, sagte ich. »Nun, ich fürchte, es gibt wahrscheinlich mehr Definitionen für den Begriff, als ich in einer halben Stunde aufschreiben könnte, Mr. Egger.«

»Das fürchte ich auch«, erwiderte er trocken, womit er andeuten wollte, ich wisse nicht, wovon ich spräche, und heimste sich Gelächter für seine Bemerkung ein. »Da Ihre Gedanken gerade anderswo zu sein scheinen …«

»Pragmatismus«, unterbrach ich ihn, »und ich drücke mich hier ganz allgemein aus, neigt dazu, die Dinge auf die engstirnigste Art und Weise zu betrachten, die möglich ist. Anders ausgedrückt, solange wir es nicht anziehen, trinken oder essen können oder es uns kein Vergnügen bereitet, ist es vollkommen wertlos.«

»Hm«, machte Mr. Egger, und dann wieder, »hm.« Dann fragte er mich, ob ich ein wenig ausführlicher sein könne. Sicher, antwortete ich, das könne ich, also tat ich es:

»Pragmatismus ist eine rein praktische Sicht der Dinge, im Gegensatz zu einem, sagen wir, aristotelischen Standpunkt. Beispiel: Der Pragmatiker würde die Stühle in diesem Raum einfach als Gegenstände betrachten, auf denen man sitzt, statt als etwas, das ein inneres Bedürfnis befriedigt.«

»Und«, fragte Mr. Egger, »was wäre das?«

»Das kommt ganz auf den Einzelnen an, schätze ich, und auf den Zustand des Stuhls, auf dem er sitzt. Angesichts des schlechten Zustands der Stühle in diesem Raum sind die meisten von uns allerdings gezwungen, eine fötale Sitzposition einzunehmen, und wenn wir davon ausgehen, dass Freud mit seinem Konzept, dass wir alle den Wunsch hegen, in den Mutterleib zurückzukehren, recht hatte, dann ist das hier befriedigte innere Bedürfnis …«

»Das innere Bedürfnis, das *ich* jetzt befriedigen werde«, unterbrach mich Egger streng, »ist, dich in Mr. Velies Büro zu schicken.«

»Sir«, sagte ich, »ich verstehe nicht.«

»Hauptsache, Mr. Velie versteht.« Egger zeigte auf die Tür. »Und nun, raus hier.«

»Ich entschuldige mich, Sir. Tut mir leid, dass ich Freud erwähnt habe, das meine ich ehrlich.«

Egger zögerte und sagte dann: »Nun. Nun, in dem Fall …«

»Ich bin überzeugt, dass Freud unrecht hatte«, fuhr ich fort. »Ich glaube, dass unser aller unbewusster Wunsch nicht die Rückkehr in den Mutterleib ist, sondern in den Penis. Schließlich ist die Quelle unserer Herkunft der Penis, genauer gesagt, der ihm entspringende Samen. Der Mutterleib ist nur das Gefäß für …«

»RAUS MIT IHNEN!«, schrie Egger. »RAUS, RAUS, RAUS!«

Ich verließ den Raum ohne ein weiteres Wort, da Egger offensichtlich kurz davor stand, mir etwas an den Kopf zu werfen. Ich ging aufs Klo und rauchte eine, trödelte dort ein wenig herum und fragte den Schwarzen, der aufwischte, wie ihm sein Job gefiele.

»Ich finde, er ist eine ziemliche Scheiße«, sagte ich.

»Erde«, korrigierte er mich. »Denn du bist Erde und sollst zu Erde werden. Das steht schon so in der Bibel, jawoll.«

»Is nich wahr!«, meinte ich.

Ich ging wieder nach oben und betrat das Büro des Direktors. Josie wollte wissen, warum ich dort sei, und unterdrückte angestrengt einen Lachanfall, als ich es ihr sagte.

»Ach du meine Güte, Allen Smith! Was mach ich nur mit dir?«

»Nun, ich hätte da einen Vorschlag …«

»O nein!«, sagte sie und senkte ihre Stimme. »Hast du gestern Abend Daddy gesehen?«

Ja, hätte ich, sagte ich und fügte eifrig hinzu, dass ich auch verdammt froh darüber sei. Josie meinte, ihr Vater sei auch sehr zufrieden mit mir gewesen.

»Er findet, deine Mutter ist ein wenig streng mit dir«, fuhr sie fort. »Ach, ich habe die Information zwar irgendwo in den Akten, aber was genau macht sie eigentlich? Ich meine, was arbeitet sie?«

»Sie verkauft ihren Hintern«, antwortete ich.

»Verkauft – *Allen Smith!*«

»Du hast mich gefragt. Ich hab's dir gesagt. Was sollte sie mit so einem Körperbau denn sonst tun?«

»*Halt sofort den Mund!* Jetzt fällt es mir wieder ein. Sie ist Assistentin der Geschäftsleitung einer landesweit tätigen Firma.«

»Wenn du es sagst«, erwiderte ich. »Ich behaupte immer noch, dass sie …«

»Ich sage Mr. Velie, dass du hier bist«, unterbrach sie mich.

Josie ging zu der geschlossenen Tür von Velies Büro und verschwand kurz darin. Dann kehrte sie zurück und winkte mir zu; als ich an ihr vorbeikam, flüsterte sie schnell: *»Und jetzt reiß dich zusammen, hast du gehört?«* Ich zwinkerte ihr zu, trat ins Büro und schloss die Tür hinter mir.

Besorgt, aber wie von Mann zu Mann lächelte mich Velie an und runzelte zugleich die Stirn.

»Allen …«, er bedeutete mir, ich solle mich setzen. »Sie scheinen einen kleinen Umweg hierher genommen zu haben, aber das ist in Ordnung. Ich habe allerdings schon eine Nachricht von Mr. Egger erhalten. Es ist mir nicht ganz klar, was Sie gesagt haben, um ihn derart aufzubringen, aber, ähm …«

»Das erkläre ich Ihnen gern«, sagte ich, und während ich das tat, legte sich seine Stirn immer mehr in Falten. Als ich geendet hatte, sah er mich eine ganze Weile an, seufzte dann und fragte, ob ich das, was ich zu Egger gesagt hatte, tatsächlich hätte sagen müssen.

»Nun, ja, ich fand schon«, meinte ich. »Er hat mir eine Frage gestellt, und ich habe sie auf die einzige Art beantwortet, die ich wusste.«

»Das war allerdings nicht die Antwort aus dem Buch, Allen. Ich bin sicher, das ist dir klar.«

»Ich habe das Ganze ein wenig ausgeführt«, räumte ich ein. »Aber an meiner Antwort war nichts falsch, und alles lässt sich durch viele andere Bücher belegen.«

Velie räumte das missmutig ein und meinte, da hätte ich wohl zweifellos recht. Andererseits …

»Sehen Sie, Allen, kein anderer Schüler in der Klasse ist auch nur im Entferntesten so belesen wie Sie, da bin ich mir sicher, und ich weiß, dass keiner von ihnen auch nur annähernd so gebildet ist. Dazu gibt es eben die Schulbücher – die sind angepasst an Intelligenz und Bildung des durchschnittlichen Schülers.«

»Sie meinen wohl des dümmsten Schülers, nicht des durchschnittlichen, oder?«, widersprach ich. »Ganz wie bei Marx und Engels, um eine Parallele aufzuzeigen. Die Niedrigsten oder Ärmsten sind stets das entscheidende Maß.«

»Kann gut sein«, meinte Velie. »Kann gut sein. Aber wir haben gewisse Vorgaben einzuhalten – Standards, die vom Staat festgelegt sind –, und nach denen werden wir uns richten. Sonst …!«

»Das erinnert mich an ein Zitat von Henry Ford Sr. aus den Tagen des Model T«, sagte ich. »Er meinte, ein Kunde könne jede Wagenfarbe haben, die er möchte, solange es Schwarz sei.«

»Henry Ford war einer der erfolgreichsten Männer der Nation, Allen.«

»Wie konnte er sich da irren?«, sagte ich.

Velie sah auf seinen Schreibtisch, dann hob er die Augen. Dann sah er wieder auf seinen Schreibtisch, trommelte mit den Fingern darauf, als morse er um eine Antwort, die er anders und andernorts nicht finden konnte.

»Allen«, meinte er schließlich, »ich weiß, Sie sind im Grunde Ihres Herzens ein feiner junger Mann. Das haben Sie gestern mit Ihrer offenherzigen Vergebung mir gegenüber bewiesen, als ich so überaus falschgelegen hatte. Dennoch …«, er seufzte schwer, »dennoch …«

Er öffnete eine Schreibtischschublade, nahm einen Notizblock heraus, fing an zu schreiben und sprach, ohne den Blick zu heben.

»Ich schicke Sie für den Rest des Tages in die Freistunde. Ab morgen sind Sie für drei Tage vom Unterricht suspendiert.«

Er riss das Blatt vom Block und reichte es mir. Ich dankte ihm und stand auf.

»Wenn ich Sie um einen kleinen Gefallen bitten darf, Sir …«

»Aber natürlich! Sehr gern. Ich werde Ihrer Mutter erklären, dass ich Ihnen bei dieser Angelegenheit keine Schuld gebe … ähm, nun, zumindest nicht Ihnen allein.«

»Danke«, sagte ich »aber darum wollte ich Sie nicht bitten. Ich wollte einfach nur vorschlagen, dass Sie morgen auf den Herkules achtgeben sollen, wenn Sie den Tempel betreten.«

»Herkules?« Velie blinzelte. »Tempel?«

»Die heiligen Hallen mit dem Elfenbeinturm. Oder sollte ich besser sagen, die hohlen Hallen, in denen die Ignoranz regiert? Herkules steht am Eingang, seine große Schaufel voll mit dem, was aus den Ställen kommt, und jene, die womöglich so etwas wie Bedeutung in der Tasche haben, kriegen eine Ladung von, Sie wissen schon, ins Gesicht.«

Velie leckte sich die Lippen und machte eine kleine Handbewegung, so als wollte er mich unterbrechen. Dann holte er zu einer größeren Geste aus: Ich solle verschwinden, um Gottes willen. Einfach raus. Wer zum Henker braucht schon einen neunmalklugen Nigger?

Das Schicksal des Niggers ist das Klo.

»Entschuldigen Sie bitte, Sir«, sagte ich, »ich hätte noch eine letzte Frage …«

»Raus damit. Nur raus damit, Allen«, meinte Velie.

»Sind Sie sicher, ist das wirklich in Ordnung?«

»Ja. Ja.«

»Was ich Sie fragen wollte, war, ob ich Ihnen sagen könnte, dass Sie sich ins Knie ficken sollen?«

Er sah mich ruhig an, und langsam wurde er rot. Nach einer Weile nickte er.

»Ich werde Ihnen das dieses eine Mal durchgehen lassen.«

»Ficken Sie sich ins Knie, Sir«, verkündete ich.

10.

Liz und Steve Hadley hatten an jenem Tag in der letzten Stunde ebenfalls eine Freistunde, und wir gingen gemeinsam zu ihrem Wagen. Sie hatten von meiner Suspendierung gehört, nicht von Josie Blair, sondern durch Eggers Prahlerei. Sie waren voller Mitleid für mich. Doch inwendig sorgten sie sich um sich selbst.

Meine Mutter würde doch sicher wütend auf mich sein, oder?

Sie würde mir doch bestimmt für eine ganze Weile nicht erlauben, Gäste einzuladen – oder?

O doch, antwortete ich; Mutter sei sehr verständnisvoll, was mich anginge. Und sie würde sich mir niemals in den Weg stellen, wenn ich etwas tun wolle.

»Ich hoffe nur, es ist in Ordnung, wenn sie eure Eltern telefonisch einlädt«, fuhr ich fort. »Sie ist so beschäftigt, dass eine schriftliche Einladung einfach zu viel Mühe für sie wäre.«

Aber natürlich, meinten sie, eine mündliche Einladung würde vollkommen ausreichen. Nur ein kurzer Anruf bei Dr. S. J. Hadley – bei *ihm*, nicht bei ihrer Mutter (die niemals irgendwo hinginge).

»Bestens«, sagte ich. »Ich werde mich darum kümmern.« *Und um euch hochnäsiges Pack!*

Liz drückte sich an mich, und eine ihrer sorgsam manikürten Hände lag auf meinem Oberschenkel. Während Steve diplomatisch in eine andere Richtung sah, knabberte ich ein wenig an ihrem Ohr, und sie kicherte und drängte sich enger an mich. Offenbar hatte sie sich damit abgefunden, den alten Knaben in sich aufzunehmen; ja, sie hatte sogar den Punkt erreicht, an dem sie sich darauf freute.

Wir kamen nach Woodside und hielten vor einem eindrucksvollen Wohnhaus. Die Praxis ihres Vaters – Dr. Hadleys Praxis also – lag an der Ecke im Erdgeschoss, markiert durch ein hübsches Messingschild neben dem filigran gemauerten Backsteineingang:

DR S. J. HADLEY
Arzt und Chirurg
SPRECHSTUNDEN
9–11 Uhr und 19–21 Uhr

Die Wohnung der Familie lag hinter den Praxisräumen und verfügte über einen separaten Eingang. Sie hatte sechs Zimmer, eine Tatsache, auf die mich Steve und Liz allerhöchstens vier- oder fünfmal aufmerksam machten, während sie mir die Wohnung zeigten. Wir endeten in der großen und teuer ausgestatteten Küche, wo Steve den Kühlschrank öffnete und fragte, was ich denn gern zur Erfrischung hätte.

»Ach, etwas Einfaches«, meinte ich. »Einen kleinen Scotch mit Soda und ein wenig Pastete.«

Die beiden wechselten überraschte Blicke, und Steve schluckte hörbar. Dann bemühte er sich um Lässigkeit und meinte, sie hätten natürlich einen Scotch da *(der ihres Vaters, natürlich)*, aber, ähm, Pastete? *Pastete?*

»Gänseleber wäre in Ordnung«, erklärte ich. »Ich ziehe importierte vor – französische, natürlich. Aber falls ihr nur einheimische habt …«

Ich unterbrach mich und sah die beiden an. Ich zwinkerte Liz unmerklich zu, sah, wie ein wissender Ausdruck in ihren Augen erschien, dann wandte ich mich an Steve, zückte die Brieftasche und drückte ihm einen Zwanziger in die Hand.

»Es gibt ein kleines Delikatessengeschäft an der 85th Street, Ecke 7th Avenue«, erklärte ich. »Oder vielleicht 75th und 8th Avenue. Jedenfalls heißt es Angelo's, und das ist der absolut einzige Ort in ganz New York, wo du eine gute importierte *paté de foie gras* bekommst.«

Steve hätte nicht überraschter aussehen können, wenn ich ihn gebeten hätte, in den Himmel aufzufahren und Petrus in die Gesäßtasche zu pinkeln.

»A-aber … aber das ist in Manhattan!« Er fuchtelte verzweifelt mit den Händen. »Bis ganz in die Innenstadt! Ich muss über die 59th Street Bridge und … und du weißt noch nicht mal die genaue Adresse …«

»Steve«, mahnte Liz. »Steve!«

»… und wer weiß, wann ich wieder zurück bin. Ich würde dir ja gern den Gefallen tun, Allen, aber …«

»Steve!«, mahnte Liz.

»Ähm, ja?« Steve fuhr herum. »Was ist, Schwesterherz?«

»Allen ist unser Gast. Ich bin ziemlich sicher, wenn wir bei ihm zu Besuch sind, wird er keine Ausreden finden, um seine Pflichten als Gastgeber zu erfüllen.«

Damit war die Auseinandersetzung beendet. Steve war in weniger als einer Minute auf dem Weg – zur 85th Street und 7th Avenue oder 75th Street und 8th Avenue. Oder wohin auch immer. Ich wusste ja selbst nicht, wo Angelo's Delicatessen war, außer in meiner Fantasie.

Liz wies schüchtern auf den Kühlschrank und fragte, ob ich etwas essen wolle. Später vielleicht, antwortete ich, im Augenblick sei mir mehr nach dem Üblichen.

Sie sah mich verständnislos an, verstand offenbar nicht, was ich meinte. Sie war also wohl tatsächlich Jungfrau. Ich nahm sie bei der Hand und führte sie durch die Wohnung zur Praxistür. Ich drehte am Türknauf, doch sie riss sich beunruhigt los.

»Daddy erlaubt uns nicht, dort hineinzugehen! Außerdem ist die Tür abgeschlossen.«

Ich meinte nur zu ihr, sie könne sich wieder abregen. Dann zog ich einen schmalen Zelluloidstreifen aus der Tasche – ich glaube an gute Vorbereitung, Sie nicht? Ich bin auf nahezu jede Situation eingestellt, vom Niggerschlitzen mit einer Rasierklinge bis zum Blasrohrbeschuss eines dicken Weiberarsches.

Ich öffnete das Schloss mit dem Zelluloidstreifen und zog Liz über die Türschwelle. Neben dem Büro und dem Empfang gab es noch ein Röntgenlabor und zwei Untersuchungszimmer. Ich führte Liz in eines davon und sagte zu ihr, sie solle sich ausziehen.

»Aber doch nicht *alles.*« Mit Blicken flehte sie mich an. »Kann ich nicht nur einen Teil ausziehen? D-du weißt schon – da, wo es ist?«

»Ah«, meinte ich nur. »Aber vielleicht ist es jetzt anderswo. Das macht es öfter, weißt du? Vielleicht vertue ich mich und lande in der falschen Tasche.«

»W-was?«

»Ach, nichts, Schätzchen.« Ich gab ihr einen sanften Kuss auf die Stirn. »Zieh dich einfach nur aus, und ich werde sehen, was ich für dich tun kann.«

Ich ließ sie im Untersuchungszimmer zurück und schloss die Tür hinter mir. Dann besah ich mir die Schränke und Schubläden im Büro, bis ich das Gesuchte fand. Für das geübte Auge – und bei Gott, meins ist geübt! – ist es leicht zu finden. Man lässt einfach den Blick schweifen, bis er an der unauffälligsten Stelle hängen bleibt. Und da wird sie sein, die Schublade mit den Betäubungsmitteln.

Ich knackte das Schloss mit einer Sonde. Ich probierte den Inhalt mehrerer Behältnisse mit der Zungenspitze, bis ich gefunden hatte, wonach ich suchte. Zu dem Zeitpunkt war ich schon ein wenig high, nur vom Probieren, also füllte und versiegelte ich schnell ein paar kleine Umschläge, steckte sie in die Taschen und verriegelte das Schloss wieder.

Höchste Zeit, denn aus dem Zimmer, in dem Liz war, drang ein leises, furchtsames und ungeduldiges Hüsteln. Ich riss die Tür auf, und da stand sie – versuchte, ihre Nacktheit mit den Händen zu verbergen. Ich versicherte ihr, dass ihre Bemühungen völlig unnötig seien. Sie hatte fast so viele Haare im Schritt wie auf dem Kopf.

»Wenn es nicht so lockig wäre«, sagte ich und half ihr auf den Untersuchungsstuhl, »dann hättest du dir einen Bubikopfschnitt verpassen lassen können. Denk doch nur mal! Du wärst die einzige schwarze Braut in der Stadt mit einer Pagenmuschi.«

»Bitte«, schluchzte sie hilflos und versuchte, ihre Titten mit den Händen zu beschirmen (was dem Versuch ähnelte, Wassermelonen unter Fingerhüten zu verstecken). »Rede n-nett mit mir.«

»Sie werden hysterisch, Madam«, mahnte ich sie streng. »Schließlich kann die Medizin nicht alles.«

Die ganzen Drogen machten mit mir, was sie wollten. Ich war voll drauf und kurz davor davonzufliegen.

Ich legte ihre Beine in die Beinstützen des Untersuchungsstuhls und schob sie so weit auseinander wie möglich. Liz stöhnte auf, schrie beinah vor Schmerz, und dann drückte ich ihre Schamlippen auseinander und besah sie mir ganz berufsmäßig.

»Hm«, machte ich, trat zurück und strich mir gedankenvoll übers Kinn. »Hm. Genau, wie ich mir gedacht habe.«

»W-was ist denn?«, flüsterte sie unter Tränen.

»Gut möglich«, sagte ich.

»M-möglich?«

»Es gibt Parallelen zu einem Fall, von dem ein Landarzt im *Journal of the American Medical Association* berichtet hat. Er war tatsächlich ein so verbumstes Landei, dass seine Sprechstundenhilfe, die er regelmäßig bumste, da er kein anderes Landei zur Verfügung hatte, einen Maiskolben als Toilettenpapier benutzte. Da der Arzt durch regelmäßiges, inniges Bumsen in regelmäßigen Intimkontakt gekommen war, deutete er an, dass ihr Schlitz wie ein aus dem Plumpsklo gezogenes Stinktier röche, und fragte sie, welche Waschgewohnheiten sie denn habe. ›Massa Doktor‹, antwortete sie (sie war so schwarz wie du, musst du wissen), ›am Abend, da steh ich im Waschzuber, jawohl, und wasch mich, so hoch, wie ich komm, und dann wasch ich mich so weit runter, wie ich komm, ja.‹ – ›Aha!‹, sagte der Arzt. ›Also, heute Abend *setzt* du dich in den Zuber und wäschst dich – *ich komm.*‹«

Lizbeth schluchzte heftig. Ich bezweifelte, dass sie irgendwas von dem verstanden hatte, was ich gesagt hatte. Ich sah sie an – nicht länger professionell. Ich hob ihre Beine aus den Stützen und nahm sie in die Arme. Dann trug ich sie zurück zur Bank, legte sie vorsichtig darauf und kniete mich neben sie.

»Tut mir leid, Schätzchen«, sagte ich und weinte selbst ein wenig. »Du riechst gut, wie alle feinen Düfte der Welt zusammen. Und du bist schön und warst gewillt, dich mir hinzugeben, was ebenfalls schön war. Du bist eine eingebildete Ziege, aber dafür kannst du nichts. Du bist ein rotznäsiger kleiner Snob, aber auch dafür kannst du nichts. Das Einzige, was wirklich falsch ist, liegt in mir, deshalb kann ich nicht mit dir schlafen, sosehr ich es auch will. Ich weiß nicht, warum, nicht genau, aber … aber …«

Ich wusste, warum.

Ganz genau.

Aber das konnte ich ihr nicht sagen, niemandem. Es war am besten, nichts zu sagen, einfach dort liegen zu bleiben und an ihrem nackten Bauch zu weinen, bis sie den einzigen Grund erfand, mit dem sich eine Frau jemals zufriedengibt.

»Ich verstehe, Schatz.« Sanfte Finger fuhren mir durchs Haar. »Du hast mich geliebt, deshalb konntest du mir nicht wehtun. Und um mir nicht wehzutun, wolltest du mich dazu bringen, dich zu hassen.«

Ich schniefte und schnüffelte. Es war gerade nichts anderes in der Nähe, also drückte ich meine Nase gegen ihr buschiges Schamhaar. Sie lag einen Augenblick ganz still und drückte dann, ganz sacht, ihren Rücken durch.

Ich zögerte und wartete ab, was als Nächstes geschah.

Es geschah, und zwar genau das, was man in einer solchen Situation erwartete. Ein Zurechtrücken ihres Körpers. Ein Öffnen der Schenkel. Ein sanft drängender Druck auf meinen Kopf.

Mein Stichwort, um mich dumm zu stellen und klug zu handeln. Entweder das, oder ich musste eine meiner Lieblingsaversionen abschreiben.

Denn falls ich mich jemals in diesem Busch verlieren sollte, dann würde man mich mit Gewalt daraus befreien müssen.

Dann hätte ich einen Bart im Gesicht und einen Schnurrbart auf der Zunge.

Sie schien ein wenig enttäuscht zu sein, und ich stand auf und half ihr mit den Kleidern. Mit etwas Stupsen und Tätscheln und ein wenig Kneifen hier und da vertrieb ich ihre Trübsal. Und sie wurde so liebevoll, dass ich Mühe hatte, sie aus der Praxis des alten Herrn zu bugsieren und die Tür zu verriegeln.

Ich hatte noch viel mehr Mühe, als ich gehen wollte.

»Aber doch jetzt noch nicht, Allen! Erst wenn Steve wieder zurück ist. Ich weiß, du hast ihn auf den Holzweg geschickt, aber …«

»Wohl eher auf den Leberweg«, entgegnete ich lachend. »Ich würde ja gern bleiben, Liz, aber …«

»Aber er schuldet dir zwanzig Dollar. Er wird sie dir natürlich morgen zurückgeben, aber … aber – der Scotch, Allen! Du hast doch gesagt, du wolltest einen Scotch.«

Das könne ich nicht annehmen, erwiderte ich. Ich sei schon von was anderem ganz besoffen. War ich auch: von den Drogen. Sie als Frau las daraus: trunken von Liebe.

»Also gut …« Sie seufzte, legte mir die Hände auf die Schultern und drückte ihr Becken gegen mich. »Wenn du unbedingt musst …«

»Ja, wirklich«, beteuerte ich. »Mir ist gerade eingefallen, dass Mutter heute Abend früher heimkommt.«

Sie brachte mich zur Tür und hielt meinen Arm dabei so fest umklammert, dass sich unsere Oberschenkel aneinanderschmiegten.

»Nächstes Mal, oder?«, fragte sie, als ich nach dem Türknauf griff. »Das ist schon in Ordnung, ich weiß ja jetzt, wie sehr du mich liebst.«

»Ich liebe dich zu sehr«, erwiderte ich. »Ich könnte niemals zulassen, dass du ein solches Opfer bringst.«

»Aber ich möchte! Wirklich, mein Schatz.«

»Ich fürchte, das geht nicht«, sagte ich würdevoll und dachte, *Himmel! Wie schmalzig wirst du denn noch?* »Nur wenn es jemand wäre, den ich nicht wirklich liebte – irgendein Mädchen …«

»Jemand wie Josie Blair?«

»Na ja, ähm, niemand Speziellen, aber …«

»Ich sage dir mal was!« Liz trat mit funkelnden Augen einen Schritt zurück. »Wenn ich dich jemals mit

Josie Blair oder irgendeiner anderen erwische, dann … dann …«

»Ich muss los«, sagte ich und ging.

Ich musste etwa sechs Blocks weit gehen, bis ich ein Taxi fand, was mich wieder ein wenig nüchtern machte, und die Heimfahrt erledigte den Rest. Als ich den Weg zu unserem Mietshaus entlangging, flog die Haustür zum Nebengebäude auf, und die fette Mrs. Sanders, die mit Herbert Hoover als Baby, oder Charles de Gaulle oder Winston Churchill – alle Babys sehen aus wie Hoover, de Gaulle oder Churchill –, Mrs. Sanders also stürzte heraus und kam hinter mir her wie eine Bulldogge hinter einem Knochen.

Natürlich ging ich davon aus, dass sie mich vermöbeln wollte, also machte ich mich bereit, ihr einen ordentlichen Tritt in den Magen zu verpassen. Als sie näher kam, bemerkte ich, dass sie stur geradeaus stierte und mich nicht mal sah. Ich trat ein wenig beiseite, ließ ihr genug Platz, und sie schoss ohne ein Wort vorbei und verschwand um die Ecke eines der anderen Gebäude.

Ich sah ihr mit einer trüben Vorahnung nach und hoffte inständig, dass dem kleinen Herbert (oder Charlie oder Winston) nichts Schlimmes zugestoßen war. Ich mag Babys – Babys, Tiere und alte Leute. Ich meine, die sind alle völlig versaut (ohne Spaß an Saukram zu haben); sie pinkeln und scheißen, wann und wo es ungelegen kommt, und sie essen und schlafen, wenn andere es ihnen sagen, nicht dann, wenn es ihnen passt.

Es gibt natürlich Ausnahmen. Manche Babys haben das Glück, von Ratten verspeist zu werden, nicht von ihren Altvorderen. Manche Altvorderen haben das Glück, sich zu Tode zu trinken, bevor die Jüngeren sie verspeisen. Und manche Tiere erleiden das Schicksal, von Autos überfahren oder vergiftet zu werden, bevor ihre Besitzer sie einem wahrhaft schmerzlichen Ende zuführen.

Die Welt ist beschissen.

Der Große Schwarze Vater allein, der Gott der Nigger, dieser Experten im Scheiße-Aufwischen, kann uns wieder zurück auf den Pfad hin zu bio-ökologisch verträglicheren Lebensumständen führen.

Ich schaute La Sanders nach, wie sie den Weg entlangstapfte, drehte mich um und wäre beinahe mit einem streitsüchtigen kleinen Mann zusammengestoßen, der mich lauthals einen dreckigen Nigger schimpfte und Anstalten machte, mit der Faust auszuholen, um mir eine zu verpassen.

Ich wusste sofort, um wen es sich handelte: um Mr. Sanders. Die Natur in ihrem unsinnigen Streben nach Erhaltung unserer Art musste natürlich eine hundertfünfunddreißig Kilo schwere Braut mit einem vertrockneten kleinen Furz wie diesem hier verkuppeln.

»Dreckige Nigger!«, brüllte er und zitterte wie ein Köter, der Kletten scheißt. »Warum könnt ihr nicht bleiben, wo ihr seid? Kaum gibt man euch den kleinen Finger, wollt ihr immer gleich die ganze Hand!«

»Tut mir leid«, sagte ich; mir war inzwischen klar, dass mit dem kleinen Herbie (oder Charlie oder Winnie) etwas richtig schiefgelaufen sein musste. »Es war ein Unfall, Mr. Sanders.«

Der Mann wirkte nicht überrascht, dass ich seinen Namen kannte. Natürlich nicht. Diese dürren kleinen

Scheißer haben immer ein derart aufgeblasenes Selbstbewusstsein, die würden sogar von der Queen erwarten, dass sie sie sofort erkennt.

»Tut es Ihnen nicht!« Er schüttelte mit seiner Faust vor meinem Gesicht. »Sie machen so was mit Absicht, genau so einer sind Sie.«

»Na, Sie sollten lieber gehen«, meinte ich. »Ihre Frau braucht Sie bestimmt.«

»Sagen Sie mir ja nicht, was ich zu tun habe! Ihr Nigger kommt einfach hierher und fangt an … fangt an … den Leuten vorzuschreiben, w-was …«

Er verhaspelte sich, und seine Augen füllten sich plötzlich mit Tränen. Ich klopfte ihm leicht auf die Schulter, und er legte einen Augenblick lang seine Hand auf meine und hielt sie dort fest. Dann ging er weiter, und ich betrat die Wohnung.

11.

Ich mixte gerade eine Karaffe Wodka Martini, als das Telefon klingelte. Ich ließ es klingeln, bis ich fertig war und eine reichliche Probe meines Könnens genommen hatte, denn meiner Erfahrung nach sind Telefone nichts weiter als Mittel zum Empfang schlechter Nachrichten – und davon gibt es ja verdammt noch mal genug. Doch als mir das unbeirrte Klingeln langsam auf die Nerven ging, hob ich schließlich den Hörer ab und bellte ein Hallo hinein.

»Allen …« Es war Mutter. »Wo, um alles in der Welt, warst du denn?«

»Nächste Frage«, meinte ich nur.

»Antworte mir, Allen!«

»Herrgott noch mal«, sagte ich. »Ich war auf dem Klo, und falls du wissen willst, was ich dort getan habe, ob hart oder fest und wie viel genau …«

Sie unterbrach mich mit einem geschimpften »Aber, Allen«; dann fügte sie hinzu, Mr. Velie habe angerufen, und ich scheine wohl einen harten Tag gehabt zu haben.

»Habe ich«, pflichtete ich ihr bei. »Also los, und mach ihn noch schlimmer.«

»Aber Allen«, sagte sie erneut. »Mr. Velie hat gesagt, du seist in dieser Angelegenheit völlig unschuldig und er habe dich eigentlich nur deshalb suspendiert, weil er keinen anderen Ausweg gewusst habe. Es ist also alles in Ordnung, Schatz. Das stellt mich allerdings vor ein Problem – deine Suspendierung, meine ich – gerade jetzt. Aber …«

Ihr Problem war nicht ganz neu und, soweit ich das beurteilen konnte, eher ein semantisches. Was sie denn mit mir machen solle, wenn sie außerhalb zu tun habe – wie es gerade jetzt der Fall sei? Sie müsse unbedingt hin, könne mich aber doch nicht einfach so allein lassen?

»Mach's wie immer«, antwortete ich. »Du tust, was du zu tun hast, also fahren. Und ich tue, was ich zu tun habe, also allein bleiben.«

»Aber diesmal ist es anders, Schatz. Du hast keine Schule und auch sonst keine Möglichkeit, die Zeit totzuschlagen. Und ich bin ein paar Tage fort. Wahrscheinlich das ganze Wochenende über.«

»Hör mal«, sagte ich. »Es ist doch ganz einfach. Entweder du fährst, oder du fährst nicht. Mach dir keine Sorgen, ich beschäftige mich schon. Erst mal werde ich sowieso die Wohnung ordentlich putzen, weil ich Freitag oder Samstag ein paar Leute zum Essen einladen wollte.«

»Was?« – in scharfem Ton – »Welche Leute?«

»Ein paar andere Nigger«, antwortete ich. »Meine Schwestern und Brüder, Lizbeth und Steve Hadley. Und vielleicht ihren Vater, einen Arzt und Chirurg.«

Tiefes Schweigen. Das sie schließlich durchbrach: »Ach, verstehe.«

»Ist was?«, fragte ich.

»Nein, nein. Ich habe gerade nachgedacht, hab versucht, mich zu erinnern, meine ich. Du hast die beiden schon mal erwähnt, oder?«

»Möglich«, antwortete ich. »Ich dachte eigentlich nicht, aber …«

»Du wirst doch nett zu ihnen sein, oder? Machst keinen Ärger oder sonst etwas, das du nicht darfst?«

Ich stöhnte und meinte nur, warum wir die ganze verdammte Sache nicht einfach vergessen würden? Mir war das so oder so vollkommen egal.

»Ich hab dir doch gesagt, dass der Vater wahrscheinlich auch kommt. Der Doktor. Er ist einer dieser stinkigen Aufsteiger und hat seine Kinder entsprechend erzogen, er wird diesen Besuch als einen wichtigen Schritt nach oben auf der sozialen Leiter ansehen. Ich bin angeblich einer von ihnen, verstehst du? Und du bist die Maikönigin. Jedenfalls sind wir wahrscheinlich zu viert, und solange der Doktor nicht anfängt, uns Spritzen zu setzen oder mit seinem Skalpell zu bearbeiten …«

»Ach, Schatz, rede doch nicht so. Natürlich habe ich nichts dagegen, dass du sie einlädst. Ich fände es zwar besser, wenn ich dabei wäre, aber das geht ja nun mal nicht …«

»Na ja, ich weiß auch noch gar nicht, ob ich sie wirklich einlade«, meinte ich. »ich hab mich noch nicht entschieden.«

»Aber ich möchte es«, sagte sie, und sie schien es wirklich so zu meinen. »Bitte lade sie ein. Es ist gut für dich, Gesellschaft zu haben, und, ähm, ja, vielleicht wird es ja ganz unterhaltsam. Wenn ich zurück bin, kannst du mir alles erzählen.«

Dabei ließen wir es bewenden. Mutter hatte stets eine gepackte Tasche im Büro, also sagten wir uns am Telefon Gute Nacht – nachdem ich zigmal mein Versprechen wiederholt hatte, mich anständig zu benehmen.

Tatsächlich hatte ich meine Pläne hinsichtlich der Hadleys ein wenig abgeändert und beabsichtigte nun, sie anständig zu behandeln. Zum einen war da Liz und unser gemeinsames Beisammensein. Nach so einer Sache, auch wenn sie nicht das übliche Ende gefunden hatte, kann man eine Frau doch nicht vor den Kopf stoßen. Und sie zum Essen einzuladen, würde es ihr leichter machen, darüber hinwegzukommen. Und dann war da noch der Doktor. Ich nehme keine Drogen, weshalb mich schon das Probieren so mitgenommen hatte, aber ich finde immer interessante Einsatzmöglichkeiten dafür. Und für einen leichten Zugang zu Drogen bedurfte es der Dienste von Dr. Hadley.

Ich schenkte mir noch einen Martini ein und trank ihn aus, während draußen die Dämmerung einsetzte. Ich überlegte, was ich zu Abend essen wollte, mir fiel aber nichts ein. Aus Mangel an sonstiger Beschäftigung ließ ich mir von der Auskunft Hadleys Telefonnummer geben und rief an.

New York ist in den letzten Jahren völlig vor die Hunde gegangen. Sein Scheitern lag schon immer drohend in der Luft, nehme ich an, das liegt an der uralten Infrastruktur und ihren schon lange verstorbenen Entwicklern, an dem fast völligen Fehlen jeglicher Planung und der politischen Schieberei, die die Bauzeichnungen der Ingenieure zu Lachnummern verkommen ließen – Blaupausen, auf denen fälschlicherweise wichtige Installationen eingezeichnet sind, die die Vervollständigung des Unvollständigen zeigen oder einfach erlogen sind, je nach Faulheit oder Inkompetenz ihres Urhebers. Jedenfalls ist die Stadt krank, und ihr beschämender Ursprung zeigte sich letztlich an einer Plage von Störfällen und Versehen, im besten Falle einer Verhunzung dessen, was schon zu besten Zeiten kaum mehr als ein geordnetes Chaos gewesen war. Und da es scheinbar keinen Grund dafür gab, gab es auch kein Gegenmittel.

Beim ersten Anruf bei den Hadleys war ich falsch verbunden. Beim zweiten Anruf ebenfalls. Und genauso auch beim dritten. Ich nahm eine Auszeit und noch einen Drink, als das Telefon klingelte und Lizbeth dran war.

Sie sagte, sie würde aus einem Süßigkeitenladen in der Nähe ihrer Wohnung anrufen, und sie klang verwirrt, wütend und ein wenig verängstigt.

»Es ist etwas passiert, Allen. Ich glaube, Daddy weiß das von uns.«

»Er weiß von uns?«, wiederholte ich. »Was gibt es denn da zu wissen?«

»Na ja …«

»Es ist doch gar nichts passiert, Baby. Wir haben ein bisschen herumgespielt, das war auch schon alles.«

»Ich bin mir sicher, er weiß, dass wir in der Praxis waren. Ziemlich sicher. Und ich glaube, er hat etwas entdeckt, was ihm, na, du weißt schon, eine Vorstellung davon gegeben hat, was wir getan haben.«

Was ich getan habe, dachte ich. *Was ich getan habe. Mit seinem Vorrat an Betäubungsmitteln. Hätte nicht gedacht, dass er das spitzkriegt. Jedenfalls nicht so schnell, aber …*

»Liz«, sagte ich, »erzähl mir erst mal, was genau geschehen ist.«

»Steve hat damit angefangen, verdammich! Er hat Daddy erzählt, wie du ihn losgeschickt hast, um importierte Gänseleberpastete zu kaufen, und dass er zwei Stunden vergeblich danach gesucht hat. Also ist Daddy natürlich neugierig geworden; ein Highschool-Schüler, der so etwas kauft. Und er wollte alles über dich wissen. Wer du bist und wo deine Eltern sind, deine Mutter, meine ich, und, na ja, dann hatte er einen Patienten und war recht lange weg. Als er wieder aus der Praxis kam, hat er uns noch einen Haufen weiterer Fragen gestellt und meinte schließlich, du seist anscheinend nicht die Art von Bursche, mit der wir Umgang haben sollten, und dass wir dich ab sofort nicht mehr treffen dürften.«

»Das ist alles?«, fragte ich.

»*Alles?* Ist das nicht genug? Aber es ist tatsächlich noch nicht alles. Er hat Steve aufgetragen, dir einen Brief zu schreiben und zu erklären, dass wir zu keinem Zeitpunkt zu euch zum Dinner kommen würden.«

Das sei ja wirklich schade, meinte ich, da ich doch ganz wild darauf sei, sie bald wiederzusehen, außerdem sei meine Mutter für ein paar Tage nicht da. Und ich dachte: *Tja, Al, vielleicht hast du noch mal Glück gehabt. Der Doc scheint dich nur in Quarantäne stecken zu wollen.*

»Allen, mein Schatz«, sagte Liz. »Ich muss mich jetzt verabschieden.«

»Auf Wiedersehen …«, ich unterdrückte ein Gähnen, »… auf Wiedersehen, Liz, mein Schatz.«

»Ich werde morgen Nachmittag die Schule schwänzen. Wir treffen uns gleich nach Ende der letzten Vormittagsstunde.«

»Ähm«, meinte ich. »Augenblick mal, um Himmels willen! Das kannst du doch nicht machen, Baby. Wenn das dein Dad herausfindet, ist die Hölle los.«

Liz schniefte nur abfällig. »Das findet er nicht heraus. Er käme noch nicht mal auf die Idee, dass einer von uns ihm nicht gehorchen würde.«

»Vielleicht steckt Steve es ihm. Er scheint ja ziemlich unter der Fuchtel eures Vaters zu stehen.«

»Unter *meiner.* Steve tut ganz genau das, was ich ihm sage. Außerdem kommt er später nach, er muss erst noch eine schwere Prüfung schreiben.«

Ich zögerte und suchte nach weiteren Einwänden. Schließlich fanden sich meine Fingerabdrücke in der ganzen Drogenschublade, und ich schien über einer ziemlich großen Jauchegrube zu baumeln, in die mich Dr. Hadley ganz nach Belieben plumpsen lassen konnte.

Lizbeth verstand mein Zögern falsch. »Allen, es ist doch in Ordnung, wenn wir zu dir nach Hause kommen, oder? Mit der Hausverwaltung, meine ich. Es gibt doch wohl keine Beschränkung, dass du farbige Besucher nur nachts empfangen darfst?«

»Na ja, um ehrlich zu sein«, meinte ich und sah einen Ausweg. »Der Hausverwaltung ist es nicht …«

Ich unterbrach mich, so getroffen war ich von dem, was sie gerade über Steve gesagt hatte: Er würde unter ihrer Fuchtel stehen und ganz genau das tun, was sie ihm sagte. Das war doch ziemlich ungewöhnlich, oder? Jungs in dem Alter sind äußerst empfindlich, wenn ihre Autorität bedroht ist, und dass Steve Befehle von seiner Schwester entgegennahm …

»Eigentlich«, sagte ich endlich, »ist es der Hausverwaltung vollkommen gleich. Ihr seid überaus willkommen. Pass nur auf, dass Steve so schnell wie möglich nachkommt. Das sieht besser aus, weißt du, nur für den Fall, dass jemand unerwartet hereinplatzt.«

»Ich verstehe«, meinte sie. »Natürlich möchte ich, dass wir beide zumindest eine Weile allein sind.«

»Ich auch«, erklärte ich. »Vielleicht könnte ich dich ja rasieren.«

Schockiert holte sie Luft, womöglich tat sie auch nur so. Dann kicherte sie. »Du böser, böser Junge, du! Gute Nacht, Schatz. Ich muss los.«

»Gute Nacht.«

Wir legten auf, und ich linste nachdenklich in mein Martiniglas. Ich grübelte. Ja oder nein? Und schließlich entschied ich, dass es wohl das Risiko wert war, Liz und Steve in der Wohnung zu haben.

Vielleicht könnten sie mich ja erlösen.

Vielleicht würden sie mir zurückgeben, was Mutter mir genommen hatte.

Je mehr ich darüber nachdachte, umso aufgeregter wurde ich. Ich wollte mir noch einen Martini einschenken, doch dann riss ich die Hand zurück und stand auf, trug Krug und Glas in die Küche und schüttete alles in den Ausguss. Ich war schon ein wenig angesäuselt, es hätte nicht mehr viel gebraucht, und ich wäre betrunken gewesen. Und ich durfte am nächsten Tag keinen Kater haben.

Ich durfte in keiner Weise gehandicapt sein.

Ich wusch Krug und Glas aus und stellte sie in den Schrank zurück. Dann öffnete ich den Kühlschrank und besah mir den Inhalt; schließlich nahm ich ein großes Rinderfilet heraus. Ein richtig großes Stück, meine ich, weil ich vorgehabt hatte, es für Mutter und mich zum Abendbrot zu machen, und manchmal esse ich gern noch eine Kleinigkeit vor dem Schlafengehen.

Ich legte das Fleisch in eine Pfanne und stellte das Gas an. Dann wartete ich, während das Steak schmorte, roch den Bratensaft und spürte, wie mir das Wasser im Mund zusammenlief.

Als es fast fertig war, wärmte ich einen großen Teller im Ofen und legte das entsprechende Besteck auf den Tisch in der Essecke. Dann holte ich das Fleisch und trug es zum Tisch. Beinahe hätte ich es fallen lassen.

Ein plötzliches, kräftiges Klopfen an der Tür erschreckte mich.

Ich holte tief Luft, um meine Nerven zu beruhigen. Um zu *versuchen*, sie zu beruhigen. Dann ging ich zur Tür und öffnete.

Es war Sergeant Blair. Er wirkte ziemlich ernst, und seine Gesichtszüge waren hart.

»Muss mit dir reden«, brummte er. »Deine Mutter da?«

»N-nein«, stammelte ich. »W-was … was …«

»Ich komme rein und warte auf sie«, erklärte er.

12.

Er wollte eintreten. Ich war kurz davor, mich ihm in den Weg zu stellen, mehr oder weniger instinktiv, als ich Josie im Schatten hinter ihm stehen sah. Daher lächelte ich, trat beiseite und bedeutete beiden hereinzukommen.

»Ich hab dir deine Hausaufgaben mitgebracht«, erklärte Josie mit einem schüchternen Lächeln, während ich die beiden ins Wohnzimmer führte. »Ich dachte, du würdest gern auf dem Laufenden bleiben.«

»Das ist nett von dir«, sagte ich. »Vielen Dank.«

Blair setzte sich schwerfällig, sah zur Essecke hinüber und pfiff durch die Zähne. »Meine Güte, Junge! Was hast du gemacht – eine Kuh geschlachtet?«

»Ich wollte ein Stück für später übrig lassen«, erklärte ich, »nachdem Mutter und ich gegessen haben. Sie kommt nur heute Abend nicht, eigentlich sogar ein paar Tage nicht …«

»Warum nicht?«, wollte Blair, ganz der gute alte Bulle, wissen. »Wo ist sie denn?«

»Das hat sie nicht gesagt. Sie hat öfter geschäftlich außerhalb der Stadt zu tun.«

»Ach ja?« Blair runzelte die Stirn. »Und sie lässt dich allein zu Hause?«

Ich lachte und nickte zum Esstisch hinüber. »Ich komme

ganz gut allein zurecht, meinen Sie nicht? Schließlich bin ich schon achtzehn, Sir.«

Er grinste sauertöpfisch, dann schaute er wieder ernst und meinte, dennoch sollte Mutter da sein. Es gebe Momente, in denen die Eltern oder zumindest einer von ihnen anwesend sein sollte, und jetzt sei so ein Moment.

»Irgendeine Ahnung, wo man sie erreichen kann?«

»Nein« – ich schüttelte den Kopf –, »aber ich kann Ihnen eine Visitenkarte von ihr geben, vielleicht kann ihr Büro es Ihnen sagen.«

Ich holte eine Karte vom Schreibtisch und reichte sie ihm. Er besah sie sich und schob sie in seine Westentasche. Brummte, das Büro sei um diese Zeit bestimmt schon geschlossen.

»Es ist was Offizielles, Allen. Wenn du lieber warten möchtest, bis deine Mutter dabei ist …«

»Sollte ich denn?«, fragte ich. »Ich vertrau da Ihrem Urteil, Sir.«

Er wand sich, angenehm berührt durch das Kompliment, und meinte, na ja, nein, eigentlich nicht – nicht wirklich nötig. Die Dinge seien nun mal so, wie sie seien, er sei ja schließlich Zeuge und alles.

»Es geht um das Baby der Sanders, Allen. Es ist heute Nachmittag verstorben.«

»Das habe ich mir schon gedacht«, sagte ich leise. »Ich bin heute Mr. und Mrs. Sanders über den Weg gelaufen, als sie gerade aus dem Haus stürmten, und Mr. Sanders hatte mir ein paar Worte zu sagen. Die Art von Dingen, die er nicht gesagt hätte, wenn … wenn nicht …«

Ich verstummte. Sah zu Boden, biss mir auf die Lippen.

Blair machte Geräusche des Mitgefühls. »Ziemlich hart für dich, hm?«

»Ich gebe ihm keine Schuld«, sagte ich. »Aber es war hart, nicht, was er gesagt hat, sondern zu wissen, weshalb. Ich schätze, ich bin zusammengebrochen, als ich in der Wohnung war. Hab mich übergeben und geweint – und …«

»Hast du deine Mutter angerufen? Zu der Zeit dürfte sie doch noch in der Stadt gewesen sein.«

»Ich wollte sie nicht damit belasten. Ich war mir ziemlich sicher, dass Mr. Velie sie schon wegen eines anderen Ärgers angerufen hatte, meine Beurlaubung von der Schule. Deshalb …«

»Ach ja?« Er kniff die Augen zusammen. »Worum ging es dabei? Warum bist du beurlaubt worden?«

»Es war nicht Allens Schuld!«, ging Josie verärgert dazwischen. »Dieser alte Kauz von Lehrer – Allen ist zehnmal klüger als er! –, er hat ihn bei Mr. Velie gemeldet, und …«

»Psst, Mädchen. Ich habe nicht dich gefragt.«

»Ich bin aber nicht still! Mr. Velie hat mir alles erzählt, und er hat sich geschämt, dass er Allen suspendiert hat. Aber natürlich muss er sich vor seinen Kollegen stellen. Das ist einfach nicht fair!« Ihre Augen funkelten. »Allen kann sich kaum umdrehen oder den Mund aufmachen, ohne dass sich jemand auf ihn stürzt!«

Der Sergeant schüttelte den Kopf und musste zugeben, dass ich wirklich ein echter Pechvogel sei. »Zumindest hast du diesmal etwas Glück, vielleicht sogar ziemlich viel. In diesem Fall mit den Sanders, meine ich. Sie haben es nämlich wirklich auf dich abgesehen – vor allem Mrs. Sanders. Sie haben versucht, gegen dich eine Anklage wegen Mordes zu erwirken.«

»*Mord?* Mein Gott, warum sollte ich denn ein kleines Baby ermorden?«

»Es sind schon verrücktere Dinge passiert.« Blair zuckte mit den Schultern. »Ich hab schon alles Mögliche erlebt. Die Kids betrinken sich oder sind zugedröhnt und stellen nur so zum Spaß alle möglichen furchtbaren Dinge an.«

Ich zitterte, und mir war kalt bis in die Schuhsohlen. Blair murmelte beruhigend.

»Immer langsam, Junge. Du brauchst dir keine Sorgen machen. Ich weiß, du warst so offen und ehrlich wie ein Richter, ich habe ja gleich danach mit dir gesprochen, und ich weiß, dass es ein Unfall war. Nicht nur das, auf dem Dach hat ein Mann gearbeitet, der schwört auch, dass es ein Unfall war. Also, ich hab hier diese eidesstattliche Erklärung …«

Er zog ein eng getipptes Blatt Papier aus der Tasche und reichte es mir. Er und ein anderer, wohl der Mann vom Dach, hatten es bereits unterzeichnet, und es gab noch Platz für meine Unterschrift.

»Soll eine Aussage von dir aufnehmen«, erklärte er. »Aber ich wusste ja, dass du ziemlich aufgeregt sein würdest, außerdem kann ich das selbst wahrscheinlich besser formulieren. Alles, was dir nicht richtig erscheint, kann ich ändern. Falls du lieber warten willst, bis deine Mutter zurückkommt …«

Ich las seine Aussage durch, ein Unfallbericht. Nach der Art zu urteilen, wie er sprach, hätte ich nie gedacht, dass er zum Erstellen eines solchen Dokumentes fähig wäre. Es war grammatikalisch vollkommen korrekt – ein nahezu perfektes Beispiel für Klarheit, Kürze und Struktiertheit.

Ich unterschrieb und reichte ihm das Blatt mit der Bemerkung zurück, er hätte Schriftsteller werden sollen.

»Findest du? Das habe ich mir auch immer gedacht.«

»Da haben Sie richtig gedacht.«

»Stoff zum Schreiben hätte ich genug. Das ist die Hauptsache, glaube ich. Ich finde, das meiste, was ich lese, ist eigentlich überflüsssig. Die haben einfach nichts zu sagen.«

»Das ist sehr wahr«, bestätigte ich.

»Ja«, meinte auch Josie. »Nicht nur, dass die Leute nichts zu sagen haben, sie haben auch keine Tochter, die erstklassig tippen kann und in Journalismus und Englisch Einser hat.«

Blair wurde rot und räusperte sich. Mein Essen würde bestimmt kalt werden, meinte er, wenn es nicht schon kalt sei, also würden Josie und er jetzt besser gehen.

»Bleiben Sie, und essen Sie mit mir«, lud ich sie ein. »Ich habe sicherlich genug für alle, und ich hasse es, allein zu essen.«

»Danke, aber ich muss zur Arbeit.« Blair nahm seinen Hut und stand auf. »Außerdem habe ich schon gef… – gegessen. Muss früh essen, wenn ich Nachschicht hab.«

Ich stand ebenfalls auf, doch Josie blieb sitzen. Blair sah sie stirnrunzelnd an und bewegte den Kopf in Richtung Tür. »Du hast mich gehört, Mädchen. Ich muss zur Arbeit.«

»Ich nicht.« Josie lächelte gelassen. »Und ich habe noch nicht gef… – gegessen, und ich hasse es ebenfalls, allein zu essen. Also nehme ich Allens Einladung an, mit ihm zu Abend zu essen.«

»Du meinst *allein?* Ihr beide esst *allein?*«

»Genau das meine ich«, sagte Josie. »Gibt es irgendeinen Grund, warum wir das nicht tun sollten?«

»Nun ja …« Der Sergeant gestikulierte schwach. »Ähm, weißt du. Ich meine, schließlich – also …«

»Ja? Sag doch bitte, was du zu sagen hast, und bring es auf den Punkt. Ich habe richtig Hunger.«

Blair machte ein finsteres Gesicht und sah von ihr zu mir. »Also – ach, verdammt …!« Dann warf er die Hände in die Höhe und gab auf. »Also gut. Aber ihr benehmt euch anständig, habt ihr gehört? Hast du mich verstanden, junger Mann?«

»Ja, Sir«, antwortete ich.

»Und du bist auch gemeint, junge Dame!«

Josie seufzte. Sie stand auf, stellte sich auf Zehenspitzen und gab ihm einen Kuss. Dann nahm sie ihn beim Arm, führte ihn zur Tür und schob ihn sanft hinaus.

»Manchmal muss man streng zu ihm sein«, erklärte sie. »Nun, warum wärmst du das Fleisch nicht wieder auf, und ich mache einen Salat?«

Genauso machten wir es auch. Dann kochte sie Kaffee, und nachdem wir gegessen hatten, tranken wir jeder eine Tasse und rauchten eine Zigarette. Als wir damit fertig waren, hängten wir uns Schürzen um, spülten das Geschirr und trockneten es ab. Dann breitete Josie auf dem Tisch die Unterlagen aus, die sie mitgebracht hatte, und erläuterte die Hausaufgaben, die ich zu erledigen hatte.

Das dauerte nicht sehr lang. Nach fünf oder zehn Minuten lehnte sie sich zurück und fragte, wer denn hier wen veralbere.

»Du könntest ein ganzes Schuljahr verpassen und wärst den anderen immer noch ein Jahr voraus. Wahrscheinlich könntest du sogar jede beliebige Stunde in der Schule unterrichten. Also, weißt du …« Sie unterbrach sich und zögerte. »Wenn ich dir was verrate, kannst du es dann für dich behalten?«

»Sicher.«

»Also, Mr. Velie arbeitet an seiner Doktorarbeit in Erziehungswissenschaften. Nachdem du heute gegangen bist, hat er mir gesagt, er habe nach dem Gespräch mit dir einen völlig neuen Ansatz gefunden.«

Ich nickte ernst. »Er meint damit wohl meinen kurzen Vortrag über die Notwendigkeit eines Abschlusses in A. H. K. Du weißt schon, Angewandter Hühnerkram.«

»Hm-hm«, machte Josie mit ernstem Gesicht, aber lachenden Augen. »Und warum ist ein solcher A. H. K.-Abschluss so dringend nötig, Professor Smith?«

Das sollte selbst für so ein hellhäutiges Frauenzimmer offenkundig sein, sagte ich, eins von der Sorte, die dafür bekannt sei, zu den dümmsten Niggern der Welt zu zählen. »Noch was Schweinsgekröse, bevor ich's dann erklär, mein Fräulein?«

»Ahh, das Zeug lieb ich ja so was von gern, Boss.« Josie schüttelte den Kopf und kicherte. »Aber ich versuch's mir grad abzugewöhnen.«

»Also, folgendermaßen«, hob ich an. »Der intelligente Mann kann nur hinter der Maske der Dummheit, der Konformität agieren, wenn ich so redundant sein darf. Seine Haltung richtet sich stets nach der seiner Umgebung. Wird er zum Beispiel der Gottlosigkeit bezichtigt, muss er pünktlich zu jeder vollen Stunde beten, sich aus dem Stuhl fallen lassen, auf dem Fußboden herumrollen und in Zungen reden. Gilt er andererseits – was gibt's 'n da zu lachen, Mädchen?«

»'tschuldigung, Boss. Ich hab nur 'ne Feder verschluckt, und die kitzelt mich jetzt.«

Ich warf ihr einen tadelnden Blick zu und fuhr fort. »Gilt unser Subjekt andererseits als sittenstreng, dann sollte es den Mädchen in den Po kneifen und in die Seitengassen pinkeln, statt aufs Klo zu gehen. Stets und unter allen Umständen muss er seine Intelligenz auf wegwerfend beiläufige Weise zeigen, so als wolle er sagen: Ach herrje! Schaut mal, was ich da hab! Also, bring ich dir denn gar nix bei, Mädchen? Soll ich dir auch noch die einzelnen Kurse bis zum A. H. K.-Abschluss aufzählen?«

»Ja, Sir, Boss. Ich … *ha, ha, ha* … B-bitte zähl mir alle Kurse auf! *Ha, ha, ha* …«

»Also gut«, erklärte ich. »Zu den Wahlkursen gehören Themen wie *Schlechter Musikgeschmack*, *Wie schließe ich mich einer Hassgruppe an*, *Die Kunst des offenen Hosenstalls und der respektablen Schlampigkeit*, dazu *Vergewaltigen, Lynchen und andere indigene Vergnügungen*. Hauptkurse sind: *Was hältst du von den Dodgers?*, *Die Atombombe auf Moskau* und *Schluss, Juden ab nach Jerusalem, Nigger zurück nach Afrika* und *Lasst doch Tschiang Kai-schek mal machen!*«

Josies Wangen waren vor unterdrücktem Lachen angeschwollen, in ihren Augen standen Lachtränen. Plötzlich platzte sie los und wippte auf dem Stuhl vor und zurück. Sie kicherte, lachte und johlte, bis sie ganz außer Atem war und sich vor Erschöpfung fast nicht mehr rühren konnte. Doch dann legte sich ein angestrengter Zug auf ihr Gesicht, und sie sah mich flehend an.

Ich wusste, welche Not sie litt. Ich half ihr auf, führte sie zum Badezimmer und schloss die Tür. Den Geräuschen nach zu urteilen, war ich gerade noch rechtzeitig eingeschritten.

Nach vielleicht zehn Minuten und mehreren Toilettenspülungen kam sie wieder ins Wohnzimmer, machte ein förmliches Gesicht, hatte aber immer noch rote Augen vom Lachen.

Sie setzte sich mir gegenüber hin und hatte sich langsam wieder unter Kontrolle. Ob sie sich in die Hose gemacht habe, fragte ich, und sie antwortete, Nein, sie hätte es gerade noch geschafft.

»Ich nehme an, du erlaubst mir nicht nachzuschauen?«, fragte ich.

»Nein, tue ich nicht, Allen«, sagte sie leise. »Wir hatten bisher doch so einen netten Abend. Verdirb ihn jetzt nicht.«

»Du hast recht«, meinte ich. »An dir rumfummeln würde ihn sicherlich verderben. Ich würde eh nur herausfinden, was ich schon weiß.«

»Ich glaube, ich gehe jetzt lieber.« Sie stand auf, setzte sich aber wieder und sah mich fragend an. »Ich entschuldige dich ständig, Allen, aber es ist nicht einfach. Du bist zu intelligent, um so zu reden. Ich meine, du müsstest es doch besser wissen. Du könntest sogar ein wunderbarer Lehrer sein, wenn du wolltest.«

»Lieber wäre ich tot«, entgegnete ich.

»Wieso? Was ist denn so falsch am Unterrichten?«

»Ich wäre lieber tot, Punktum. Das ist mein einziger Ehrgeiz.«

Josie schüttelte den Kopf. »Das kann ich nicht glauben, Allen.«

»War mir klar«, sagte ich. »Du denkst doch nur daran, wie du die Kerle aus deinem Schlüpfer fernhalten kannst.«

»Jetzt gehe ich wirklich nach Hause«, erklärte sie. »Keine Ahnung, warum du einmal nett und dann wieder beleidigend bist, aber ...«

»Weil ich dich endlich loswerden will«, erklärte ich. »Damit wir ein für alle Mal miteinander fertig sind. Denn wenn nicht, dann wirst du irgendwann schwach werden und für mich die Beine spreizen. Und das wäre das Schlimmste, was passieren kann.«

Da bräuchte ich mir keine Sorgen machen, schnappte sie, weil sie das, was ich gerade gesagt hätte, ganz gewiss nie tun würde. Ich erwiderte, wenn sie mir das garantieren könne, dann würde ich hoffen, sie bliebe und würde meine Freundin werden.

»Allen ...« Sie sah mich ganz verwirrt an. »Was ist eigentlich dein Ziel? Was willst du?«

»Was alle wollen, nehme ich an. Liebe.«

»Nun, dann ist der Weg, auf dem du sie erreichen willst, nicht gerade der beste.«

»Meine allumfassende Gewöhnlichkeit, meinst du? Die ist das Ergebnis, Baby, nicht die Ursache. Weißt du, es gibt nur eine Frau auf der Welt, die ich haben möchte, und die kann ich nicht haben. Und wenn du mit einer solchen Situation fertigwerden musst …«

»Ja? Wer ist sie, Allen?«

»Meine Mutter.«

»Aber … aber, Allen! Deine eigene Mutter!«

»Nicht schön, hm? Tja, dafür ist sie verantwortlich, nicht ich. Es ist ihre Strafe für das, was ich getan habe – mich als Neger von einer schönen Weißen auf die Welt bringen zu lassen. Bei ihr bin ich ein Mann – zumindest könnte ich einer sein. Bei anderen, nein. Da bin ich kalt wie ein Stein.«

Josie hob die Augenbrauen, und ihre braunen Augen suchten angestrengt in meinen. »Ich … Nun, das ist furchtbar schwer zu glauben, Allen.«

»Die morbiden Psychologiebücher sind voll von solchen Fällen.«

»Aber du bist erst achtzehn. Du kannst doch noch gar nicht genug Erfahrungen gesammelt haben, um dir absolut sicher zu sein, dass … dass …«

»Ich habe es versucht, solange ich denken kann«, erklärte ich. »Ich sah, was mit mir geschah, und ich wollte mich davon befreien. Alles in allem habe ich vielleicht fünfzig Erfahrungen gemacht. Zumindest das, was für einen normalen Mann Erfahrungen gewesen wären. Ich hatte all diese Gelegenheiten, und ich versuche andauernd, neue zu finden, in der Hoffnung, dass – na ja, in der Hoffnung eben. Es endet immer gleich.«

Josie runzelte die Stirn und betrachtete mich weiter. »Das stimmt, was du sagst, nicht wahr? Wirklich.«

»Ja, wirklich.«

»Aber … aber selbst bei fünfzig oder sechzig oder hundert. Sicher sein kannst du dir trotzdem nicht.«

»Warum nicht? Die Vorhersagen zu den Nationalwahlen und die Popularität von Fernsehsendungen werden sogar mit noch kleineren Stichproben ermittelt.«

Josie zögerte. Dann nahm sie meine Hand und drückte sie an ihre Brust. Ich riss sie zurück.

»Nein«, sagte ich. »Ich hätte es dir gar nicht sagen dürfen.«

»Warum nicht? Wir sind doch Freunde, oder?«

»Freunde, Scheiße! Vor zwei Tagen habe ich dich zum ersten Mal gesehen, und ich hoffe bei Gott, ich sehe dich nie wieder. Und jetzt schieb deinen dürren Hintern hier raus, und vergiss den Weg hierher.«

Ganz ruhig erwiderte sie, es habe keinen Zweck, zu fluchen und sie zu beschimpfen, denn nun würde sie langsam klug aus mir. Ich sei zwei verschiedene Personen. Der eine zöge die Menschen an, der andere stoße sie ab. Ich müsse sie verjagen, weil ich Angst vor dem Versagen hätte.

»Die Angst zwingt dich wahrscheinlich dazu, so zu sein, aber bei mir brauchst du keine Angst zu haben. Ich werde nicht lachen und nicht wütend sein oder sonst etwas tun, was dich aufregen würde.«

»Aber das will ich nicht«, entgegnete ich. »Dazu bist du ein viel zu nettes Mädchen.«

»Und das werde ich auch bleiben. Du hast gesagt, du könntest nicht, und falls sich herausstellt, dass du dich irrst, werde ich nicht zulassen, dass du es mit mir tust. Aber zumindest wirst du dann die Bestärkung haben, die du brauchst.«

»Alles, was ich brauche, ist, in Frieden gelassen zu werden! Warum zum Teufel gehst du nicht einfach …«

»Psst«, machte sie. »Du kommst mit mir.«

Sie stand auf und hielt mir ihre Hand hin. Ich nahm sie zögernd, und sie führte mich ins Bad. Dann legte sie ihre Arme um mich und drückte ihr heißes, gerötetes Gesicht an meins.

»Ich kenne mich damit nicht aus, Schatz. Irgendwelche Vorschläge?«

»Nein«, erwiderte ich.

»Ich möchte dir helfen, Süßer, und dazu brauche ich deine Hilfe. Wenn du mir wenigstens *etwas* sagst … Mir einen Vorschlag machst …«

»Ich habe keine Vorschläge.«

»Ach verdammt, Allen Smith«, sagte sie und stampfte mit dem Fuß auf. Dann seufzte sie und meinte, in dem Fall müsse sie es wohl so gut wie möglich machen.

»Mach, was du willst«, meinte ich, »es wird nichts nützen.«

»Ach, nein?«, flüsterte sie, und ihr Gesicht brannte wie Feuer. »Warte nur ab!«

Sie hielt einen Arm um meine Taille geschlungen und fummelte mit der anderen Hand an meiner Kleidung. Dann nahm sie meine freie Hand und führte sie blind, bis sie eine weiche, feuchte Spalte fand. Josie schnappte nach Luft, ihr ganzer Körper zitterte und drückte sich an mich. Sie tat mir leid, also schob ich meinen Finger in die Spalte. Er glitt tief hinein, wieder erschauderte sie, und ein leises Stöhnen kam ihr über die Lippen. Ich spürte, wie es um meinen Finger enger wurde, und ich zog ihn wieder heraus. Ich wollte, dass sie sich dieses höchste Erlebnis für jemanden aufsparte, der ihr eine bedeutungsvolle Beziehung bieten konnte. Dieser Jemand war offenbar nicht ich. Würde ich niemals sein können.

Natürlich war das Licht im Bad aus, und ihre Stimme drang in fieberhaftem Flüstern durch die Dunkelheit zu mir: *»W-warum … Warum hast du ihn herausgenommen?«*

»Es war zu nichts gut«, antwortete ich. »Das bringt alles nichts.«

»Aber verdammt, ich war … Warte! Ich g-glaub, ich w-w-weiß wie …«

Das »Wie«, an das sie dachte, war und wird, wie ich annehme, von jeder Frau gedacht, die nicht völlig frigide ist, und zwar immer mit der Vorstellung, dass es sich um einen originellen Gedanken handelt. Auch wenn es sich dabei, aber das muss man eigentlich nicht erwähnen, um den zweitunoriginellsten Akt auf der Welt handelt.

Ich setzte mich mit heruntergelassener Hose auf die Kloschüssel, sie ging vor mir auf die Knie und rieb ihre nackten Brüste gegen meine Hände, bis sie endlich ekstatisch stöhnte, sich zurückzog und ihr heißes Gesicht an meine Knie lehnte. Dann, nach einem zittrigen Seufzer der Befriedigung:

»Ohhh, das war gut!«

»Das freut mich«, sagte ich.

»Ich weiß gar nicht, warum ich solche Angst davor hatte. Ich dachte, es wäre furchtbar, dabei war es nur nett und schön und friedlich. Ich wette, ich werde heute Nacht richtig tief schlafen!«

»Das freut mich«, wiederholte ich. »Also, warum waschen wir uns nicht, machen uns zurecht, und dann bringe ich dich nach Hause.«

»Das würde mir gefallen. Ich möchte zu Bett gehen und davon träumen.«

Wir wuschen und zogen uns an, wie vorgeschlagen. Dann verließen wir die Wohnung und gingen auf dem Weg am Fluss dem schwarzen Gitterwerk der Hell Gate Bridge entgegen und dem so nah wirkenden Neondschungel Manhattans dahinter – eine nette Wohngegend, wenn man denn so leben wollte, aber kein Ort für Besuche.

Wir überquerten die Straße und blieben an der Ecke des Blocks stehen, in dem sie wohnte. Josie gab mir dort einen schnellen Gutenachtkuss und flüsterte mir wieder etwas zu. Sie sprach so leise, dass ich sie über das Rauschen des East Rivers hinweg kaum hören konnte.

»Ich bin fürchterlich froh, dass wir es getan haben, Schatz. Du hast es doch auch getan, oder?«

»Nein«, antwortete ich.

»Aber ja! Ich habe es doch gespürt.«

»Du hast ein wenig von der Flüssigkeit gespürt, die fast immer dabei austritt. Ich war die ganze Zeit über so kalt wie ein Stein.«

»Ach …« Sie war enttäuscht. »Na, egal. Wir probieren es wieder. Morgen vielleicht, wenn ich es einrichten kann. Ich habe schon über ein paar Möglichkeiten nachgedacht, und ich wette, dann wirst du es auch tun!«

»Vergiss es«, erwiderte ich. »Ich habe das heute Abend über mich ergehen lassen, aber noch mehr Peinlichkeiten ertrage ich nicht. Ich hasse es, wenn mir etwas peinlich ist, und wenn ich etwas hasse, dann aber richtig.«

»Ach, sei still. Es wird dir nicht peinlich sein, denn beim nächsten Mal wird alles gut.«

»Es wird nicht alles gut«, entgegnete ich. »Es wird kein nächstes Mal geben.«

»Ach, nein?«

»Nein.«

»Jetzt hör mir mal zu, Allen Smith …« Josie sprach mit fester Stimme und wurde lauter. »Das Einzige, was es nicht weiter geben wird, ist mit anderen Mädchen. Die Experimentiererei, von der du mir vorhin erzählt hast. Und wenn ich andere Mädchen meine, dann denke ich da vor allem an Lizbeth Hadley.«

»Lizbeth Hadley?«, fragte ich. »Wie kommst du auf den Gedanken, ich könnte mich für sie interessieren?«

»Weil sie sich dir andauernd an den Hals wirft, und so etwas finden Jungs nun mal schmeichelhaft. Außerdem bin ich mir ziemlich sicher, dass sie schon sexuelle Erfahrungen gemacht hat. Ich weiß zwar nichts Konkretes, aber ich bin mir sicher – ein Mädchen spürt so etwas an der anderen. Außerdem ist da etwas ganz, ganz Komisches an der Art, wie sie und ihr Bruder miteinander umgehen, wenn sie glauben, dass ihnen keiner zusieht.«

»Meine Güte!«, sagte ich. »Du willst doch sicherlich nicht andeuten, dass ein Mädchen und ihr eigener Bruder – das meinst du doch nicht wirklich, oder?«

Josie zögerte und sagte dann, ich solle es vergessen. Mich nicht weiter fragen, was sie gemeint habe. »Halt dich nur von ihr fern, Allen. Von ihm auch, die beiden sind ja eh immer zusammen. Ich weiß schon, du wirst mal nicken und Hallo sagen müssen – so etwas –, aber du darfst nichts mit Lizbeth Hadley anfangen.«

13.

In jener Nacht schlief ich sehr schlecht. Der Tod des Sanders-Babys war mir so unwirklich vorgekommen, dass es fast keinen Eindruck bei mir hinterlassen hatte, als ich davon erfuhr; erst Stunden später, als ich allein in der dunklen Wohnung war, setzte die Reaktion richtig ein. Ich versank kurz in Schlaf, schreckte dann auf, stöhnte oder jammerte laut. Ich setzte mich im Bett auf, wiegte mich, von Gewissensbissen gequält, vor und zurück, und weinte, bis mir die Tränen ausgingen.

Ein kleines Baby. Ich hatte ein kleines Baby getötet! Ein Unfall, natürlich, aber …

Aber stimmte das denn? War denn nicht Mutter dafür verantwortlich, fast so, als habe sie mich gegen den Kinderwagen geschubst, sodass das Baby auf den Gehweg stürzte? Wenn sie mich nicht ständig in einem solchen Aufruhr halten würde, wenn ich weniger mit dem Chaos beschäftigt gewesen wäre, das sie mir an jenem Tag eingebrockt hatte, tja, dann hätte ich den Kinderwagen noch früh genug gesehen und den Zusammenstoß vermeiden können.

Mutter war schuld daran. Wie auch an allem anderen Schlimmen, das mir und all denen, die mit mir zu tun hatten, widerfahren war. Wenn sie in diesem Augenblick bei mir gewesen wäre, dann hätten sich meine Hände um ihren Hals geschnürt …

Ich dachte darüber nach. Ich würde auf ihren nackten Brüsten hocken und sie langsam … langsam erwürgen. Wenn sie dann fast leblos wäre, würde ich den Griff lockern und sie wieder Luft holen lassen, bis sie sich erholt hätte. Dann würde ich erneut zudrücken und sie an den Rand zur Ewigkeit befördern, bevor ich sie wieder Luft holen lassen würde. Und immer so weiter.

Ich würde sie immer und immer wieder umbringen. Fast umbringen. Sie würde sterben und doch am Leben bleiben, nur um erneut zu sterben: genau das Schicksal, das sie mir auferlegt hatte. Und ständig würde ich mich während des ganzen Vorgangs »wieder mit ihr versöhnen«. Ich würde ihr die Zärtlichkeit der Folter zuteilwerden lassen, die Liebe, die Hass war.

Küssen und sich versöhnen …

Ich lachte, lachte und schluchzte im Halbschlaf der Erschöpfung, während ich daran dachte, was ich ihr antun würde, doch am Ende entschied ich, dass ich nicht so nachsichtig sein und sie langsam erwürgen würde.

Das wäre zu einfach, zu gut für sie. Es war nicht schmerzhaft genug. Es gab ihr ein Maß an Würde, das ihr nicht zustand.

Ich schmiedete weiter Pläne und versuchte, mir eine Strafe auszudenken, die ich ihr zum richtigen Zeitpunkt zufügen wollte. Als die Morgendämmerung entlang den Kanten der Fenstervorhänge hereinsickerte, dachte ich noch immer darüber nach und hatte langsam das Gefühl, einer Antwort nahe zu sein. Dann fiel ich endlich in tiefen Schlaf.

14.

Als ich aufwachte, war es fast Mittag. Kurz bevor Lizbeth Hadley auftauchen wollte. Zum Glück kann ich sehr schnell sein, wenn ich will, und in diesem Fall war Eile geboten. Und ich hatte zum Glück nicht allzu viel vorzubereiten.

Ich hatte am Abend zuvor gebadet, und da ich nur einen leichten Bartwuchs habe, brauchte ich mich nicht zu rasieren. Waschen, anziehen und schnell was essen – schnell, aber herzhaft. Das war es auch schon, abgesehen von einer Sache. Ich breitete meine Schulbücher, Schreibpapier und so weiter auf dem Esszimmertisch aus, so als hätte ich an meinen Aufgaben gesessen.

Das war natürlich nur Fassade. Eine dieser Vorkehrungen für alle Fälle, denn ich bin gern auf alles vorbereitet und gehe keine unnötigen Risiken ein.

Ich war gerade damit fertig, als Lizbeth eintraf.

Ich ließ sie herein, schloss die Tür und tat, was von mir erwartet wurde: Umarmen, Küssen, Liebkosen. Dann führte ich sie ins Wohnzimmer, wo sie angesichts der Zimmergröße und der Einrichtung Ah und Oh machte. Dann meinte ich, nun sei ich an der Reihe mit Schauen.

»Hm, Liebling?« Sie wischte mit ihren Lippen über meine Wange. »Was denn schauen?«

»Das, was ich seit gestern Abend nicht gesehen habe. Hoch damit, Baby. Hoch mit dem Rock.«

Sie hob ihn hoch und protestierte in etwa so sehr, als hätte ich sie gebeten, mir die Hand zu schütteln. Ich zog ihr den Schlüpfer aus und besah mir die Vorderansicht dessen, was er zuvor bedeckt hatte. Da müsse ich wohl etwas unternehmen, sagte ich, ich hoffe nur, mein Rasierer halte lange genug durch. Lizbeth lachte, machte einen Schmollmund, ließ den Rocksaum wieder fallen und sagte nur, nein, nein, das tust du nicht.

»Schätzchen …« Sie setzte sich auf das Sofa neben mir. »Tut mir leid, dass ich frage, aber hast du irgendwas zu essen für mich?«

»Ach herrje«, sagte ich. »Du meinst, du hast noch nicht zu Mittag gegessen?«

»Mh-mh. Ich habe mich so beeilt herzukommen, damit wir mehr Zeit für uns haben, da bin ich nicht in die Cafeteria gegangen – Frühstück habe ich auch ausgelassen –, und na ja, wenn ich irgendetwas zu essen haben könnte …«

»Das tut mir sehr leid«, sagte ich. »Aber ich habe gar nichts im Haus, Süße. Wenn Mutter fort ist, weißt du, dann esse ich auswärts.«

Mit leicht verdrossenem Ton in der Stimme meinte sie, es müsse doch *irgendetwas* geben. Ich hätte ja was gehabt, sagte ich bedauernd, doch hätte ich befürchtet, es könne schlecht geworden sein, darum hätte ich heute Morgen alles weggeworfen.

»Weißt du, wir sind nur zu zweit, Mutter und ich, und wenn sie ein paar Tage nicht in der Stadt ist – also, ich habe vielleicht noch ein, zwei saure Gurken und ein paar Oliven oder …«

»Macht nichts«, Lizbeth seufzte. »Macht gar nichts.«

»Wie wär's mit einem Drink? Ich habe jede Menge Schnaps da.«

»Das traue ich mich nicht. Nicht auf nüchternen Magen.«

»Das wird dir guttun«, fügte ich hinzu. »Schließlich ist Alkohol ja auch so was wie Essen. Fast reiner Zucker, weißt du?«

Ich mixte ihr einen kräftigen Wodka Orange und tat noch Zucker hinein, um den Geschmack zu übertünchen. Beim ersten Schluck rümpfte sie die Nase, dann trank sie den Rest locker weg. Ich flößte ihr noch ein paar Drinks ein, bis sie richtig wacklig war und kichern musste. Als ich wieder auf das Thema zurückkam, sie rasieren zu wollen, blieb sie allerdings hartnäckig *(vielleicht würde mich das ja erregen. Vielleicht …).*

»Mh-mh! Nein, bestimmt nicht, Allen! Was sollen denn die Leute denken?«

»Steve meinst du?«, fragte ich zurück. »Teufel, dem wird das umso besser gefallen.«

»Woher weißt du – *Steve!*« Sie fing sich wieder. »Und wie kommst du auf die Idee, Steve und ich – mein eigener Bruder …!«

»Ach, hör schon auf damit!«, sagte ich. »Das ist doch dein Druckmittel gegen ihn. Dass du ihn nicht ranlässt, bis er tut, was du ihm sagst. Ist doch nicht so schlimm. Daran ist ja nichts falsch. Wäre doch ziemlich merkwürdig, wenn ein Pärchen brillanter, gebildeter Kinder wie ihr es nicht miteinander machen würde.«

»Na ja …« Sie wand sich ein wenig bei dem Kompliment. »Na ja, vielleicht haben wir ein wenig herumgespielt, a-aber … aber – *rasieren!* Das hört sich einfach eklig an.«

Ich meinte, dann sei meine Mutter eine ziemlich eklige Frau, denn ich hätte mal aus Versehen einen Blick erhascht und gesehen, dass sie auch rasiert sei. Und außerdem, fuhr ich fort, habe jede Weiße, mit der ich je zusammen gewesen sei, das auch gemacht.

»Das ist einfach sauberer, weißt du. Nur Nigger haben all diese Haare an ihrem Dingsda.«

»Na ja«, meinte sie. »Also …«

»Na los«, sagte ich. »Ins Bad mit dir.«

»Na, also gut, aber ich krieg vorher noch'n Drink.«

Ich gab ihr noch einen. Der warf sie fast auf ihren hübschen prallen Hintern, und ihr Schwanken und Wackeln machte meinen Frisierjob nur noch schwerer – denn bei ihrem Distelacker war der eh schon schwer genug.

Ich brauchte drei Rasierklingen und fast eine ganze verdammte Tube Rasiercreme, bis ich fertig war. Ich spürte zwar ab und an ein Kitzeln im Schritt, während ich den ihren enthaarte, aber das nur kurz, und mehr kam auch nicht. Ich blieb so impotent wie immer.

Meine letzte Hoffnung war eine kleine Darbietung. Von ihr und Steve. Vielleicht würde es mich erregen, ihnen bei ihrer Lust zuzuschauen. Ich wusste, ich *wusste*, sollte ich jemals das Eis brechen, dann würde das auch den Bann brechen, der mir nur meine Mutter begehrenswert erscheinen ließ.

Lizbeth war während meiner Rasur ein wenig nüchterner geworden, aber sie war noch weit davon entfernt, wieder vollends auf dem Damm zu sein. Sie ließ sich auf die Kloschüssel sinken, setzte sich auf ihren Rock und verkündete, sie müsse Wasser lassen.

»Und vielleicht noch ein Ei legen«, erklärte sie ein wenig eulenhaft. »Macht es dir was aus, wenn ich in dein Klo pinkle und scheiße?«

»Moment mal!«, hielt ich sie zurück. »Einen Augenblick.«

Ich zog ihr die Kleidung aus, bevor sie loslegte, und bewahrte sie so vor irreparabler Beschmutzung. Ich trug die Sachen in mein Zimmer, hängte sie auf und hörte das Klo ein paarmal klappern und spülen. Dann ging ich wieder ins Bad, half ihr, sich zu waschen, führte sie dann ins Zimmer und setzte sie aufs Bett.

»Wie geht's dir, Baby?«, fragte ich. »Alles okay?«

»Hm-hm. Wann vögelst du mich?«

»Gleich, gleich. Ich hole erst mal ein Handtuch.«

Das holte ich und warf es aufs Bett. Ich setzte mich neben sie und befummelte sie ordentlich. Dann meinte ich, wir sollten vielleicht noch einen trinken, bevor wir anfingen.

»Das muss eine erstklassige Nummer werden«, erklärte ich, »und wir sollten uns gut darauf vorbereiten.«

Lizbeth kicherte betrunken. »Ich wette was. Wollen wir wetten?«

»Was denn?«, fragte ich.

»Ich wette, du kannst nich in mir pinkeln. Inner Muschi kann ein Kerl nich pinkeln.«

»Na, wir werden ja sehen«, meinte ich. »Du bleibst brav hier sitzen, und ich mach uns noch einen Drink.«

Ich ging zur Bar und mixte uns einen Drink – einen leichten für Lizbeth und einen stärkeren für mich. Dann sah ich auf die Uhr und mixte noch einen Drink, einen sehr, sehr kräftigen.

Den ließ ich an der Bar stehen und trug die anderen beiden Gläser ins Schlafzimmer. Ich setzte mich wieder hin und gab Lizbeth den schwachen Drink. Sie erklärte, der sei aber gut. Ich nahm einen Schluck von meinem. Dann klopfte es an der Tür.

Zögernd, unsicher. So wie jemand, der sich in einer fremden Umgebung aufhält oder nicht weiß, ob er willkommen ist.

»Schsch!« Ich legte einen Finger auf meine Lippen. »Still jetzt, Lizbeth.«

»Schsch!« Sie legte einen Finger auf die ihren. »D-du bisma still.«

Ich ging ins Wohnzimmer und zog die Schlafzimmertür zu. Wieder klopfte es zögerlich an der Wohnungstür, und ich ging schnell hin und öffnete.

Es war natürlich Steve. Er lächelte mich voll unterdrückter Erleichterung an. »Ich war nicht sicher, ob ich die richtige Wohnung erwischt hatte. Schwesterchen meinte, das hier sei die richtige, aber …«

»Ich hab dich schon erwartet«, sagte ich. »Hab dir gerade einen Drink gemixt …«

Steve setzte sich, nahm das Glas und trank zu schnell, wie das Leute häufig tun, die es nicht gewohnt sind.

»Wow!«, sagte er, »Junge, Junge!« Schweißperlen standen ihm auf der Stirn.

»Nimm noch einen«, beharrte ich und goss mir selbst ein Glas Ginger Ale ein. »Du hast noch viel aufzuholen.«

Er nahm einen großen Schluck vom zweiten Drink und nippte dann nur noch langsam daran. »Hör mal, Al«, sagte er entschuldigend, »ich weiß nicht, was in Dad gefahren ist, aber wir hätten gern mit dir zu Abend gegessen. Schwesterchen und ich zumindest.«

»Na, Eltern haben manchmal verrückte Einfälle«, sagte ich. »Vielleicht denkt er, ich wäre in seinen Giftschrank eingebrochen und hätte was stibitzt.«

»Ja!« Steve lachte über den vermeintlichen Witz. »Das wird es wohl sein.«

Es gab eine kurze Stille, wir saßen da und grinsten uns an. Steve trank aus, klapperte mit dem Eis im Glas, und ich schenkte ihm noch einen ein.

»Nicht zu viel, Al, nicht zu – *wow!* Das reicht.« Er trank einen Schluck. »Ähm, wo ist Liz, Al?«

»Im Schlafzimmer.« Ich wies in die Richtung. »Macht sich hübsch oder was auch immer. Warum gehst du nicht rein und sagst Hallo?«

»Ach, na ja«, zögerte er. »Ich möchte sie lieber nicht stören, wenn sie beschäftigt ist.«

Plötzlich sprang die Schlafzimmertür auf.

Lizbeth, nackt wie ein frisch geschlüpfter Vogel, kam herausgetanzt.

Sie war nicht wirklich betrunken. Gerade nur so weit, dass sie alle Hemmungen fallen ließ. Während Steve mit offenem Mund dasaß, wirbelte und tanzte sie durchs Zimmer, wies auf ihren Spalt und sang:

»Schau doch mal, es ist kein Witz,
da ist kein Haar an meinem Schlitz …«

Bei Steve schlug der Alkohol voll an. Er lachte laut auf und zog sie auf seinen Schoß. »He, das ist ja 'n Ding, Liz! Schätze, ich will mal was davon.«

»Nein, nein!« Lizbeth kicherte, wand sich und versuchte, sich von ihm zu lösen. »Das kriegt Allen.«

Scheiße, meinte Steve, da sei genug für alle, und er wolle ein großes Stück davon, sofort.

Er packte zu und drückte so fest, dass Lizbeth vor Schmerz stöhnte. Doch als er aufstand und mit ihr zum Schlafzimmer ging, machte sie sich aus seinen Armen los und hielt ihn sturköpfig von sich fern.

»*Nein,* habbich gesagt. Das kriegt Allen. Du hattest schon genug.«

»Stimmt ja gar nicht!« Steve versuchte erfolglos, sie einzufangen. »Na komm schon, Liz. Bitte. Mir zuliebe, ich tue auch alles, was du willst …«

»Na los, Liz«, meinte ich. »Wir schieben einen Dreier.«

»Hm?« Sie sah mich interessiert an. »Einen Dreier?«

»Klar«, ging Steve eifrig dazwischen. »Wir beide zur selben Zeit. Du kniest dich einfach aufs Bett und reckst uns deinen kleinen Hintern hin, und Al oder ich werden …«

»Weiß schon. Happs kapiert«, murmelte sie ungeduldig. »Brauchste ja kein Bild von malen.«

Sie marschierte ins Schlafzimmer, Steve direkt hinterher, ich hinter ihm. Bis sie sich auf dem Bett drapiert hatte, Kopf auf den Kissen, Hintern in die Höhe, Knie auseinander, hatte Steve die Kleidung abgelegt, war auf ihr und in ihr.

Aus reinstem Lustschmerz fingen die beiden simultan an zu stöhnen. Steve warf mir einen Blick über die Schulter zu und murmelte, warum zum Teufel ich noch immer angezogen sei?

Ach, meinte ich, mir sei gerade der Gedanke gekommen, dass es wohl eine gute Idee wäre, wenn einer von uns dreien angekleidet bliebe. »Nur für den Fall, dass jemand an die Tür kommt. Wenn wir alle drei dabei sind, also, dann wären wir in Teufels Küche.«

»Ja«, stöhnte er und war viel zu sehr in das vertieft, was er gerade tat, um sich zu streiten. »Gute Idee.«

»Hm-hm!«, keuchte Lizbeth, die ebenfalls viel zu beschäftigt war. »Sehr gute Idee!«

Ich verließ das Zimmer, schloss die Tür hinter mir und sagte ihnen, sie sollten leise sein, für den Fall, dass jemand auftauchen würde.

Wie ich schon angedeutet habe, bin ich gern auf alles vorbereitet, und ihnen beim Akt zuzuschauen hatte mir gar nichts gebracht. Ich könnte stundenlang zusehen, falls sie es so lange durchhielten – und nach dem Eifer zu urteilen, den sie füreinander entwickelten, konnten sie das vielleicht auch –, aber ich wusste, das würde mir immer noch nichts bringen. Ich würde weiter so kalt bleiben wie der sprichwörtliche Kohlenkeller.

Ich wusch mich im Bad und kämmte mir die Haare. Kämmen nur in dem Sinne, wie sich eine Wolle wie meine überhaupt kämmen lässt.

Ich ging an die Bar, spülte die Gläser und räumte auf. Dann versprühte ich etwas Lufterfrischer, was eigentlich unnötig war, da alle Wohnungen im Haus

Klimaanlagen hatten. Und ich kaute ein paar Pfefferminz gegen die Fahne, die vielleicht in meinem Atem lag.

Keine Ahnung, warum ich das alles tat. Die einzige Erklärung, die ich dafür habe, ist, dass ich eine Vorahnung hatte. Und wenn ich so etwas habe, dann handle ich danach.

Verdammt gut, dass ich das getan habe.

Ich saß vielleicht fünf Minuten am Esstisch vor meinen aufgeschlagenen Büchern und tat so, als würde ich mir Notizen machen, als ich die Eingangstür des Hauses mit einem Krachen aufspringen hörte und schwere Schritte die kurze Treppe zu unserer Wohnung hinaufstapften.

Ich bewegte mich schnell, doch es hatte bereits ein halbes Dutzend Mal geklopft, bevor ich an die Tür kam und sie öffnen konnte.

»Ach, Sergeant Blair!«, rief ich. »Bitte, kommen Sie herein.«

Das war das Letzte, was ich wollte, doch sein Gesichtsausdruck verriet mir, dass er auf jeden Fall hereinwollte, ob ich ihn nun einlud oder nicht.

Er rauschte an mir vorbei und blieb im Wohnzimmer stehen, um sich umzusehen. »Also gut«, sagte er und wendete sich an mich. »Soll ich die ganze Wohnung durchsuchen, oder sagst du mir, wo sie ist?«

»Ich verstehe nicht«, entgegnete ich. »Wo wer ist?«

»Stell dich nicht dumm, Junge!« Mit einem Finger wie ein Gummiknüppel klopfte er mir auf die Brust. »Ich mag dich ja, auf irgendeine komische Art, aber an dir ist etwas faul. Nichts ist jemals deine Schuld, doch wo immer du bist, passiert was. Also, wenn du mir nicht sagst, wo Josie ist …«

»Ich habe sie seit gestern Abend nicht gesehen«, erklärte ich. »Wie kommen Sie darauf, dass sie hier ist?«

»Du hast keine Ahnung, hm?«

»Nein, habe ich nicht«, sagte ich.

Er sah mich an und fragte mich, ob ich nicht gewusst hätte, dass Josie gestern Abend krank gewesen sei. Sie sei ganz aufgeregt gewesen, als sie nach Hause gekommen sei.

»Ich habe sie heute Morgen gefragt, ob alles in Ordnung ist, und sie meinte, sie fühle sich nicht wohl. Also bin ich gerade an der Schule vorbeigegangen, um zu sehen, wie es ihr geht, und sie war nicht da. Man sagte mir, ihr sei schlecht geworden, und sie sei nach Hause gegangen. Aber da ist sie nicht, also habe ich daraus geschlossen, dass sie hier ist.«

»Aber warum?«, fragte ich. »Warum sollte sie so etwas tun?«

Blair machte ein düsteres Gesicht und suchte nach den passenden Worten, um meine Frage zu beantworten. In der Zwischenzeit lauschte ich mit einem Ohr nach irgendwelchen Geräuschen aus meinem Schlafzimmer. Aber es gab keine, Gott sei Dank. Lizbeth und Steve Hadley hatten Blairs Anwesenheit mitbekommen – wie hätten sie auch so eine Stimme überhören können? – und hatten nun wahrscheinlich erheblich mehr Angst als ich.

»Also gut«, ging der Sergeant endlich auf meine Frage ein. »Ich sag dir, warum Josie herkommen würde.« Und er sagte es mir – unverblümt.

Ich sei offenbar ein aalglatter Bursche (sagte er) und Josie erheblich vertrauensseliger, als ihr guttun würde. Dann ihre Übelkeit, der komische Ausdruck auf ihrem Gesicht, also, er hätte ja schon Mädchen gesehen, die sich so verhalten. Und zwar dann, wenn sie sich zu etwas hatten überreden lassen, was sie nicht hätten tun sollen. Sie würden glauben, verliebt zu sein, verstehen Sie, nur weil es ihnen im Schlüpfer jucke.

»Das habe ich daraus geschlossen, Junge«, sagte er, »und ich sag dir was …«

»Nein …« Josie trat aus dem Eingangsbereich herein ins Wohnzimmer. »Ich sag dir was. Kein Mädchen könnte sich noch mehr für ihren Vater schämen als ich mich für dich.«

Blair starrte sie an, und sein Mund ging hilflos auf und zu. Schließlich entfuhr ihm ein peinlich berührtes Krächzen, und er fragte, wo sie denn gewesen sei.

»Direkt hinter dir!«, antwortete sie kühl. »An einem Punkt sogar direkt bei dir. Du kamst so schnell aus der Schule gestürzt, dass du mich fast umgerannt hättest. Ich habe dich gerufen, aber du hast mich nicht gehört. Deine schmutzige Fantasie war wohl nur allzu sehr bereit, das Schlimmste von mir anzunehmen …«

»Aber, Süße …« Blair wand sich, sah weg, und sein Gesicht wurde rot vor Scham. »Du weißt doch, dass ich das nicht so gemeint habe. Ich rede doch immer so grob. Und … und – ach, du warst nicht zu Hause, wo doch alle gesagt haben, du bist heimgegangen.«

Josie schnappte zurück, wie sie denn auch nur die Zeit hätte haben können, nach Hause zu gehen, so schnell, wie er gerannt sei? »Ich hab dich rein- und rausgehen sehen, und dann bist du hierhergestürmt. Ich wusste genau, was du denkst. Ich habe gehofft, ich könnte hier sein, bevor du dich komplett zum Narren machst, aber« – verbittert –, »offenbar ohne Erfolg.«

Blair murmelte, es täte ihm leid. »Himmel, ich kann dir gar nicht sagen, wie leid, Schätzchen, und …«, er warf mir einen Blick zu, »… und bei dir möchte ich mich auch entschuldigen, Sohn. Ich bin einfach nicht ganz bei mir, wenn es um Josie geht. War ich noch nie.«

»Ist schon in Ordnung, Sir«, erwiderte ich. »Sie brauchen sich nicht zu entschuldigen.«

»Nett von dir, so etwas zu sagen«, stolperte er weiter. »Trotzdem …«

»Trotzdem«, ging Josie dazwischen. »Warum gehst du nicht einfach, damit du nicht schon wieder etwas Dummes sagst?«

»Sicher, sicher«, sagte er, »alles, was du sagst, Süße. Kommst du auch?«

»Nein, tu ich nicht. Ich werde heute Abend wieder mit Allen essen.«

»Moment«, ging ich schnell dazwischen. »Ich würde dich ja furchtbar gern hier haben, Josie, aber ich rechne schon halb mit meiner Mutter, und ich muss noch jede Menge aufräumen, und …«

»Da wette ich«, sagte sie grimmig. »Jede Menge Dreck, der rausmuss, und ich werde mich darum kümmern, dass er auch rauskommt. Also«, sagte sie zu ihrem Vater. »Wolltest du jetzt gehen, oder nicht?«

Er ging. So schnell, dass er bei seinem Abgang einen ziemlichen Wind machte.

Josie sah mich lang und fest an, und ihre Augen blitzten vor Zorn. Dann holte sie rasch aus und verpasste mir eine schallende Ohrfeige. Ich trat einen Schritt zurück und fragte, warum zum Teufel sie das gemacht habe. Die Worte waren mir noch nicht aus dem Mund, da hatte ich schon eine zweite Ohrfeige sitzen.

»Willst du mich nicht fragen, warum ich noch mal zugehauen habe?«, fragte Josie. »Na los, frag, dann siehst du schon, was du zur Antwort bekommst!«

»Nein danke«, meinte ich. »Aber ich höre dir gerne zu, falls du dich erklären möchtest.«

»Die Erklärung«, erwiderte sie kalt, »ist, dass die Abwesenheitsnotiz, wenn jemand eine Stunde schwänzt, sofort zu mir ins Büro gelangt. Das ist der eine Teil der Erklärung. Der andere steht einen halben Block entfernt am Straßenrand. Steve Hadleys Auto. Und wenn du auch nur wagst zu behaupten, er und Lizbeth seien nicht hier – *wenn du es nur wagst, Mr. Allen Smith …*«

Ich wusste nicht, was ich darauf noch erwidern konnte, es handelte sich einfach um einen jener Augenblicke, auf die man nicht vernünftig reagieren kann. Wie es der Zufall so wollte, musste ich auch gar nichts sagen, denn plötzlich gab es ein polterndes Geräusch aus meinem Schlafzimmer, was nur bedeuten konnte, dass mein Bett zusammengebrochen war. Nach dem Krach und einer langen, langen Stille musste Lizbeth laut kichern, und Steve lachte schallend.

Josie sprang durchs Wohnzimmer ins Schlafzimmer. Ein Stöhnen entwich ihrer Kehle – das Geräusch eines zornigen Tieres. Ich schloss die Augen und betete zu den Teufeln, welche davon auch immer gerade anwesend waren; dann hörte ich die Schmerzensschreie der Hadleys und schlug zögerlich die Augen wieder auf.

Die beiden steckten splitterfasernackt in der Schlafzimmertür fest. Sie hatten es so eilig gehabt, durch die Tür zu kommen, dass sie sich verkeilt hatten. Und Josie peitschte sie mit aller Kraft mit einem Gürtel aus, den sie wohl aus Steves Hose gezogen hatte.

Schließlich konnten die beiden sich befreien und flohen ins Bad. Josie sammelte ihre Kleidung auf und warf sie ihnen hinterher.

»Von allen dreckigen, schmutzigen, verdorbenen …« Josie ließ sich auf das Sofa fallen, auf dem ich saß, und ihre Brust wogte vor Gefühlen. »Wie konntest du nur so etwas tun? *Wie konntest du nur, Allen?*«

»Ich?«, fragte ich zurück. »Was habe ich denn getan?«

»Also …«

Josie dachte einen Augenblick darüber nach – über die Tatsache, dass ich vollständig bekleidet war und mich auch sonst in bester Verfassung befand. Wie es schien, hatte ich nichts getan, außer den schändlichen Anblick dieser dreckigen, schmutzigen, verdorbenen Hadleys hinter verschlossenen Türen zu verbergen.

»Also …« Sie zögerte. »Warum hast du sie denn herkommen lassen? Du musst sie doch irgendwie ermutigt haben.«

»Ich habe sie zum Abendessen eingeladen«, erklärte ich. »Sie haben mir die Einladung förmlich abgepresst. Aber das war, als ich dachte, meine Mutter würde dabei sein. Ich habe sie ganz gewiss nicht eingeladen, heute herzukommen.«

Und das entsprach der Wahrheit. Lizbeth hatte einfach angekündigt, dass die beiden heute hier auftauchen würden.

»Also …« Wieder Schweigen. »Aber du musstest sie doch nicht betrunken machen, oder? Die beiden sind schon schlimm genug, wenn sie nüchtern sind.«

»Wer sagt denn, dass ich sie betrunken gemacht habe? Himmel, Josie, du ziehst genauso voreilig Schlüsse wie dein Vater.«

»Na ja, *irgendwo* müssen sie sich ja betrunken haben.«

»Was niemand leugnen kann«, meinte ich müde. »Und wie viele Bars und Schnapsläden gibt es in New York? Fünfzigtausend? Hunderttausend? Dort hätten sie überall was kriegen können, aber du beschuldigst mich!«

Josie klopfte mir leicht auf die Schulter und gab mir schnell einen Kuss auf die Wange. Dann lächelte sie mich zum ersten Mal an diesem Tag an.

»Also, Allen, ich gebe dir absolut keine Schuld. Ich war mir fast sicher, dass sie das ganz allein ausgeheckt haben – dieses verdorbene Pack! –, ich wollte nur sichergehen. Schließlich bist du *mein* Schatz, und ich glaube nicht, dass ich es ertragen könnte, wenn du – na, du weißt schon.«

»Du weißt doch, dass ich das niemals tun könnte«, erwiderte ich. »Ich bin impotent.«

»Nicht bei der Richtigen«, entgegnete sie mit fester Stimme. »Nicht bei mir. Ich *weiß* es, und ich werde es dir heute Abend beweisen.«

»Nein«, widersprach ich. »Vielleicht taucht dein Vater noch mal auf.«

»Niemals.« Josie schüttelte den Kopf. »Ich bezweifle, dass er sich nur auf sechs Blocks nähern könnte, ohne vor Scham im Boden zu versinken.«

»Die Antwort lautet immer noch Nein«, beharrte ich. »Weißt du noch, was ich dir letzte Nacht gesagt habe, Josie? Ich hasse es, wenn mir etwas peinlich ist, und wenn ich was hasse, dann aber richtig.«

»Pah!«, machte sie nur. »Es wird schon alles gut werden.«

Etwa eine Viertelstunde später kamen Lizbeth und Steve aus dem Bad. Sie wirkten ein wenig verkatert und fühlten sich wohl wertloser als ein Häufchen Dreck. Doch irgendwie hatten sie es geschafft, ihre übliche Fassade wieder aufzubauen, ihre »Wir-sind-was-Besseres«-Haltung.

Als Lizbeth an Josie und mir vorbeikam, warf sie ihren Kopf ein wenig zurück und murmelte etwas von Abschaum, Steve zog seine Mundwinkel abfällig herunter, so als wolle er andeuten, wie schockiert er sei, sich in derart niederer Gesellschaft zu befinden. Beim Hinausgehen schlugen sie die Tür hinter sich zu, und Josie schäumte vor Wut.

»Diese dreckigen kleinen Snobs! Ich weiß, sie haben sich dir aufgezwungen, Allen, aber ich verstehe nicht, wie du es auch nur eine Minute mit ihnen aushalten konntest!«

»Aus Mitleid, vielleicht«, meinte ich schulterzuckend, »aus Hoffnung und Neid. Aus allen möglichen Gefühlen, alle durcheinander. Ich schätze mal, wir alle waren darauf aus, etwas vom anderen zu bekommen, und das ist ja schon mal kein guter Anfang für eine Beziehung.«

»Was?«, fragte Josie stirnrunzelnd. »Ich glaube, ich verstehe nicht ganz, Allen.«

»Ich auch nicht«, sagte ich, »und schon haben wir die Geschichte der Menschheit in ein paar schlecht gewählten Wörtern. Also, warum vergessen wir nicht das Ganze und überlegen, was es zum Essen geben soll?«

Wir entschieden uns für panierte Koteletts – eine ihrer Spezialitäten, wie Josie sagte – mit Kartoffelbrei und Ananas-Käse-Salat. Da es aber noch zu früh war, sich ans Kochen zu machen, beschäftigte sich Josie mit ein paar anderen Aufgaben, und ich ging ins Ankleidezimmer, das ich zu einer Dunkelkammer umfunktioniert hatte.

Nach etwa zwanzig Minuten klopfte sie an und meinte, sie bräuchte meine Hilfe, um das Bett wieder aufzubauen. Ich erwiderte, damit solle sie noch eine Weile warten und inzwischen die Tür zum Ankleidezimmer geschlossen halten.

»Was machst du denn da?«, fragte sie. »Und wonach riecht es hier so komisch, Allen?«

»Nach Salzsäure. Ich entwickle ein paar Fotos«, antwortete ich.

»Was für Fotos?«

»Keine sehr gute Qualität«, sagte ich. »Aber alles in allem ganz passabel. Ich habe eine fünfzehnhundert Dollar teure Kamera in einer Box, kaum größer als eine Streichholzschachtel. Aber ich hatte keine Gelegenheit, scharf zu stellen oder den Lichteinfall zu messen, also …«

»Kann ich sie sehen?«

»Einen Moment noch. Sie müssen erst trocknen.«

Ich hatte drei ziemlich gute Abzüge, drei verschiedene Positionen von Lizbeth und Steve. Ich hängte sie zum Trocknen auf, verließ den Ankleideraum und schloss schnell die Tür hinter mir.

Ich half Josie, mein Bett wieder aufzubauen, und wir wechselten die Laken. Sie warf mir einen aufreizenden Blick zu und meinte, wir würden wohl noch mal neu beziehen müssen, bevor der Abend vorüber sei. Ich hatte nicht den Mut, mich wieder mit ihr zu streiten, also erwiderte ich nichts darauf.

Josie fing an, das Essen zu machen, und ich deckte den Tisch. Dann ging ich wieder in die Dunkelkammer, und da die Fotos getrocknet waren, machte ich das Licht an.

Ich besah sie mir, die Nacktfotos von Lizbeth und Steve. Alles in wenigen Sekunden auf Film gebannt. Die Fotos hatten sich erheblich besser vergrößern lassen, als ich mit Fug und Recht erwartet hätte, und niemand, der sie sich angeschaut hätte, hätte die leisesten Zweifel daran gehabt, was die Geschwister Hadley da taten.

Ich betrachtete weiter die drei Abzüge, doch lösten sie bei mir nicht mal ein Kribbeln aus. Wie konnte ich auch darauf hoffen? Wenn die Wirklichkeit schon nichts bewerkstelligte, wie sollte es dann einem Bild davon gelingen?

Ich beschloss, eine der drei Aufnahmen zu behalten, die mit der besten Schärfe; nach dem, was ich von Lizbeth und Steve wusste, konnte ich mir ausmalen, dass ich sie bestimmt noch brauchen würde. Hinter mir ging leise die Tür auf, und ich hörte Josie erstaunt nach Luft schnappen.

»Allen! W-was um alles in der Welt tun sie …«

»Sie tun genau das, wonach es aussieht«, antwortete ich.

»A-aber wie – du meinst, er steckt in ihrem …«

»Ja«, sagte ich.

Josie starrte das Foto wie hypnotisiert an und drückte sich langsam, fast beiläufig immer enger an mich. Dann nahm sie meine Hand, legte sie auf ihr Gesäß und drückte meine Fingerspitzen in den Spalt zwischen ihren Backen.

»D-du meinst da … drin?«

»Ja«, meinte ich lustlos.

»A-aber … aber tut das denn nicht fürchterlich weh?«

»Ich glaube schon«, antwortete ich. »Aber es ist nur ein sehr schmaler Grat zwischen Lust und Leid.«

Josie starrte das Bild noch eine ganze Weile an. Ihre Augen wurden glasig, ihre Nasenflügel blähten sich bei jedem Atemzug. Dann schlang sie plötzlich die Arme um mich und gab mir mit harten Lippen einen festen Kuss.

»Du wartest hier!«, sagte sie ungestüm. »Du kannst dich schon ausziehen, ich ruf dich, wenn ich so weit bin.«

»Nein«, flehte ich. »Bitte, bitte nicht, Josie.«

»Psst!«, befahl sie. »Du tust, was ich dir sage.«

Also tat ich es. Was ich ihr geben würde, hatte sie sich schon mehr als verdient, aber ich mochte sie, nein, ich liebte sie, trotz meines Hasses, also warum sollte ich nicht noch einen kleinen Bonus drauflegen?

Ich war noch nicht ganz ausgekleidet, da rief sie mich schon.

Ich ging in mein Schlafzimmer, es war dunkel, die Vorhänge waren zugezogen, und ich fand Josie so vor, wie ich es erwartet hatte.

Kopf im Kissen. Hintern hoch. Beine auseinander.

Ich stieg hinter ihr aufs Bett.

Da ich völlig unerregt und es mir ganz unmöglich war, die für den Geschlechtsakt vorgesehene Ausrüstung einzusetzen, nahm ich den Daumen. Josie konnte natürlich nicht sehen, was los war, und in ihrer Unerfahrenheit wusste sie ja auch nicht, was sie erwartete. Für sie war also alles höchst zufriedenstellend – insofern eine solche Angelegenheit das sein kann.

Sie durchlebte Leid und Lust. Und durch die Vermischung von Schmerz und Freude kam sie schnell zum Höhepunkt.

Arzt, dachte ich verbittert, *heile dich selbst.*

Patient, pass auf, sonst wird ein Arzt aus dir.

Josie war entschlossen, *mir* zu helfen. Und ich, dieser gottverdammteste aller gottverdammten Trottel, hatte meine Hand in stille Wasser getaucht und war von einer latenten Nymphomanin in Beschlag genommen worden.

Sie blieb lange im Bad.

Als sie wieder herauskam, warf sie mir einen scheuen, scheelen sexy Blick zu. »Ich musste mir einen kleinen Papierstopfen hineinschieben«, sagte sie mit kehliger Stimme. »Du hast mich ganz schön zum Bluten gebracht.«

»Was hast du erwartet?«, erwiderte ich.

»Es war gut«, sagte sie süffisant. »Das müssen wir noch ganz oft machen.«

Ich meinte, sie würde ihre Ansicht wahrscheinlich ändern, wenn sie sich für eine Weile auf ihren Hintern gesetzt habe, doch sie beharrte darauf, das würde nicht passieren. »Also, du setzt dich hin und rührst dich nicht, ich mache uns das Essen.«

Ich setzte mich hin, rührte mich nicht, und sie machte uns das Essen. Josie wimmerte ab und zu, während sie hin und her ging, doch sie schien vor Zufriedenheit schier zu glühen.

Sie war gedemütigt worden. Ja, sogar gefoltert. Und sie war freudig daraus hervorgegangen, als erfüllte Frau.

Als ich sie am Abend nach Hause brachte, erklärte sie, mich am nächsten Tag besuchen und wieder »ein paar nette Dinge« tun zu wollen. Ich widersprach vehement und wies darauf hin, dass Mutter vielleicht am nächsten Tag komme (vielleicht, sagte ich). Es wäre die Hölle los, wenn sie uns erwischen würde.

»Tja …« Josie war enttäuscht. »Daddy hat nächste Woche Tagschicht. Du könntest nach der Schule vorbeikommen, und dann könnten wir …« Sie unterbrach sich und gab ein Stöhnen reinster Verzweiflung von sich. »Aber Schatz! Ich glaube, ich kann nicht so lange auf dich warten!«

»Wie wär's dann mit heute Abend?«, fragte ich. »Dein Dad ist doch heute Abend nicht zu Hause, oder?«

»Ähm, nein. Aber wir haben doch gerade erst, und – *ja!*«, rief sie dann aus. »Los!«

Im Schlafzimmer riss sie sich geradezu die Kleider vom Leib, so begierig war sie darauf, ihre Nacktheit zu zeigen und sich demütig meinen Wünschen zu unterwerfen. Krankhafte Bewunderung stand ihr in den

Augen, als ich ihr mit einem Taschentuch den Mund knebelte und mit einem anderen ihre Hände hinter den Rücken band.

Ich sagte ihr, sie solle sich auf dem Bett ausstrecken, und sie gehorchte unterwürfig.

Ich kniete mich daneben und versetzte ihr einen Schlag in den Magen.

Die Luft entwich ihren Lungen, und einen Augenblick dachte ich schon, sie würde nie wieder atmen. Doch das tat sie, und als sie Luft holte, versetzte ich ihr einen weiteren Schlag.

Das machte ich eine ganze Weile so; sie schöpfte wieder Atem, und ich schlug wieder zu.

Als ich sie schließlich wieder losband, wäre sie wohl hysterisch geworden, doch hatte sie weder die Kraft noch den Willen dazu.

»Also, ich sage es dir ganz deutlich«, hob ich an. »Du hast Blut geleckt, und du willst mehr davon – jedenfalls glaubst du das, was auf dasselbe hinausläuft. Aber den Sex musst du dir bei jemand anders holen. Ich würde Velie vorschlagen, der scheint eh eine Schwäche für dich zu haben, und ihr habt jede Menge Gelegenheit dazu.«

»Das s-sage ich m-meinem Vater«, schluchzte sie. »Er wird dich umbringen!«

»Das wäre mir egal«, erwiderte ich. »Tatsächlich habe ich einen Großteil meines Lebens damit verbracht, mich umbringen zu lassen. Aber was willst du denn deinem Daddy erzählen, hm? Dass du dich mir regelrecht an den Hals geworfen hast, bis ich zurückgeschlagen habe?«

»N-na ja – na, ich werd's dir schon zeigen! Warte nur ab!«

»Schätzchen«, sagte ich, »findest du nicht, dass ich schon genug gesehen habe? Du kannst mir doch auch nicht mehr antun, als mir schon angetan worden ist, und du wärst dumm, es zu versuchen. Denk lieber an dich und daran, dass du kriegst, was du möchtest. Denk an Velie.«

Dann ließ ich sie liegen und ging nach Hause.

In den Tagen nach meiner Rückkehr in die Schule reichte ihre Haltung mir gegenüber von Verletztheit bis Unnahbarkeit. Doch eines Morgens – sie hatte am Abend zuvor lange gearbeitet – war sie ganz verändert.

Ein gelassener, zufriedener Ausdruck lag auf ihrem Gesicht. Was ich für sie gewesen war, bedeutete ihr offenkundig nichts mehr. Ich hatte, was sie betraf, aufgehört zu existieren; war nur noch eine peinliche Erinnerung, die sie entschlossen war zu vergessen.

Velie. *Voilà!*

In der Zwischenzeit …

15.

Aus dem Fallbuch von Felix Kronger, Dr. med., Dr. phil., Psychiater.
Patient: *Allen J. Smith*

Ich arbeitete gerade an einem Artikel für das *Journal*, und nachdem ich nach meiner Sprechstundenhilfe geklingelt hatte, war ich wieder ans Werk gegangen und hatte in meiner Versunkenheit ganz die Zeit vergessen. Es war über eine halbe Stunde vergangen, als mir die Verzögerung auffiel – eine höchst unverschämte noch dazu! –, und ich ging ins Vorderzimmer, um nachzuschauen. Die Hilfe saß am Schreibtisch und schlief. Ebenso die drei Patienten im Zimmer. Ich rüttelte die Frau wach, nicht sehr sanft, kann ich Ihnen versichern, und verlangte eine Erklärung. Sie murmelte etwas von einem Verkäufer, der einen Wagen durchs Gebäude schöbe und Cola und dergleichen anböte, und meinte, die Getränke müssten wohl mit Drogen versetzt gewesen sein.

»Ach ja?«, erwiderte ich scharf. »Wo sind denn die Flaschen? Die Dosen?«

»Also …« Sie sah sich dümmlich um. »Ich weiß nicht, aber …«

»Vielleicht gab es gar keine«, erklärte ich. »Vielleicht haben Sie eine Überdosis von den Schlafmitteln genommen, zu denen Sie Zugang haben und denen Sie anscheinend ganz gern zusprechen, und diese armen Teufel«, und damit wies ich auf die Patienten, »die eh schon leichte Beute für allerlei Vorschläge sind, sind nur Ihrem Beispiel gefolgt und ebenfalls eingeschlafen.«

Die Hilfe erklärte mürrisch, dass sie die Wahrheit gesagt habe und ich die Patienten fragen könne, was denn passiert sei, wenn ich ihr schon nicht glauben wolle. »Die *Patienten* fragen?«, meinte ich. »Haben Sie tatsächlich vorgeschlagen, ich solle *die* da fragen, Miss Nelson?«

»Na, ist ja auch egal«, murmelte sie. »Ich wette, eine Blutuntersuchung würde zeigen, dass wir alle unter Drogen gesetzt wurden.«

»Sie meinen wohl, dass Sie unter Drogen *stehen*«, meinte ich grimmig. »Stelazin und Librium, Valium und Amytal und – ach, egal, Miss Nelson. Ich möchte, dass diese Patienten umgehend geweckt werden, und ich will zusehen, wie Sie es tun.«

Sie stand auf und machte sich ans Werk. Zu diesem Zeitpunkt traf der Patient Allen Smith ein, er war zwar ein wenig zu früh dran, aber dennoch führte ich ihn in mein Büro.

»Was ist denn da draußen los?«, fragte er. »Schlafkrankheit oder Pyjamaparty?«

»Kümmern Sie sich nicht darum«, meinte ich. »Nichts, was Sie betrifft.«

»Nun, vielleicht schon«, entgegnete er. »Wenn es eine Party ist, möchte ich mitfeiern, ist es die Schlafkrankheit, möchte ich eine Impfung.«

Ich ging auf diesen Firlefanz nicht ein und besah mir die Notizen, die ich mir aus den Akten gemacht hatte, welche mir von Smiths bisherigen Psychiatern überlassen worden waren. Am auffälligsten war sein Intelligenzquotient von 190 und ein ausgeprägter Ödipuskomplex. (Es ist natürlich von grundlegender Bedeutung, dass sich ein Patient mit hohem IQ sexuell mit seinem oder ihrem Erzeuger oder einem direkten Verwandten identifiziert: einem Gleichrangigen, der es wert ist, mit anderen Worten.) Mir fiel auch auf, dass er ein pathologischer Lügner war, was den Einsatz eines Wahrheitsserums ausschloss, da, aber das versteht sich ja von selbst, man nicht die Wahrheit sagen kann, wenn man nicht weiß, was Wahrheit ist.

Natürlich bedachte ich auch die Möglichkeit, dass der Patient bei seiner hohen Intelligenz in der Lage sein mochte, seinen Verstand zu programmieren, um so selbst unter hypnotischen Mitteln nur das zu sagen, was er sagen wollte. Wie auch immer würden Wahrheitsseren in diesem Fall nicht weiterhelfen, waren also kontraindiziert.

»Wie ich sehe, fühlen Sie sich körperlich zu Ihrer Mutter hingezogen«, sagte ich. »Haben Sie je mit ihr darüber gesprochen?«

»Aber klar«, meinte er. »Sie ist auch ganz scharf auf mich, aber ich rühr sie nicht an, solange sie keinen Wassermann-Test gemacht hat.«

»Hm-hm«, sagte ich, »Sie fühlen sich zu ihr hingezogen, weisen sie aber ab. Wie kommen Sie darauf, dass sie eine Geschlechtskrankheit haben könnte?«

»Weil sie eine Hure ist. Ein sehr teures Callgirl.«

»Nun, Sie wissen, dass das nicht stimmt, Allen!«, wies ich ihn scharf zurecht. »Sie ist nichts dergleichen.«

»Ach, glauben Sie nicht, hm?« Er grinste mich altklug an. »Sie sollten besser beim Haarekämmen aufpassen, Doktor, sonst kratzen Sie sich noch den Hintern auf.«

»Diese Praxis«, erklärte ich, »stellt sorgfältige Untersuchungen über das Umfeld eines jeden Patienten und seiner Eltern oder Vormünder an. Eine äußerst sorgfältige Untersuchung. Ihre Mutter ist ganz genau das, was sie zu sein vorgibt.«

»Wir alle haben Gott sei Dank das Recht zu einer eigenen Meinung«, meinte er nur. »Das hat dieses Land so groß gemacht.«

»Ich nehme an«, fuhr ich fort, »Sie haben Abscheu vor Sex. Eine Affäre mit Ihrer Mutter wäre Ihnen instinktiv zuwider, also haben Sie in sich ein falsches Verlangen nach ihr geweckt, um so jede sexuelle Beziehung zu vermeiden.«

»Und warum kriege ich dann nur bei ihr einen hoch?«, wollte er wissen. »Ich habe es gewiss oft genug versucht.«

»Ich nehme an, Sie haben es auch mit Masturbation probiert?«, fragte ich.

»Natürlich. Geht auch nicht.« Smith begann, sich die Hose aufzumachen. »Schauen Sie, und …«

»Schon gut«, unterbrach ich ihn schnell. »Ich habe noch einen anderen Vorschlag. Einen recht naheliegenden. Sie kriegen ihn, um es in Ihren Worten auszudrücken, bei einer Frau nicht hoch, weil Sie homosexuell sind.«

»Das ist eine gottverdammte Lüge!« Seine Augen funkelten böse. »Ich hatte in meinem ganzen Leben noch nichts mit einem Mann, verdammt!«

»Aber Sie lügen doch bei allem, Allen«, sagte ich leise. »Zumindest erzählen Sie die Wahrheit nur dann, wenn es Ihnen passt.«

»Ich bin nicht schwul!«

»Wie können Sie da sicher sein?«

»Weil ich es weiß!«

Ich schüttelte abfällig den Kopf. »Sie sind doch ein hochintelligenter junger Mann, Allen. Mir zu sagen, Sie seien sich wegen irgendetwas sicher, weil Sie sich sicher sind, ist einfach nur kindisch.«

»Aber verdammt noch mal …«

»Jetzt mal langsam, mein Freund«, tadelte ich ihn. »Jede Beziehung ist besser als gar keine. Wenn Sie sich so nehmen, wie Sie sind, wenn Sie dem verborgenen Mann in sich eine Chance geben, sich zu zeigen – eine echte Chance …«

»Sie meinen, ich soll auf öffentlichen Toiletten herumhängen und Männer anmachen?«, fragte er erschüttert. »Das ist Ihre Lösung des Problems?«

»Ich meine nichts dergleichen«, widersprach ich, »und es ist keine Lösung, sondern ein Kompromiss. Jemand, der so klug ist wie Sie, wird doch sicherlich subtilere Möglichkeiten finden, seine Verfügbarkeit anzudeuten, und ich sehe nicht, wie Sie bei dem Versuch etwas verlieren könnten.«

»Und was ist mit meinen Eingeweiden? Wenn ich sie auskotze?«

»Zumindest wären Sie sich dann sicher«, entgegnete ich, »dass Homosexualität nicht die Wurzel Ihres Problems ist.«

»Anders ausgedrückt«, meinte Smith, »schlagen Sie also vor, dass ich in einem durchgeknallten Experiment das Versuchskaninchen spiele? Das ist Ihr bester Vorschlag? Bei welcher Postfachadresse haben Sie sich denn Ihr Diplom gekauft, Sie halbgares Arschloch? Von all den inkompetenten Kretins, die sich als Psychiater ausgeben, schießen Sie den Vogel ab! In meinem ganzen beschissenen Leben habe ich noch niemals einen derart abscheulich debilen Dünnschiss aus dem Mund eines … eines …!«

Plötzlich sprang er auf und trat an den Wasserspender. Er stand ein paar Augenblicke da, trank Wasser und gewann offenbar wieder die Kontrolle über sich. Schließlich nahm er einen frischen Papierbecher aus dem Halter, füllte ihn mit Wasser und brachte ihn mir.

Natürlich nahm ich diese Geste der Entschuldigung an.

»Sie müssen wissen, ich bin auf Ihrer Seite, Allen«, erklärte ich. »Mir geht es nur darum, Ihnen zu helfen, und was das Beste für uns ist, mag einem nicht immer so erscheinen.«

»Und Sie glauben, das ist die einzige Möglichkeit? Ich sollte es mal mit Homosexualität versuchen?«

»Nicht zur Befriedigung von Bedürfnissen«, erklärte ich, »es sei denn, Sie wollen es. Sehen Sie es vielmehr als einen Weg, um festzustellen, ob so das Verlangen zu wecken ist. Ja, ich fürchte, das ist die einzige Möglichkeit, Allen, zumindest in einem Fall wie dem Ihren, wo das Verlangen so tief verschüttet und so verwoben ist.«

Ich musste plötzlich gähnen und entschuldigte mich. Ich wollte gerade noch etwas sagen, als ich plötzlich erneut gähnen musste.

Die blanke Erschöpfung, natürlich. Mein Arzt hatte mich davor gewarnt, mich immer derart unter Stress zu setzen.

»Uuaah, mal sehen«, sagte ich und gähnte abermals. »Entschuldigung. Wo waren wir stehen geblieben?«

»Sie wollten mir gerade beichten, dass Sie selbst eine Schwuchtel sind«, sagte Allen, »und Schwuchteln verpassen nie eine Gelegenheit, einem etwas anzudrehen.«

»Was?« *Uuaahh.* »Ich muss schon sagen, Allen, dass das Wort Schwuchtel äußerst unangemessen ist für … für …«

Ich musste innehalten und wieder furchtbar heftig gähnen.

Ich bemühe mich so sehr, und keiner dankt es mir. Manchmal muss ich fast weinen. Da ist nicht nur die ungeheure Last meiner beruflichen Pflichten, ich muss mich auch noch um nichtige Dinge kümmern, die eigentlich zu Miss Nelsons Aufgaben gehören.

Ich werde die Frau feuern müssen, ganz einfach. Eine männliche Hilfe wäre viel besser. Wir könnten …

»Was?« Ich riss den Kopf hoch. »Was haben Sie gesagt, Allen?«

»Ich sagte, ich habe Ihr Wasser angereichert«, wiederholte er. »Ich habe all den Idioten da draußen was gegeben, einfach nur, weil sie so dumm sind, in der Praxis eines so dummen Arschlochs wie Ihnen zu sitzen.«

Seine Stimme klang wie in einem Traum. Ich kam mir vor, als hätte ich die Bemerkungen geträumt, die ich ihm zugeschrieben hatte.

»Nigger zurück in die Klos«, sagte er. »Das ist die einzige Lösung.«

Ich weiß noch, dass ich müde darüber gelacht habe. Nicken in den Klos! Was für eine Vorstellung! Was sollte denn übertriebene Höflichkeit in den Toiletten überhaupt … überhaupt …

Ich schlief ein.

16.

Wo die schwarze Flut fließt in einem Bett so schwarz wie das Wasser selbst und sich steile Klippen endlos über dem Strom erheben – Dämme voller Rattenlöcher, schwarz und grau –, dort endet das Leben und beginnt die Existenz. Nacht und Tag sind ununterscheidbar, und ein Tag ist wie der andere. Die Nacht, die wie der Tag ist, wird von den Schreien der Ratten begleitet, jener, die beißen, und jener, die gebissen werden. Riesige Schaben, eine Rasse, die zu den ältesten auf der Erde zählt, suchen ununterbrochen nach Abfall, von dem sie sich ernähren, und Abfall und Nahrung sind ununterscheidbar.

Harlem.

Harlem, wo die Nigger hausen.

Ain't she sweet?
Starved body and big flat feet!
Dung-dung – that's the song, daddy!
Piss and shit, and try to make a hit.
Yessuh, she's mah baby,
Rarin' to go, an' Ah don't mean maybe,
With her mouth or her tail or her crack.
'Cause she's just gotta feed 'at monkey on her back!

Sie stand im Eingang zu dem Haus, in dem Doozy wohnte. Ein dürres Mädchen von sechzehn Jahren. Die Augen tränten ihr ein wenig, die Nase zuckte. Ich fragte sie, ob sie ihn kennen würde und ob er zu Hause sei, und sie warf ihren Kopf herum und sagte: »Klar, Mann, Danny Rafer, das is mein Bruder.«

»Also, das is dein Bruder«, äffte ich sie nach. »Schau, schau. Und du gehst noch zur Schule, was?«

»Früher mal. Hab 'n Abschluss.«

»Echt wahr«, meinte ich. »Muss ja 'ne prima Schule sein, die einen so schnell durchbringt und wo man so viel lernt.«

»Klar!« Verachtung flackerte in ihren wässrigen Augen auf. »Du has doch keine Ahnung, Mann. Wennde deinen Namen schreiben kanns, haste schon deinen Abschluss.«

Ich fragte sie, seit wann sie denn schon auf Stoff sei, doch sie stritt es ab. Zu schade, meinte ich, ich hätte ihr sonst was spendiert, und sie sagte: »Hör mal, Mann. Ich krieg 'ne ganze Tüte für sechs Dollar. Gib mir sechs Dollar, und ich besorg's dir richtig gut. Verstehste?«

»Einen Dollar.« Ich gab ihn ihr. »Den Rest gibt's später. Du kennst doch das Hotel da hinten« – ich wies auf die Neonreklame. »Du wartest dort in der Halle auf mich. Ich komme gleich nach.«

Das kenne sie, meinte sie und ging ohne ein weiteres Wort in die Richtung.

Ich stieg die klapprige Treppe hinauf, vorbei an den überquellenden Mülltonnen im Hausflur, und kam zu Doozys Wohnung – wenn man so etwas Wohnung nennen kann. Eine Küche und ein Zimmer, in dem sich alles andere abspielte. Als ich durch die offene Tür eintrat, saß er am Küchentisch, über seine Bücher gebeugt, und bewegte stockend die Lippen beim Lesen.

Er war allein. Seine Mutter war Putzfrau und arbeitete nachts, und Gott allein wusste, wo sein Vater war.

»Setz dich«, sagte er höflich und wischte einen Stuhl mit dem Trockentuch ab. »Die anderen sind noch nich da, kommen aber noch. Die wissen, was ihnen sonst blüht.«

»Tut mir leid, ich kann nicht bleiben«, entschuldigte ich mich. »Ein kleines häusliches Problem.«

»Ach ja?« Er sah mich misstrauisch an. »Was'n für'n Problem?«

»Eins, das nur mich was angeht«, sagte ich und erwiderte den Blick, »und eins, das ich auf meine eigene Art und Weise regle. Irgendwas dagegen?«

Er zögerte und schüttelte dann den Kopf. »Solche Probleme hab ich auch, Mann. Geh du ruhig, und ich mach mit den Jungs alles klar.«

Wir verabschiedeten uns, und ich ging. Ich fand, es war irgendwie eine Schande, was ich ihm anhängen wollte; andererseits dachte ich, es sei nun mal der Job eines Mistkerls, sich wie ein Mistkerl zu benehmen.

Etwa eine halbe Stunde später kam ich zu dem Hotel, in dem Doozys Schwester auf mich wartete.

Ich nahm das beste Zimmer im Haus. Wahrscheinlich das einzige mit Bad. (Schwarze waschen sich nicht, wissen Sie. Deshalb stinken sie so.)

Ich schloss ab, sie ließ sich aufs Bett fallen und zog ihr Kleid hoch. Einen Slip trug sie nicht. Den hatte sie wahrscheinlich irgendwo für ein paar Cent verscherbelt, alles, um sich einen Schuss verpassen zu können. In Harlem kann ein Mädchen leichter seinen Schlüpfer verkaufen als sich selbst, das Angebot von Letzterem ist größer.

Ich sah sie abwesend an, ihre Schenkel bewegten sich ungeduldig. »Und? Willst du's anders machen?«

»Nein, nein«, antwortete ich. »Ich muss nur kurz mal nachdenken.«

Sie seufzte und rollte die Augen. »Du bis garnich so, wie die anderen Hengste. Aber lass dir ruhig Zeit. Tut mir nich weh.«

»Das wollte ich wissen«, sagte ich. »Du bist noch nicht lange drauf, oder?«

»Lang genug. Drei, vier Monate.«

»Das ist doch nicht lang. Nicht für jemand so Junges wie du. Setz dich mal einen Augenblick hin.«

Das tat sie. Ich nahm den Beutel aus der Tasche und schüttete die sechs Tabletten aufs Bett. Sie beäugte sie, fuhr sich mit der Zunge über die Lippen, rührte sie aber nicht an.

Ich ging ins Bad und fing mit einem Wasserglas eine Küchenschabe. In ein zweites Glas tat ich etwas Wasser und trug beide zurück ins Zimmer. Das Mädchen runzelte leicht die Stirn, war verwirrt, sagte aber nichts. Junkies sind meist nicht sehr neugierig.

»Jetzt nehmen wir mal eine von diesen Dingern«, erklärte ich. »Egal welche. Such dir eine aus.«

»Tja …« Sie zuckte mit den Schultern. »Is deine Party.«

Sie gab mir eine, und ich ließ sie in das Glas mit dem Wasser fallen. Sie wandte ein, sie sei noch nicht so weit, um sich einen Schuss aufzukochen. Ich meinte nur, das sei egal. Sie könne die Lösung später aufkochen und sich spritzen … falls sie dann noch wolle.

»Was meinst du mit ›falls‹?«, fragte sie gereizt. »Ich bin jetzt schon so weit, bei deinem ganzen Getue.«

»Schau zu«, ermahnte ich sie. »Ich möchte ein kleines Experiment machen.«

Ich kippte das Glas und ließ vorsichtig ein, zwei Tropfen der milchigen Flüssigkeit vor die Schabe kullern. Sie saugte sie auf, zumindest ein wenig davon, und drehte sich auf den Rücken. Tot, im Bruchteil einer Sekunde.

»Mann …« Das Mädchen riss verängstigt die Augen auf. »Was wolltest du mir da unterjubeln?«

»Worum du mich gebeten hast«, antwortete ich. »Ich hab dir einen Beutel Pillen gekauft.«

»Ja, das haste, nicht? 'nen Beutel heiße Ware!«

»Nein«, erwiderte ich. »Das ist nicht alles Strychnin. Ein paar davon sind reines H. Ich weiß nicht mehr, wie viel ich wovon habe, und sie sehen alle gleich aus. Aber so ist das Leben nun mal, oder? Man kann nie wissen, wann man high wird und wann man einen Abgang macht.«

Sie fing an zu weinen.

Ich lachte sie aus.

»Dir tut nichts weh, Baby«, sagte ich. »Das glaubst du nur. Aber wenn es wirklich schlimm wird, dann brauchst du nur eine dieser Pillen aufzukochen. Und wer weiß, vielleicht hast du Glück. Vielleicht ist es H, kein Strychnin.«

»Du Mistkerl«, schluchzte sie. »Du verdammter Mistkerl.«

»Hm, mal sehen«, grübelte ich. »Habe ich nur eine Tablette Heroin gekauft oder waren es zwei? Oder drei oder vier oder fünf? Weißt du, gut möglich, dass die eine heiße Pille die einzige im Beutel war.«

Sie sah mich hilflos und mit Tränen in den Augen an. Plötzlich schnappte sie sich die Tabletten und hastete stolpernd ins Bad. Kurze Zeit später kehrte sie zurück, die Gläser waren frisch gespült, in einem davon eine Schabe.

»Du wirst schon sehen«, murmelte sie. »Ich find schon raus, was davon das gute Zeug ist.«

»Schon möglich«, meinte ich. »Aber glauben tu ich's nicht.«

»Sicher! Ich zeig's dir.«

»Weißt du«, fuhr ich fort, »mir ist gerade klar geworden, dass das Heroin eine Küchenschabe wahrscheinlich genauso schnell erledigt wie Strychnin. Die einzig sichere Methode, um herauszufinden, was nun was ist, besteht darin, es selbst zu nehmen.«

Sie sah mir in die Augen, sah mir flehend in die Augen und ließ die Gläser aus den zitternden Händen gleiten.

»Warum tust du mir das an, Mann? Ich hab dir nix getan.«

»Und ob, verdammt«, sagte ich. »Du bist eine stockdürre, schäbige, stinkende Schlampe, und du hast eine Fotze, für die sich selbst eine räudige Hündin schämen würde. Allein schon der Anblick hat mich beleidigt!«

»B-bitte«, flehte sie. »Ich brauch einen Schuss!«

»Bedien dich«, sagte ich. »Nimm dir, was du willst.«

Sie fing wieder an zu weinen, und ich schüttelte mich vor Lachen. Ich sagte ihr, sie solle die Tränen ruhig fließen lassen, vielleicht kämen genug zusammen, um damit ihren rostigen Hintern zu waschen.

»Ich hab einfach die Schnauze voll«, fuhr ich fort. »Ich bin für deine verdammten Sünden gekreuzigt worden, und ich bin kurz davor, dir das Kreuz überzubraten, an dem ich hänge. Himmel, ich weiß nicht, was schlimmer ist – dich zu riechen oder dich anzuschauen.«

»Warum, Mann? Warum tuste das …«

»Du musst leiden!«, erklärte ich. »Lasset die Kindlein leiden, auf dass sie in meinen Hut scheißen, denn ich trage eine Dornenkrone und brauche ihn nicht mehr. Nur durch Leid erlangst du Erlösung und wirst im Blute des Lamms gereinigt, was sich ziemlich eklig anhört, wenn ich so darüber nachdenke.«

Sie sah mich ängstlich an. Machte plötzlich einen wilden Sprung in Richtung Tür.

Ich erwischte sie mühelos und schleuderte sie aufs Bett zurück.

»Ich schrei«, drohte sie. »Ich hol die Polizei.«

»Ach«, sagte ich langsam. »Mamis kleines Mädchen will die Polizei holen? Warum sagt mir das denn keiner, verdammt? Ich ruf selber die Polizei.«

Ich legte die Hände vor den Mund und gab einen Schrei von mir. Sofort flehte sie mich an, damit aufzuhören. »Wahnsinn, Mann! Biste verrückt oder so?«

»Du bist eine nutzlose, arschwackelnde Nutte«, erklärte ich. »Wegen deiner Verbrechen gegen die Unmenschlichkeit verurteile ich dich dazu, zu leiden oder zu sterben.«

»Bitte, Mann …«, flüsterte sie verängstigt. »Was willst du von mir?«

»Bitte, Scheiße«, höhnte ich. »Ich sag dir, was ich will, aber nur ein einziges Mal. Also spitz die Ohren.«

Ich erklärte es ihr, und sie fing sofort an zu protestieren. Das unterband ich, indem ich ihr beinahe die Zähne ausgeschlagen hätte. Sie legte sich aufs Bett zurück und hörte mit blutigem Mund zu. Sie weinte ein wenig, blieb aber still.

»Du bleibst bis morgen in diesem Zimmer; ich werde dafür sorgen, denn ich bleibe ebenfalls hier. Morgen«, fuhr ich fort, »wirst du zu krank sein, um gehen zu können, also wirst du hierbleiben. Das Zimmer ist für eine Woche im Voraus bezahlt, obwohl es nicht so lange dauern wird, bis ich erreicht habe, was ich will. Das Essen wird dir aufs Zimmer gebracht – sonst nichts. Ich werde dem Empfangschef sagen, dass es eine Razzia geben wird, falls man dir irgendetwas anderes bringt, ganz gleich, welcher Stoff. Das ist alles.«

Sie hatte eine schlimme Nacht.

Ich hatte ein sehr gute. Ich musste laut lachen, während sie die Übelkeit überkam, die ihr endlose Würgekrämpfe bescherte und sie durchschüttelte wie in einem Sturm.

Ich lachte und lachte, bis sie trotz ihrer Übelkeit wütend wurde und mich verfluchte. Schließlich biss sie die Zähne zusammen und klammerte sich so fest ans Bett, dass sie ihr Schütteln in den Griff bekam. Danach hatte ich nichts mehr, worüber ich lachen konnte.

Gegen Sonnenaufgang schlief sie erschöpft ein, und ich machte ebenfalls ein Nickerchen.

Gegen zehn Uhr rief ich zu Hause an, doch niemand hob ab. Mutter war offenbar noch nicht zurück. Ich hatte nichts Besseres zu tun, zumindest nichts annähernd so Amüsantes, also blieb ich bis zum Einbruch der Nacht bei Doozys zugedröhnter Schwester und rief von Zeit zu Zeit zu Hause an, doch immer noch ging niemand dran.

Wir teilten uns die Mahlzeiten, die gebracht wurden. Eigentlich aß ich das meiste davon, denn das Mädchen hatte praktisch keinen Hunger.

Schließlich stand ich auf und wollte gehen, also meinte ich zu ihr, sie könne sich gern bei den Pillen bedienen, wenn ihr danach sei. »Sie bringen dich vielleicht um, aber was soll's? So eine blöde Schlampe wie du ist tot besser dran.«

Keine der Tabletten hätte sie umgebracht. Es war alles Heroin.

Sie gestikulierte schwach und bedeutete mir, näher zu kommen. Das tat ich, und sie schlang ihre dürren Arme um meinen Hals und küsste mich.

»He, was soll das, verdammt?« Ich riss mich von ihr los. »Was zum Teufel soll das?«

»Mann …« Ihre Stimme drang nur als schwaches Flüstern an mein Ohr. »Warum liebst du mich so, du kenns mich ja nich mal?«

»*Dich* lieben?«, erwiderte ich. »Du lieber Himmel, was für ein Witz!«

»Schätze, du liebst wohl alle Menschen, oder? Muss ja, wennde mich auch liebst.«

Ich schüttelte müde den Kopf. Ich hatte die Schnauze voll, und ich hatte die Schnauze voll davon, sie voll zu haben. Es hatte mal eine Zeit gegeben, da wurde ich nie müde und konnte mir aus einem Stück Brot und etwas Fisch ein Festmahl bereiten. Aber das ist lange, lange her. Jetzt schmeckt mir gar nichts mehr, und ich bin so gottverdammt müde, dass ich mir wünschte, die ganze Menschheit sei nur ein einziges Arschloch, das ich mir vornehmen könnte und Schluss, statt es mit einem Menschen nach dem anderen aufnehmen zu müssen.

»Hör mal«, sagte ich. »Ich werde dir verraten, was ich von dir halte. Ich würde dir nicht mal in den Arsch pinkeln, wenn deine Eingeweide in Flammen stünden.«

»Du hast mir deine Liebe gegeben«, flüsterte sie, »und die hat mir Kraft gegeben. Jetzt wird alles gut.«

»Soll ich dir sagen, was ich heute Nacht tun werde?«, erklärte ich. »Ich werd ins Village gehen und mal ein paar Schwuchteln am Arsch kitzeln.«

Sie war ganz blass, fast weiß. Vielleicht *war* sie sogar weiß und nur vom vielen Kloschrubben schwarz geworden. Vielleicht war sie auch im Blut des Lammes oder in irgendeinem anderen wohlbekannten Reinigungsmittel gewaschen worden.

Ein kleines Lächeln huschte über ihr Gesicht. Die Augen fielen ihr zu, und sie schlief ein.

Würde sie von den Toten auferstehen?

Würde sie dem Grab entsteigen und die Schwarzen erlösen?

Lesen Sie nächste Woche weiter!

17.

Im Village gab es eine Straßenecke, die praktisch von ihnen übernommen worden war. Schwarzen in durchsichtigen Blusen und mit Bienenkorb-Perücken, angemalten Lippen und Rouge auf den Wangen. Das Gesetz drückte ein Auge zu, solange sie Hosen trugen und auch sonst als Angehörige des männlichen Geschlechts erkennbar waren.

Das Gesetz erlaubte ihnen nicht, Freier abzuschleppen, aber in jener Nacht waren keine Bullen unterwegs, also versuchten sie es trotzdem. Sie riefen Passanten zu, und erhielten sie auch nur die leiseste Ermutigung, nahmen sie sie am Arm und klammerten sich dort fest.

Offenbar waren sie ziemlich gut vorangekommen, denn als ich dort eintraf, waren es nur noch fünf. Ich ließ es zu, dass sich einer von ihnen an meinen Arm hängte, und zwinkerte einem anderen zu. Nach vielleicht zehn Sekunden stritten sich die fünf um mich und führten sich dabei so zickig auf, als seien sie tatsächlich Zicken, keine Böcke.

»Hallo, schöner Mann, wie wär's mit uns zwei?«

»Ich kratz dir die Augen aus, Gladys!«

»Ruby, lass sofort meinen Süßen los!«

Ich sagte ihnen, sie sollten mal Ruhe geben; sie würden uns noch die Bullen auf den Hals hetzen, und das wäre das Ende der Party.

»Außerdem ist das völlig überflüssig«, fuhr ich fort. »Ich bin Manns genug, um mich um euch fünf zu kümmern.«

Sie gaben bewundernde Worte von sich, betatschten und befingerten mich und drückten mir die Arme (was, Gott sei Dank, bei mir keinerlei Reaktionen auslöste). Wieder warnte ich sie, sie sollten sich benehmen, und sie zogen sich zögernd, aber kleinlaut zurück.

»Im East Village gibt es einen leeren Keller, in den wir gehen können«, erklärte ich. »Ich laufe voran, und ihr folgt mir, aber bitte mit Abstand. Wir wollen ja nicht gleich wie eine Parade aussehen, oder?«

Sie verstanden mich und folgten mir, als ich in Richtung East Village losmarschierte; ein heruntergekommenerer Winkel von New York lässt sich kaum finden. Noch heruntergekommener als Harlem, in gewisser Weise. Heroin gilt hier als Kinderkram. Hier knallt man sich mit Speed voll, von dem man lachen muss, während einem die Gehirnzellen explodieren. Man trinkt sogenannten Wein – wohl eine Mischung aus Tinte und Brennspiritus –, der so schlecht ist, dass die inneren Organe durch und durch blau gefärbt sind, wenn einen die Jungs in der Autopsie aufschneiden. Und wenn du es mit deiner Perle treiben willst, dann tust du es eben da, wo du gerade bist. In einem Hauseingang, im Rinnstein oder sonst wo.

Danach könntest du dich vielleicht entschließen, ihr mit einem Ziegelstein den Schädel einzuschlagen, doch vielleicht läuft es auch andersrum. Na und? Wenn du an dem Punkt angelangt bist, ist dir sowieso alles egal.

Als ich an die Ecke des Blocks kam, in dem der Keller lag, versammelte ich meinen Schwarm an Schwuchteln um mich und erläuterte das weitere Vorgehen. Sie sollten einer nach dem anderen in den Keller kommen, im Fünfminutenabstand. Ich würde dort auf sie warten und mir jeden einzeln vornehmen.

Vom Dach eines Gebäudes in der Nähe kam ein wildes Geschrei. Dann fiel ein Stück Mauerbrüstung herab und zerschlug vor uns auf dem Bürgersteig, sodass wir beiseitespringen mussten. Dann folgten zwei Körper.

Sie landeten auf der Markise des Gebäudes, ein Mann und eine Frau bei der Begattung. Die Markise hielt für einen Augenblick, dann zerriss sie, und die beiden landeten ebenfalls auf dem Bürgersteig.

Doch das schien sie nicht sonderlich zu irritieren.

Die Schwuchteln rollten ängstlich mit den Augen, doch ich beruhigte sie. Das hier sei unsere eigene kleine Hölle, in die sich kein Engel wagen würde, und schon bald bekämen sie, was ihr Herz begehre: nicht endenwollenden Arschkitzel.

»Macht euch bereit«, sagte ich. »Schraubt schon mal die Deckel von euren guten alten Vaselinetuben.«

Dann ging ich weiter und verschwand im Keller.

Dort roch es ganz eigentümlich. Ein Duft, bestehend aus dem fischigen Geruch ungewaschener Fortpflanzungsorgane, aus Urin und Kot – und noch etwas anderem.

Es war stockdunkel, und aus der Finsternis funkelte mich ein Kreis von Augen an. Ich sprach zu Ihnen wie mit Sklaven, sie grüßten mich und nannten mich Gott, Krishna und Meister.

»Ich habe euch Brot gebracht«, sagte ich. »Jetzt ist keine Zeit zum Spritzensetzen, jetzt wird gespeist.«

»Ja, Meister, dein Wille geschehe«, skandierten sie. »Ja, Krishna!«

Ich tastete mich mit ausgestreckter Hand im Kreis umher, spürte, wie mir das heilige, hirnknallende Brot abgenommen wurde. Dann sah ich die glühenden Augen aufleuchten, als würde ein Feuer neu entfacht. Ein Mädchen (ich konnte ihre nackten Brüste spüren) versuchte, mir die Hand in Verehrung zu küssen. Ich entzog sie ihr, die Zeit war zu kurz.

»Sind die heiligen Besenstiele bereit?«, fragte ich. »Auf eine praktikable, aber großzügige Länge gestutzt, wie ich befohlen habe?«

»Ja, Gott«, skandierten sie zur Antwort. »Deinem Willen haben wir gehorcht.«

»Und ist das heilige Wachs bereit?«

»Ja, Meister. So ist es, o Herr.«

»Dann werden wir nun die Augen schließen«, intonierte ich, »und in völliger Stille beten. Der erste Akolyth ist auf dem Weg.«

18.

Steve und Lizbeth waren mir auf den Gängen und in den Klassenzimmern aus dem Weg gegangen. Genauer gesagt, sie hatten ihr Bestes versucht, mich zu ignorieren. Ich beließ es eine Weile dabei, lang genug, damit sie sich ein wenig von der Scham erholen konnten, die wohl an ihnen nagte. Dann setzte ich mich eines Tages zu Mittag in der Cafeteria an ihren Tisch.

»Also, was soll das?«, fragte ich. »Ich dachte, wir wären Freunde, aber ihr behandelt mich wie jemand von der buckligen Verwandtschaft.«

Lizbeth schnaufte. Steve sah mich kühl an.

»Wir haben zu viel getrunken, Al, das weißt du. Ein Freund hätte versucht, sich um uns zu kümmern, statt uns auch noch zu ermutigen, Dinge zu tun, die gegen unsere Natur sind.«

»*Gegen* eure Natur?«, fragte ich. »Meine Güte, ich kann nicht glauben, dass ihr so naiv seid! Ich habe euch für intelligent gehalten, und das tue ich immer noch.«

»Ähm …« Lizbeth fuhr sich nervös mit der Zunge über die Lippen. »Was meinst du damit, Allen?«

»Was ich damit meine?« Ich zuckte mit den Schultern. »Das tun doch alle Brüder und Schwestern. Ich bin ein wenig herumgekommen, und glaubt mir, ich weiß es. Warum auch nicht? Sie haben gewisse Bedürfnisse, die befriedigt werden müssen, selbst wenn sie miteinander verwandt sind.«

»Na ja …« Sie hob ein wenig die Schultern. »Das ist wohl wahr, nehme ich an, aber …«

»Hört mal«, unterbrach ich sie. »Ein paar dieser prüden Vorstellungen, die wir heutzutage haben, sind einfach albern. Irgend so ein Krempel, den sich religiöse Scharlatane ausgedacht haben. Selbst im alten Ägypten, wo die Menschen nun wahrhaft zivilisiert waren, haben die Pharaonen ihre Schwestern *geheiratet*. Das war so vorgeschrieben.«

Steve und Lizbeth warfen sich einen Blick zu. Lizbeth murmelte, wie froh sie sei, dass es zumindest noch jemand Kultivierten an der Schule gäbe.

»Alles Scheinheilige«, sagte ich leichthin. »Die haben einfach nicht den Mut, zu ihrer Überzeugung zu stehen, wie ihr beiden das tut.«

»Danke, Mann.« Steve lächelte mich warmherzig an. »Nett von dir, so etwas zu sagen.«

»Ist doch die Wahrheit«, entgegnete ich. »Warum sollte ich sie nicht sagen?«

»Diese kleine Null, Josie Blair«, zischte Lizbeth giftig. »Sie und ihre ach so heilige Haltung! Das werde ich ihr nie verzeihen, wie sie sich da benommen hat.«

»Noch so eine Scheinheilige«, meinte ich. »Ihr müsst nur mal ab und zu hinschauen, wenn sie in Velies Nähe ist, dann werdet ihr schon sehen, was ich meine.«

»Allen!« Sie schnappte erfreut nach Luft. »Bist du dir ganz sicher?«

»Halt die Augen offen, und urteile selbst«, antwortete ich.

»Das hätte ich mir denken können«, erklärte Lizbeth. »Das eine sagen und genau das Gegenteil tun!«

»Gott sei Dank sind wir nicht so«, meinte Steve ganz heuchlerisch. »Wir mögen ja unsere Fehler haben, aber wenigstens sind wir nicht scheinheilig.«

»Das mag ich an euch ja so«, erklärte ich. »Leute wie wir müssen zusammenhalten.«

»Richtig! Stimmt doch, oder, Liz?«

»Ja«, meinte sie; dann schwieg sie einen Augenblick und dachte nach.

»Ähm, hör mal, Allen. Ich glaube nicht, dass es so gut wäre, wenn wir noch mal in deine Wohnung gehen würden, auch nicht in unsere. Aber Steve und ich kennen da noch ein anderes Plätzchen …«

»Ein Motel an der Connecticut-Schnellstraße, Al. Du weißt schon, welches ich meine. Alles ist erlaubt, und keiner stellt Fragen.«

»Dann lasst uns ein Datum ausmachen«, meinte ich.

Das taten wir.

Die Mittagspause ging zu Ende, und wir trennten uns mit verschwörerischem Grinsen und freundschaftlichen Worten. Dann ging ich aufs Klo und stieß auf Doozy.

»Alles klar, Mann?«, fragte ich. »Zwei Uhr?«

»Alles klar«, antwortete er zögernd, denn meine Idee gefiel ihm noch immer nicht. »Fühl mich aber noch 'n bisschen mulmig. Was, wenn der alte Sack nicht herkommt?«

Ich antwortete, Velie würde um zehn vor zwei aufs Klo kommen, plus/minus eine Minute. Ich hätte ihn beobachtet, und er sei zuverlässig wie ein Uhrwerk.

»Ja, aber schau mal«, wandte er ein. »Was, wenn noch jemand hier ist? Der könnte ihm ein Alibi verschaffen, und dann hängen wir alle in der Scheiße.«

»Hier wird keiner sein«, entgegnete ich. »Die kennen Velies Gewohnheiten doch auch, die platzen nicht einfach rein, wenn er hier ist.«

»Überleg doch mal«, sagte ich. Wenn der Direktor dabei ist, kann doch keiner rauchen oder sich auch nur vernünftig erleichtern.«

»Ja, aber …«

»Außerdem müssen wir gar nicht weiter rumrätseln«, fuhr ich fort. »Komm einfach ein paar Minuten vor zwei her und schau nach. Wenn noch jemand anders hier ist, lassen wir es bleiben.«

Doozy grübelte darüber nach und runzelte die Stirn, meinte aber schließlich, dann wäre ja alles geklärt – schätze er.

»Würd mir nur wünschen, die anderen hätten mehr Mumm, aber …«

»Wir beide haben genug Mumm für alle. Außerdem müssen sie ja nur unsere Version bestätigen und sich irgendwann beim Lehrer entschuldigen, sie müssten mal aufs Klo. Sie brauchen ja nicht wirklich hier aufkreuzen.«

»Ja«, sagte er und nickte. »Wir haben genug Mumm, um die Sache durchzuziehen.«

»Die brauchen sich keine Sorgen machen«, sagte ich. »Du marschierst – die Jungs im Schlepptau – um zwei Uhr in Velies Büro und wirfst ihm vor, dass, na, du weißt schon. Er wird mich natürlich aus dem Unterricht rufen lassen, ich werde sagen, dass ich zu viel Angst gehabt hätte, darüber zu sprechen, aber ja, du würdest die Wahrheit sagen. Und das ist dann Velies Ende.«

Wieder nickte Doozy und drehte sich zur Tür um. »Schätze, ich geh lieber wieder in den Unterricht. Kommst du?«

»Wenn du weg bist«, antwortete ich. »Wir dürfen nicht zusammen gesehen werden.«

»Dann kommst du aber zu spät.«

»Sie werden es verkraften«, meinte ich. »Schließlich bin ich ein Musterschüler.«

Ich trödelte auf dem Klo herum und rauchte eine Zigarette. Als ich sicher sein konnte, dass Doozy weg war und keine Gefahr bestand, ihm über den Weg zu laufen, ging ich nach Hause.

Ich trank einen doppelten Wodka, dann goss ich mir noch einen zweiten ein, trug ihn hinüber ins Wohnzimmer und setzte mich. Der zweite Drink diente als Reserve. Für den Augenblick der Wahrheit oder Unwahrheit oder was auch immer. Ein zusätzlicher Anschub, der mir über den Berg helfen sollte, der direkt vor mir lag.

Ich schlug die *Daily News* auf, die ich mir gekauft hatte, und blätterte darin herum. Erst ohne großes Interesse, nur um die Zeit totzuschlagen, die noch vor mir lag. Auch wenn von der schon etwas verstrichen war, als ich mir einen Schmorbraten aufgesetzt und Gemüse geschält hatte. Aber …

Ich hörte auf, wahllos herumzublättern, und las.

Es handelte sich um eine dieser Storys, die die *News* manchmal druckt, wenn noch Platz frei ist und ihr der Sinn nach etwas Unterhaltsamem steht. Eine ungeheuer derbe Geschichte von einem recht pikanten Ereignis, so erzählt, dass niemand sich beschweren konnte – aber jeder den Sinn verstand.

Im Kern – und unter Auslassung aller Einzelheiten und Umstände – ging es um fünf schwarze Homosexuelle. Hysterisch erzählten sie unverständliche und einander widersprechende Geschichten, weshalb der Grund für den Zustand, in dem sie ins Bellevue Hospital eingeliefert worden waren, nicht abschließend geklärt werden konnte. Doch jeder von ihnen hatte ein Stück Besenstiel im After stecken, dessen Öffnung dann mit Siegelwachs verschlossen worden war.

Chirurgen hatten die Fremdkörper entfernt, und die fünf Opfer erholten sich nun; sie hatten offenbar körperlich keinen Schaden durch den groben Angriff auf ihre Hinterteile erlitten. Psychiater wiederum erklärten, dass sie anscheinend den Hang zu Analerotik verloren hätten.

Ich las die Story und lachte.

Ich las sie noch einmal und weinte.

Ich las sie, lachte und weinte.

Schließlich ging ich ins Bad und benetzte mir das Gesicht, wusch die Tränen fort und kühlte meine roten Augen. Dann trank ich meinen Drink, wusch das Glas aus und stellte es in die Bar zurück.

Kurz darauf klopfte es heftig an der Tür, und ich öffnete.

Es war natürlich Sergeant Blair, und natürlich ließ ich ihn herein und bot ihm einen Platz an.

»Also gut«, sagte ich und unterdrückte einen Seufzer. »Was habe ich jetzt wieder angestellt, Sir?«

»Nun ja … Schule schwänzen, zum Beispiel. Eigentlich solltest du um diese Tageszeit doch dort sein.«

»Mir ist direkt nach dem Essen schlecht geworden«, erklärte ich. »Ich hab ziemlich gewürgt und gespuckt. Mir war nicht danach, es dem Direktor zu melden, aber ich hätte morgen sowieso eine Entschuldigung von meiner Mutter mitgebracht.«

»Hm. Hm-hm.« Er sah mich genauer an. »Du siehst wirklich ein wenig mitgenommen aus. Was rieche ich da?«

»Wie bitte?«, entgegnete ich. »Ach das, das ist ein Schmorbraten, den ich zum Abendessen mache. Mutter mag ihn so gerne, und ich dachte, er würde meinem Magen vielleicht auch guttun.«

»Riecht gut. Also hast du um zwei Uhr die Schule verlassen?«

»Um zwei? Nein«, antwortete ich. »Das muss kurz nach eins gewesen sein. Sobald ich mich wieder aufgerappelt hatte.«

»Und du bist dir da sicher? Ganz sicher?«

»Natürlich bin ich sicher. Sergeant, wenn Sie mir nur sagen würden, worum es hier eigentlich geht …«

»Ja, ist wohl besser.« Er wischte sich das Gesicht mit seinem Taschentuch ab. »Ein farbiger Junge namens Rafer – Doozy wird er genannt – behauptet, er habe dich kurz vor zwei Uhr mit dem Direktor, Mr. Velie, auf dem Schulklo gesehen und mitbekommen, wie er dir an die Wäsche wollte.«

»Aber das ist ja gelogen!«, protestierte ich. »Eine dreckige Lüge, und das weiß er auch!«

»Es gibt noch fünf weitere Farbige, die das bestätigen. Sie sagen, sie seien ebenfalls um kurz vor zwei auf der Toilette gewesen, als Rafer dort war, und sie sagen, sie hätten dasselbe gesehen wie er.«

Ich starrte ihn an; natürlich war ich sprachlos vor Verwunderung. Dann verengte ich langsam die Augen.

»Also, mal sehen«, fing ich an. »Doozy und fünf andere. Insgesamt sechs – alles Schwarze –, die sich ungefähr zur selben Zeit in ihren Klassen entschuldigen und auf die Toilette gehen. Kommt Ihnen das nicht wie ein merkwürdiger Zufall vor, Sir?«

»Hm-hm. Kommt mir so vor, als wären sie alle verdammte Lügner. Gleichzeitig habe ich mich allerdings gefragt, warum sie so lügen sollten, wenn sie nicht glauben würden, damit durchzukommen?«

Darauf würde es eine ganz simple Antwort geben, erwiderte ich: Sie hätten *deshalb* geglaubt, damit durchzukommen, weil Doozy es ihnen befohlen habe.

»Ich habe ihn gleich nach dem Essen auf dem Gang getroffen, und er hat gesagt, er wolle mich um zehn vor zwei auf dem Klo treffen, ich solle dort auf ihn warten, bis er aufkreuze. Ich habe ihm geantwortet, ich sei nicht sicher, ob ich das tun könne, weil mir ziemlich schlecht sei, doch er hat erwidert, es würde mir noch schlechter gehen, wenn ich nicht aufkreuzte.«

»Ein ziemlich taffer Bursche, dieser Doozy«, stellte Blair fest und nickte. »Velie hat ihn sich früher schon mal vorgenommen, weil er grob zu den anderen Schülern war.«

»Ich weiß«, sagte ich, »und ich wollte gewiss keinen Ärger mit ihm. Ich hab schon genug Ärger gehabt. Also sagte ich, na gut, ich würde mich mit ihm treffen, aber worum es denn ginge. Das würde ich dann schon sehen, wenn es so weit sei, hat er geantwortet, ich müsse nur tun, was er mir sage.«

»Hm-hm. Was hat er noch gesagt?«

»Nichts weiter. Moment – stimmt gar nicht! Er meinte, er wolle einer gewissen Person eins auswischen und ihn fertigmachen, und wenn ich dabei nicht mitziehen wolle, würde es mir noch leidtun.«

Blair seufzte und lehnte sich zurück. So habe er sich das auch gedacht, meinte er.

»Diese harten Jungs«, fügte er verächtlich hinzu. »Nur Muskeln, kein Verstand. Na ja, diese kleine Nummer bricht ihm das Genick. Seine Handlanger und er werden von der Schule fliegen; meinetwegen könnte es sie noch härter treffen, wenn es das Gesetz erlauben würde.«

»Ich hoffe, ich habe nichts Falsches gemacht«, erklärte ich mit ängstlicher Stimme. »Das wäre mir unangenehm.«

»Hast du ganz sicher nicht«, sagte Blair herzlich. »Sogar im Gegenteil, du hast wirklich vorbildlich gehandelt.«

»Sir? Ich verstehe nicht.«

»Du hast die Karriere eines Mannes gerettet. Hast ihn davor bewahrt, für immer seine Würde zu verlieren. Ich schätze, er wird sich persönlich bei dir bedanken, also ...« Blair stand auf und wollte gehen. »Ach, Josie und du, ihr scheint euch in letzter Zeit nicht mehr zu sehen.«

»Nein, Sir. Ich fand, wir sind noch ein wenig zu jung für eine enge Beziehung, wissen Sie, und, ähm, na ja, sie hat viele Abende in der Schule zu tun gehabt.«

Blair nickte beipflichtend und meinte, ich sei ein wirklich kluger Bursche. Die jungen Leute könnten in Schwierigkeiten kommen, ohne es zu wollen, wenn sie sich zu oft sehen würden. »Himmel«, meinte er, »selbst Erwachsene können in diese Falle tappen. Ich werde nie vergessen, wie, wie …«

Seine Stimme versiegte. »Ja Sir?«, fragte ich ihn ermunternd, doch er schüttelte nur geistesabwesend den Kopf.

»Ich glaube, ich werde Josies Mutter nie vergessen. War wohl die schönste Frau, die ich je gesehen habe. Sehr schwarz, natürlich, aber so etwas zählt nicht, wenn man jung ist, außerdem habe ich sie für eine Puerto Ricanerin gehalten. Zumindest redete ich mir das ein. Jedenfalls … Ach, schon gut …« Und damit brach er abrupt ab. »Ich muss los.«

»Ja, Sir«, sagte ich, »und vielen Dank, dass Sie vorbeigekommen sind. Mir wird manchmal ein wenig einsam. Mutter hat ihre Freunde, aber das sind natürlich nicht meine. Also …«

»Schon okay«, unterbrach er mich brummig. »Weiß schon, was du meinst. Wohin du dich auch wendest, du bist von allen Leuten abgeschnitten.«

»Ja, Sir«, pflichtete ich ihm bei.

»Hör mal. Wenn du dich abends mal einsam fühlst und du hast Zeit, komm einfach bei mir vorbei. Ich könnte manchmal selbst etwas Gesellschaft brauchen.«

Ich dankte ihm für die Einladung, und er ging. Ein paar Minuten später kam die Nachmittagspost – ein Brief von Dr. Kronger, meinem Psychiater, an meine Mutter. Genauer gesagt, meinem Ex-Psychiater, denn in dem Schreiben lehnte er mich als Patienten ab. Dem Brief lag auch eine Rechnung für einen Anzug von ihm bei, den ich, wie er behauptete, ruiniert haben soll.

Angeblich – der Mistkerl hatte keinerlei Beweise – hatte ich ihm eine Flasche grüner Tinte, *dokumentenechter* Tinte, über die Hose geschüttet, nachdem ich ihn mit einem Betäubungsmittel bewusstlos gemacht hätte. Er hatte es zwar nicht hingeschrieben, doch konnte ich zwischen den Zeilen lesen, dass die Tinte durch die Hose bis auf die Haut gedrungen war und sein Geschlechtsteil wasserfest grün eingefärbt hatte.

Ich vernichtete Brief und Rechnung. Er würde sich zweifellos erneut an meine Mutter wenden, doch dann würde ich nicht dabei sein, und Mutter würde noch ganz andere Sorgen haben, nicht nur einen Psychiater mit grünem Schwanz.

Gegen halb sechs kam Mutter in Begleitung von Mr. Velie nach Hause.

»Schau mal, wer mir über den Weg gelaufen ist«, rief sie fröhlich. »Ist das nicht nett von Mr. Velie, dir persönlich dafür danken zu wollen, dass du so ein feiner, mutiger Bursche bist?«

»Ja«, sagte ich, »und das ganz ohne Grund. Ich habe doch nur die Wahrheit gesagt.«

»Aber das hat viel Mut erfordert«, erklärte Velie. »Dieser Rafer ist ein richtiger Schlägertyp. Er hat die anderen fünf Jungs so unter Druck gesetzt, dass sie es mit der Angst bekommen haben, aber du hast dich seinen Drohungen widersetzt.«

»Mix doch Mr. Velie mal einen Drink, Allen«, bat Mutter. »Und für mich auch einen, wenn du schon dabei bist. Entschuldigen Sie mich bitte einen Augenblick, Mr. Velie?«

Sicher, meinte er, und ich mixte die Drinks. Nun, da es vorbei sei, sagte ich, hätte ich ein wenig Angst vor dem, was ich da angerichtet hätte.

»Rafer und seine Bande trauen sich sicher nicht, hier aufzukreuzen, aber wenn sie mich auf dem Schulweg erwischen …«

»Ach, ich bezweifle, dass sie etwas Derartiges auch nur versuchen werden«, erwiderte Velie. »Sie wissen, dass sie sonst in der Besserungsanstalt landen.«

»Na, vielleicht doch«, meinte ich. »Vielleicht ist es ihnen das wert, wenn sie mich nur ordentlich vermöbeln können.«

Velie strich sich übers Gesicht, dachte nach und musste zugeben, dass meine Sorge nicht unbegründet sei.

»Wenn du nur nicht schon mehrere Schultage versäumt hättest, wegen dieses unglücklichen Verweises – ach, zum Henker!« Er flüsterte verschwörerisch. »Bleib noch ein paar Tage daheim. Ich möchte nicht, dass deine Mutter sich unnötig Sorgen macht. Wir behalten das für uns, okay? Ein wenig Schule versäumen wird einem Schüler wie dir nicht schaden.«

Mutter kam aus dem Schlafzimmer, sie hatte ihr Make-up aufgefrischt und trug ein wirklich schickes dunkles Kleid. Sie sah von Velie zu mir und fragte, worüber wir denn gesprochen hätten. Velie antwortete, wir hätten uns darüber unterhalten, was für eine bezaubernde Mutter ich hätte. Sie lachte und sagte, allein dafür müsse er schon zum Essen bleiben.

Das würde er gerne, meinte Velie. »Aber ich hatte vor, heute Abend zu arbeiten. Ich habe Miss Blair schon Bescheid gesagt, dass ich sie brauche.«

»Ach, Unsinn«, widersprach Mutter. »Rufen Sie sie an und sagen Sie ihr, Sie hätten es sich anders überlegt. Sie können das Telefon dort drüben im Fernsehzimmer benutzen.«

Velie ging ins Fernsehzimmer und nahm sein Glas mit. Er blieb ein paar Minuten fort, offenbar hatte Josie starke Einwände und wollte auf die Intimitäten nicht verzichten, an die sie sich so gewöhnt hatte. Als er ins Wohnzimmer zurückkam, wirkte er ein wenig mitgenommen, und sein Glas war leer.

Mutter bat mich, ihm noch einen Drink zu holen, und für sie auch noch einen.

Es war für beide bereits der dritte. Während sie davon tranken, meinte Mutter zu mir, ich könne schon mal aufdecken.

»Aber dein Dinner verschiebst du am besten, Allen. Es wäre nicht gut für dich, etwas auf verdorbenen Magen zu essen.«

»Das stimmt«, pflichtete Velie ihr bei, der nichts dagegen hatte, eine Schwarze zu vögeln, aber nicht gern zusammen mit einem aß. »Ich sehe, Sie kümmern sich sehr liebevoll um Ihren Sohn, Mrs. Smith.«

»Nun ja …« Mutter konnte einen Seufzer nicht unterdrücken. »Ich tue mein Bestes. Ich trage eine Verantwortung, und der sollte man auch nachkommen.«

»Tss, tss.« Velie schüttelte ernst den Kopf. »Sie sind zu hart gegen sich selbst. Schließlich müssen Sie noch sehr jung gewesen sein, als Sie geheiratet haben.«

»Oh, das war ich, das war ich«, sagte Mutter, seufzte ungeniert und gab einen leisen Hickser von sich, denn der dritte Drink war ziemlich stark. »Sehr jung und sehr, sehr dumm, bedauerlicherweise. Falls ich es noch einmal tun müsste …« Ihre Stimme versiegte, und sie sah mich mürrisch an: »Allen, hab ich dir nicht gesagt, du sollst den Tisch decken?«

»Das stimmt, Allen«, meinte Velie und runzelte die Stirn. »Tu, was deine Mutter sagt.«

»Ja, Ma'am, Missy!«, sagte ich. »Yes, Sir, Massah. Sofort, Ma'am, Sir!«

Doch die beiden waren schon zu blau und zu sehr mit sich beschäftigt, um das noch mitzukriegen.

Ich brachte das Essen auf den Tisch; als sie fertig waren und ich abräumte, gingen sie ins Wohnzimmer hinüber. Ich servierte ihnen dort Kaffee und Crème de Cacao. Sie schlabberten es weg, und Mutter meinte, ihr wäre noch nach einem Drink zumute. Velie sagte, sie hätte ihn überredet, also mixte ich ihnen doppelte Scotchs mit einem Schuss Sherry, um sie von den Beinen zu holen – aber richtig!

Ich schlich unterwürfig umher und fragte, ob ich noch etwas für sie tun könne. Ja, meinte Mutter, da wäre noch was.

»Du kannst mal eine Weile rausgehen. Wenn du die ganze Zeit nur in der Wohnung hockst, ist es kein Wunder, dass dir schlecht ist.«

»Das stimmt«, meinte Velie. »Ein paar Stunden an der guten, frischen Luft werden dir sehr guttun, Allen.«

Mutter bemühte sich, ihre Stimme etwas freundlicher klingen zu lassen. »Du kannst dich auf die Bank vorm Haus setzen, Allen. Da wird dich keiner belästigen, falls du dir deshalb Sorgen machst.«

»Ja, Ma'am«, sagte ich. »Das mach ich, Ma'am.«

Aber das tat ich natürlich nicht.

Ich setzte mich nicht einfach draußen hin, denn der Zeitpunkt war gekommen.

Ich weiß nicht, woher ich wusste, dass es so war. Wahrscheinlich eine Eingebung. Vielleicht auch irgendeine Assoziation.

Doch welcher Zeitpunkt konnte besser geeignet sein für das, was sie erwartete, als der Moment, an dem sie kamen?

19.

Tief in Gedanken versunken ging ich in Richtung Einkaufszentrum und zu einer Telefonzelle. Ich dachte, wie komisch es doch war, dass ich es immer gewusst und zugleich nicht gewusst hatte. Ich hatte mir verboten, es zu wissen – oder zuzugeben, dass ich es wusste. Ich mied absichtlich den Beweis, der mir Gewissheit gebracht hätte.

Immer wieder war mir der Gedanke gekommen, dass Mutter eine Hure war. Ich hatte es ihr sogar vorgehalten. Aber gewusst hatte ich es nie – nicht sicher.

Und ich hatte hartnäckig meine Augen vor genau den offensichtlichen Methoden verschlossen, mit denen die Wahrheit ans Licht gekommen wäre. Zumindest waren sie für mich offensichtlich gewesen, wie eigentlich für jeden, der etwas mehr Grips beisammenhatte als ein Kretin aus der Kreidezeit.

Niemand, nicht mal so ein verwirrter Messias wie ich, dessen Hauptaufgabe darin bestand, die Magdalenen dieser Welt aufzuspüren und zu steinigen (da er ja selbst ohne Sünde war), will *wissen*, dass seine Mutter eine Hure ist.

Natürlich fragte Pilatus, was denn Wahrheit sei, aber der Mistkerl wartete gar nicht erst auf eine Antwort.

Ich kam zur Telefonzelle.

Ich schlug das Telefonbuch von Manhattan auf – New York City, um genau zu sein – und suchte nach der Telefonnummer von Interplex International, Incorporated. Ich rief an. Es klingelte ein paar Minuten lang, dann meldete sich der Nachtdienst und teilte mir mit, dass die Büros geschlossen seien, ich solle doch bitte am Tag anrufen, die Geschäftszeiten seien zwischen 9 Uhr und 15 Uhr.

Ich dankte der Frau und legte auf.

Dann zog ich eine von Mutters Visitenkarten aus der Tasche und besah mir die darauf befindliche Telefonnummer. Sie lautete vollkommen anders als jene, die ich gerade gewählt hatte. Ich wählte die Nummer, und fast augenblicklich drang eine klare Stimme durch die Leitung, deren Besitzerin mich fragte, womit sie mir behilflich sein könne.

Mit tieferer Stimme erklärte ich, ich würde gern eine Verabredung mit Mrs. Mary Smith treffen.

»Vielen Dank, Sir«, sagte die Stimme. »Und Ihr Name, bitte?«

»Also …« Ich zögerte. »Ich kann nicht zulassen, dass jemand bei mir zu Hause oder im Büro anruft.«

»O nein, Sir. Das wird nicht passieren. Sie rufen *uns* an. Wir rufen niemals zurück.«

»Sind Sie sicher?«, wollte ich wissen. »Sie rufen nicht zurück, um den Anruf zu bestätigen?«

»Ganz sicher, Sir. Die Tatsache, dass man Ihnen diese Nummer gegeben hat, ist Beweis unseres Vertrauens in Sie.«

»Ich bin davon ausgegangen, dass dem so ist«, sagte ich. »Ich wollte mich nur vergewissern. Mein Name ist Hadley. Doktor S. J. Hadley.«

Sie bedankte sich und murmelte: »Einen Moment bitte.« Ich hörte es ein paarmal klicken, offenbar ging sie eine Kartei durch. Dann sprach sie wieder ins Telefon.

»Entschuldigen Sie bitte, dass Sie warten mussten. Es scheint alles in Ordnung zu sein. Nun, wie Sie ja vermutlich wissen, ist Mrs. Smith so gut wie nie nachts verfügbar …«

»Ich weiß«, unterbrach ich sie. »Sie ist, ähm, sagen wir mal, unabkömmlich.«

»Ja, Sir. Auch ihr Tagesplan ist leider ziemlich voll. Wissen Sie, sie ist die einzige afroamerikanische Spezialistin unter unseren Mitarbeiterinnen.«

»Wollen Sie damit sagen«, fragte ich, »dass sie das einzige Ihrer Mädchen ist, das mit Negern schläft?«

»Aber Doktor«, sagte die Stimme vorwurfsvoll. »Ich mache nur eine Feststellung. Soll ich für Sie eine Besprechung mit Mrs. Smith für diese Woche buchen? Sagen wir Freitagnachmittag?«

»Nun … Wenn das der früheste Termin ist.«

»Ja, tut mir leid, Doktor. Wir hoffen, wir können weitere afroamerikanische Spezialistinnen einstellen, aber, ähm …«

»Was sollte daran schwer sein?«, entgegnete ich. »Stellen Sie doch einfach Schwarze ein, die die schwarzen Kunden bedienen.«

»Aber das geht doch nicht, Doktor. Wir sind absolut gegen Diskriminierung.«

»Sehr löblich. Natürlich sollte ein Schwarzer mit einer weißen Frau schlafen können, wenn er es sich leisten kann.«

»Ja, Sir. Ganz genau. Ach, ich sollte Ihnen noch sagen, dass es kürzlich eine Preiserhöhung gegeben hat – die Lebenshaltungskosten steigen, wie Sie wissen …«

»Ich verstehe«, sagte ich. »Und wie lautet der jetzige Preis?«

»Das macht zweihundert Dollar für den Nachmittag, Doktor. Darf ich einen festen Termin eintragen?«

»Bitte tun Sie das«, bekräftigte ich. »Ich werde für uns unter dem Namen Mr. und Mrs. S. J. Hurley ein Zimmer im Waldorf reservieren. Sobald ich Freitagmittag eingecheckt habe, rufe ich Sie an, um Ihnen die Zimmernummer durchzugeben.«

»Sehr gut, Doktor.«

»Wir werden sehen«, meinte ich nur.

»Vielen herzlichen Dank für Ihren Anruf«, sagte die Stimme. »Und einen schönen Abend noch.«

»Das wünsche ich Ihnen auch.«

Wir legten auf, und ich verließ die Telefonzelle.

Nun, da ich es wusste – sicher wusste –, schien es mir, als sei eine große Last von mir genommen worden. Ich kannte die Wahrheit, und die Wahrheit hatte mich befreit. War mein Magen zuvor bleiern gewesen, spürte ich nun umso größeren Appetit. Ich lechzte nach Essen, etwas, das das Dinner ersetzte, an dem ich nicht hatte teilnehmen dürfen, obwohl ich es gekocht hatte.

Ich ging in ein Restaurant und bestellte; keinen Hamburger und kein Roastbeef wie sonst, wenn ich auswärts aß, sondern Brathähnchen. Brathähnchen mit Süßkartoffeln und Gemüse. Warum auch nicht?

Warum sollte sich ein Schwarzer das Essen von Schwarzen vorenthalten?

Warum sollte er Kuchen oder Pastete essen, wenn ihm nach Wassermelone war?

Es gab keinen Grund, also enthielt ich es mir auch nicht vor. Ich aß zwei Stücke Wassermelone, meinen Lieblingsnachtisch, im Anschluss an das Brathähnchen und die Beilagen, mein Lieblingsessen.

Meine Lieblingsspeisen, obwohl ich sie noch nie zuvor gegessen hatte.

Es waren über zwei Stunden vergangen, seit ich die Wohnung verlassen hatte. Mutter und Velie hatten ihre zwei gemeinsamen Stunden gehabt plus einen Zuschlag von zwanzig Minuten. Ich hatte fleißig von der frischen Luft eingeatmet, die sie mir aufgezwungen hatten. Sie wiederum hatten fleißig herumgemacht. Zumindest hätten sie das tun sollen.

Ein Pärchen, das es in zwei Stunden nicht schafft, schafft es nie.

Dann hatten sie wohl nicht den Swing, und wie hieß es doch gleich: *It don't mean a thing, if you ain't got that swing.*

Mutter kam in mein Zimmer, als ich mich gerade schlafen legen wollte. Sie wirkte ein wenig müde und kraftlos, hatte aber die Nachwirkungen des Alkohols völlig überwunden.

»Fühlst du dich besser, Schatz?« Sie gähnte. »Hat sich dein Magen beruhigt?«

»Na ja, ja und nein«, antwortete ich. »Genauer gesagt, nein und ja. Ich glaube, ich brauche noch mehr von der guten, sauberen frischen Luft, bevor ich ganz wiederhergestellt bin.«

»Hmm.« Wieder gähnte sie. »Das ist gut.«

»Du wirkst auch ein wenig abgekämpft«, bemerkte ich. »Vielleicht brauchst du auch mehr gute, saubere frische Luft. Warum nimmst du dir nicht Freitagnachmittag frei, und wir fahren zusammen aufs Land und machen ein Picknick?«

»Tja ...«, meinte sie zögernd. »Das müsste sich einrichten lassen. Wir könnten ...« Sie unterbrach sich, offenbar war ihr etwas eingefallen. *Ein diskreter Anruf vielleicht?* »Ach, ich fürchte, ich kann doch nicht, Schätzchen. Freitagnachmittag habe ich ungeheuer viel zu tun.«

»Wie schade«, meinte ich. »Aber erst kommt die Arbeit, dann das Vergnügen. Oder so.«

»Vielleicht klappt es ja ein andermal.«

»Ich glaube, ich gehe jetzt lieber schlafen«, sagte ich. »All die gute, saubere frische Luft hat mich müde gemacht.«

»Tut mir leid«, sagte sie. »Weißt du, ich habe es Freitagnachmittag mit diesem ungeheuer empfindlichen Klienten zu tun. Er ist – ähm, na ja, er ist Jude – einer von denen, die immer auf der Suche nach einer Kränkung sind –, und wenn ich mich nicht krummlege und ihm jeden Wunsch erfülle ...«

»Das muss ja richtig hart für dich sein«, meinte ich, »dich krummzulegen. Na, sei nett zu ihm, vielleicht schiebt er dir ja eine koschere Salami rüber. Oder was Ähnliches.«

Sie sah mich scharf an, doch Christus persönlich hätte nicht unschuldiger schauen können als ich. Also nickte sie mir Gute Nacht und zog sich in ihr Zimmer zurück, während ich mich schlafen legte. Nun war auch der letzte Zweifel verflogen. Alle unterbewusste Hoffnung, ich könne mich vielleicht irren, war für immer dahin. Ich vergrub mein Gesicht in den Kissen, um mein Schluchzen zu ersticken.

Ich weinte nicht lange. Ich hatte viel zu viel zu planen, zu viele Fäden in der Hand zu halten und zu einem Galgenstrick zu verknoten. Ich habe oben schon den Wunsch geäußert, die Welt möge ein einzelnes Arschloch haben, damit ich es mir vornehmen könnte, und nun war mein Wunsch in Erfüllung gegangen – wenn auch in kleinerem Maßstab. *Die* Welt hatte sich auf meine Welt verkleinert, auf den Randbereich, in dem ich mich bewegte, und das eine Arschloch wartete darauf, mich aufzunehmen.

Keine Zeit für Tränen also.

Wenn das Verlangen danach am größten ist, ist dafür nie Zeit.

Und vielleicht ist dieses ach so traurige Paradoxon, dieses kosmische Zerrbild eines Scherzes, die eigentliche Hölle. Ein Ort des Zorns und der Schande, an dem uns niemals erlaubt ist, richtig zu trauern, an dem wir nur unsere Gesäße verschleißen und Moos auf unseren phallischen Schläuchen wachsen lassen können.

Gott ist nicht tot, nein. Die Irren sterben nie; sie lachen sich nur in einen Zustand der Katatonie, aus dem sie sich, noch immer lachend, wieder erheben. Schreiend, kreischend und brüllend.

Nein, Gott ist nicht tot. Er hat seinen Laden noch immer an derselben alten Ecke. Ich habe ihn selbst dort gesehen, wie er die Gauner mit Reichtümern überhäuft, den Witwen und Waisen nur Kot und Urin verhökert und den Blinden die Pennys stiehlt.

Und wir dürfen nicht weinen. Nein, noch nicht mal, wenn wir im Blut des Lamms gereinigt worden sind und dessen Säure uns die jämmerlichen Ärsche weggefressen hat.

Wir dürfen nicht weinen.

Der Herr liebt den fröhlichen Versager und hasst ihn zugleich, er ist schlicht und einfach so verrückt wie nichts.

Keine Zeit für Tränen …

20.

Aus den Aufzeichnungen von Dr. med. S. J. Hadley, Arzt und Chirurg

Gerade als ich ins Krankenhaus aufbrechen wollte, betrat er meine Praxis. Ein Negerjunge, äußerst ungebildet, aber sauber und gepflegt und von angenehmer Höflichkeit.

»Sin Sie der Doktamann, Sir?«, fragte er, verbeugte sich und scharrte mit dem Fuß. »Ich hab da was auf der Straße gefunden, das is wohl für Sie, dacht ich.«

Er hielt mir einen braunen Papierumschlag hin, der auf der Straße ein wenig schmutzig geworden war. Bevor ich ihn mir nehmen konnte, hatte meine Frau ihn sich geschnappt, von der Erscheinung her ein weiß gekleidetes Waschweib, das erstaunlich flink watscheln kann.

»Ich kümmer mich drum, Dokta«, erklärte sie. »Du kümmer dich um deine Angelegenheiten.«

»Augenblick mal!«, unterbrach ich sie streng. »Das ist meine Angelegenheit, oder etwa nicht? Kannst du denn den Namen nicht lesen, der da deutlich auf dem Umschlag steht?«

Ich nahm ihn ihr ab. Sie schürzte nach Negerart die Lippen und murmelte, sie habe doch nur helf'n wollen.

Helf'n, um Himmels willen! Ich sagte ihr, sie könne sich nützlich machen, indem sie sich von meinem Büro fernhalte, bis sie gerufen werde.

»Schon gut, schon gut«, murmelte sie und watschelte zur Tür. »Du komms zu spät ins Krankenhaus.«

»Wie meistens«, erklärte ich eisig. »Mit dir im Wagen schafft man es kaum, schneller als fünfundzwanzig zu fahren.«

Ich schubste die Tür hinter ihr zu und widmete mich wieder dem Negerjungen. »Vielen herzlichen Dank, dass du ihn mir gebracht hast«, sagte ich. »Hier hast du einen Vierteldollar.«

»Nein, nein, Sir, danke, Sir.« Er legte die Hände hinter den Rücken. »Ma will nich, dass ich Geld nehm, für was ich richtig mach.«

»Na, du musst ja eine sehr feine Mutter haben«, erklärte ich, »und sie hat da offenbar einen sehr feinen Sohn großgezogen. Ach, wie heißt du eigentlich?«

»Legion, Sir. Mein Name is Legion, jawohl, Sir.«

»Legion, hm? Ein sehr ungewöhnlicher Name.«

»Jawohl, Sir. Schätze, das kommt, weil ich auch 'n ungewöhnlicha Junge bin.« Dann kicherte er blödsinnig, wie ein ungebildeter Neger eben kichert. »Jawohl, Sir, schätze, das is wohl der Grund.«

Er ging unter Verbeugungen aus der Praxis und kicherte weiterhin wie blöd. Ich setzte mich an den Schreibtisch und musste ein wenig grinsen beim Gedanken an den Burschen, dachte, es müsse wohl alle möglichen Leute geben, aber dieser Junge hätte vielleicht eine Chance, wenn er sie nur ergreifen würde.

Ich öffnete den Umschlag, dann stutzte ich, als ich bemerkte, dass keine Briefmarken darauf waren und auch der Absender fehlte. Offenbar war der Brief per Bote an meine (bildlich gesprochen) Türschwelle gebracht worden. Aber warum hatte der Mann seinen Auftrag nicht zu Ende geführt und ihn mir ausgehändigt? Und warum …

Ich sprang eilends auf die Füße und riss die Haustür auf. Doch der Bursche namens Legion war nirgends zu sehen. Ich setzte mich wieder an den Schreibtisch, und langsam wurde der nagende Eindruck stärker, dass mir der junge Legion irgendwie bekannt vorkam, aber woher, das wusste ich nicht, denn ich war mir sicher, dass ich ihn noch nie zuvor gesehen hatte; er ähnelte auch keinem der Schwarzen in meiner Bekanntschaft. (Eine sehr, sehr kleine Gruppe, wie ich versichern darf.) Seit Jahren bewege ich mich nun schon ausschließlich unter Weißen, und …

Eine *Weiße!* Eine gewisse weiße Frau! Der ähnelte er. Und all sein Verbeugen und Füßescharren und Kichern hatte diese Ähnlichkeit nur übertüncht.

Und der Name, den er sich gegeben hatte, Legion …

»Mein Name is Legion …«

Du lieber Himmel! Wie konnte ich, der ich so belesen bin, so etwas einfach übersehen?

Ich öffnete den Umschlag.

Ich nahm das Foto heraus, das sich darin befand, offenbar das Werk eines Profis, und plötzlich wurde mir ganz übel und schwindlig.

Meine eigenen Kinder! Mein eigener Sohn, meine eigene Tochter beim Analverkehr!

Ich konnte diesen fürchterlichen Anblick nicht ertragen, diesen Ausdruck lüsterner Ekstase auf ihren Gesichtern, aber ich vermochte den Blick auch nicht abzuwenden. Wie konnten sie nur so etwas Entsetzliches tun? Wie konnten sie es wagen, nachdem ich ihnen das Beste von allem und den weisesten Rat gegeben hatte, zu dem ich imstande war?

Analverkehr ist illegal, in manchen Staaten gar ein ernsthaftes Verbrechen. Im Wiederholungsfall ist es zudem gesundheitsschädlich und kann zu Krebs führen.

Und diese Schande! Denken Sie doch nur mal an die Schande, wenn ein solches Foto in fremde Hände gelangt! Nirgendwo könnte ich mich noch erhobenen Hauptes blicken lassen, wie ich es doch immer getan habe (ausgenommen in Fällen, wo ein beschiedenes Auftreten angeraten schien). Und die beiden könnten ebenfalls nicht länger erhobenen Hauptes durch die Welt gehen, wie ich sie gelehrt habe, es stets zu tun (außer dann, wenn eine bescheidene Haltung ihnen bessere Dienste leistete).

Meine Frau war hinausgegangen und drückte auf die Autohupe. Ich hörte sie, ein roter Zornesnebel schob sich vor meine Augen, ich stand langsam auf und ging hinaus in den sonnigen Morgen. Ich öffnete die Motorhaube, riss das Kabel an der Hupe ab und ging zur Fahrerseite, wo sie hockte und mich mit großen Augen anglotzte.

Ich drohte ihr mit einem gekrümmten Finger. »Kommen Sie ins Haus, Madam. Da gibt es etwas, das ich Ihnen zeigen muss.«

»Wir komm' zu spät, Dokta. Is schon ziem'ich spät.«

»Ja, kommen wir«, sagte ich und versuchte, den Zorn in meiner Stimme zu unterdrücken. Was konnte man schon von Kindern erwarten, die ein solches Prachtexemplar zur Mutter hatten. »Zudem«, fuhr ich fort, »kann es gut passieren, dass du aufgrund einer ernsthaften Unpässlichkeit überhaupt nicht im Krankenhaus ankommst, es sei denn, du tust augenblicklich, was ich dir sage. Hast du mich verstanden, *du aufgedunsene schwarze Kuh?*«

Sie stieg aus dem Wagen und folgte mir in mein Büro. Ich reichte ihr das Foto, ihr fielen fast die Augen aus dem Kopf, und sie ließ sich so schwer in einen Sessel plumpsen, dass dieser beinahe unter ihr zusammenbrach.

»Ach herrje«, stöhnte sie. »Ach herrje, herrje!«

»Verdammt noch mal!«, fluchte ich. »Musst du dich eigentlich immer wie ein Niggerweib aufführen? Nutze nur ein einziges Mal in deinem Leben das bisschen Verstand, das du besitzt, und verrate mir, wie so etwas geschehen konnte.«

»Ach, weiß nich, Dokta.« Sie schnäuzte sich die dicke, flache Nase. »Ehrlich nich. Ich weiß es einfach nich.«

»Es ist Ihre Aufgabe, das zu wissen, Madam«, erklärte ich streng. »Sie sind die Mutter dieser Kinder, so unglaublich das auch scheinen mag, und deshalb verantwortlich für ihre Erziehung. Und nun verraten Sie mir freundlicherweise, wie es nur zu einer derart jämmerlichen Handlung kommen konnte.«

»*Kannich* nich, Dokta. Ich … Ich …« Dann fiel sie in Schweigen, und ihr fettes Gesicht legte sich in Denkfalten – so sehr strengte sie ihr kleines Hirn an. Endlich schüttelte sie den Kopf und murmelte in ihrer üblichen unverständlichen Art etwas vor sich hin. »Von damals noch kann's nich gewesen sein. Wüsste einfach nich wie.«

»Was?«, fragte ich. »Wovon zum Teufel sprichst du?«

»Denk mal nach, Dokta. Is schon Jahre und Jahre her, da haste gerade erst angefangen. Wir hatten's nich leicht, weißt du noch?«

»Und?«

»Da hatten wir noch nich so eine feine, große Wohnung wie jetzt. Da mussten wir alle noch in einem Raum schlafen, die Kinder in einem Bett und du und ich im anderen. Aber da waren sie natürlich noch ganz klein. Zu klein, um sich an irgendwas zu erinnern, was da passiert is, selbst wenn sie nich geschlafen haben.«

»Woran erinnern? Wovon redest du?«

»Weißt du nich mehr – nein«, unterbrach sie sich. »Schätze wohl nich. Aber damals war ich auch noch nich so dick und unförmig. Ich war so schön, wie Lizbeth heute is; schätze, ich sah ihr ziemlich ähnlich, und viel älter war ich damals auch nich, nein.«

»Verdammt noch mal«, wurde ich laut. »Worauf willst du hinaus?«

»Du has mich damals geliebt, und ich dich auch, so sehr, da hab ich alles getan, was du wolltest. Ich hab dich sogar …« Ihre Stimme war nur noch ein Flüstern. »Hab dich machen lassen, was du wolltest, und manchmal – aber egal, egal. Wir ham immer gewartet, bis die Kinder schliefen, und wenn nich, dann würden die das nich mehr wissen, oder? Is schon zu lange her. So lange, lange her …«

Sie verbarg ihr Gesicht mit den Händen, und ihre breiten Schultern schüttelten sich unter stummen Schluchzern.

Ich befahl ihr streng, sich gefälligst zusammenzunehmen. Ich fragte sie, ob sie damit wohl andeuten wolle, dass ich – dass sie ihrer Tochter ein Beispiel gegeben habe, dem Lizbeth gefolgt sei, um dann auch Steve dazu anzustiften.

Sie verbarg weiter ihr Gesicht und antwortete nicht.

Ich zögerte und betrachtete sie, diesen ungeheuren Berg Fett, der früher mal eine attraktive junge Frau gewesen war. Endlich sagte ich, dass wir uns wahrscheinlich umsonst aufregen würden, da das Bild unzweifelhaft eine Fälschung sei.

»Eine Fälschung?« Sie hob den Kopf. »Kommt mir furchtbar echt vor.«

»Das soll es ja auch«, erklärte ich. »Du würdest eh nicht verstehen, wie man so etwas macht, aber …«

»Es is zusammengesetzt«, unterbrach sie mich. »Die machen Bilder von den Gesichtern unserer Kinder und setzen sie auf die Körper von ein paar anderen drauf.«

»Richtig«, sagte ich überrascht, aber vielleicht hätte ich nicht überrascht sein sollen. Um eine erstklassige OP-Schwester zu werden, braucht es eine gute Ausbildung und einen klugen Kopf. »Ich bin mir ganz sicher, das Bild ist eine Fälschung. Unsere Kinder würden so etwas ganz gewiss nicht tun.«

»Glaub ich auch nich«, sagte sie und nickte. »Aber manche anderen wohl schon. Du un ich …« Sie bemerkte meinen Gesichtsausdruck und unterbrach sich schnell. »Un was machen wir jetzt, Dokta?«

»Ich werde nachdenken«, antwortete ich. »Allein. Und ich möchte, dass du für mich ein paar Telefonanrufe machst. Vom Apparat in der Wohnung aus.«

»Ja, Sir?«

»Sage alle Termine mit den Patienten hier in der Praxis ab. Doch vorher rufst du im Krankenhaus an. Sag ihnen, ich hätte mir einen 24-Stunden-Virus eingefangen und könne heute nicht kommen. McManus oder Geraghty können für mich einspringen. Ich habe sie oft genug vertreten.«

»Ja, Sir«, sagte sie eifrig. »Sofort, Dokta.«

Sie verließ das Büro und schloss leise die Tür hinter sich.

Ich lehnte mich zurück und begutachtete noch einmal das Foto. Es wurde mir immer klarer, dass es sich um eine Fälschung handeln musste, und zwar nicht nur, weil ich es mir wünschte. Zum einen war da die Tatsache, dass meine Kinder so etwas Schändliches niemals tun würden. Und wenn – was Gott verhüten möge! –, dann hätten sie sicher darauf geachtet, nicht dabei fotografiert zu werden. Ihr ganzes Leben lang habe ich ihnen eingetrichtert, wie wichtig die äußere Erscheinung ist; ich habe ihnen deutlich gesagt, dass der Anschein von etwas Schlimmem genauso übel sein kann wie das Schlimme selbst. Sie hätten niemals riskiert, in der Weise kompromittiert zu werden, wie das Foto es andeutete. Was immer auch meine Fehler sind, falls ich welche habe, dann jedenfalls nicht, dass ich meine Kinder zur Dummheit erzogen hätte.

Und was die Person angeht, die ihnen, oder besser mir, mit diesem Übelkeit erregenden Bild schaden will …

Das konnte nur eine Person sein. Die sogenannte Mary Smith. Sie hätte die finsteren Verbindungen, um eine solch gut gemachte Fälschung herstellen zu lassen, und auch das Motiv dazu. Ich hatte die Dinnereinladung ihres Sohnes ausgeschlagen und meinen Kindern jeglichen Kontakt mit ihm untersagt. So wie ich es auffasste, hatte ich gar nicht anders handeln können, aber diese Mary würde das wohl nicht so sehen. Sehr unwahrscheinlich! Sie war eine ungeheuer begehrenswerte Frau, aber sie konnte äußerst rachsüchtig sein, wenn sie verärgert war – das wusste niemand besser als ich.

Bei unserer ersten Begegnung hatte ich darum gebeten, sie erst zu untersuchen, bevor wir Verkehr hätten, und vielleicht war ich ein wenig hochnäsig, doch sie war ja nur eine Nutte und ich ein erfolgreicher Arzt und Chirurg, der gerade eine – wie ich erwähnen muss, sehr gut aufgenommene – Rede vor der AMA gehalten hatte. Sie beantwortete meine Bitte damit, dass sie mir das Geld ins Gesicht schleuderte und mich einen schwarzen Hurensohn schimpfte.

»Ich nehme Negerschwänze«, hatte sie gesagt. »Aber ich *bekomme* es nicht von Negerschwänzen. Wenn Sie glauben, ich hätte den Tripper, dann können Sie abschwirren und es sich selbst besorgen.«

Na ja …

Am Ende entschuldigte ich mich bei ihr. Später in der Nacht entschuldigte sie sich auch bei mir. Ich ging sehr sorgsam mit ihr um. Das musste ich, wenn ich sie wiedersehen wollte. Sie war heiß begehrt und tolerierte nichts, was auch nur im Geringsten als Beleidigung hätte angesehen werden können. Eine merkwürdige Einstellung für eine Nutte, gewiss, auch wenn sie nicht allein auf Stolz beruhte. Ich würde nicht behaupten, dass sie verrückt war – bislang habe ich noch keine befriedigende Definition für Verrücktheit gefunden –, eher ist sie geistig verwirrt. Grenzwertig schizoid (wie es zweifelsohne auch ihr Sohn, qua Erbe, ist), dazu in der Lage, vollkommen normal, ja sogar geistreich zu erscheinen. Doch unter Druck wird sie gefährlich hysterisch.

Einmal hat sie mir, als wir beide viel zu viel getrunken hatten, gestanden, sie sei die Jungfrau Maria und ihr Sohn Jesus Christus, Frucht einer unbefleckten Empfängnis.

»Deshalb muss ich ihn rein und unberührt halten«, erklärte sie orakelnd. »Deshalb wird er Leid ertragen müssen, denn nur so kann er die Menschheit erlösen!«

Ich schaffte es irgendwie, ernst zu bleiben. Mit Mühe unterdrückte ich die Bemerkung, Maria könne eigentlich keine Jungfrau sein, da sie ja bereits Jakobus zur Welt gebracht hatte, den Bruder Jesu, gezeugt von ihrem Gatten Josef.

Ich lachte nicht, stritt auch nicht mit ihr, denn ich wusste damals schon, sie würde beleidigt sein; und sie zu beleidigen war ziemlich unklug.

Ich seufzte und schüttelte den Kopf, machte mir Vorwürfe, ihren Sohn geschnitten und so ihren Zorn auf mich gezogen zu haben. Ich griff nach dem Telefonhörer, denn ich sah nur eine Möglichkeit für mich. Ich musste mich entschuldigen und es wiedergutmachen.

Ich hätte ihr natürlich jede Menge Ärger bereiten können, doch das wäre unweigerlich auf mich zurückgefallen. Es wäre mein Ruin gewesen. Sie dagegen hatte so gut wie nichts zu verlieren.

Ich saß gedankenverloren da, versuchte, mir eine passende Entschuldigung zurechtzulegen, und klopfte mit dem Umschlag, in dem das Foto gekommen war, auf den Tisch. Dabei fiel ein zusammengefaltetes Stück Papier heraus, auf der Schreibmaschine geschrieben. Ich faltete das Blatt auseinander und las:

> Nein, das ist keine Fälschung, o ehrwürdiger Arzt.
> Sie werden den Beweis dafür erhalten, wenn Sie
> sich heute gegen 15 Uhr 30 am Bungalow Nr. 6 des
> unten genannten Motels einfinden. Ich sollte
> eigentlich auch dort sein, doch bin ich mir sicher,
> dass Steve und Liz auch ohne mich
> zurechtkommen werden.
> Untrööstlich,
> Legion

Neben dem Namen und der Anschrift des Motels gab es noch eine Nachschrift. Hier in ihrer unsinnigen Gänze:

> PS: Kampf der Scheiße! Nigger in die
> Scheißhäuser!

Ich verbrannte Zettel und Foto und spülte die Asche im Klo herunter.

Dann griff ich nach dem Hörer, wollte die Schule anrufen, denn wenn tatsächlich irgendeine schändliche

Handlung drohte, dann konnte ich das leicht abwenden, indem ich Steve und Lizbeth nach Hause schicken ließ. Doch wenn ich das tat, wie konnte ich dann jemals die Wahrheit erfahren? War das Bild nun eine Fälschung oder nicht? Waren Liz und Steve die feine junge Frau und der feine junge Mann, für die ich sie stets gehalten hatte?

Legion (alias Allen Smith) war ein verteufelt cleverer Bursche, *der Mistkerl!*

Er hatte es mir überlassen, ins Motel zu gehen und vielleicht das Unerträgliche aufzudecken, oder es nicht zu tun und für immer im Zweifel zu bleiben.

Ich entschied, dass Letzteres das Schlimmere von beidem sei. Ich musste es *wissen. Ich musste es wissen.* Und die einzige Möglichkeit, es herauszufinden, bestand darin, zum Motel zu fahren.

Mary anzurufen war natürlich sinnlos. Sie hatte offensichtlich keine Ahnung, was geschehen war, genau wie sie anscheinend nicht imstande war, auf ihren Sohn aufzupassen. Vielleicht litt der Mann, der ihn gezeugt hatte, ebenfalls an schizoiden Zügen, dann hätten sich ihre vagabundierenden Gene zusammengetan und sich in ihrem Sohn verdoppelt. Vielleicht hatte sich seine Neurose aber auch an der ihren gespeist und so an Kraft gewonnen.

Wer weiß? Wie wenig, wie überaus wenig wir doch über die Arbeitsweise unseres Verstandes wissen, der uns lenkt. Und wen kümmert's? Uns jedenfalls nicht, die Bürger und ihre gewählten Vertreter.

Man muss sich ja nur mal anschauen, wie Geisteskrankheiten behandelt werden, um Bescheid zu wissen. Wir ketten unsere Irren nicht mehr auf dem Dach an, um sie als Wachhunde zu benutzen. Wir stellen sie nicht mehr zum Amüsement der sogenannten Gesunden aus.

Wir sperren sie einfach ein, geben ihnen keine Pflege oder nur so beschämend wenig, dass es genauso schlimm oder noch schlimmer ist, wie sie allein zu lassen. Im großen Staate Kalifornien, wahrscheinlich der reichste und am dichtesten besiedelte Staat der USA, bekommen die Patienten einer Anstalt den Psychiater für höchsten fünfzehn bis zwanzig Minuten im Monat zu sehen – wenn er sich überhaupt mal sehen lässt –, und die sanitären Einrichtungen sind so spärlich, dass sich die Menschen auf den Gängen erleichtern müssen. Doch als der Gouverneur des Staates der Anstalt einen Besuch abstattete, wurden die Rasenflächen grün angestrichen – ja, tatsächlich *angestrichen*, damit sie einen hübscheren Anblick boten. Und er fand die Bedingungen dort so befriedigend, dass er den Etat noch weiter kürzte.

Kampf der Scheiße, wie wahr! Ich neige zu der Ansicht, der größte Unterschied zwischen den Insassen einer Irrenanstalt und ihren Wärtern besteht darin, dass die Wärter im Besitz der Schlüssel sind.

Also …

Also so viel dazu.

Der Vormittag ging irgendwie vorüber, meine Frau brachte mir das Mittagessen auf einem Tablett ins Büro. Ich meinte, mir sei nicht nach Essen zumute, aber ich dankte ihr und tätschelte ihr ein wenig die Hand.

»Warum isst du es nicht?«, fragte ich. »Das schaffst du sicherlich.«

Sie sah mich neugierig an und betrachtete verwundert ihre Hand, die ich getätschelt hatte. Dann schüttelte sie den Kopf.

»Schätze, ich ess eh schon zu viel«, meinte sie. »Ich brauch 'ne richtig strenge Diät, und die mach ich auch.«

»Aber nicht meinetwegen«, erwiderte ich. »Tut mir leid, wenn ich, hin und wieder, ein paar spitze Bemerkungen gemacht habe. Ich habe das nicht so gemeint.«

»Ich mach eine Diät«, wiederholte sie mit fester Stimme. »Ich tu – ich *werde* auch noch andere Sachen machen.«

»Tja ...«, ich zögerte. »Jeder von uns hat noch Entwicklungspotenzial. Vor allem ich, fürchte ich.«

»Ja, Dokta ... *Doktor*«, sagte sie und ließ mich wieder allein.

Ich sank zurück in meinen Sessel und schloss die Augen. Ich ruhte mich aus, versuchte es zumindest; denn in Gedanken kehrte ich zu der Zeit zurück, als meine Frau und ich einander kennenlernten. Es war im ersten Jahr meiner Weiterbildung, und ich hatte eine Gallenblase zu entfernen. Meine erste wichtige Operation; bis dahin hatte ich kaum mehr als Handlangerdienste geleistet.

Der Patient wurde aus reiner Wohltätigkeit behandelt, angeblich war er schon zu krank, um sich wieder zu erholen. Niemand assistierte mir, da alle, die dazu imstande gewesen wären, beschäftigt waren. Angeblich. Alle, die dazu imstande waren, waren zudem weiß. Kurz gesagt, ich sollte versagen, und das wäre das Ende meiner Karriere gewesen.

Liz – die ich später heiraten sollte – wurde von den Scheinheiligsten unter den Mächtigen toleriert, ja sogar gemocht. Sie war immer bescheiden, stets guter Laune und jederzeit bereit, auch noch über den gröbsten Witz zu lachen, der auf ihre Kosten gerissen wurde. Sie machte sich ständig kleiner, dabei war sie zweifellos die allerbeste Krankenschwester in diesem Haus. Oder in jedem anderen.

Die Operation verlief erfolgreich, doch eigentlich hatte sie sie durchgeführt, nicht ich. Ich war kaum mehr als ein Beobachter, der tat, was sie mir sagte.

Das war nur die erste in einer ganzen Reihe von Operationen, die sie für mich durchführte. Ich beobachtete sie und lernte, bis auch ich genug Erfahrung gesammelt hatte, um mich des Titels eines Chirurgen würdig zu erweisen.

Es war schwer, meine Schuld ihr gegenüber zu vergessen, und ebenso schwer, meine daraus resultierende Verachtung zu verbergen.

Es war leichter, als sie noch jung und attraktiv war und ich noch ganz erfüllt vom Egoismus der Jugend. Aber ich verzieh ihr nie, dass sie mir eine Schuld auferlegt hatte, die ich niemals zurückzahlen konnte, und meine Verachtung wurde mit den Jahren immer größer.

Durch den Liebesentzug, durch die Bekräftigung, doch im Essen Ersatz zu suchen, durch unentwegten Spott hatte ich am Ende meine Rache. Sie war zu der lächerlichen Gestalt geworden, die ich immer aus ihr hatte machen wollen.

Nun, nach so langer Zeit …

Ich schreckte aus meinen Gedanken hoch und setzte mich auf.

Es war Zeit zu gehen und die Wahrheit zu erfahren, ganz gleich, welcher Art sie auch sein mochte.

Ich wusch mir das Gesicht und kämmte mir die Haare. Ich ging in unsere Wohnung und sagte Liz, dass ich für eine Weile fort sei.

»Ja«, sagte sie, »Dokta«, dann korrigierte sie sich schnell und sagte: »Jawohl, Doktor.«

»Nenn mich Steve, Liz«, erklärte ich. »Steve und Liz. So haben wir uns früher immer genannt.«

»Haben wir?« Sie sah mich verwirrt an. »Hm-hm, stimmt wohl. Ich altes Dummerchen hab das schon fast vergessen, schätz ich.«

Ich zuckte zusammen und wendete kurz den Blick ab. Dann nahm ich sie in die Arme und gab ihr einen Kuss. »Ich liebe dich, Liz«, sagte ich. »Und – es tut mir leid. Ich muss jetzt los, aber …«

Ich wandte mich schnell ab und ging zur Tür hinaus. Es gab viele Dinge, die ich wiedergutzumachen hatte, doch jetzt war nicht der Augenblick, darüber nachzudenken. Ich musste meinen Verstand freihalten für das, was vor mir lag, musste mich gegen das ungeheure Grauen wappnen. Denn ich hegte keinen Zweifel mehr daran, dass ich etwas Schreckliches entdecken würde. Und ich wusste, wie viel ich selber dazu beigetragen hatte.

Ihnen, meinen Kindern, war beigebracht worden, die eigene Mutter zu verachten. Ich hatte ihnen als leuchtendes Vorbild gedient, dem sie folgen sollten. Sie waren so verwirrt und ohne Maßstäbe gewesen wie ich, und nun musste ich mich dem Abgrund stellen, vor dem ich stand.

Nicht dass ich sie entschuldigen wollte: Meine eigenen Eltern waren mir auch kaum jemals Vorbilder gewesen; doch durch den blanken Prozess der Evolution sollten wir Nachfolgenden stets besser sein als die, die uns vorangingen.

Steves Wagen, der, in dem er und Lizbeth umherfuhren, stand auf dem Schotterparkplatz des Motels. Ich parkte meinen Wagen ebenfalls und betrat das Empfangsbüro.

Ein Mann in Hemdsärmeln legte die Zeitung fort, in der er las, und schlich zum Tresen. »Ja?«, fragte er.

»Nummer 6«, sagte ich. »Ich möchte den Schlüssel haben.«

»Allen Smith, hm?« Er besah mich von oben bis unten. »Hab mit jemand Jüngerem gerechnet, aber wenn sie das erträgt, kann ich das auch.«

»Der Schlüssel«, mahnte ich.

»Sicher, sicher.« Zwinkernd gab er ihn mir. »Hören Sie, vier ist doch 'ne hübsche runde Zahl, wie wär's, wenn ich die Reihen schließe? Bei allem, was die Puppe so zu bieten hat, wird sie das schon verkraften.«

»Das würde ihrem Vater nicht gefallen«, antwortete ich. »Tatsächlich ist er in diesem Augenblick kurz davor, Sie umzubringen.«

»Ach, kommen Sie. Was ist denn schon dabei, wenn – *he*!« Er starrte mich maulaffig an. »Wer zum Teufel sind Sie?«

Ich zog meine Brieftasche hervor und zeigte ihm meinen Ausweis. Ich sei der Vater des Jungen und des Mädchens in Nummer 6.

»Ich habe mich noch nicht entschieden, was ich mit Ihnen machen werde«, fuhr ich fort. »Aber es wird etwas Drastisches sein – Sie haben vielleicht bemerkt, dass ich die Erlaubnis habe, eine Waffe zu tragen – und von der werde ich auf der Stelle Gebrauch machen, falls Sie nicht genau das tun, was ich sage.«

Er nickte zitternd, und sein unrasiertes Gesicht war blass vor Angst. »J-ja, Sir, Doktor, j-ja, S-sir. Ich … ich … ich hab das nicht gewusst, ehrlich! Sie haben sich als Mann und Frau eingetragen, und …«

»Halten Sie den Mund, und hören Sie zu!«, befahl ich. »Sie werden nichts unternehmen, um sie zu warnen. Sie verlieren kein Wort darüber, dass ich hier bin, weder jetzt noch später. Wenn doch, nun, ich glaube nicht, dass ich Sie umbringen müsste. Diese Kinder sind noch minderjährig, und auf Beihilfe zur Vergewaltigung Minderjähriger stehen sehr hohe Strafen.«

Die Beteuerungen, ganz sicher seinen Mund zu halten, purzelten nur so aus ihm heraus. »Ehrlich, Doc, ganz bestimmt! Es war wirklich nicht meine Schuld. Ich sag die Wahrheit, ehrlich …«

»Ehrlich!«, erwiderte ich. »Um Gottes willen!«

Ich verließ das Büro, während er noch immer wie wild flehte, und schloss ganz, ganz leise die Tür. Ich hatte natürlich nicht vor, irgendetwas gegen ihn zu unternehmen. Der Skandal wäre zu groß gewesen. Vielleicht müsste ich tatsächlich handeln, zum Schutz anderer Kinder und ihrer Eltern, doch ich bin nicht ohne Fehler – trotz all meiner Heuchelei in dieser Richtung –, und ich glaube kaum, dass ich jemals mehr als leichte Verbesserungen meiner charakterlichen Eigenschaften erreichen werde.

Ich steckte den Schlüssel in die Tür zur Nummer 6, doch sie war bereits aufgesperrt. Schließlich erwarteten sie ja einen Gast, Allen Smith, nicht wahr? Ich öffnete leise die Tür und trat ebenso leise ein.

Ihre Kleidung lag verstreut auf einem abgewetzten Sofa; offenbar hatten sie sie in der Eile einfach fallen lassen. Liz hatte die Beine weit gespreizt, ein Fuß baumelte von der Bettkante, und sie hatte die Augen fest geschlossen, so als blicke sie in sich hinein auf eine ungeheure Freude.

Steve zögerte ihr Vergnügen noch hinaus, zog sich langsam zurück, schob sich langsam wieder hinein. In den Pausen zwischen Rückzug und Eindringen war fast ihr ganzer Schambereich zu sehen, und ich bemerkte, dass er säuberlich rasiert war. Wie der von Mary Smith. Wie der jeder Hure.

Dann schlang sie in einer plötzlichen Konvulsion Beine und Arme um ihn. Sie bog ihren Rücken durch und hob sich auf Hüften und Schultern, ihr ganzer Leib zitterte wild und versteifte sich dann. Und beide flüsterten sich obszöne Worte ins Ohr und versuchten so, ihren Orgasmus in noch größere Höhen zu steigern.

»Brave Fotze. Brave Fickfotze.«

»Besser als Arschfotze?«

»Auch brave Arschfotze.«

»Und blasen? Mundfotze?«

»Alles ganz, ganz brav. Mund- und Arsch- und Fickfotze.«

Endlich brachte ich ein Wort heraus; bis dahin hatte ich nichts sagen können. Ich war unfähig gewesen, mich auch nur zu rühren.

Zu wissen, was einen erwartet, bereitet einen nicht gänzlich vor auf den Moment, in dem man das, was man erwartet hat, erblickt.

»Ihr scheint fertig zu sein«, sagte ich. »Also zieht euch an, und kommt nach Hause.«

21.

Weitere Aufzeichnungen von Dr. med. S. J. Hadley, Arzt und Chirurg.

Lizbeth und Steve saßen mit vor Scham und Angst gesenkten Köpfen in meinem Büro, unfähig, mich anzuschauen. Da hatten wir etwas gemeinsam. Ich konnte ihnen ebenfalls nicht in die Augen sehen, hatte Angst, dass mir schlecht werden könnte, wenn ich es versuchte. Ich hatte mich im Sessel umgedreht, um mir ihren Anblick zu ersparen.

Ich zögerte, suchte nach einem passenden Anfang für das, was ich zu sagen hatte, und entschied schließlich, dass ich mir zunächst am besten ein klares Bild der Situation verschaffte, und dazu mussten ein paar mehr oder weniger unbedeutende Fragen geklärt werden.

»Ihr habt offensichtlich die Schule geschwänzt«, sagte ich über die Schulter hinweg. »Werden die Eltern nicht in solchen Situationen darüber informiert?«

»Ja, Daddy …« – ein Flüstern.

»Und warum – aber kürzen wir das ab«, erklärte ich. »Eure Mutter und ich sind nicht hier, wenn die Post kommt. Ihr habt die Benachrichtigungen, die für uns bestimmt waren, erhalten und unsere Unterschriften zur Bestätigung gefälscht. Richtig?«

»Ja, Daddy …«

»Ich weiß, dass dieser Bursche, Allen Smith, neu auf eurer Schule ist. Wie habt ihr euch so schnell mit ihm angefreundet?«

»Nun, ähm, er ist ein unglaublich guter Schüler, und seine Mutter ist weiß, und sie haben eine wahnsinnig hübsche Wohnung, und … und …«

»Kommt zur Sache!«

»Das versuchen wir ja gerade«, meinte Steve. »Wir dachten, du würdest *wollen*, dass wir ihn kennenlernen. Du hast immer gesagt, wir sollen uns mit Leuten aus den besseren Gesellschaftsschichten anfreunden, und genau so einer schien er zu sein. Er hat …«

»Schon gut«, unterbrach ich ihn streng. »Wie oft wart ihr in seiner Wohnung?«

»Nur einmal. Ein einziges Mal.«

»War noch jemand dabei?«

»Nein – na ja, doch. Josie Blair – sie geht auch auf unsere Schule –, sie kam vorbei, als wir dort waren. Aber wir sind sofort gegangen.«

»Also war Allen Smith niemals zusammen mit euch in einer Wohnung oder Unterkunft, abgesehen von seiner eigenen und diesem einen Besuch hier?«

»Ja, Dad.«

»Habt ihre beiden, du und Lizbeth, in seiner Wohnung einen Akt sexueller Intimität vollzogen? Analverkehr, um genau zu sein?«

Brütende Stille. Lange. Lizbeth beendete sie, indem sie plötzlich in Tränen ausbrach. »Ach, Dad … *Daddy!*«

»Habt ihr einen solchen Akt auch andernorts oder zu anderen Zeiten vollzogen, während dieser Bursche Smith anwesend war?«

»Nein, Dad. Haben wir nicht.«

»Ich bin froh, das zu hören«, sagte ich. »Dann kann es nur das eine Bild von euch in einer solchen Situation geben.«

»B-Bild?«

»Eine Fotografie. Ich habe ihn nicht erkannt, doch dieser Bursche Smith hat sie mir heute Morgen gebracht. Zusammen mit einer Nachricht, wo ihr heute Nachmittag zu finden seid – und was ihr dort vermutlich treibt.«

Dann schwieg ich eine Weile und ließ das Bild ihrer düsteren Aussichten auf sie wirken. *Vielleicht gab es weitere Abzüge des Fotos; Abzüge, die in diesem Augenblick verbreitet wurden und allergrößten Schaden anrichteten.* Ich wusste, dass es keine weiteren Bilder gab, denn nur ich allein war zum Motel bestellt worden, um den Beweis für die Authentizität des Fotos zu erhalten. Das Bild war zu einem einzigen Zweck gemacht worden, und dieser Zweck war nun erreicht. Doch Steve und Liz, so eingeschüchtert und von schlechtem Gewissen geplagt, wie sie waren, konnten die Wahrheit nicht erkennen, konnten nur an die Abzüge denken, die vielleicht in Umlauf kamen.

Lizbeth schluchzte verzweifelt, Steve schniefte und schnappte nach Luft, dann schob er plötzlich seinen Stuhl nach hinten und sprang auf.

»Ich bring den Mistkerl um! Bei Gott, ich bring …«

»Setz dich!« Ich drehte mich auf meinem Stuhl herum und sah sie endlich an. *»Setz dich!«*

»Ich knöpfe mir den Mistkerl selber vor!« Lizbeth tobte. »Der gottverdammte, gemeine, dreckige … ähm …«

Ich starrte Liz an, dann Steve, diese beiden, meine Kinder. Ihre Stimme wurde leiser und versiegte, und Steve setzte sich langsam wieder hin.

»Eure Verkommenheit«, erklärte ich, »scheint sich in mehr als nur einer Hinsicht auszudrücken. In eurem Vokabular, zum Beispiel. Aber lassen wir das für den Augenblick. Der junge Smith hat seine Rache gehabt. Ihr braucht wohl nicht zu befürchten, dass das Foto größere Verbreitung finden wird.«

Ihre Gesichter hellten sich auf, aber nur ein wenig; sie hatten Hoffnung geschöpft, hegten aber noch Zweifel. Und ihre Augen fragten, woher ich mir so sicher sein konnte. Ich wiegte mich vor und zurück und nahm eine gewichtige Haltung ein.

»Ihr wisst, dass ich viele weiße Patienten habe«, erklärte ich. »Nahezu ausschließlich. Ihr wisst auch, dass es so etwas wie ein Berufsgeheimnis gibt, gegen das ein Arzt niemals verstoßen darf …«

Lizbeth nickte zögernd. Steve meinte: »Ja. Sicher, Dad. Aber …«

»Deshalb«, fuhr ich fort, »konnte ich euch nicht sagen, warum ihr euch von der Wohnung der Smiths fernhalten sollt. Auch jetzt kann ich es euch nicht verraten. Ich werde euch noch nicht mal sagen, dass Mrs. Smith jemals meine Patientin war oder ob ich irgendetwas über ihren Sohn erfahren habe, *falls* sie jemals meine Patientin war. Aber …«

»Aber, Dad …« Steve ging dickköpfig dazwischen. »Wir haben ein Recht darauf, es zu erfahren, wir müssen – ach, verdammich! Nach allem, was er uns angetan hat …«

»Ein Recht?«, sagte ich kalt. »Du redest mir gegenüber von euren *Rechten?*«

Er schluckte schwer, senkte den Blick zu Boden und schwieg. Auch Lizbeth hatte nichts zu sagen.

Ich wies darauf hin, dass ich die Einladung der Smiths zum Dinner ausgeschlagen hatte, für uns drei und ihre Mutter, und dass ich ihnen befohlen hatte, sich völlig von dem jungen Smith fernzuhalten – eine Information, die sie offenbar an ihn weitergereicht hatten –, und dass sie somit entschieden hatten, sich mir zu widersetzen.

»Ihr allein tragt also die Schuld für das, was geschehen ist. Etwas, das, wie ich betonen möchte, ohne euer Mittun niemals passiert wäre.«

»Aber er hat uns betrunken gemacht!«, platzte Steve heraus. »So betrunken, dass wir nicht mehr wussten, was wir … wir …«

»Betrunken«, sagte ich trocken. »Das wird ja immer besser. Oder schlimmer. Aber ihr wart doch heute nicht betrunken, oder, und auch nicht bei all den anderen Gelegenheiten, die sich, wie ich annehme, davor ergeben haben.«

Lizbeth drehte sich zu Steve um und sagte ihm, er solle um Himmels willen seine dämliche Schnauze halten. Sie beide sollten besser den Mund halten, mahnte ich, denn ich hätte etwas zu sagen, und sie täten gut daran, mir genau zuhören.

»Inzest ist ein Verbrechen«, stellte ich fest, »ein Verstoß gegen die Gesetze der Menschen und die Gesetze

Gottes. Ich werde nicht auf all die anderen Perversionen eingehen, denen ihr euch hingegeben habt und die ebenfalls gegen das Gesetz sind. Ich möchte nur eines sagen: Sollte ich jemals wieder auch nur den leisesten Verdacht haben, dass ihr miteinander sexuell intim werdet, werde ich dich, Lizbeth, einer körperlichen Untersuchung unterziehen – eigentlich finde ich, dass regelmäßige Untersuchungen ohnehin angezeigt sind …«

»O nein, Dad!«, stöhnte Lizbeth. »Das könnte ich nicht ertragen!«

»Wir werden sehen«, erwiderte ich. »Vielleicht werde ich die Sache aufschieben. Aber ihr beide solltet euch von nun an hüten, auch nur den leisesten Argwohn in mir zu wecken; und ich erwarte euren feierlichen Schwur, dass ihr nie wieder …«

»Tun wir nicht, Dad«, unterbrach mich Steve. »Das kannst du mir glauben.«

»Bitte glaub uns«, flehte Lizbeth. »Gib uns noch eine Chance. Vielleicht denkst du, du könntest uns nie wieder trauen, aber … aber …«

Ich sagte ihnen, ich würde versuchen, ihnen zu vertrauen. Sie könnten kommen und gehen wie immer. Sie könnten alles tun, was sie bislang getan hätten – mit einer Ausnahme, die zu wiederholen wohl unnötig sei.

»Ich kann euch nicht rund um die Uhr überwachen, und das habe ich auch nicht vor. Ihr habt mein Vertrauen, solange ihr es euch verdient. Wenn ihr dieses Vertrauen jemals missbraucht, nun, ich kann es euch auch gleich sagen. Dann werde ich euch dem Jugendstrafvollzug überantworten.«

Wieder Stille. Dann eine tränenvolle Frage von Lizbeth.

»Wir schämen uns so, Daddy. Kannst du uns jemals verzeihen?«

»Ich werde es versuchen«, antwortete ich. »Offenbar habe ich in meiner Verantwortung für euch versagt, sonst wäre es gar nicht erst so weit gekommen. Vielleicht können wir uns ja alle in Zukunft bessern. Wir werden zusammen daran arbeiten, und ... und – ich verzeihe dir, Lizbeth. Euch beiden.«

Ich stand schnell auf und wich ihr aus, bevor sie mich umarmen konnte. Auch Steves Versuch, mir die Hand zu schütteln, wies ich von mir.

Mit den jammervollsten Gesichtern, die ich je gesehen hatte, wichen sie einen Schritt zurück.

»Verzeih uns«, murmelte Steve verzweifelt. »Du erträgst es noch nicht mal, uns zu berühren.«

»Ihr werdet euch selbst etwas zu essen machen müssen«, erklärte ich. »Eure Mutter und ich gehen essen und anschließend ins Theater.«

22.

Ja, Sir, ja, Sir …

Ja, Sir, und ja, Missy-Ma'am …

Das hat der Mann gesagt. Er hat gesagt, kleiner schwarzer Junge, wenn dir mal einsam is, dann kommste beim alten Sergeant Blair vorbei. *Mach das, kleiner schwarzer Junge, weil mein kleines braunes Mädchen, die arbeitet bis nachts in der Schule, da wird mir auch manchmal ganz einsam.*

So das wörtliche Zitat eines Beamten der New Yorker Polizei, ich schwöre bei Gott. Ja, ich schwöre beim Allmächtigen, denn der ist genauso verrückt wie ich und könnte die Wahrheit nicht von einer Warze unterscheiden.

Ich verließ die Küche und ging auf die Wohnungstür zu. Mutter sah vom Sofa auf und fragte mich, wohin ich glaubte, gehen zu wollen.

Mit Glauben habe mein Ziel nichts zu tun, erwiderte ich; ich *wisse* ja, wo ich hinwolle. »Wohin glaubst *du* zu gehen?«

»Wohin *ich* gehe? Ich gehe offenkundig nirgendwo hin!«

»O doch, tust du«, sagte ich, »und das mit höchster Geschwindigkeit. Löschen Sie also bitte Ihre Zigarette und schnallen Sie sich an, wir rechnen mit einer Bruchlandung. Hier spricht Ihr Kapitän, *klick-klick*.«

Mutter rollte entnervt die Augen und erklärte, es habe keinen Zweck, mit mir zu reden, wenn ich in so einer Stimmung sei. »Aber ich finde, du sagst mir lieber, was du da in der Tüte hast. Sieht mir ganz wie eine Flasche aus!«

»Erstaunlich«, sagte ich »Was für ein erstaunlicher Zufall!«

»Willst du damit sagen, es *ist* eine Flasche? Und wohin glaubst du, damit …«

»Ah, ah«, ich hob einen warnenden Finger. »Ah, ah! Du fragst mich, wohin ich glaube, damit gehen zu wollen, und ich sage, ich glaube nicht. Ich …«

»Schon gut! Wo bringst du sie hin?«

»Zu Sergeant Blair, N.Y. P. D.«, antwortete ich. »Ich, der demütige Afroamerikaner, gehe hin und biete ihm eine ganze Flasche Wodka zum Geschenk dar. Ich nehme an, er kennt den Unterschied zwischen Afroamerikanern und Griechen, und werde mich also nicht zurückhalten.«

»Oh«, machte Mutter und legte sich wieder aufs Sofa. »Na, ich schätze, dann ist ja alles in Ordnung. Es ist immer nützlich, sich mit der Polizei gutzustellen, und er war ja sehr hilfsbereit, nachdem du aus Versehen das Baby der Sanders umgebracht hast.«

»Aus Versehen?«, fragte ich. »Glaubst du wirklich, das war ein Unfall?«

»Darüber solltest du keine Witze machen, Allen. Mr. und Mrs. Sanders mussten zur Erholung fort. So sehr hat es sie mitgenommen.«

»Na ja, der Sergeant war wirklich sehr nützlich«, gestand ich ein. »Aber eigentlich nur als Wiedergutmachung für vorangegangene Fehler. Jedenfalls, und aus welchen Gründen auch immer, war er hilfreicher als Doktor Hadley, der sich sogar geweigert hat, unsere bescheidene Behausung zu betreten.«

»Aber Allen. Haben wir das denn nicht schon hinlänglich durchgekaut?«

»Aber ich war verletzt, verletzt und verwirrt. Ich bot ihm Brot an, und er lehnte ab. Kategorisch.«

»Ich finde, du solltest jetzt wirklich besser gehen«, sagte sie nur. »Denn wenn ich noch mehr von deinem schmutzigen Gerede höre …«

»Geh ja schon, Missus, geh ja schon«, erwiderte ich. »Hau bloß den aarmen alten Onkel Allen nich so, er geht ja schon!«

Ich verschwand und schloss die Tür so schnell, dass ihr Pantoffel nur die Tür statt mich traf. Kurz darauf saß ich gemütlich in einem Verandasessel neben Sergeant Blair, der am folgenden Tag nicht zur Arbeit musste und sich daher die Freiheit nahm, sich reichlich Wodka Tonic zu genehmigen.

»Hättest du nicht machen brauchen, Junge, aber danke.« Dann gab er einen langen Rülpser von sich. »Und du bist sicher, du willst nicht auch einen?«

»Nein, danke«, lehnte ich ab. »Ich weiß, dass man in New York mit achtzehn trinken darf, aber ich trinke nur selten was.«

»Wie wär's mit einer Limo? Ich hole mir eh was zum Mixen.«

»Im Augenblick nicht«, sagte ich. »Gehen Sie nur.«

Er ging in die Wohnung und ließ den Wodka neben seinem Sessel stehen. Ich nahm einen großen Schluck aus der Flasche und stellte sie wieder zurück.

»Jawohl«, sagte er und setzte sich wieder in seinen Sessel. »So mag ich das. Ein netter Abend, ein guter Tropfen und jemand, mit dem man reden kann. Kann dir gar nicht sagen, wie froh ich bin, dass du vorbeigekommen bist.«

Er mixte sich noch einen ordentlichen Drink, und ich meinte, die Freude sei ganz meinerseits: Ich hätte die Geschichte, die er neulich zu erzählen angefangen habe, so spannend gefunden, dass ich mehr hören wolle.

»Hm? Was denn für eine Geschichte, Al?«

»Von Ihnen und Ihrer Frau. Wie sie sich kennengelernt und geheiratet haben.«

Er drehte sich um und sah mich fragend und mit gerunzelter Stirn an. Nach einer Weile drehte er sich wieder weg und meinte, er schätze, er habe schon was darüber erzählt, oder?

»Ich weiß nur nicht, was du da so interessant findest. Ist eigentlich nichts Ungewöhnliches dran.«

»Na ja, es war auch weniger das, was Sie gesagt haben, sondern eher, wie«, sagte ich. »Ich nehme an, Sie haben die Gabe, alles interessant klingen zu lassen.«

Er sträubte sich noch ein wenig, fühlte sich aber geschmeichelt. Er habe immer gedacht, er könne mal Schriftsteller werden, wenn er nur die Zeit dazu hätte.

»Also, mal sehen. Wo habe ich denn aufgehört, als ich das letzte Mal mit dir gesprochen habe?«

»Warum fangen Sie nicht noch mal von vorn an?«, bat ich ihn. »Das klingt bei Ihnen alles so interessant, dass ich es gern ganz hören möchte.«

»Also …« Er mixte sich noch einen Drink. »Ich schätze, ich hab dir schon davon erzählt, dass sie als Sängerin in diesem Nachtklub gearbeitet hat. Und dass ich damals bei der Sitte war, wohl auch.«

»Ja«, log ich, »aber bitte weiter. Ich höre Ihnen gern zu.«

»Du bist ein braver Kerl«, meinte er knapp. »Also, diese Kaschemme war oben am Rand von Harlem, und wir hatten einen Tipp bekommen, dort würde illegal Glücksspiel betrieben. Na, du weißt schon, da ging es mehr um Anschaffen als um Spielen. Jedenfalls nahmen wir alle Mädchen in die Mangel, und ich sollte Josetta befragen. Sie schien mir völlig in Ordnung, also fragte ich sie, was zum Teufel sie in diesem Laden machte. Sie hätte jede Arbeit angenommen, antwortete sie, aber sie habe keine gefunden. Das kaufte ich ihr ab, denn damals war es in New York richtig hart für Farbige, für die und die Puerto Ricaner; und sie war schön wie die Sünde und erstklassig gebaut wie – na, sie war verdammt hübsch, ein Bild von einer Frau …«

Er saß eine Weile schweigend da, ließ das Eis in seinem Glas klappern und starrte geistesabwesend in die Nacht hinaus. Er erinnerte sich wieder an sie. Durchlebte im Geiste noch einmal die liebgewonnenen Augenblicke mit ihr.

Schließlich seufzte er, schüttelte den Kopf und fuhr fort. »Meine Mutter, Gott hab sie selig, lebte damals noch und wohnte bei mir. Ich brauchte jemanden, der sich um sie kümmerte, aber sie war alt und bettlägerig und so verdammt launenhaft, dass es niemand länger als ein, zwei Tage mit ihr aushielt. Josetta sprang sofort darauf an, als ich ihr den Job anbot. Und sie blieb. Wohl eher wegen mir als wegen irgendwas anderem, sie war von Anfang an verrückt nach mir. Und sie war absolut rein, Jungfrau; das habe ich in unserer ersten gemeinsamen Nacht festgestellt. Das war ein Geschenk, weißt du, eine Haushälterin und frei bumsen …«

Er unterbrach sich so plötzlich, dass ich seine Zähne aufeinanderschlagen hörte. Er lachte leichthin und meinte, da würde die Geschichte sich ja offensichtlich wiederholen, oder?

»Sie kennen doch das alte Sprichwort, Sir. Ein steifer Schwanz hat kein Gewissen.«

»Hä?« Er sah mich finster und mit vorgerecktem Kinn an. »Jetzt hör mal, Junge …!«

»Ja, Sir?«, tat ich unschuldig. »Ich kann Ihnen gar nicht sagen, wie sehr ich Sie bewundere, Sir. Sie sind mitfühlender als die meisten, aber sie lassen sich nicht davon beirren, das Richtige zu tun. Wie viele andere Männer hätten das Mädchen geheiratet, ohne es zu müssen?«

Er starrte mich weiter böse an, seine Augen wurden glasig, als er den Drink leerte und mit einer Hand nach der Wodkaflasche tastete, und ich dachte schon, ich wäre zu schnell zu weit gegangen. Schließlich kicherte er; ein wenig betreten, aber halbwegs freundlich.

»Da hast du recht, Junge. Hart, aber gerecht. Natürlich musste ich sie heiraten, bei dem dicken Bauch, den sie schon hatte.«

»Ich frage mich, ob Josie wohl das heiße Blut der Mutter geerbt hat?«

»*Josie?* Aber – verdammt, Freundchen! Wenn du noch mal so über Josie sprichst, dann werde ich ...«

»Aber ich muss es doch ansprechen«, unterbrach ich ihn. »Ich mache mir Sorgen, weil sie abends immer so viel Zeit mit Mr. Velie verbringt.«

»Was soll denn daran sein? Ich halte Velie für absolut in Ordnung.«

»Und das ist meine Schuld«, sagte ich, »weil ich Ihnen nicht die Wahrheit über ihn gesagt habe. Rafer und die anderen Jungs haben die Wahrheit gesagt. Ich hatte schon so viele Schwierigkeiten, und Mr. Velie drohte mir, er werde mir noch mehr machen, und ... und ...«

»Na los! Spuck's aus!«

»Ich bin an dem Tag gleich nach dem Mittagessen nach Hause gegangen, aber dann fühlte ich mich besser und kam wieder zurück. Ich war gegen zwei Uhr auf der Toilette ... Und Mr. Velie auch!«

Seine Reaktionen waren ungeheuer schnell. In Sekundenbruchteilen war er auf den Füßen, warf Gläser und Flaschen um und griff nach seinem Mantel.

»Komm schon, verdammt!« Er rannte zu seinem Wagen, der am Straßenrand geparkt war. »Ich brauche einen Zeugen. Wenn dieser Mistkerl sich bei Josie auch nur einen Millimeter danebenbenommen hat ...«

Ich hatte kaum Zeit, in den Wagen zu springen, da hatte er den Motor schon gestartet und trat das Gaspedal bis auf das Bodenblech durch. Der Wagen heulte auf und schoss nach vorn, wobei mein Kopf gegen die

Rückenlehne schlug. In null Komma nichts fuhren wir mit 145 Sachen. Nach einer Weile hatte er sich wieder im Griff und benahm sich wie ein kluger Bulle, nicht bloß wie ein Vater; er schaltete den Motor aus, und wir rollten leise vor die Schule.

Es war nichts Schwerfälliges an ihm, als wir den Weg zum Eingang entlangschlichen. Er bewegte sich so leicht und lautlos wie eine Katze. Ich sagte leise zu ihm, alle Türen seien verschlossen und er würde nicht hineinkommen.

»Na, dann pass mal auf«, entgegnete er. »Vielleicht kannst du ja noch was lernen.«

Ich passte auf, lernte aber nichts. Er benutzte fast denselben Zelluloidstreifen zum Schlösserknacken wie ich.

Natürlich kamen wir in die Schule und bis in Velies Vorderzimmer. Ich folgte Blair durch die Schwingtür im Tresen, die den Empfang von den Aktenschränken und dem Schreibtisch trennte, an dem Josie normalerweise arbeitete. An der geschlossenen Tür zu Velies Büro blieben wir stehen.

Blair legte ein Ohr dagegen und lauschte.

Ich weiß nicht, was genau er zu hören bekam, aber offenbar reichte es.

Es reichte, um die Falten in seinem Gesicht noch tiefer werden zu lassen und zu bewirken, dass die Augen sich zu mörderischen Schlitzen verengten.

Blair zog die Waffe aus dem Holster. Er nahm seinen Zelluloidstreifen und öffnete leise die Tür.

Ich glaube, selbst wenn er sie nur beim Knutschen erwischt hätte, hätte Velie nun tief in der Scheiße gesteckt. Was ihm jetzt bevorstand, ließ mich in Gedanken erschaudern – zumindest hätte es das, wenn ich zu solchen Regungen neigen würde –, denn das, worin er gerade steckte, war Josie.

Er war vollständig in ihr verschwunden – ein Zustand, den man nur dadurch erreichte, dass man sich auf ihn setzte, wie sie es gerade tat. Velie saß mit heruntergelassener Hose in seinem Sessel, um den Gegenstand frei zu haben, auf dem sie sitzen konnte. Seine Hände packten ihre Pobacken, eine ihrer prallen braunen Brüste steckte in seinem Mund.

Er bemerkte uns und versuchte, sich verzweifelt von seiner köstlichen, nun aber tödlich gewordenen Last zu befreien. Josie deutete dies offenbar als Zeichen seiner Lust, und sie reagierte mit treuliebendem Krümmen und einigen Verwindungen. Zudem drückte sie seinen Kopf noch fester an sich. Fester und fester, bis die Zähne in dem übervollen Mund sie kratzten und er ihre Arschbacken so fest presste, dass sie aufquollen wie braune Ballons.

Das Mädchen hatte offenbar einen starken Hang zum Masochismus.

Jedenfalls …

Selbst Josie nur zu küssen, hätte Velie, wie ich schon angedeutet habe, eine Tracht Prügel von Blair eingebracht; eine kleine, sagen wir mal. Doch da Velie mehr als nur Küsse bekam, wie ich schon angedeutet habe, können Sie sich wohl gut die Laune des Vaters des Mädchens vorstellen, das es ihm gerade besorgte.

Blair stöhnte auf wie ein gepfählter Ochse. Er packte Josie bei den Haaren und schleuderte sie buchstäblich durchs Zimmer. Velie versuchte, ihm die Waffe zu entwinden, doch Blair trat ihm in den Unterleib, schlug ihm das Knie unter das Kinn und drückte ihm den Ellbogen gegen die Luftröhre. Nachdem er sich auf diese Weise warm gemacht hatte, ließ er seine Wut in ganzer Strenge auf ihn niederprasseln.

Josie lag wie betäubt am Boden und zeigte alles, was an ihr zu sehen war. Ich schüttelte vorwurfsvoll den Kopf und beugte mich zu ihr hinab.

»Das kann nicht so weitergehen, Josie«, murmelte ich. »Das geht einfach nicht! So dürfen wir uns nicht mehr treffen.«

Dann ging ich zur Tür und lachte über das Stöhnen und Grunzen hinweg, das Velie von sich gab, während Blair ihn mit der Pistole verdrosch.

23.

Empfangschefs sind überaus scharfsinnige Leute.

Wenn sie nicht schon von Anfang an absolut scharfsinnig sind, dann werden sie es sehr schnell, sonst bleiben sie nicht lange in dem Job. Und die, die bleiben, werden im Laufe der Zeit nur noch scharfsinniger.

Der Empfangschef im Waldorf hatte seinen Job offensichtlich schon eine ganze Weile inne.

Sein Sinn war daher, und unverkennbar, so scharf wie eine Rasierklinge.

Ich trug eine Brille und einen Hut – das ließ mich älter erscheinen. Mein Gepäck bestand aus einem Lederkoffer mit zugehöriger Aktentasche, Gepäck, das laut und deutlich von viel Geld kündete.

Der Empfangschef nahm alles nur mit einem kurzen Blick wahr, auch meine Registrierung und den Hinweis, dass meine Frau in Kürze eintreffen werde. Er addierte alles zusammen, mich und den ganzen Rest, und die Summe ergab ein großes Okay.

Allerdings wusste er, dass es nicht okay war. Er wusste instinktiv, dass er ein faules Ei vor sich hatte.

»Hm, mal sehen«, sagte er und klopfte mit der Registrierungskarte auf die Theke. »Normalerweise würden wir Sie gern aufnehmen, Mr. Hurley. Meist haben wir genügend freie Zimmer während der warmen Monate …«

»So sagte man mir«, meinte ich. »Tatsächlich hat man mir versichert, dass Sie sich ohne Schwierigkeiten meiner Reservierung annehmen könnten.«

»Hm-hm, sehr richtig, Sir. Allerdings hatten wir da diesen unvorhergesehenen Zustrom an Gästen, es tut mir leid, dass, ähm …«

Ein wirklich scharfsinniger Bursche, wie Sie sehen. Er konnte ein faules Ei mit geschlossenen Augen und einer Wäscheklammer auf der Nase erkennen.

Sie wissen allerdings auch, dass ich selbst nicht unbedingt ein Blödmann bin. Und ich weiß eine Sache, bei der sich ein Hotel vor Schreck in die Hosen macht.

»Ich hoffe, Sie verstehen, Sir. Vielleicht darf ich Ihnen ein Haus empfehlen, das nicht so überlaufen ist.«

»Sie meinen eins, das nur wenig besser ist als eine Absteige«, erwiderte ich. »Ja, ich verstehe Sie gut. Und ich hoffe, Sie verstehen ebenfalls gut.«

»Ach, also wirklich, Sir, ähm … Was denn, Sir?«

»Es gibt Landes- und Bundesgesetze gegen Diskriminierung, und ich beabsichtige, meine Anwälte zu kontaktieren, um dafür zu sorgen, dass sie auch angewandt werden. Nun, wenn Sie einen Pagen haben, dem es nichts ausmacht, das Gepäck eines Schwarzen hinauszutragen …«

Ich bekam mein Zimmer.

Der Page, der mein Gepäck hinauftrug, war so höflich und entgegenkommend, dass es mir fast schon peinlich war.

Ich zog mich bis auf die Unterhose aus. Dann rief ich die Nummer auf Mutters Visitenkarte an und gab der Frau, die abhob, die Zimmernummer. Mary Smith würde innerhalb von einer halben Stunde dort sein, erklärte sie.

»Ich nehme wahrscheinlich eine Dusche«, sagte ich, »ich lasse die Tür unverschlossen. Sie soll einfach hereinkommen.«

»Jawohl, Sir. Ich werde es ihr ausrichten.«

Ich legte auf, rauchte eine Zigarette und dachte nach.

Ich hatte ein Zimmer bekommen, aber nur, weil sie mir eins geben mussten. Der Empfangschef hielt mich für einen üblen Burschen, und seine Meinung würde nicht ungehört bleiben. Die Warnung würde herausgehen, und bei dem allerkleinsten Vergehen meinerseits würde es zu einer sofortigen Reaktion ihrerseits kommen. Zu einer unangenehmen Reaktion. Ich hatte mir mit Gewalt Zutritt zum Hotel verschafft. Das Hotel würde sich freuen, mich mit Gewalt wieder hinauszubefördern – am liebsten mit einem Tritt in den Hintern.

Mit einem Wort, genauer gesagt, mit sechs, musste ich ganz, ganz vorsichtig sein. Das bedeutete, dass ich Mary Smith nicht all das verpassen konnte, was sie verdiente.

Eine Kostprobe davon, vielleicht. Eine ordentliche Kostprobe. Aber nicht die ganze Packung.

Nichts, was sie zum Schreien bringen würde.

Ich stieg aus meiner Unterhose und ging ins Bad. Dort drehte ich kein Wasser an, denn ich wollte ihre Ankunft mitbekommen. Ich wartete lange, zumindest kam es mir so vor, doch schließlich schloss sich die Zimmertür mit einem leisen Schlag – ich hatte sie nicht aufgehen hören –, und sie rief mir fröhlich zu: »Wie geht es Ihnen, Doktor?«

Ich schloss die Tür zur Dusche mit einem lauten Geräusch, so als hätte ich sie nicht gehört, und drehte das Wasser an.

Fünf Minuten später etwa kam sie ins Bad und setzte sich auf die Kloschüssel, eine Tatsache, die ich nicht sah, nur vermutete, weil ihre Stimme aus dieser Richtung kam.

»Sie haben mir ganz schöne Scherereien bereitet, Steven. Mein Sohn nervt mich wegen dieser Essenseinladung, die Sie ausgeschlagen haben, ob ich wisse, warum Sie ihm noch nicht mal einen Grund dafür genannt haben und ihren Kindern sagen, sie sollen sich von ihm fernhalten. Ich werde Sie nicht ausschimpfen, aber ich finde, das hätten Sie besser regeln können. Ich weiß jedenfalls, dass ich Sie nicht derart in die Klemme gebracht hätte.«

Ich machte gedämpfte Geräusche, die man im Lärm der Dusche wohl als Reaktion deuten konnte. Da sie eh immer mehr daran interessiert war zu sprechen, statt zuzuhören, nahm sie das so hin.

»Wissen Sie was, Steven? Ich habe zwei und zwei zusammengezählt, und es könnte durchaus sein, dass er *Ihr* Sohn ist. Zeitlich kommt es jedenfalls hin. Er kam etwa neun Monate nach unserer ersten Verabredung zur Welt – als ich so wütend auf Sie wurde, erinnern Sie sich noch? Natürlich war ich damals ziemlich verwirrt im Kopf; ich war ja noch fast ein Kind. Aber …«

Ich drehte das Wasser auf, weil ich nichts mehr davon hören wollte. Himmel, dachte ich, das wäre ja *wirklich* nicht zu ertragen. Als ich es zwei, drei Minuten später wieder abdrehte, schnatterte sie allerdings immer noch über das Thema.

»... also vertue ich mich da wohl, ich war noch nie gut mit Zahlen. Aber machen Sie sich keine Gedanken deswegen. Ich habe nicht vor, eine Vaterschaftsklage einzureichen oder sonst etwas Albernes. Außerdem, na ja, wahrscheinlich haben Sie eh vergessen, was ich Ihnen damals gesagt habe, als wir beide so high waren, oder vielleicht haben Sie das für einen Scherz gehalten. Aber es *könnte* so sein. Sie haben mir ja selbst erzählt, dass es schon Fälle gegeben hat, bei denen die Frau schwanger geworden ist, ohne dass ein Mann eingedrungen wäre, also, warum nicht auch bei mir? Schließlich heiße ich Mary, und ...«

Himmel, Arsch, dachte ich wieder. *Himmel, Arsch und Wolkenbruch!* Ich drehte das Wasser wieder auf, aber das war gar nicht nötig. Sie hatte zu urinieren begonnen – ich konnte es in der Kloschüssel plätschern hören –, und dazu brauchte sie alle Konzentration, die sie aufbringen konnte. Sie konnte nicht gleichzeitig pinkeln und sprechen. Vielleicht ein paar Wörter oder ein, zwei kurze Sätze. Mehr nicht.

Während sie ihre Blase entleerte, drehte ich das Wasser zu und trocknete mich ab. Ich fragte mich, wie viel Irrsinn hier mitspielte, etwas, wofür sie nichts konnte, und wie viel Schau oder Rationalisierung war. Eine Art, sich selbst etwas vorzumachen und vielleicht das Mitleid anderer zu erregen.

Ich schwankte zwischen beidem, war hin- und hergerissen von dem Verlangen, ihr den Arsch aufzureißen, und meiner Entschlossenheit, fair zu bleiben (und natürlich wäre es nicht fair, eine Irre, die nichts dafürkonnte, abzustrafen), als sie fertig war und weiterredete. Und mir so die Entscheidung abnahm.

»… ach verdammt, Steven, wem mache ich denn hier was vor? Dieser Jungfrau-Maria-Quatsch hört sich gut an, wenn ich high bin, aber ich kauf mir das so wenig ab wie du. Ich weiß, wir können offen darüber reden, du verstehst ja die Probleme der Weißen. Du kannst verstehen, was für eine vermaledeite Angelegenheit es ist, wenn eine weiße Frau ein schwarzes Kind hat. Ich und ein wollköpfiger kleiner Nigger! (Sorry, Steven, sollte keine Beleidigung sein.) Ich hab diesen schwarzen Bastard vom ersten Augenblick an gehasst. Und glaube mir, ich habe ihn zahlen lassen für das, was er mir angetan hat! Natürlich habe ich ihn gefüttert, ich habe dafür gesorgt, dass er die Flasche bekam, wann immer er sie wollte. Aber ich ließ ihn zwischen meinen Beinen nuckeln. Ich schob alles beiseite, damit er an die Klitoris kam. Und warum auch nicht, verdammt? Es fühlte sich gut an, und ihm tat's nicht weh. Das kleine schwarze Gör war zu jung, um sich überhaupt daran zu erinnern …«

Zu jung? ZU JUNG!

Das Unterbewusste vergisst nie. Ich war an sie gefesselt, hatte alles andere aufgegeben, war bei allen anderen impotent, ohne zu wissen, warum.

Ich ließ das Handtuch in der Dusche fallen und sah an mir herunter. Ich dachte, nun sei die Zeit für die

Prüfung aller Prüfungen gekommen, die Nagelprobe. Die Prüfung des Ungeheuren Schwengels.

Denn er war tatsächlich ungeheuer groß geworden. Ich bezweifle, dass Samson jemals eine solche Erektion gehabt hat, selbst vor Delilas Haarschnitt, oder Goliath, bevor David ihm den Stein verpasste.

Der Schwengel aller Schwengel. Welches Gedränge hätte es gegeben, hätte man ihn bei Macy's im Schaufenster gezeigt!

Und welchen Bann er über eine afroamerikanische Spezialistin ausüben würde, eine Schwengelexpertin, eine, die einen solchen Schwengel zu würdigen wusste, die wusste, dass er sein Gewicht in Lustgold aufwog, und es verstand, ihm noch den letzten herrlichen Tropfen abzuzapfen.

Ich öffnete die Duschtür und trat heraus.

Sie schnappte schockiert nach Luft, blinzelte schnell, während sie ihre Gedanken zu ordnen versuchte, die dieser unerwarteten Situation gerecht wurden. Dann senkte sie den Blick langsam auf meine ungefähre Körpermitte. Auf die herausragende Attraktion (wenn Sie den Ausdruck gestatten), die da hervorragte.

Vor lauter entsetzter Faszination konnte sie den Blick nicht abwenden. Sie konnte die Augen nicht wegdrehen, vermochte nicht wegzuschauen, sosehr sie sich auch bemühte, wie mir auffiel. Der Bann des Schwengels ist stark, je länger, umso stärker, und Frauen von der Kraft eines Teufels sind ihm schon erlegen. Sie haben ihm sogar Tempel errichtet, haben vor den Phallustürmen gekniet. Ihm haben sie das heilige Lied gesungen, im Schwung des Schwengels, wo sie doch zu Hause hätten sein müssen, um Teller zu waschen und Nachttöpfe zu leeren. Sie …

Ach, na ja, nehmen Sie meine spöttischen Absurditäten einfach als das, was sie sind. Lachen ist besser als Weinen, aber ich will verdammt sein, wenn ich wüsste, warum. Und wenn man an einem Strand voller Scheiße geboren ist und man hat nichts anderes zur Hand, dann ist das wohl der Baustoff für Märchenschlösser.

All die Mühe, die ich mir gemacht hatte, war nicht für mich allein bestimmt. Ich, der Einzelne, zählte nur insofern, als ich Repräsentant des Ganzen war, des ganzen erschreckenden Mists. All der unzähligen dunklen Kammern des Verstandes, in denen das Ungeheuerliche geboren wird. All der zahllosen Behausungen, in denen die Vorhänge zugezogen sind, in denen man das unterdrückte Schluchzen hilfloser Kinder und die strengen, leisen Drohungen der Erwachsenen, ihrer angeblichen Helfer und Beschützer, hört, dazu das Knallen der Peitsche und der Geruch brennenden Fleisches.

Wie viele solcher heimlichen dunklen Behausungen gibt es? Wie viele Subjekte finden sich darin, wie viele Deformierte und Verdammte? Deren Name war Legion – wie auch der ihre, Gott möge uns helfen. Die Deformierten und die Deformierenden waren Legion. Und ich war der Ankläger der einen sowie der Ankläger der anderen. Richter, Geschworene, Strafvollzug. Die Strafe orientierte sich logischerweise stets an den Taten, die sie begangen hatten.

Sie ließ sich von der Kloschüssel gleiten und ging in die Knie. Sie kroch auf mich zu, ihr Mund öffnete sich, der Blick war vor lüsterner Gier ganz gläsern.

Sie kam auf mich zu, näher und näher. Sie breitete die Arme aus, um mein Gesäß zu umklammern, öffnete weit den Mund, als die Trophäe schon fast ihre zu sein schien. Ich tat einen Schritt zurück und schüttelte tadelnd den Kopf.

»Willst du Zucker«, sagte ich, »brauchst du einen Löffel.«

»B-Bitte, bitte, Schätzchen. Ich muss einfach!«

»Das ist kein Argument«, meinte ich und ging rückwärts ins Zimmer, während sie mir hinterherkrabbelte. »Natürlich bin ich gern bereit, statt der Argumente Flehen zu akzeptieren, und wenn ich ein kleines Eins-A-Betteln vernehme …«

»Ich flehe dich an, Schätzchen! Ja, wirklich!«

»Komisch, klingt gar nicht so«, meinte ich und bewegte mich weiter rückwärts, als sie plötzlich auf mich zusprang. »Vielleicht ist dein Mund trocken, ein Risiko, das ich nicht eingehen möchte. Nicht wenn das, was du darin aufnehmen möchtest, ebenfalls trocken ist. Nun, falls es, das Letztere, entsprechend glitschig wäre …«

Sie blinzelte mich blöde an und dachte nach über das, was ich gerade gesagt hatte. Dann sprang sie blitzschnell auf die Beine. »Einen Augenblick, Schatz. Lass mich ihn dir nass machen.«

»Moment«, bremste ich sie. »ich hatte da an eine andere Art von Gleitmittel gedacht.«

»Hm? Was meinst du … du …?«

»Du bist doch eine afroamerikanische Spezialistin«, fuhr ich fort. »Du weißt doch, wie man sich vorbeugt und den Hintern hochreckt?«

»Oh, aber das tut weh, Süßer. So etwas mache ich nie, na ja, ganz selten, und … und – also gut«, sagte sie. »Also gut.«

Dann nahm sie die entsprechende Position ein. Sie beugte sich vor, stützte sich mit den Händen an den Knien ab und spreizte die Beine weit. Ich meinte nur, ihr Anus wirke doch entsetzlich trocken, eine mögliche Quelle ernsthafter Schrammen, und meine Penisversicherungsraten würden um hundert Prozent steigen, falls ich mich vorsätzlich in eine solche Gefahr begäbe.

»Wahrscheinlich«, fuhr ich fort, »kündigt mir Phillip's von Pfusch, die Versicherung, auch gleich die ganze Police.«

Während ich sprach, zog ich mich an. Als Mutter schließlich wieder klar genug denken konnte, um sich aufzurichten und umzudrehen, hatte ich bereits Hose und Hemd an und band mir gerade die Krawatte.

»W-was zum Henker«, stammelte sie verwirrt. »Ich dachte, dass … Was soll das eigentlich?«

»Die wollten mir hier kein Zimmer geben. Waren aus irgendeinem Grund argwöhnisch. Wir gehen besser in unsere Wohnung, wo keiner reinplatzen kann.«

Sie starrte mich an, und langsam färbte die Wut ihr Gesicht rot. »Verdammt noch mal!«, entfuhr es ihr. »Warum hast du das nicht gleich gesagt? Warum erst all dieser Zinnober, wenn du … du …«

Sie verstummte und ließ den Kopf unterwürfig sinken. Ja, der Bann des Schwengels ist stark.

»Na gut, Schatz«, murmelte sie. »Was immer du sagst, mein Liebster.«

Liebster. Igitt!

»Dann zieh dich an, damit wir hier verschwinden können«, sagte ich. »Je schneller wir in unsere Wohnung kommen, umso schneller kommen wir zu gewissen Dingen.«

»Uh, ich kann es kaum erwarten.« Sie schnappte sich ihre Strumpfhose. »Ich kann es kaum erwarten, Schatz!«

»Ich auch nicht«, meinte ich nur. »Ich auch nicht.«

24.

Es war der folgende Vormittag.

Ich hatte gerade ein ausgiebiges, natürlich selbst bereitetes Frühstück hinter mir und rauchte eine Zigarette, während ich die Morgenzeitung las. Da es sich um die *New York Times* handelte, eine auch samstags überpralle Zeitung, und da ich sie ganz las, war es Mittag, bevor ich damit fertig war. Ich beschloss, dass es an der Zeit sei, Mutter aufzusuchen, obwohl sie in der Nacht zuvor recht wenig Schlaf bekommen hatte.

Ich hatte mehrmals in ihr Zimmer gehen müssen, um sie mit einem satten Kinnhaken in Schlummer zu versetzen.

Sie war hellwach, als ich ihr Schlafzimmer betrat. Sie sagte kein Wort, was mit dem Waschlappen im Mund auch schwerlich ging, und sie stand auch nicht auf, um mich zu begrüßen, da sie auf dem Bett ausgebreitet lag, die Hände und Füße fest an die Bettpfosten gebunden.

Sie rollte mit den Augen und gab würgende Geräusche von sich, während ich es mir in einem Sessel bequem machte. Ich beugte mich ein wenig vor, hob eine ihrer Pobacken an und begutachtete die Verfärbung.

»Wie schade«, meinte ich mitfühlend. »Ich hätte nie gedacht, dass ein Gürtel so etwas anrichten könnte. Ich hatte gehofft, eher Pastelltöne zu erzielen, damit sich die Leute deinen Hintern anschauen können und an einen Sonnenuntergang denken. Aber egal, Dunkelblau ist auch eine hübsche Farbe, findest du nicht? Und Schwarz ist schön, wie jeder afroamerikanische Spezialist dir bestätigen wird.«

Sie grunzte weiter und rollte flehend die Augen. Na gut, meinte ich, sie könne Wasser trinken, aber nur wenn sie sich benähme. Falls nicht, falls sie irgendwelchen Lärm machte, würde sie den Drink kriegen, den ich ihr schon in der Nacht gegeben hatte. Ein Glas Tabasco, mit Knoblauchpulver gewürzt.

Sie schaffte es, mich von ihrem Gehorsam zu überzeugen, also holte ich ihr ein Glas Wasser. Sie trank es gierig in einem Zug aus, und ich gab ihr ein zweites Glas. Ein drittes verweigerte ich ihr.

»Was, wenn du Wasser lassen musst«, sagte ich, »während du ein Baby an der Klitoris nuckeln lässt. Das könnte einen Rückschlag geben, der dir dein schmutziges Gehirn glatt zu den Ohren hinausspült.«

»Ich habe das nie getan, Allen. Ehrlich! Das hab ich nur so dumm dahergeschwätzt.«

»Ich hasse Lügnerinnen«, sagte ich und erhob mich aus dem Sessel. »Ich glaube, ich hole mal besser Tabasco und Knoblauchpulver.«

»Schon gut, schon gut, ich hab es getan! Aber überleg doch mal, wie jung ich damals war. Jünger als du heute.«

»Wie jung«, fragte ich sie, »warst du beim letzten Mal, als du diesen Knutsch-und-Anmach-Trick mit mir durchgezogen hast? Erst reibst du dich an mir, wahrscheinlich bis du kommst, dann schubst du mich fort. Lässt mich tagelang verwirrt zurück. Das hast du nicht aus Hass getan, aber das andere schon?«

»Allen, ich … ich …«

»Die Nummer hast du am Abend vor meinem ersten Schultag hier abgezogen. Und nur für den Fall, dass das noch nicht genug war, hast du mich reingelegt, damit Velie mich durchbläuen kann. Eine tolle Nummer. Das hätte mir nur noch mehr Ärger eingebracht, wie du wusstest, und das stimmte ja auch. Mit einem netten Mädchen und ihrem Vater. Aber das war immer noch nicht alles. Ich war von all den Schlägen so betäubt, dass ich nicht mehr wusste, wo oben und unten war, und deshalb bin ich über den Kinderwagen gestolpert, mit all den tragischen Folgen, die du ja kennst.«

»Aber Allen, der Kinderwagen hätte dort gar nicht stehen dürfen. Du trägst daran ebenso wenig Schuld wie …«

»Du hast das Baby getötet«, erklärte ich. »Aus Hass. Und dafür wirst du bezahlen.«

Ihre Augen blitzten auf, und sie erwiderte: »Ach ja? Also, ich sag dir was! Ich …«

»Ich erspar dir die Mühe«, unterbrach ich sie. »Ich sag dir was anderes. Ich habe in deinem Büro angerufen und gesagt, wir seien für ein langes Wochenende fort. Rechne also lieber nicht damit, dass jemand herkommt, um nach dir zu suchen.«

»Na, du kriegst schon noch dein Fett ab, früher oder später! Aber richtig! Wenn du wüsstest, mit wem du dich da anlegst …«

Ich wüsste es, erwiderte ich. Sie ginge auf den Strich, deshalb würden wir ja so oft umziehen. Und es gäbe ja nur eine Firma, die landesweit operieren würde.

»Aber mit einem Negerbengel geben die sich nicht ab. Die werden sich auf dich stürzen – weil du dumm bist und in Schwierigkeiten steckst, die einen üblen Geruch verbreiten könnten. Du wirst also brav bei meiner Geschichte mitziehen, wenn du klug bist. Du gibst ihnen ihren Anteil an deinen angeblichen Wochenendeinnahmen, und du hältst den Mund. Ansonsten wirst du wohl im Fluss landen, die Titten zwischen deine Beine gestopft.«

»Allen«, sagte sie und lächelte sinnlich. »Da würde ich jetzt lieber etwas anderes hineingestopfen.«

»Hm-hm«, machte ich. »Tja, tut mir leid, das kommt wohl nicht infrage.«

»Warum denn, Allen? Das hast du doch immer gewollt, und das willst du doch auch jetzt noch so sehr. Denk doch nur, wie wundervoll das wird, wir beide ...«

»Nein, nein«, sagte ich und schüttelte den Kopf. Ich hätte immer *gedacht*, ich würde es wollen, aber das käme von dem kranken Samen, der mir vor so langer Zeit ins Unterbewusstsein gepflanzt worden sei und nun zu einer giftigen Blume herangewachsen ist. Doch jetzt hätte ich mich von Mutter befreit. Völlig.

»Du erregst mich genauso sehr wie eine syphilitische Klapperschlange«, erklärte ich. »Nein, nicht mal das. Ich kann an jedes Mädchen denken, das ich kenne, darunter eine dürre Junkiebraut, und kriege ihn hoch. Ich spüre schon, wie ich ganz heiß und nervös werde.

Aber wenn ich dich ansehe, dich berühre oder an dich denke – nichts. Wie ein Bad in kaltem Abwasser.«

Das war zu viel für sie. Sie fing an, mich zu verfluchen, und brach ihr Versprechen, still zu sein, also knebelte ich sie wieder mit dem Waschlappen.

Ich ließ sie so liegen, ans Bett gefesselt und den Mund gestopft – eine höchst passende Position für eine begehrte afroamerikanische Spezialistin –, und ging einkaufen.

Ich hatte eine Menge zu besorgen, so viel, dass ich es nach Hause schieben musste.

Ich ging in ihr Schlafzimmer und stellte fest, dass sie sich ziemlich abgemüht und ihre Fesseln ein wenig gelockert hatte, also zurrte ich sie sehr, sehr fest und zeigte ihr dann die verschiedenen Dinge, die ich eingekauft hatte.

Sie schien darüber keineswegs erfreut zu sein. Überhaupt nicht, dabei waren sie zu ihrer eigenen Erlösung bestimmt. Sie war ein derart gottverdammt hoffnungsloser Fall, dass in ihrem gegenwärtigen Zustand nichts mit ihr anzufangen war. Doch wenn die Möglichkeit bestand, sie könne wiedergeboren werden, zurück zum Anfang finden – nun, dann sollte sie die Chance auch bekommen, oder nicht? Sie würde wahrscheinlich wieder nur als ein Haufen Scheiße enden, aber zumindest hätte sie die Chance, es diesmal besser zu machen. Wer will da schon dem weisen alten Mistkerl Hammurabi widersprechen? Ich ganz bestimmt nicht.

Gesetzt, dein Nächster legt dich rein, so soll er wiederum reingelegt werden (so der Codex des Hammurabi), und wenn du deinen Nächsten um sein Kind bringst, so sollst du ihm Ersatz leisten.

Klarer kann man es nicht ausdrücken, oder?

So konnte sie gleichzeitig wiedergeboren werden und dem Kodex der Kodices gehorchen – wenn ich auch zugeben muss, dass ich den Kodex nicht wörtlich wiedergeben kann. Ist ja auch nur zu verständlich, nichts, weswegen man sich in die Hosen machen muss. Mein Gedächtnis funktioniert am besten, wenn es um die Zeit Anno Domini geht, und Hammurabi hat den Kodex um 1900 v. Chr. niedergeschrieben.

Doch so vernünftig und einfühlsam er auch war, je mehr ich das Mary Smith zu erklären versuchte, umso ungestümer wurde sie. Sie vergeudete so viel Zeit damit, mich anzuflehen, anstatt zu essen und Wasser zu trinken, dass ich schließlich entschied, sie könne wohl weder hungrig noch durstig sein und würde wohl ohne auskommen (aufs Klo allerdings durfte sie noch).

Ja, sie sollte den folgenden Tag, dem Tag des Herrn, über fasten, dem Tag ihrer Wiedergeburt, und ihre überschwänglichen Eltern mit sauberen Windeln und ohne Blasendruck begrüßen.

Es wurde Sonntag. So lange ich mich erinnern kann, folgte er stets auf den Samstag. Die Sonne ging unter, es wurde Nacht, und auch das war ganz, wie es sein sollte.

Dann …

Es war notwendig, Mary ein wenig zu verrenken, soll heißen, ihr die Beine zurückzubiegen und ihre Füße an den Oberarmen festzubinden. Das bereitete mir gewisse Schwierigkeiten. Ich hatte auch Probleme damit, ihr die rosafarbene Spitzenwäsche anzuziehen, die ich für sie gekauft hatte (blau für einen Jungen, rosa für ein Mädchen). Endlich hatte ich es geschafft, selbst ein Häubchen trug sie auf dem Kopf, die Bänder fest unter dem Kinn verschnürt.

Der Kinderwagen, den ich besorgt hatte, war sehr groß, für Drillinge gedacht, deshalb fiel es mir nicht schwer, sie hineinzulegen und die hübschen rosa Deckchen rings um sie zu drapieren. Dann holte ich die beiden Salamis, die ich gekauft hatte, aus dem Kühlschrank.

Eine davon schob ich unter die Decken in die Öffnung, der ich einst entschlüpft war. Die andere steckte ich ihr in den Mund, nachdem ich den Waschlappen entfernt hatte.

»Geht's dir gutilein?«, fragte ich und tätschelte sie unterm Kinn. »Fühlst du dich mit deinen Spielsachen wohl? Ich hasse es ja, den Trauernden so einen Mist unterzujubeln. Aber sie werden heute Nacht zurückerwartet, und dann können sie selbst entscheiden, was sie mit dir anfangen sollen.«

Die Wohnung der Sanders lag im Gebäude neben uns, ebenfalls im Erdgeschoss. Ich schob Mary hinüber, Gesicht und Kopf unter den Decken versteckt, und manövrierte sie, nachdem ich das Schloss geknackt hatte, hinein. Ich ließ sie in der Wohnung zurück, klemmte vorher noch den Kinderwagen zwischen einer Wand und einem schweren Tisch ein, damit sie ihn nicht umwerfen oder gegen die Wände fahren konnte.

Dann kehrte ich in unsere Wohnung zurück und packte einen Koffer mit allem, was ich mitnehmen wollte – darunter ein paar Sparbücher. Ich verließ die Wohnung für immer.

Für *immer.*

Zumindest hoffte ich, dass das für immer sein Gutes hatte.

25.

Der Mond schien vom Himmel.

Ich ging den Pfad am Fluss entlang, bis ich zu einer Bank kam, und setzte mich. Saß gedankenverloren da und sah auf den Fluss hinaus, der am Morgen in die eine Richtung fließt und am Abend in die andere, entsprechend der Gezeiten des Meeres, in das er mündet. Vielleicht der einzige Fluss, der in zwei verschiedene Richtungen fließt.

Ich fühlte mich ihm verbunden, denn auch ich war in verschiedene Richtungen gegangen. Und stets war ich dabei genau dem Bösen begegnet, dem ich entfliehen wollte. Stets war ich voller Selbstzweifel, selbst wenn ich mir vollkommen sicher war. Genau wie jetzt …

Ich hatte mir endlose Entschuldigungen für Mutter zurechtgelegt, hatte ihr zigtausend Mal verziehen; hatte mir die Schuld gegeben, mir selbst nie verziehen. Und gleichzeitig hatte ich sie gehasst, ihr nichts verziehen und mir dagegen alles.

Ich hatte versucht, wann und wo auch immer alles recht zu machen. Doch in meinem Verstand sind Recht und Unrecht so miteinander verwoben, dass man sie nicht auseinanderhalten kann, also hatte ich mir meine eigenen Vorstellungen davon zurechtlegen müssen.

Ich konnte Gott ja nicht die Schuld dafür geben, dass er verrückt geworden war. Ich war wohl ein ganzes Stück starrsinniger als er, und selbst ich war aus dem Gleichgewicht gekommen. Ich, der sich nur um Menschen kümmerte, die in seiner Vorstellung lebten, nicht mit Milliarden und Abermilliarden von Spatzen, die ständig abstürzten – und diese Stürze mussten ja aufgezeichnet werden –, wenn sie beim Scheißen auf Statuen das Gleichgewicht verloren.

Nein, es war kein gottverdammtes Wunder, dass ich so war, wie ich war. Ich, das Ganze in Person, der ich schließlich entschieden hatte, dass auch sie das personifizierte Ganze war, und der ich sie niedergestreckt hatte – diesen wohlgeformten Haufen Scheiße, der so repräsentativ war für das Böse in der Welt.

Nein, das war kein gottverdammtes Wunder. Doch ich entschuldigte und verdammte sie gleichzeitig. Ich verdammte mich und entschuldigte sie.

Ich saß da, schaute auf den Fluss hinaus, der in zwei verschiedene Richtungen floss, und grübelte darüber nach, dass man in jede beliebige Richtung davonrennen konnte, bloß um am Ende, wenn man nur weit genug ging, wieder hier zu landen; und dann war man ausgepumpt und erschöpft, weil man nirgendwo hingekommen war. Vielleicht existieren Richtungen jenseits des Stecknadelkopfs namens Erde überhaupt nicht; vielleicht haben sie eine andere Dimension, genau wie der Raum-Zeit-Quotient. Und weil wir zu dumm waren, ihn zu entdecken, und Erfolg mit Bewegung gleichsetzten, würden wir am Ende in einer Explosion kollidierender Körper enden und das All mit herumfliegender Scheiße verstopfen.

Jedenfalls …

»Hab ich dich!« Velie packte mich von hinten und drückte mir mit seinen großen Händen die Kehle zu. »Hab ich dich, du Mistkerl! Wusste ich doch, dass du früher oder später rauskommen würdest, damit ich dich erwischen kann, und jetzt, bei Gott …!«

Er drückte immer fester zu. Er fluchte und lachte irre, schmückte aus, was er mir alles antun würde. Was ja allzu offenkundig war: Er wollte mich erwürgen. Zwar hatte ich nicht sonderlich etwas dagegen, umgebracht zu werden, doch fand ich nicht, dass Velie Anrecht auf dieses Vergnügen hatte. Ich zog also die Rasierklinge aus dem Jackenaufschlag und schnitt ihm quer über die Knöchel.

Er gab einen Schrei von sich und stolperte rückwärts auf die Straße. Direkt in das grelle Scheinwerferlicht eines herannahenden Taxis. Velie, der offenbar vertraut war mit der Haltung von New Yorker Taxifahrern (sie betrachten Fußgänger als Freiwild), gab wieder einen Schrei von sich und schoss dann buchstäblich die Straße entlang, um so sein drohendes Ende noch ein wenig hinauszuzögern.

Das Taxi hielt mit quietschenden Reifen vor mir an. Mutter lehnte sich aus dem Seitenfenster.

»Da bist du ja, du verdammter Mistkerl!«, schrie sie. »Am liebsten würde ich dir den Schädel zu Brei schlagen! Wenn ein Wachmann dich nicht gesehen und Verdacht geschöpft hätte und – ich konnte es ihm nicht erklären, verdammt! Er musste derart lachen, dass …

dass … Du gemeiner, schmutziger, stinkender Hurensohn! Ein kleiner Wachmann, der *mich* auslacht und … und …!«

»Du hättest ihm von der Salami abgeben sollen«, sagte ich. »Hattest du denn keine bei dir?«

Sie machte erstickte Geräusche und bekam vor Wut kein Wort heraus. Dann: »Also gut, verdammt noch mal! Aber komm du nur noch einmal in meine Nähe, dann wirst du schon sehen! Wenn ich dich jemals wieder zu Gesicht kriege, dann …«

Sie unterbrach sich plötzlich, als sie Velie aus dem Augenwinkel heraus erkannte. »Aber Paul, bist du das?«

»Ähm, ja, ich bin's Mary.« Er kam unbeholfen auf sie zu. »Ich wurde ge…, ich mein, ich habe die Schule verlassen und, ähm, ich dachte, ich schau noch mal vorbei und verabschiede mich, also, ähm …«

»Aber deine Hände bluten ja! Was um alles in der Welt ist passiert?«

»Tja, ich fürchte, dafür ist dein Sohn verantwortlich, Mary. Ich wollte natürlich nicht die Polizei rufen, aber …«

»Nein, nein«, sagte Mutter schnell. »Natürlich würdest du das nicht tun. Aber steig doch ein. Wir fahren irgendwo hin auf einen Drink.« Velie stieg ein, und Mutter sagte: »Wir können, Fahrer. *Fahren Sie!*«

Der Fahrer klappte langsam das Comicheft zu, in dem er gelesen hatte. Er warf ihr einen Blick im Rückspiegel zu und riet ihr, ruhig Blut zu bewahren – die Art von Ratschlag, mit der New Yorker Taxifahrer recht freizügig sind.

»Ich hab Sie doch schon mal gefahren, oder? Zwei, drei Hotelfahrten?«

»Hören Sie!«, fauchte Velie. »Wir haben es eilig!«

»Warum?« Der Taxifahrer warf einen verschlagenen Blick in den Spiegel. »Können Sie es nicht erwarten, schon wieder durchgebläut zu werden?«

Velie erwiderte nichts darauf.

»Entschuldigung, Sir«, meinte Mutter unterwürfig. »Wir sind so weit, wenn Sie so weit sind.«

»Schon besser«, meinte der Fahrer. »Sagen Sie mir nicht, was ich zu tun habe, und ich halte es genauso bei Ihnen.«

Er warf einen Gang ein, und das Taxi fuhr davon. Doch ich blieb nicht lange allein. Das hatte ich mir schon gedacht, als ich hierhergekommen war.

In der Siedlung war ich vor denen sicher gewesen, die mir heimzahlen wollten, was ich ihnen angetan hatte – oder mich zumindest dafür bluten lassen wollten. Ihre Wut hatte ihnen Geduld verliehen, sie warteten darauf, Rache üben zu können, und ihre Entschlossenheit wuchs nur noch mit zunehmender Wartezeit.

Und endlich war es so weit. Ich war ein leichtes, ungeschütztes Ziel. Ein Schwarzer, der in der stockfinsteren Nacht dahockt. *Ein Nigger, allein und mit Scheiße angefüllt, zuckt nur mit den Achseln und denkt: Was soll's.*

Plötzlich tauchten Steve und Lizbeth Hadley auf. Liz schüttelte mich und riss mir an den Haaren, Steve boxte mit beiden Händen auf mich ein. Wie lang das so ging, weiß ich nicht, und es ist mir auch egal. Ich weiß auch nicht, wann Doozy in all dem Gewühl auftauchte.

Seine Arme beschrieben zwei Kreise; Steve stolperte rücklings, Liz fand sich weit weg von mir wieder.

»Was zum Teufel soll das, Rafer?« Steve keuchte und starrte ihn wütend an. »Geh aus dem Weg, sonst wirst du es noch bereuen!«

»Ich wünschte, ich würde, aber du wirst dir wünschen, du würdest nicht«, versprach ihm Doozy.

»Aber … aber warum hältst du zu ihm?«, wollte Lizbeth wissen. »Denk doch mal an all das, was er uns angetan hat!«

»Was hat er euch denn schon getan?«, fragte Doozy. »Mich hat er vor meinen Leuten lächerlich gemacht, dass es richtig wehtat. Aber vielleicht haben wir es ja nicht anders verdient, oder? Wir haben was getan, was falsch war, und uns außerdem noch saublöd angestellt.«

Steve und Liz grummelten und murmelten säuerlich. Doozy meinte, in ihrem Fall wisse er das ja nicht so genau. »Vielleicht wolltet ihr's ja gar nicht tun, ihr beiden. Vielleicht hat Al euch eine Waffe an den Kopf gehalten und euch dazu gezwungen, hm?«

Einen Augenblick lang herrschte Schweigen. Ich versuchte, mich umzudrehen, um zu sehen, was los war, aber es ging nicht. Ich blieb genau dort, wo Doozy mich bei seinem Eintreffen abgelegt hatte. Flach auf dem Boden, mit dem Gesicht nach unten, sein Schuh Größe 46 zwischen meinen Schulterblättern. Meine Rasierklinge war Gott weiß wohin verschwunden, aber Gott und ich sprachen gerade nicht miteinander.

Eine ungeheuerliche Lage für jemanden wie mich, der ich sonst diktatorisch bestimmte, welches Schicksal anderen zuteilwurde. Denn für mich, der ich, wie Sie zugeben müssen, König der Könige war, das allergrößte Arschloch von allen, für mich war das noch demütigender als alle Demütigungen, die ich je ausgeteilt hatte.

Die Hadleys machten sich davon, wie ich annehme, keineswegs besänftigt, aber sie gingen wohl davon aus, dass Doozy noch nicht mit mir fertig war. Er würde mich noch kräftiger rannehmen können, als sie es vermochten.

Doozy hob mich vom Boden hoch und knallte mich neben sich auf die Bank.

»Also«, sagte er grimmig und hielt sein Gesicht ganz nah vor meins. »Vielleicht haben die Hadleys ja mal eine ordentliche Abreibung verdient, und vielleicht auch Josie und ich. Aber wer zum Teufel hat dir das Recht gegeben, über uns zu richten? Für wen hältst du dich eigentlich, Mann?«

»Für Gott«, antwortete ich. »Ich schmeiße seinen Laden, solange er nicht bei Verstand ist.«

»Verarsch mich nicht, Al!«

»Ach, ist dir das noch nicht aufgefallen?«, entgegnete ich. »Glaubst du wirklich, er hat gerade alle seine Murmeln beisammen?«

Doozy runzelte die Stirn, spuckte, murmelte angewidert: »*Shit.* Du hast also seine Arbeit übernommen, hm? Und du machst es besser als er?«

»Na ja, ich hab noch nicht so viel Erfahrung«, musste ich zugeben. »Aber ich habe mich redlich bemüht. Zumindest verbringe ich nicht meine Zeit damit, herabfallende Spatzen zu zählen.«

»Hä?«

»Spatzen«, wiederholte ich. »Die scheißen andauernd auf Statuen und verlieren dabei das Gleichgewicht. Ich schätze, das sollte man schon auf irgendeine Art und Weise vermerken, aber Gott geht das ganz falsch an. Also, ich habe in den Jahren meiner Gefangenschaft meiner Mutter ein Vermögen gestohlen, und ich beabsichtige, jeden einzelnen Cent davon in Digitalwaagen zu investieren …«

Doozy streckte eine Hand aus und hielt mir den Mund zu. Keine Ahnung, wovon ich eigentlich reden würde, meinte er, das sei ihm aber auch egal, ich solle einfach nur den Mund halten und zuhören.

»Ich bin dir was schuldig, wegen mir und meiner Schwester. Liz und Steve sind dir auch was schuldig, auch wenn die das niemals zugeben würden. Aber Josie, nee; da sieht die Sache anders aus. Ich kenn nicht alle Einzelheiten, warum du sie fertigmachen wolltest; sie ist viel zu nett, um zu wissen, wie sie mir das sagen sollte. Ich meine, schmutzige Worte kommen ihr nicht so leicht über die Lippen wie dir. Jedenfalls hab ich 'ne ziemlich gute Vorstellung davon, was du mit ihr angestellt hast. Und davor kannst du nicht einfach davonlaufen! Du …«

»He, Moment mal!«, unterbrach ich ihn und schubste seine Hand weg. »Was geht dich Josie an?«

»Sie ist eine Freundin«, antwortete er nur. »Der einzige Mensch in der ganzen verstunkenen Schule, der jemals ein nettes Wort für mich übrig gehabt hat. Wir dachten uns schon, dass du irgendwann wieder auftauchen würdest, und sie hat sich Sorgen gemacht, dass dir was zustößt. Sie wollte, dass ich aufpasse, dass du nicht die Prügel kriegst, um die du geradezu gebettelt hast. Tja, deshalb steh ich nun in deiner Ringecke, auch wenn ich mir das nicht ausgesucht habe. Die Kleine kriegt nämlich, was sie will, wenn es nach mir geht. Und es geht nach mir, Mann! Kapiert?«

Er verpasste mir einen Schlag in die Rippen, dann schnippte er mit den Fingern vor meiner Kehle. Ich schnappte nach Luft und nickte schwach, ich hätte kapiert. »I-ich weiß z-zwar nicht, warum sie mich will, nach allem, was ich getan habe …«

»Das musst du auch nicht wissen«, brummte Doozy. »Sei einfach froh, dass sie es tut, denn ihr habt beide was davon. Deine Ma hat dich rausgeschmissen, Josies Daddy spricht nicht mehr mit ihr. Allerdings mag er dich, glaubt, dein störrischer Arsch ist der Nabel der Welt. Also, du benimmst dich Josie gegenüber anständig, und bringst alles andere wieder in Ordnung.«

Die Treppen der Türme von Manhattan zwinkerten in der Entfernung und machten sich einen Witz aus dem Spatzendreck, der auf ihnen lag. Der Fluss, der in zwei Richtungen floss, donnerte an uns vorbei.

Jetzt, wo viele Dinge so waren, wie ich sie hatte haben wollen, wie ich sie schon immer hatte haben wollen, wurde ich von Selbstzweifeln überfallen. *Du hast Mary Smith gegenüber zu früh geprahlt, Junge,* dachte ich. *Du bist noch immer ein Neutrum; du bist noch kein Mann, und du wirst auch nie einer werden.*

Doch als der Selbstzweifel am stärksten war, stieg eine große Welle von Gewissheit in mir auf, erfüllte mich mit einer Kraft, die sich mit keiner sonst vergleichen ließ, die ich je gespürt hatte, und spülte die Zweifel für immer davon.

Für immer und ewig …

»Also los«, sagte ich.

Doozy begleitete mich bis vor die Tür, dann schüttelte er mir die Hand und ging. Ich klopfte an, Josie ließ mich herein. Sie machte ein paar Schritte zurück, war sich meiner und ihrer selbst nicht sicher.

»Und?«, fragte sie schließlich.

Ich zögerte und sah über meine Schulter hinweg zur Tür hinaus.

Die Lichter in den Gebäuden Manhattans gingen aus und blieben es. Die Putzfrauen hatten ihre Runden in den Zigtausenden von Büros gedreht, und nun wurden die Fenster dunkel. Vielleicht hatten sich die Spatzen auch zu großen Schwärmen zusammengetan und bekleckerten die Fenster. Alles ist möglich in dieser unmöglichen Welt, mal abgesehen davon, die Schwarzen wieder in die Scheißhäuser zu kriegen. Darin liegt unsere Tragödie.

»Und?«, fragte Josie erneut. »Steh doch nicht einfach so da, verdammich!«

»Nun, vielen Dank«, sagte ich und setzte mich aufs Sofa. »Der Dschungel ist die reine Hölle.«

»Was?« Sie blinzelte mich mit ihren großen, schönen Augen an. »Welchen Unsinn redest du denn jetzt schon wieder?«

»Sie *heißen* doch Garcia, oder etwa nicht? Und was ist mit Livingston?« Ich ließ meine Augen hervorquellen und blinzelte zu ihr zurück. »Ach, zum Teufel damit.

Ich hatte gute Nachrichten aus Aachen, aber ich weiß nicht mehr, wie des Kaisers Worte Lautern.«

Josies Mund ging entnervt auf und zu. Ich packte sie, zog sie zu mir auf den Schoß, hielt sie umklammert, bis sie aufhörte, sich zu wehren, und sich sogar an mich kuschelte. Bis ich die weiche Wärme ihres Hinterns und ihrer Brüste spürte, die unbezweifelbare Schönheit ihrer Vorder-, ihrer Rückseite und – höchstwahrscheinlich – auch ihrer Innenseite (doch dies war noch eine Unwägbarkeit, die ich zu erkunden hatte).

»Bitte, Josie, bitte«, sagte ich, als sie erboste Geräusche von sich gab und Anstalten machte, mir eine Ohrfeige zu verpassen. »Es gibt eine verwirrende Vielzahl von Wegen, die nach Rom führen, und ich muss einen finden, der zu Füßen passt, die recht tönern sind. Außerdem versuche ich, meinem Gedächtnis auf die Sprünge zu helfen, und ich bin an dem Punkt angelangt, mich daran zu erinnern, dass es nichts zu vergessen gibt – keinen Velie, keine Hadleys, nichts Hasserfülltes oder Unschönes. Also gib mir eine gottverdammte Chance, okay?«

Josie blieb einen Augenblick lang völlig regungslos. Dann fing sie an, ganz zart zu zittern; sie weinte still und lachte, wobei das Letztere zunehmend Oberhand bekam.

»Also, was war die letzte vermaledeite Neuigkeit?«, fragte ich. »Hm, mal sehen. Mord mit einem Eselskieferknochen? Nee! Seit wann sind das Neuigkeiten?«

»W-wie wär's …«, kicherte sie und zitterte dabei, »wie wär's mit Lots Frau, die zur Salzsäule erstarrt?«

»Nicht pikant genug«, meinte ich. »Aber es gibt da einen Skandal um ihren alten Herrn und seine Töchter …«

»Gilead«, warf sie ein. »Es *gibt* einen Trost in Gilead!«

Wärmer, meinte ich. Tatsächlich war Josie selbst warm. Doch die Neuigkeiten wurden immer folgenschwerer.

»Irgendwas mit Gott«, erklärte ich. »Ein bislang noch unbestätigter Bericht von einem nicht näher genannten, aber neunmalklugen Mistkerl (auch wenn es jede Menge Stroh im Wind gibt, dazu Nebel, Smog, Spatzendreck und die fröhlichen Stimmen von Schwarzen beim Singen).«

Josie kicherte und zitterte weiter. Schließlich fragte sie mich, was denn mit dem Stroh im Wind wäre. Wenn ich darin mal suchen würde …

»Ich glaube nicht, dass es viel zu bedeuten hat«, meinte ich, »außer, dass eine riesige Menge Spatzen voller Verzweiflung ihre Nester zerfleddern. Schon möglich, dass das Singen der Schwarzen etwas ausdrückt; es muss etwas ausdrücken, wenn es von einem schwarzen Burschen und einem schwarzen Mädchen stammt, die sich in nächster Nähe zum East River eng aneinanderkuscheln. Das sei ein kleines Wunder, und wenn wir schon von Wundern sprächen – Excelsior! Oder Heureka! Oder so etwas. Mir ist die Neuigkeit wieder eingefallen, Josie.«

»Her damit«, meinte Josie.

»Es geht dabei um, wie heißt er noch gleich – na, du weißt schon – Gott«, sagte ich. »Es ist ein größeres Wunder geschehen. Gott hat gerade seinen Verstand wiedergefunden.«

Wir hoffen, Blind vor Wut *hat Ihnen gefallen,*
und möchten Sie einladen zu einer
bislang in Deutschland unveröffentlichten Novelle vom
Großmeister des psychologischen Spannungsromans.
Viel Vergnügen!

Ein Pferd in der Babywanne

Mission Carol

1.

Als sie an einer Stelle etwa drei Blocks von unserem Wohnhaus entfernt angelangt war, machte sich Itzop Kozalski an die Verfolgung. Er fiel nie mehr als ein paar Meter hinter sie zurück. Manchmal, wenn sie an einer Kreuzung stehen blieb, stand er gar direkt neben ihr. Selbst in seinen besten Momenten war er ein ziemlich furchterregend wirkender Mistkerl, und heute war nicht gerade einer dieser Momente. Auf seinem langen, spitzen Kinn prangte ein Fu-Manchu-Bärtchen. Er trug eine riesige dunkle Sonnenbrille, und ölige Haarsträhnen baumelten wie Schlangen unter der Hutkrempe hervor. Beim Gehen zog er die Schultern ein, fast wie ein Buckliger, und obwohl es warm war, hatte er sich bis zu den Schuhspitzen in einen verdreckten, alten Regenmantel gehüllt.

Nach mehreren Blocks drehte sie sich zu ihm um, als er wieder neben ihr stand, und wollte wissen, warum er ihr folge.

»Und streiten Sie das ja nicht ab!«, sagte sie; die Wut gab ihr den Mut dazu. »Das tun Sie nun schon seit Wochen. Sie hatten andere Sachen an, und Sie haben sich nie so offen gezeigt. Aber das waren immer Sie!«

Sie sah sich wütend um, wollte einen Bullen rufen, nehme ich an. Aber natürlich wäre Itzop Kozalski ihr niemals so nahe gekommen, wenn da einer zu sehen gewesen wäre.

»Und?«, forderte sie ihn auf und hätte beinahe mit dem Fuß aufgestampft. »Antworten Sie gefälligst, Sie fürchterlicher Mensch, Sie! Warum sind Sie mir gefolgt?«

Ich weiß wohl, dass Itzops Sippschaft aus einer Gegend auf dem Balkan stammt, wo es keine Schriftsprache gibt und man sich zumeist mit Brummen und Stöhnen verständigt. Es war also einfach für ihn, sich mittels der entsprechenden Ausdrucksweise dumm zu stellen.

»Cha, Lady?«, fragte er. »Sie Karl Lemon, cha?«

»Nicht Karl, Carol«, korrigierte sie, »und der Nachname lautet Layman. Ich bin Mrs. Layman, ja.«

»Happ ich doch gesagt«, meinte Itzop schulterzuckend. »Karl Lemon, und ist Vitve. Der Mann, großer Rechtsvärdräher, tot sechs Monat.«

»Wagen Sie es bloß nicht, ihn Rechtsverdreher zu nennen!«, fauchte Carol. »Wer sind Sie überhaupt? Was …«

»Mann alt, wann du heiraten. Du erst Mädchen. Alter Mann dir gippt nich viel bunga-bunga, cha?«

Carol hatte keine Ahnung, worauf er hinauswollte; beim besten Willen nicht! Doch offenbar war sie eine komplette Idiotin, sonst hätte sie sich gar nicht erst auf einen Kerl wie Itzop eingelassen. Verstand war nicht der Grund gewesen, warum Papa sie geheiratet hatte. Und wenn Sie sich fragen, warum er es dann getan hatte – honigblonde Haare, eins achtundfünzig, Maße etwa 91–56–81, dann sind Sie zu jung, um das hier zu lesen.

Papa heiratete sie, da war ich neun – jetzt bin ich achtzehn. Ich war etwa acht, als er sie in den Kreis der Familie holte. Angeblich, damit sie auf mich aufpasste, was wirklich sehr witzig war, wissen Sie? Ein Brüller. Ich werde unsere erste Begegnung nie vergessen, und wenn ich hundertvierzig werde – was durchaus passieren kann, wenn mich das Leben so lange interessiert.

Es war erst acht Uhr abends, als Papa sie an die Tür zu meinem Zimmer brachte, sich dann entschuldigte und uns allein ließ (aus einer gewissen Feigheit heraus, natürlich). Normalerweise wäre ich zu so früher Stunde noch nicht im Bett gewesen. Doch Mama hatte mir einigen Ärger bereitet, hatte geweint und gedroht, sich umzubringen, also war ich ziemlich müde. Was vielleicht dazu beigetragen hat, dass ich ein wenig meinen Spaß mit Carol haben wollte.

Sie setzte sich auf die Bettkante. Sie war ziemlich nervös, nehme ich an, und versuchte, es durch Eifer und Freundlichkeit zu kompensieren. Sie wuschelte mir die Haare (ich hätte sie beinahe geschlagen) und meinte, sie könne erkennen, dass ich ein furchtbar netter Junge sei, und was nicht noch alles an Babygequatsche. Ich starrte sie unverwandt an, sagte kein Wort, und sie fing an zu stammeln und zu stottern. Schließlich holte sie tief Luft und versuchte es anders. Sie fände es einfach *toll*, hier zu sein, sagte sie, und sie sei ganz *zuversichtlich*, dass wir prima miteinander auskommen würden.

Endlich brach ich mein Schweigen. »Das ist sehr interessant«, sagte ich. »Und warum sind Sie so zuversichtlich?«

»Was?«

»Warum sind Sie so zuversichtlich, dass wir gut miteinander auskommen werden? Worauf gründet Ihre Hypothese?«

Wahrscheinlich hielt sie »Hypothese« für eine Hautlotion. Jedenfalls schien meine Frage sie zu verwirren.

»A-also«, stotterte sie. »Ich … ich meinte, ich hoffe, wir werden prima miteinander auskommen. Ich meine, ich werde gewiss alles tun, was ich kann …«

»Was ist das da?« Ich öffnete das Päckchen, das sie mitgebracht hatte. »Sie haben mir ein Buch mitgebracht?«

Ja, sagte sie fröhlich, habe sie. »Es heißt *Black Beauty*, und es ist ganz toll. Soll ich dir etwas daraus vorlesen?«

Ich lehnte dankend ab. »Haben Sie es selbst geschrieben?«

»Ähm, nein. Nein, habe ich nicht.«

»Nun, trotzdem sehr freundlich, es mir zu schenken«, sagte ich. »Aber dafür müssen Sie auch eins von mir annehmen.«

Ich hätte mich eigentlich dafür schämen sollen, nehme ich an (und das hätte ich vielleicht auch getan, wenn ich zu solchen Gefühlen neigen würde). Papa hatte ihr offenbar nichts über mich erzählt. Papa würde niemals riskieren, ein so leckeres Früchtchen wie sie zu verscheuchen, indem er von mir erzählte. Ich wählte einen Band aus den Bücherregalen, kam zurück und reichte ihn ihr.

»Bitte sehr«, erklärte ich. »Es handelt sich um die Übersetzung von Catulls Gedichten ins Sanskrit.«

»Aber …« Ihre wunderschönen braunen Augen blinzelten verwirrt. »Aber, ähm …«

»Ein Privatdruck«, fuhr ich fort. »Die Übersetzung habe ich selbst besorgt. Soll ich Ihnen daraus vorlesen?«

Sie bewegte ruckartig den Kopf, eine Art unbestimmter Ja-Nein-Bewegung. Sie schien verwirrt, so als habe ihr jemand einen Knüppel über den hübschen honigblonden Kopf gezogen. Dann schaffte sie es irgendwie zu fragen. Ich antwortete ernsthaft und erklärte, dass es am Ashley-Institut für Hochbegabte keine Noten gäbe, da Dr. Ashley diese für entsetzlich vorsintflutlich halte.

»Aber machen Sie sich darüber keine Gedanken«, sagte ich. »Alle am Institut sind mit meinen Fortschritten sehr zufrieden.«

»Aber … aber …«

»Nein, nein, keine Sorge«, beharrte ich. »Wirklich nicht nötig. Als ich ans Institut kam, lag mein IQ nur bei 160 – knapp über dem Minimum für die Aufnahme –, doch in den letzten vier Jahren ist er stetig gestiegen.«

Sie erwiderte nichts darauf, sondern starrte mich nur mit großen Augen an. Ich fuhr fort und erwähnte, ich sei wohl der Klügste in meiner Altersstufe, mit Ausnahme eines Jungen namens Itzop Kozalski.

»Ein Mathe-Genie. Er arbeitet an einer Formel, die beweisen wird, dass der Raum lediglich eine Projektion der Körper ist, auf die er wirkt. Wenn er dranbleibt«, meinte ich lachend. »Itzop hat eine Schwäche für Philosophie, für die Mittel zum Ende, nicht für das Ende selbst. Im Augenblick steckt er tief im Thomismus.«

Sie schüttelte den Kopf wie jemand, der einen Traum abschütteln will. Sie murmelte, sie müsse dann mal wieder gehen. Und wollte aufstehen.

Ich streckte die Arme aus. »Einen Gutenachtkuss, hm?«

Sie zögerte und beugte sich dann vor, um mir einen Kuss zu geben. Ein paar Minuten später schaffte sie es, sich loszureißen. Mit hochrotem Kopf knöpfte sie sich eilig die Bluse zu.

»Also, du …! Allein diese Vorstellung! Warum hast du das getan?«

»Was getan?«, fragte ich zurück.

»Du weißt ganz genau, was! Das werde ich deinem Vater sagen!«

Das könne sie ruhig, wenn sie wolle, meinte ich zu ihr, aber ich würde darin keinen Sinn sehen. »Papa interessiert das überhaupt nicht, da bin ich sicher. Ich habe ihn schon mit Dutzenden Frauen dasselbe machen sehen.«

Sie drehte sich um und rannte aus dem Zimmer.

Ein paar Minuten später tauchte Papa auf.

Da Papa wohl der unscheinbarste kleine Mistkerl war, der je gelebt hat, und da es für unscheinbare Menschen eugenisch notwendig ist, sich von ihrem körperlichen Gegenteil angezogen zu fühlen – sonst würde die Gattung Mensch ja in inkompatible Extreme zerfallen –, hatte Papas Verlangen nach Schönheit ungeheure Ausmaße angenommen und wuchs noch umgekehrt proportional zu dem völligen Fehlen von Schönheit bei ihm selbst.

Mama war wunderschön, wirklich wunderschön, aber das reichte ihm nicht. Vor allem reichte es nicht, dass seine unablässige Jagd nach anderen Frauen ihren Verstand und unausweichlich auch ihr Aussehen in Mitleidenschaft zog. Ihr offensichtliches Bedürfnis nach Bestätigung trieb ihn nur noch weiter fort. Je kränker sie wurde, desto ungestümer wurde seine Suche nach der ultimativen Frau.

So war Mama, Gott schütze sie. So war Papa, Gott strafe ihn. So die braunäugige, honigblonde Carol, die wohl seinen sicheren Tod bedeutete, wenn man ihre Jugend und Schönheit und sein Alter und seine Geilheit betrachtete.

An jenem Abend stand er am Fußende meines Betts, sah mich betont traurig an und schüttelte kummervoll den Kopf. Schließlich murmelte er, er wisse überhaupt nicht, was er zu so einem wie mir noch sagen solle.

»Ich verstehe deine Haltung einfach nicht, Herbie. Carols Vater war nicht nur ein geschätzter Kunde, sondern auch ein enger Freund von mir. Er ist plötzlich verstorben und hat sie völlig mittellos und ohne jede Ausbildung, die man braucht, um es in dieser Welt zu etwas bringen können, zurückgelassen. Ich ...«

»Warum bringt sie sich dann nicht selbst auf den Markt?«, fragte ich. »In dem Hüftgürtel Größe 34 steckt eine Million.«

»Heimatlos«, betonte Papa. »Heimatlos und hilflos. Das arme Kind braucht eine Arbeit, eine beschützende Umgebung. Wir brauchen eine Haushälterin. Also ...«

»Und warum brauchen wir eine?«, fragte ich. »Mama wird das nicht gefallen. Warum können wir nicht so weitermachen wie bisher, mit einer Zugehfrau einmal am Tag?«

Papa ließ sich ausführlich darüber aus, warum der jetzige Zustand nicht aufrechterhalten werden könne und Carol bei uns bleiben müsse – ein Vortrag, der sich in die Länge zog, aber wenig Inhalt bot. Er hatte noch nie viel Geduld mit mir gehabt; er konnte gar nicht anders, als jeden zu verachten, der ihm ähnlich war. Nachdem also alle Argumente abgewiesen waren, traf er mich dort, wo es wirklich wehtat.

»Du dummer kleiner Versager! Versuchst mir zu erzählen, was ich zu tun habe, wo du dich selber doch von einem Kind zum Blödmann machen lässt! Aber das ist wenigstens ein kluger Bursche, einer mit *Verstand*. Ein Musterbeispiel dafür, was ein Junge leisten kann, wenn er nur wirklich *will!*«

»Ich versuche mein Bestes«, widersprach ich. »Ich bin ziemlich gut.«

»Ziemlich gut? Ich sag dir, was ziemlich gut ist, mein Junge! Ziemlich gut ist, wenn niemand besser ist! Wenn du deine Zähne in die vorderste Zitze geschlagen hast, nicht irgendwo in der Mitte oder noch weiter hinten!«

Es sei unmöglich, ihn zufriedenzustellen, sagte ich. Selbst wenn ich mich umbringen würde, würde er noch erwarten, dass ich mich selbst einbalsamierte. Verdammt richtig, das würde er, erwiderte er. Wenn jemand so aussehen würde wie ich oder wie er, dann sollte er besser ziemlich viel Grips haben.

»Aber lassen wir das! Carol bleibt, ob es dir gefällt oder du dir in den Hut scheißt und es Schokolade nennst. Und du wirst dich anständig benehmen, bei Gott! Noch irgendeinen deiner schmutzigen Tricks, und ich breche dir persönlich jeden Knochen einzeln!«

»Warum versuchst du nicht mal was Neues?«, fragte ich.

»Du hast mich verstanden, Herbie! Und vergiss es besser nicht!«

»Schon gut«, meinte ich. »Eins solltest du allerdings auch nicht vergessen. Du hast eine Frau.«

»Und?«

Carol blieb.

Mama ging es schlechter.

Sie lag tagelang im Bett, murmelte vor sich hin, aß kaum genug, um am Leben zu bleiben. Manchmal half ich ihr, brachte sie dazu, ins Bad zu gehen, sich zu kämmen oder hübsch zu machen. Meistens jedoch blieb sie ungekämmt, eine hagere, stinkende Hexe. Und ständig verlangte sie Bestätigung – von mir, jemand anderen ließ sie nicht an sich heran. Ständig starrte sie in den Spiegel, linste ihr hässliches Spiegelbild von allen Seiten an und verlangte dann, ich solle ihr die »Wahrheit« sagen:

Sie sei doch schön, nicht wahr? Sie sei doch die schönste Frau der Welt, oder?

»Natürlich, Mama«, antwortete ich dann. »Deine Schönheit blendet mich. Es war noch nie jemand so schön wie du, Mama.«

»Ehrlich? Sagst du auch die Wahrheit, Herbie?«

»Ehrlich, Mama. Ich schwöre es.«

Eines Nachmittags bat sie mich, ihr ans Fenster zu helfen, wo das Licht besser sei, damit ich ihre »Schönheit« noch mehr bewundern könne. Schwärende Übelkeit umklammerte mein Herz, und ich zögerte.

»Warum warten wir nicht noch etwas, Mama? Ich, ähm, also, ich brauche Hilfe dabei, und alle anderen sind außer Haus.«

Mama bestand darauf. Sie warf mir vor, ich würde sie in Wirklichkeit hässlich finden und wolle sie nicht ans Fenster bringen, weil mir bei ihrem Anblick übel würde.

»Sie hat dich gegen mich aufgebracht, stimmt's? Ja, sie hat auch dich dazu gebracht, dass du mich hasst.«

»Nein, nein!«, widersprach ich. »Nein, nein, nein, Mama!« Und wissen Sie was? Bei Gott, ich flennte tatsächlich! Stellen Sie sich das mal vor! »Ich liebe dich mehr als alles auf der Welt, Mama!«

»Nein, tust du nicht, Herbie. Du bist genauso schmutzig und lüstern wie er. Du hast dich gegen deine eigene Mutter gewendet, und nun ...«

»Nein! S-sag so was nicht, Mama!«

»Na, dann bring mich ans Fenster!«

Ich brachte sie ans Fenster. Ich brachte sie dorthin, Gott helfe mir, und ich wusste ganz genau, was sie vorhatte.

Sie tat es.

Sie mussten sie vom Bürgersteig kratzen.

Ich musste natürlich etwas warten, bis ich Papa drankriegen konnte. Wenn ich ihn zu früh umgebracht hätte, als ich noch nicht strafmündig war, dann wäre ich wohl von irgendeinem stinkigen Gericht unter Vormundschaft gestellt worden; außerdem brauchte ich noch aus anderen Gründen etwas Zeit. Um mich bei ihm einzuschleimen. Um den guten, gehorsamen Sohn zu spielen. Um ihn dazu zu bringen, mir zu vertrauen und sich mit mir zu beraten. Alles mit dem Ziel, ihn dazu zu bringen, sein Testament so aufzusetzen, wie ich es wollte.

Als ich das erreicht hatte und alt genug war, um einer Stieffamilie zu entgehen, verabreichte ich ihm eine Überdosis Digitalis.

Das war sein Ende (vor etwa sechs Monaten).

Was Carol betraf …

»Du brauch ficki-ficki?«, fragte Itzop. »Ich gut ficki-ficki – nix Geld.«

»Wie bitte?«, fragte Carol.

Itzop formte mit Daumen und Zeigefinger einen Ring. Dann starrte er sie lüstern an, steckte einen Finger der anderen Hand durch den Ring und zog ihn auf überdeutliche Weise vor und zurück.

»Ficki-ficki«, sagte er. »Bunga-bunga.«

Endlich kapierte Carol. Sie war zu dumm, um Wörter von mehr als einer Silbenlänge zu verstehen, aber ein Bild konnte sie erkennen.

Schreiend machte sie kehrt und rannte davon.

2.

Natürlich kam ich gerade um die nächste Ecke. Natürlich rannte sie mir in die Arme. Sie gab erneut einen Schrei von sich – einen kleinen, da sie schon ziemlich außer Puste war. Dann erkannte sie mich und ließ sich buchstäblich an mich sinken.

»Aber Carol«, sagte ich mit erstaunter Stimme. »Mama Carol«, ergänzte ich, klopfte ihr beruhigend auf die Schulter und widerstand dem Drang, sie zu betatschen. »Was um aller Welt ist denn los?«

»D-dieser Mann!«, schluchzte sie an meiner Brust. »Dieser fü-fürchterliche Mann!«

Wo, sagte ich, welcher Mann, wer, was hat er getan, und so weiter. Carol löste ihr Gesicht ein wenig und warf einen Blick zurück.

»Da drüben! Er … er … er – ach«, unterbrach sie sich und schniefte vor Erleichterung, »ich glaube, er ist wohl weggerannt.«

»Na, das ist auch gut für ihn«, sagte ich. »Wenn ich den erwische …! Was hat er denn getan?«

»Er … er … hat mich beleidigt!«

»Also, so ein Gauner!«, meinte ich erbost. »Allein die Vorstellung! Was genau hat er denn getan?«

Carol wollte darauf antworten, biss sich dann auf die Lippen, und ihr hübsches Gesicht lief rot an. »Ich, ähm, ich möchte lieber nicht darüber sprechen, Herbie. Nicht jetzt zumindest. Kannst du mich zurück in die Wohnung begleiten?«

»Aber natürlich, das mach ich«, antwortete ich. »Für meine liebe kleine Mama Carol würde ich doch alles tun!«

Wir gingen in Richtung unserer Wohnung. Sie hängte sich an meinen Arm, drückte ihn ab und zu aus Dankbarkeit, worauf ich natürlich mit einem Tätscheln ihrer plumpen kleinen Hand reagierte, was wiederum Auslöser eines weiteren Armdrückens ihrerseits war, was wiederum …

Ach, vergessen Sie's.

Es genügt zu sagen, dass wir, als wir in Sichtweite der Wohnung kamen, eher wie ein Liebespaar aussahen denn wie Mutter und Stiefsohn. Als wir aber die Drei Furien vor der Tür sitzen sahen, wichen wir lieber auseinander.

Das Wohnhaus gehörte zu Papas Nachlass. Früher mal war es ein sehr gutes Haus gewesen, mit hohen Mieten. Nun waren die Mieten zwar, in Dollar ausgedrückt, nicht billig, doch gemessen an dem, was man dafür kaufen konnte, waren sie es schon. Eine Wohnung, die hier zweihundert Dollar im Monat kostete, hätte in einem anderen Gebäude sechshundert erfordert. Der Grund dafür war, natürlich, die Mietpreisbindung.

Die Mieter, Menschen mit passablem, aber keineswegs hohem Einkommen, lebten schon ihr halbes Leben und länger hier. Und bei diesen Preisen hatten sie natürlich vor, auch den Rest ihres Lebens hierzubleiben.

Die Hausverwaltung – die sich mit steigenden Kosten bei festen, niedrigen Einnahmen konfrontiert sah – tat das Einzige, was ihr blieb. So wenig wie möglich.

In früheren Zeiten wurden die Wohnungen alle zwei Jahre neu tapeziert. In früheren Zeiten wurde die Fassade jedes Jahr sandgestrahlt. In früheren Zeiten war das Heißwasser stets heiß, und es gab nie Rost in den Leitungen. In früheren Zeiten gab es rund um die Uhr einen Türwächter.

In früheren Zeiten wären die drei alten Schlachtrösser, die ihre Stühle auf den Bürgersteig schleiften und wie Leute in der Lower East Side vor dem Haus herumhingen – in früheren Zeiten wäre eine solche Gruppe wie die Drei Furien achtkantig hinausgeflogen.

Jede einzelne von ihnen war mindestens hundertsiebenundachtzig Jahre alt; ich wüsste nicht, wie man in kürzerer Zeit so fett und hässlich hätte werden können. Jede einzelne von ihnen war natürlich Witwe. Sie hatten ihre Ehemänner mit Haut und Haaren verschlungen (vielleicht buchstäblich, das hätte mich nicht gewundert) und hassten deshalb Papa dafür, dass er seine Frau überlebt hatte. Und da Carol jung und schön war, hassten sie sie natürlich auch.

Mich dagegen mochten sie umso mehr. Ich hatte dafür gesorgt.

Bei einem meiner Gespräche mit Dr. Ashley, B. A., B. S. M. A., Dr. med., med. Dir., Dr. jur., Vizedirektor, Elektroingenieur, Buchprüfer, schlug ich vor, das Institut solle Kurse anbieten, bei denen man einen Abschluss in S. D. machen könne, in Scharfsichtiger Dummheit.

Grund dafür sei natürlich, die ungeheure Intelligenz des Schülers für eine Öffentlichkeit erträglich zu machen, die ansonsten damit überfordert wäre. Die Menschen wollten keinen klugen Menschen, so mein Argument. Sie lehnten Kluge schon seit unvordenklichen Zeiten ab, rissen ihnen die Eier mit glühenden Zangen ab, stachen ihnen die Augen aus, scheuchten sie im Pferdeäpfelregen durch die Straßen. Wenn ein Kluger in der heutigen Zeit überhaupt eine Arbeit fand, dann endete er gewiss vor irgendeinem Regierungskomitee, wo man ihn sofort als Mistkerl und subversives Element abkanzeln würde, weil er die Wirksamkeit von Voodoomittelchen bei der Krebsbehandlung infrage stellte und darauf hinwies, dass es hier einen Konflikt zwischen fundamentalistischer Religion und Wissenschaft gab; daraufhin würden Geschichten an die Presse durchsickern, in denen angedeutet wird, dass er mithilfe eines Codes aus Furzern und Rülpsern dem Feind Nachrichten hatte zukommen lassen. Kurz gesagt (so erklärte ich es Dr. Ashley), könne der Kluge nur hinter einer Maske der Dummheit – oder Konformität, falls Sie mir diese Redundanz gestatten – fungieren. Seine Haltung müsse sich stets nach der seiner Umgebung richten. Verdächtige man ihn des Mangels an Glauben, so müsse er pünktlich zu jeder vollen Stunde beten, vom Stuhl fallen, sich auf dem Boden wälzen und in Zungen reden. Gelte er andererseits als sittenstreng, dann solle er Mädchen in den Hintern kneifen und in die Seitengassen pinkeln, statt aufs Klo zu gehen. Stets und unter allen Umständen sollte er seine Intelligenz auf wegwerfend beiläufige Weise zeigen, so als wolle er sagen: Ach herrje! Schaut mal, was ich da angestellt habe! Is ja 'n Ding! Ich schlug Dr. Ashley vor, dass zu den Kursen, die zum Abschluss in S. D. führten, Wahlfächer gehören sollten wie *Schlechter Musikgeschmack*, *Wie schließe ich mich einer Hassgruppe an*, *Unruhe stiften im Theater*, *Geistesschwäche für Anfänger*, *Wie entblöße ich meinen Bauchnabel richtig?*, *Die Kunst des offenen Hosenstalls und andere allgemein akzeptierte Schlampereien*, *Kirchensprengen leicht gemacht*, *Missbrauch, Lynchen und anderer volkstümlicher Zeitvertreib*. Zu den Hauptfächern (die für einen Dr. Dementiae Pflicht wären) könnten solche Kurse gehören wie *Was halten Sie von den Dodgers?*, *Die Bombe auf Moskau* und *Schluss, Juden ab nach Jerusalem*, *Nigger zurück nach Afrika* und *Lasst doch Tschiang Kai-schek mal machen*.

Dr. Ashley schien ein wenig verärgert über meine Vorschläge; er hatte irgendwie den Eindruck, ich wolle ihn foppen. Also hatte ich sozusagen meine eigene Medizin geschluckt und meine Theorien im Labor des Lebens getestet, soweit dies möglich war – die Resultate waren besser, als ich je zu hoffen gewagt hätte. Ich hatte die Theorien der Feuerprobe der Drei Furien unterzogen, und sie hatten sich als reines Gold erwiesen.

Carol lächelte, sprach mit den Drei Furien und bekam doch nur eisige Blicke und verächtliches Schnauben für ihre Mühen. Sie ging weiter und betrat das Haus, während ich noch draußen blieb.

Die Furien begutachteten mich von oben bis unten, lächelten dann herablassend und nickten sich bedeutungsvoll zu.

»Du hast deinen Mantel schief geknöpft, Herbie«, erklärte Mrs. Schultz. »So ein Junge! Bringen die dir denn in der Schule gar nichts bei?«

»Ach, herrje!«, sagte ich beschämt und knöpfte alles um. »Hat man so was schon gesehen!«

»Was hältst du denn von den Dodgers, Herbie?«, wollte Mrs. Flugenheimer wissen. »Das is doch 'n Ding, was?«

»Ja«, meinte ich. »Echt ein Ding. Und was ist mit den Russkis?«

»Wir sollten denen die Bombe auf Moskau schmeißen«, betonte Mrs. Dillingham und wiegte sich vor und zurück. »Das wird ihnen eine Lehre sein!«

Mrs. Schultz meinte, das würden wir nie tun, weil das Oberste Gericht das niemals zulassen würde. »Stimmt doch, oder, Herbie? Die Richter sind doch alle verkappte Kommies.«

»Also, ich sag Ihnen mal was«, fing ich an und sprach vertraulich leise. »Ich sag Ihnen, wenn die Würfel gefallen sind und man alles vom Ende her betrachtet, gibt es nur eins, das müssen Sie zugeben. Sie müssen eins zugeben, ganz egal, was die anderen sagen.«

»Ja, Herbie, was denn?« Eifrig beugten sie sich vor. »Was ist es denn, Herbie?«

»Sie müssen eins zugeben, wenn man sich das mal genauer betrachtet und alles gesagt ist, so am Ende des Tages«, sagte ich. »Das ist so klar wie Kloßbrühe, und das müssen Sie zugeben, unter Mussolini waren die Eisenbahnen pünktlich.«

Ich verengte vielsagend die Augen und nickte ihnen zu. Sie warfen sich bedeutungsvolle Blicke zu und nickten im Chor zurück. Dann lächelten wir uns in gegenseitiger Anerkennung an. Ich schwatzte noch ein wenig mit ihnen – bestand darauf, dass sie irgendwann in nächster Zukunft mal auf Kaffee und Kuchen bei Carol und mir vorbeischauen müssten (sie waren ziemlich baff über die Einladung) – und ging dann weiter zur Wohnung.

Es versteht sich von selbst, dass ich eine ziemlich gute Vorstellung davon hatte, was Itzop Kozalski zu Carol gesagt hatte, außerdem würde ich ja bald einen ausführlichen Bericht von ihm bekommen. Es war also äußerst ermüdend, ihr Wort für errötendes Wort aus der Nase zu ziehen, wie es der Anschein von Besorgnis, den ich an den Tag legte, von mir verlangte.

Als sie fertig erzählt hatte, legte ich die Stirn in Falten und schüttelte den Kopf.

»Das macht mir Sorgen, Mama Carol«, stellte ich fest. »Ich hoffe, es ist nicht das, was ich denke, aber …«

Ich ließ meine Worte in eine brütende Stille verklingen, hielt inne, schüttelte den Kopf, kümmerte mich nicht um ihre immer nervöser wirkenden Nachfragen, was mich denn so beunruhigen würde.

»Bitte, Herbie«, flehte sie und rutschte auf dem Sofa zu mir hin. »Sag es mir bitte, Schatz.«

»Ich weiß nicht«, entgegnete ich. »Ich könnte mich auch irren.«

»Herbie?«

»Ich glaube zwar nicht, aber vielleicht schon. Wenn ich allerdings recht habe, und da bin ich mir eigentlich zu hundert Prozent sicher, dann …«

»Herbie! Du musst es mir einfach sagen!«

Ich zögerte noch einen Augenblick, dann seufzte ich schwer und meinte, es sei wohl tatsächlich besser, ich würde es ihr sagen. Wenn ich auch nur den leisesten Verdacht hätte, meine eigene liebe Mama Carol sei in Gefahr, dann sei es meine Pflicht, sie zu warnen.

»Aber beantworte mir erst eine Frage, Mama Carol. Ist dir so etwas schon früher mal passiert, abgesehen von heute? Ich meine, haben sich dir auch schon andere Männer unsittlich genähert?«

»Hm … Ein paar haben versucht, mit mir zu flirten.«

»Wie viele, würdest du schätzen?«

»Na ja …« Sie lachte unbehaglich. »Ach, ich weiß nicht, Schätzchen. Schon ein paar, würde ich sagen.«

»Ungefähr jedes Mal, wenn du allein ausgehst, richtig? Hat einer von denen jemals etwas anderes versucht, als nur zu flirten? Wie zum Beispiel, sich an dir zu reiben oder gegen dich zu stoßen? Oder dir vielleicht Andeutungen ins Ohr zu flüstern?«

Sie nickte, peinlich berührt. »Ich verstehe einfach nicht, warum die Männer so etwas tun, Herbie. Ich meine, warum können sie nicht alle so nett und süß sein wie du?«

»Das wird mir immer ein Rätsel bleiben«, antwortete ich und drückte ihr liebevoll das Knie. »Aber wer weiß? Vielleicht wäre ich auch so geworden, wenn mich nicht meine süße Mama Carol aufgezogen hätte.«

»Du Charmeur, du! Schon allein dafür gebe ich dir einen dicken Kuss.«

»Nur einen?«

»Nein! Ein Dutzend!«

Also gut. Wir brauchten eine Weile, um zum Thema zurückzukommen, denn zu einem Dutzend Küsse gehören natürlich auch ein Dutzend Umarmungen und weitere Tätscheleien und Zärtlichkeiten, und sie keuchte davon schwer, und ihre Augen brannten vor unbewusstem Verlangen.

»M-meine Güte«, sagte sie und machte sich endlich von mir los. »Ach herrje, schau nur mal, was ich angestellt habe!«

»Na, dreh dich einfach um«, sagte ich. »Dein kleiner Junge wird sich schon um seine Mama Carol kümmern.«

Sie drehte sich um, und ich machte ihr den BH wieder zu. Sie hatte schon längst meinen ersten Annäherungsversuch vergessen und nahm solche intimen Dienste ganz selbstverständlich hin. Oder sollte ich sagen, mit Freuden? Ohne dass ich Wesentliches dafür hätte tun müssen, fürchte ich, hätte sie auf der Stelle jegliche Beherrschung verloren. Aber das wollte ich nicht. Das gehörte nicht zum Plan.

Als sie nun meine Hand gegen ihre Brust drückte und sich mit gerötetem Gesicht zu mir umdrehte, tat ich einen großen Schritt zurück.

»Um auf diese Angelegenheit heute zurückzukommen …«

»H-Herbie …« Sie kam auf mich zu. »M-müssen wir gerade j-jetzt darüber reden?«

»Aber ja«, beharrte ich. »Warum denn nicht, Mama Carol?«

»N-nun, ich könnte dich noch ein wenig küssen.«

Ich lachte herzlich und meinte, solche Umstände wolle ich ihr nicht machen. Wenn sie mich küsste, würde sie wieder außer Atem kommen und ihre Kleidung in Unordnung bringen und weiß Gott was noch alles. »Ich will dich mal was fragen, Mama Carol«, sagte ich. »Erinnerst du dich noch an die Bedingungen in Papas Testament?«

Sie nickte abwesend und dachte noch immer an, na Sie wissen schon. »Testament? Ja, ich glaube schon.«

»Du sollst mir bis zu meinem einundzwanzigsten Geburtstag ein moralisch einwandfreies Umfeld bieten, richtig? Wenn du das tust und bis zu diesem Zeitpunkt allein bleibst, wird Papas Erbe gerecht unter uns beiden aufgeteilt. Falls du das aber nicht schaffst, bekommst du gar nichts, deine Hälfte fließt in einen Treuhandfonds, dessen Einnahmen dann an mich gehen ...«

Wieder nickte sie und runzelte angesichts meines ernsten Tonfalls leicht die Stirn. Ja, Herbie? Was das alles denn mit ihr zu tun habe? Ich fragte sie, ob sie wisse, auf welche Summe sich Papas Erbe belaufe oder sich zum Zeitpunkt meiner Volljährigkeit belaufen werde, dann beantwortete ich mir diese Frage selbst.

»Ja«, sagte ich, als sie vor Staunen nach Luft schnappte. »Um solch eine Summe geht es, Mama Carol. Das meiste steckt in Immobilien, und die Preise steigen ständig. Jetzt kannst du sicherlich verstehen, warum die Bank, die Nachlassverwalterin, dich gern um deine Hälfte bringen würde.«

»Mich um mein Geld bringen! A-aber ...«

»Dich um dein Geld bringen«, wiederholte ich. »Mensch, bei einer solchen Summe ist allein mit den Nachlassverwaltungsgebühren ein Vermögen zu verdienen.«

»A-aber … aber …« Sie schüttelte heftig den Kopf. »Aber das geht doch nicht! Warum können die denn so etwas Gemeines mit mir machen?«

»Das geht ganz leicht, leider«, meinte ich traurig. »Von dir wird erwartet, dass du mir ein moralisch einwandfreies Zuhause bietest. Sollten sich also Beweise dafür finden, dass du eine unmoralische Frau bist …«

»Eine un…! A-aber … aber …«

»Ich weiß«, sagte ich und drückte ihr tröstend die Hand. »Ich weiß, niemand könnte reineren Herzens sein als du, Mama Carol. Die Frage ist allerdings, was andere Leute zu glauben bereit sind. Also, heute hat sich dir ein Mann in abscheulichster Weise genähert, ein Mann, der dich, wie du sagst, seit Wochen verfolgt. Und warum hast du ihn dann nicht schon längst zur Rede gestellt oder die Polizei gerufen?«

»Na ja«, sie zögerte. »Ich … ich habe dafür keinen Grund gesehen. Das hätte ich wohl tun sollen, schätze ich, aber …«

»Siehst du denn nicht, dass dein Unvermögen, entsprechende Schritte zu unternehmen, auch als Ermutigung für den Mann gedeutet werden könnte?«

»Na ja …«

»Hast du ihn je angelächelt oder ihm zugenickt oder sonst etwas getan, das als Ermutigung aufgefasst werden könnte?«

»Na ja – ein paarmal vielleicht. Ganz zu Anfang. Aber …«

»Und die anderen Männer, die mit dir geflirtet haben, warst du auch zu denen freundlich?«

»Na ja – aber ich hab damit nichts Besonderes gemeint, Herbie! Ich wollte eben nur freundlich sein, so wie die Menschen eben miteinander umgehen sollten!«

Ich bin sicher, sie war überzeugt, dass sie die Wahrheit sagte. Was natürlich nicht stimmte. Wonach sie suchte, war eine gute Nummer – weiß Gott, wie lange sie schon danach suchte –, und früher oder später würde sie, wenn man sie nur ließe, genau dem richtigen Mann begegnen, der ihr dazu verhelfen würde.

Ich sah ihr in die flehenden Augen und lächelte sie fest und beruhigend an. »Ich weiß, du wolltest nur freundlich sein«, sagte ich. »Meine Güte, Mama Carol, mich musst du nicht überzeugen! Ich fürchte allerdings, dass die Bank es ebenfalls weiß.«

»W-was?«

»Ja, siehst du das denn nicht?«, fuhr ich fort. »Siehst du denn nicht, dass das alles ein sorgfältig durchdachter Plan ist, um zu beweisen, dass du nicht in der Lage bist, mir ein sittsames Zuhause zu bieten? Aber Mama Carol, ich würde wetten, es hat bei jedem Mal, wenn du auf diese unschuldige Weise freundlich zu einem Mann gewesen bist, einen Zeugen gegeben. Ich würde einen Eid darauf leisten, dass dieser Kerl, der dich heute beleidigt hat, dich dazu bringen wollte, die Polizei zu rufen, damit er behaupten konnte, du hättest ihn ermutigt! Und noch etwas, Mama Carol«, ich beugte mich bedeutsam vor. »Ich würde schwören, die Bank hat bereits alle fingierten Beweise zusammen, die sie braucht, und es fehlt nicht mehr viel, um dich aus der Wohnung zu werfen und dich um deine Hälfte des Erbes zu bringen!«

Ungeheuerlich? Natürlich. Aber vergessen Sie nicht, mit welcher Mentalität ich es zu tun hatte.

Dennoch fiel sie nicht so schnell darauf herein, wie ich erwartet hatte. Tatsächlich warf sie nach langem Stirnrunzeln den Kopf in den Nacken und lachte.

»Ach, Herbie, Schätzchen! Das ist das Verrückteste, was ich jemals gehört habe!«

»Na gut«, sagte ich nur.

»Eine große Bank würde doch so etwas nie tun! Das würden die nicht wagen!«

»Na gut«, wiederholte ich.

Ich stand auf und ging in Richtung meines Zimmers. Sie war sofort beunruhigt und stellte sich mir eilig in den Weg.

»Tut mir leid, Schätzchen. Ich weiß, wie klug du bist, und wenn du wirklich glaubst – bitte, Herbie!« Sie schlang ihre Arme um mich. »Sei doch nicht wütend auf mich.«

»Entschuldige bitte«, erklärte ich. »Ich fürchte, ich bin zu sehr getroffen, um jetzt mit dir zu reden.«

»Aber, Schätzchen ...«

»Nein. Ein Junge erträgt so etwas selbst von seiner eigenen Mama nur in begrenztem Maße.«

Ich löste mich aus ihrer Umarmung. Sie stapfte hinter mir her, ich ging in mein Zimmer und schlug ihr die Tür vor der Nase zu. Sie blieb draußen stehen, klopfte schüchtern an und fing an zu weinen, während sie um Verzeihung flehte. Ich ging ins Bad und schloss die Tür. Ich beugte mich unter das Waschbecken und hob dort eine der großen, viereckigen Bodenfliesen an.

Papa hatte in der Wohnung ein Büro gehabt. Gegen Ende seines Lebens führte er den Großteil seiner Geschäfte von dort aus und ging nur noch selten in die Zentrale in der Innenstadt. Wie nicht anders von ihm zu erwarten, betrog er bei den Steuern, ließ sich, wann immer möglich, in bar bezahlen – was bei der Art von Kunden, die er hatte, einfach war – und gab diese Beträge bei der Steuererklärung nicht an.

In der Nacht, als ich ihn umbrachte, lagen fast fünfzigtausend Dollar im Safe.

Das Geld befand sich, bis auf einen Betrag für meine notwendigen Ausgaben, in einer metallenen Wertkassette unter der Fliese.

Ich hob sie aus ihrem Versteck, öffnete sie und nahm eine Handvoll Scheine heraus. Ich steckte sie in meine Brieftasche, stellte die Kassette in die Aussparung zurück und legte die Bodenfliese wieder auf.

Dann wusch ich mir ausgiebig die Hände und lauschte auf Carols gedämpftes Flehen; schließlich befand ich, dass sie die lächerlichen Lügen, die ich ihr aufgetischt hatte, endlich geschluckt hatte. Aus Erfahrung wusste ich, dass es, wenn man diesen Punkt einmal erreicht hatte, nahezu unmöglich war, ihr die Lügen wieder auszureden, denn das Beinah-Vakuum in ihrem Kopf klammerte sich vor Todesverzweiflung an die paar Ideen, die durch ihren massiven elfenbeinernen Schädel hereindrangen.

Als ich die Tür öffnete, fiel sie mir in die Arme. Sie war fast hysterisch vor Dankbarkeit für meine Vergebung und verdammte sich ausgiebig dafür, mir nicht geglaubt zu haben.

»Ich weiß, du hast recht, Herbie, Liebling! Ach, ich habe gleich gewusst, wie recht du hast, als ich in Ruhe darüber nachgedacht habe! Kannst du mir jemals verzeihen, Schätzchen?«

»Ach, da gibt es nichts zu verzeihen«, meinte ich großzügig. »Jetzt zählt nur noch, wie ich meine Mama Carol vor der Katastrophe bewahren kann, die ihr droht.«

Autsch, dachte ich. *Vorsicht, Junge!*

Sie sah mich voller Liebe und Vertrauen an. »Du bist so süß, Herbie. Sag mir nur, was ich tun soll, und ich tu's.«

»Du kannst auf mich zählen«, sagte ich. »Im Moment möchte ich, dass du die Haustür abschließt, wenn ich weg bin. Schließ ab, und lass niemanden herein, bis ich zurück bin. Absolut niemanden, verstanden? Keinen Gasableser, keinen Hausmeister, niemanden.«

Sie nickte nervös. »Gehst du weg, Herbie?«

»Ich gehe nur spazieren«, antwortete ich. »Ich muss in Ruhe nachdenken, ein guter Spaziergang gibt mir immer einen klaren Kopf.«

»Könnte ich – würde es dir was ausmachen, wenn ich mitkomme?«

»O nein«, lehnte ich ab. »Nein, das ist nicht nötig.«

»Aber ich möchte gern, Schätzchen. Ehrlich!«

Ich lachte freundlich und sagte, ich wüsste doch, dass sie es nur nett meinte. »Davon will ich nichts hören, Mama Carol. Das lasse ich nicht zu.«

»Herbie, bitte …« Ihre Stimme klang verzweifelt. »Lass mich mitgehen! Ich … ich hab Angst hier allein. Es ist so dunkel und trist, und … und, ach, du weißt doch, was hier alles passiert ist – ich kann nicht …«

»Ich weiß«, unterbrach ich sie traurig. »Aber dir ist ja bekannt, wie der Nachlassverwalter mit dem Geld ist. Wir würden niemals die Miete für eine andere Wohnung bekommen, wo wir doch hier kostenfrei wohnen können.«

»Lass mich mitgehen, Herbie!«

»Willst du schon wieder mit mir streiten?«, fragte ich. »Willst du jedes Mal mit mir streiten, wenn ich dich bitte, etwas zu deinem eigenen Besten zu tun?«

»N-nein, aber …«

»Na, da bin ich aber froh, das zu hören«, schnitt ich ihr das Wort ab. »Versteh doch, du wirst dich daran gewöhnen müssen, allein zu sein, Mama Carol. Du wirst von nun an oft allein sein.«

Damit ging ich hinaus. Hinter mir hörte ich ein leises protestierendes Stöhnen, dann ein lautes Klicken, als sie abschloss.

Am Fahrstuhl sah ich auf die Uhr und drückte dann hektisch auf den Signalknopf. Ich würde zu spät zu meiner Verabredung mit Itzop Kozalski kommen. Ihm war das einerlei, er war da ganz uneigennützig, aber vielleicht war er wegen der neununddreißig von ihm Abhängigen verärgert – den zweifellos räudigsten, flohverseuchtesten Kötern der Welt –, die es nicht mochten, wenn sie auf ihr tägliches Mahl aus Lendensteaks und Schokoladenkuchen warten mussten.

3.

Itzop saß auf einer Bank im Park, an der wir uns verabredet hatten. Er war ungefähr in meinem Alter und wirkte nun recht vorzeigbar, denn er hatte seine Verkleidung abgelegt, allerdings war sein Hemd aufgeknöpft und entblößte seinen Bauchnabel, den er gerade intensiv untersuchte. Mein erster Gedanke war natürlich, dass er wohl wieder mal eine andere Philosophie angenommen hatte, Yoga. Dann bemerkte ich zwei kleine Punkte, Flöhe, die seinen Nabel langsam umkreisten.

Sie verließen ihn gleichzeitig mit einem Sprung, zu schnell für das menschliche Auge. Offenkundig erleichtert, wandte er sich mit einem freundlichen Lächeln zu mir um und grüßte mich.

»Nichts umbringen, hm?«, sagte ich. »Kein lebendes Wesen.«

»Was?«, fragte er verwirrt. Dann lachte er und antwortete, ach nein, das sei nicht der Grund gewesen, der ihn abgehalten habe, die Flöhe zu zerquetschen. »Ich konnte nicht. Sie gehören mir nicht.«

»Ach, bist du jetzt bei den Anarchisten angekommen?«

»Hm-hm. Rein philosophisch, natürlich.«

»Aber das geht doch nicht«, sagte ich verärgert, obwohl ich ihn gut leiden konnte. »Anarchie ist der letzte

Schritt im dialektischen Prozess von These, Antithese, Synthese. Eine Regierung, die keine ist. Der Schritt davor ist allerdings der Kommunismus.«

»Das sehe ich nicht so«, widersprach er steif. »Ich lehne den Kommunismus vehement ab.«

»Aber verdammt noch mal, das kann man nicht anders sehen! Das kannst du nicht leugnen, ohne die elementarste Logik zu verletzen. Jeder mit dem Verstand eines kreidezeitlichen Trottels weiß, dass sich die Anarchie aus dem Kommunismus entwickelt!«

Itzop klammerte sich starrköpfig an seine Ansicht, die, wie er sagte, von den finanziell potentesten und sicherlich antikommunistischsten Elementen der Gesellschaft vertreten werde. Das seien alles Anarchisten, auch wenn sie sich vielleicht anders nennen würden. Sie alle kämpften mit Händen und Füßen gegen die leiseste Spur von staatlichem Zwang – ein womöglich schwacher Punkt in ihrer anarchischen Philosophie sei allerdings die Vorstellung, dass die Regierung eine harte Haltung gegenüber all diesen heruntergekommenen Seelen zeigen solle, die sich nicht nur weigerten, dorthin zurückzugehen, woher sie gekommen seien, sondern diejenigen, die höhergestellt waren als sie, mit unanständigen und unwürdigen Forderungen nach einem anständigen, würdevollen Leben belästigten.

»Denk doch mal einen Augenblick nach, Herbie«, meinte Itzop. »Im Grunde deines Herzens weißt du, dass ich recht habe.«

»Ach, geh zur Hölle«, erwiderte ich und lachte kurz.

Itzop konnte manchmal ganz schön aufgeblasen sein. Er hatte seine eigene Art von Wahrheit – eine eher symbolische, in der das Einzelne fürs Ganze stand. Die ungeheuer vergrößerte Essenz der Dinge, wie sie tatsächlich waren.

Mit seiner kleinen Allegorie über Anarchie, den Missbrauch des Geldes durch die Reichen, zielte er wohl auf mich ab, nahm ich an. Oder eher auf meine Mission Carol, gegen die er von Anfang an gewesen war. Vor ein paar Tagen hatte er mithilfe einer anderen Fabel Protest angemeldet, auf dem ersten Blick ging es um die Beschreibung einer mathematischen Formel, an der er angeblich gerade arbeitete.

Er glaube (erklärte er), wenn Zeit und Raum identisch seien, wie Einstein herausgefunden habe, dann könne die Raumzeit auch genauso gut eine neue Art von Materie sein. Natürlich habe noch niemand die Raumzeit bis an ihre Ränder ausgelotet, also wäre es durchaus nicht unlogisch anzunehmen, dass sie im allumfassenden Plan der Dinge relativ unbedeutend sei: vergleichsweise winzige adhäsive Zwischenräume in einer infiniten kosmischen Struktur. Warum nicht, wollte er wissen. Alles in der Natur hat nicht nur irgendeine Funktion, es hat eine ultimative Funktion. Warum also sollte die ultimative Funktion der Raumzeit nicht die von Mörtel sein, der das Universum zusammenhält?

»Wie wär's denn mit auseinanderhalten?«, hatte ich lachend vorgeschlagen und war damit prompt in seine Falle getappt. Er wies natürlich darauf hin, dass die Natur bereits für das Auseinanderhalten gesorgt habe.

Die Natur habe bemerkt, auf welch wundersame Weise der Mensch seine Erde von sich fernhielte, und entschieden, dass er der Richtige dafür sei.

Also, wie Sie sehen, eine sanfte Spitze gegen meinen unerklärten Krieg gegen Carol. Ich hatte beschlossen, nicht weiter darauf einzugehen, und auch diesmal entschied ich, ihn mit keinem Wort zurechtzuweisen. »Also, mal sehen«, meinte ich knapp, zog meine Brieftasche hervor und zählte ein paar Scheine ab. »Dreihundert, richtig? Zwei-fünfzig Lohn, fünfzig Ausgaben.«

»Das ist wirklich zu viel«, meinte Itzop verlegen. »Ich bin nicht mal die Hälfte wert.«

»Unsinn«, schnitt ich ihm das Wort ab und legte noch hundert Dollar drauf. »Nimm es, ich bestehe darauf. Du wirst noch ein paar größere Ausgaben haben, weißt du?«

Er nahm das Geld, murmelte noch immer protestierend (wenn auch mit offenkundiger Erleichterung). Ich nahm die kleine braune Ampulle, die er mir reichte. Es handelte sich um Krotonöl, wahrscheinlich das wirkungsvollste Abführmittel überhaupt. Ohne Angst vor Widerspruch könnte ich behaupten, dass jeder, der von dem Öl nimmt, ohne sich zuvor aufs Klo gesetzt zu haben, verrückt sein muss.

Aus offenkundigen Gründen wird es nur noch selten verkauft oder verschrieben. Ich fragte Itzop, ob er große Schwierigkeiten gehabt habe, es zu beschaffen, doch er schüttelte nur beiläufig den Kopf.

»Nicht sehr. Ich bin damit weggerannt, und die Hunde haben geblockt und abgewehrt.«

»Brave Hunde, It«, sagte ich. »Ich hoffe, du hast genug, um sie ordentlich zu versorgen.«

»Reichlich«, antwortete er, doch ein ungewöhnlich düsterer Zug legte sich auf sein Gesicht. »Aber warum sollen sie eigentlich die ganze Zeit Lendensteak und Schokoladenkuchen fressen? Warum können sie nicht auch mal T-Bone-Steaks und Donuts essen so wie ich?«

»Vielleicht solltest du ihnen das mal vorschlagen«, meinte ich.

»Habe ich. Letzte Nacht.«

»Ach?«, machte ich und bemühte mich sehr, nicht zu grinsen. »Und wie haben sie reagiert?«

Itzop wurde immer mürrischer. »Na ja, die meisten nahmen es ziemlich gelassen – Lancelot und Galahad und Guinevere und die anderen. Sie waren nicht begeistert, weißt du, aber immerhin höflich. Ich wäre stolz auf sie gewesen, wenn sich nicht Sir Modred zum Affen gemacht hätte.«

»Sir Modred, hm?« Ich fuhr mir mit der Hand über den Mund. »Und was genau hat er gemacht?«

»Er hat mich gefragt, ob ich mich für Gott hielte.«

Ich hustete und würgte, schüttelte mich heftig und wischte mir die Tränen aus den Augen. »Ach ja? Er hat dich gefragt, ob du dich für Gott hältst?«

»Na ja, nicht wortwörtlich, aber das war wohl, was er meinte. Stell dir nur mal vor!« Er biss die Zähne zusammen. »Ich wette mit dir, das versucht er nicht noch mal! Ich habe ihm zur Strafe die Glasur vom Kuchen gegessen.«

»Du hattest recht, ihn zu bestrafen«, meinte ich. »Er war ziemlich impertinent.«

»Impertinent?« Itzop kratzte sich am Kopf. »Ja, vielleicht. Aber das ist nicht der Grund, warum ich ihn bestraft habe. Findest du, ich war zu streng, Herbie – nur weil er eine dumme Frage gestellt hat?«

»Ob du Gott seist, meinst du?«

»Hm-hm. Ich gebe zu, ich habe für einen Augenblick die Beherrschung verloren – Himmel, konnte er denn nicht erkennen, dass ich Gott bin? –, aber ich hoffe, ich war nicht zu streng.«

Trocken entgegnete ich, das sei er nicht gewesen. Er habe sich nur etwas verrannt, indem er eine völlig falsche Parallele zwischen meiner und seiner Situation gezogen habe.

»Carol ist nun wahrlich nicht Sir Modred, und sie ist gut genug ausgestattet – zumindest vom Hals abwärts –, um selbst Gott spielen zu können, so wie ich. Jedenfalls habe ich dir schon mehrfach gesagt, dass ich nicht die Absicht habe, die Hand gegen sie zu erheben.«

»Ja, ich weiß. Aber …«

»Carol war sehr grob zu mir, als ich noch klein war«, log ich. »Sie hat mich verdroschen oder Papa dazu angestiftet. Sie hat mir viel Kummer gemacht, als ich mich nicht wehren konnte, also warum sollte ich sie jetzt schonen?«

Itzop zögerte verwirrt. »Ich kann mir nur schwer vorstellen, dass sie grausam zu dir gewesen ist«, murmelte er. »Sie wirkt gar nicht wie so eine. Ich … Bist du sicher, dass du nicht in sie verliebt bist, Herbie? Ich meine, schwer zu glauben, dass du dir nur aus Hass all diese Mühe machst.«

»Red doch keinen Unsinn!«, fuhr ich ihn an. »Ich habe dir alle Fakten auf den Tisch gelegt. Ziehst du also jetzt mit, wie du versprochen hast, oder wirst du weiter nur rumnörgeln und quengeln?«

Itzop dachte darüber nach, wie er es schon so viele Male zuvor getan hatte. Und wie immer willigte er ein, eine Weile mitzumachen. Vielleicht war ich nicht ganz fair zu Carol, aber das hatte nicht er zu beurteilen. Er war mein Freund – wir hatten eine Weile wie Brüder gelebt. Freunde schuldeten sich etwas, und er war mein Freund, nicht der von Carol.

»Also gut, Herbie. Zumindest für den Augenblick. Aber wegen dem Pferd ...«

»Ich hab's dir doch gesagt, It. Ich werde ganz vorsichtig damit sein.«

»Versprichst du es? Du tust ihm auch bestimmt nicht weh?«

Nein, täte ich nicht, wiederholte ich. Das Pferd würde nicht im Mindesten leiden. Dann unterhielten wir uns noch eine Weile über dies und das. So wie man eben redet, wenn man gemeinsame Interessen hat. Schließlich wünschte ich ihm einen guten Abend und wollte gehen.

»Warte, Herbie. Ich habe noch ein Geschenk für dich.«

Er hielt mir eine kleine Papiertüte hin, drei Tüten, besser gesagt, eine in die andere gesteckt.

Ich versuchte, die fest verknüllte Öffnung aufzufummeln, und murmelte, wie man das in solchen Augenblicken nun mal tut, das hätte doch nicht sein müssen.

»Wirklich nicht, It. Bist du sicher, ich kann es dir nicht abkaufen?«

»Nein, nein«, meinte er schüchtern. »Ist nichts Besonderes. Ein kleines Mitbringsel von der Tafelrunde.«

»Also, das ist wirklich nett«, sagte ich. »Bitte richte den Rittern und den Damen meinen Dank aus.«

Endlich bekam ich die Tüte auf.

Ich wollte schon die Hand hineinstecken. Dann schaffte ich es, dank ungeheuer schneller Reflexe, sie gerade noch rechtzeitig zurückzuziehen.

4.

Vor ein paar Jahren hatte ich Papa zu einer Art politischen Party begleitet, wo er mich bald allein sitzen ließ, weil er mich verachtete, was schließlich dazu führte, dass sich ein betrunkener, ungeladener Gast, allgegenwärtige Spukgestalt bei jedem Fest, bemüßigt fühlte, mich unter seine Fittiche zu nehmen.

Er hieß Tomlinson oder Thomas oder so ähnlich, und aus ein paar Einzelheiten, die er von sich gab, entnahm ich, dass er Schriftsteller war. Doch er behauptete beharrlich, wobei er mich mit seinem alkoholischen Speichel bespritzte, das stimme nicht.

»Hab mein eigenes Maklerbüro«, meinte er. »Bin der größte Händler in Titten und Ärschen nördlich von Staten Island. Ich darf zwar damit keine Werbung machen«, fügte er hinzu und zwinkerte anzüglich, »aber ich hab auch ein paar wirklich nette Uteri im Angebot.«

»Uteri?«, fragte ich.

»Ist 'ne Pluralform, verdammt! Was zum Henker bist du, ein Buchverleger oder so was?«

Er sah mich wütend an und erklärte, ich wolle es ihm wohl absichtlich schwer machen. »Hab ich's nicht eh schon schwer genug? Ach verdammt, selbst Ärsche kann ich nicht mehr losschlagen. Und Bauchnäbel!

Zum Teufel, wenn du einen Bauchnabel auch nur erwähnst, lachen sie dich aus! Die interessieren sich nur noch für, na du weißt schon.«

Er verschluckte einen Schluchzer und nahm noch einen ausgiebigen Zug vom kostenlosen Alkohol. Dann ließ er sich mürrisch zu der Bemerkung herab, er habe früher mit anderem gehandelt.

»Verstand, Gesichter, Lächeln, Gedanken. Schönheit und Tiefgang, falls es da einen Unterschied gibt. Aus dem Wenigen, das ich hatte, machte ich das Viele, das ich nicht hatte, und brachte der Welt den einzigen Reichtum, der nicht von anderem Reichtum zehrt. Dann legte ich es in meinen braungelben Korb, setzte mein rotes Käppchen auf und trug es in den Wald zu Großmutters Haus. Und wenn sie genügend Gibsons zum Mittagessen getrunken hatte und bei guter Laune war, belohnte sie mich mit einem Penny. Allerdings wohnte da gleich nebenan ein großer, lockiger Wolf, ein chamäleonhaftes Biest, das viele Verkleidungen annahm und dessen Stärke darin bestand, mir an den Eiern zu knabbern. Für eine Weile konnte ich ihn mit Bröckchen aus meinem Korb hinhalten, aber die Verschnaufpause, die ich mir so erkaufte, langte nie. Er war nicht zufrieden mit dem Tiefsinnigen und Schönen – wenn es denn einen Unterschied zwischen beidem gibt. Als er schließlich meine beiden Hoden weggeknabbert hatte und mein Skrotum nur noch aus ein paar Fetzen Haut bestand, gab ich ihm, was er verlangte. Da fällt mir ein, ich muss dir eine Kostprobe mitgeben. Das Zeug heißt Schrecklich heißer Idioten-Triezer, doch die meisten nennen es nach den Anfangsbuchstaben.«

»Ach, lassen Sie nur«, meinte ich ein wenig nervös. »Ich glaub, da kommt mein Vater.«

»Aber es ist ein Geschenk«, beharrte er. »Du wirst es brauchen! Ich bestehe darauf, dir eine Probe mitzugeben!«

Tatsächlich tauchte in diesem Augenblick Papa auf, und der Kerl meinte, er würde auch ihm eine Probe schenken. Eine ordentliche Tüte voll, da es sich bei Papa ja offenbar um eine Person handle, die eine ordentliche Menge davon brauchen könne. Natürlich schmissen sie den Kerl achtkantig raus, und ich sah ihn nie wieder. Aber ich werde niemals den Ausdruck in seinen Augen vergessen, als in jener Nacht für ihn die Allegorie zur Realität wurde. (Aber vielleicht war es ja gar keine Allegorie?) Ein Blick von derart wild entschlossenem Flehen, dass ich beinahe an die Existenz der versprochenen Probe geglaubt hätte.

Denselben Blick warf mir nun Itzop Kozalski zu.

»Also«, murmelte ich, »ich, ähm, ich weiß gar nicht, was ich sagen soll, It.« Das entsprach der Wahrheit. Was sollte man auch sagen, wenn einem der einzige Freund eine Tüte Hundescheiße schenkt? »Ich, ähm, vielen herzlichen Dank. Genau das, was ich brauche.«

»Das haben wir uns gedacht«, sagte Itzop und lächelte schüchtern. »Das kann man bei vielen Streichen gebrauchen, weißt du, in der einen oder anderen Form.«

»Ich denke auch«, sagte ich und nickte. »Ich kann dir gar nicht genug danken, It.«

»Und es gefällt dir wirklich? Ungelogen, Herbie?«

»Aber ja«, betonte ich und legte so viel Enthusiasmus in meine Stimme, wie ich nur konnte. »Genau was mir fehlte. Also …«

»Das ist ja wunderbar! Ich bring dir dann jeden Tag was mit.«

Schnell erwiderte ich, dass er das nicht tun solle; das könne ich nicht annehmen. Aber wie die Menschen bei solchen Gelegenheiten nun mal sind, überging er meinen Protest einfach.

»Also abgemacht, Herbie, kein Wort mehr. Du kriegst jeden Tag einen großen, fetten Sack voll.«

»Aber, ähm, aber das ist nicht recht«, wehrte ich schwach ab. »Ich mein, so viel …«

»Abgemacht«, wiederholte Itzop mit fester Stimme, »und mach dir keine Gedanken. Wo das herkommt, gibt es noch viel mehr.«

Ich blieb an jenem Tag zu Hause, um sicherzugehen, dass Carol ihr Zimmer nicht verließ. Wieder beharrte ich darauf, dass sie auf meine Gesellschaft verzichten müsse, auch solche ruhestörenden Ablenkungen wie Lesen und Radiohören waren untersagt. Sie sollte nur still daliegen – darum ging es. Sie brauchte Ruhe und Frieden, und ich sorgte dafür, dass sie beides bekam.

Und das bekam sie auch. Reichlich! Als ich am folgenden Tag vorschlug, wir sollten doch Gäste einladen – denn natürlich war es noch viel zu früh für sie, um auszugehen! –, weinte sie fast vor Freude. Ihr wurde auch nicht, was wohl die normale Reaktion gewesen wäre, kotzelend, als ich ihr die Gäste nannte.

Sie befürchtete, die Drei Furien würden sie nicht sonderlich mögen. Sie hätten sie noch nie gemocht. Aber da ich sie nun ja schon mal eingeladen hätte, und … und …

Und nichts. Bei ihrem Gefühlszustand hätte sie sich sogar über einen Besuch von Dracula gefreut.

Ich ging am frühen Nachmittag aus und ließ sie zurück, die sie fröhlich durch die Wohnung eilte. In einer noblen Konditorei in der Nähe kaufte ich einen deutschen Schokoladen-Rum-Kuchen, eine Delikatesse, deren Zutaten jedes Fremdaroma übertünchen würden.

Ich ließ mir von der Verkäuferin ein besonders großes Stück herausschneiden, mit der Begründung, ich wolle im Park Rast machen und das Stück essen. Dort angelangt, nahm ich es heraus und träufelte Krotonöl über den Rest. Ich ließ das Öl gründlich einziehen. Dann schob ich das Tortenstück zurück an seinen Platz, strich die Glasur über dem Anschnitt glatt und ging nach Hause.

Carol folgte mir in die Küche und begutachtete den Kuchen mit freudiger Zustimmung. Warum probierten wir denn nicht ein Stückchen, bevor die Gäste kämen, schlug ich vor, und sie willigte begeistert ein.

Ich schnitt ein paar Stücke ab – teilte das erste, unbehandelte Stück. Carol nahm ihren Kuchen und protestierte, das sei doch wirklich viel zu viel.

»Nur ein paar Bissen. Sonst krieg ich nichts mehr herunter, wenn unsere Gäste da sind.«

»In Ordnung«, sagte ich und lächelte. »Du kannst ja Eiscreme darübertun, dann fällt es gar nicht auf, dass du genascht hast.«

Sie kicherte und freute sich kindisch über diesen albernen Streich. Ich nahm ihre Gabel und fütterte sie mit ein paar Bissen, dann ließ ich mich von ihr füttern. Die Küche war dunkel und düster, so wie es auch die Zimmer waren. Doch ihr Gesicht strahlte wie im Sonnenschein, und in ihren braunen Augen tanzte unglaubliche Freude.

»Ist das nicht lustig, Herbie? Oh, ich liebe so etwas!«

»Ja«, sagte ich und betrachtete sie. »Ja, das ist sehr nett, Carol.«

»Ich wette, dein Vater würde mich für ziemlich albern halten, wenn er mich so sehen könnte. Ich weiß noch, einmal, da habe ich ein Kissen nach ihm geworfen, und er … er …«

Sie zögerte, ihre Freude verlosch und wich Verwirrung, Scham und Schmerz. Sie sah aus, als habe jemand sie geohrfeigt, und in gewisser Hinsicht war das wohl auch so.

»Mach dir keine Gedanken«, beruhigte ich sie. »Papa war manchmal nur schwer zu ertragen.«

»Na ja …« Sie lachte schuldbewusst. »Das war ja wohl auch eine lächerliche Aktion. Mich wie ein Kind zu benehmen, meine ich.«

»Ich verrate dir was«, meinte ich. »Papa fand es schon lächerlich, wenn ein Kind sich wie ein Kind benahm.«

Sie sah mich liebevoll und verträumt an. Dann seufzte sie schaudernd und ließ ihre enge Bluse verlockend zittern.

»Du bist so nett, Herbie. So nett!«

»Nicht halb so nett wie meine Mama Carol«, erwiderte ich.

»Ich …« Ein zittriges Flüstern. »Ich … ich liebe dich, Herbie. Ich sollte das vielleicht nicht sagen, aber …«

»Aber natürlich darf meine Mama Carol das sagen«, meinte ich. »Warum sollte Mama Carol denn nicht sagen, dass sie mich liebt, wo ich doch auch meine Mama Carol liebe?«

Das waren ein paar »Mamas« zu viel gewesen. Diese Mama-Nummer zerrte schon seit Längerem an ihren Nerven, und diese letzte Dosis war zu stark gewesen.

Sie zuckte zusammen und verzog das Gesicht vor Verärgerung. Einen Augenblick lang dachte ich, sie würde in die Luft gehen. Doch so weit war sie noch nicht, noch nicht.

»Herbie«, lachte sie und runzelte die Stirn. »Warum … warum tust du das andauernd, *verdammich!*«

»Was denn? Was, Mama Ca…«

»Das! Du weißt schon. Ich bin doch keine alte Frau oder so was, um Himmels willen! Ich bin auch nicht so viel älter als du.«

»Hm«, nickte ich. »Schätze, das bist du wirklich nicht, was?«

Ich hatte mein letztes Stück Kuchen gegessen. Nein, meinte Carol, sei sie wirklich nicht. Ob ich also bitte damit aufhören könne. »Bitte, Schatz. Ich finde das ja furchtbar lieb, in gewisser Hinsicht. Aber du bist jetzt ein Mann, mehr Mann als viele andere Männer jedenfalls, und ich bin eine Frau. Ein Mann und eine Frau … N-na ja …«

Sie ließ den Blick sinken und starrte ihre nervös zitternden Finger an. Ich bekam einen fürchterlichen Schreck und dachte schon, sie würde jeden Augenblick anfangen, mir von den Blumen und den Bienen zu erzählen. Das ginge natürlich überhaupt nicht. Die Nummer mit der erwachsenen Liebe kam erst später im Plan, vorher mussten noch ein paar andere Dinge geschehen.

Sie hob den Blick wieder und lächelte mich zittrig an. Offenbar machte sie sich bereit, eine leidenschaftliche Erklärung und einen zufriedenstellenden Beweis für deren Aufrichtigkeit zu empfangen. Ich machte Anstalten, ihr beides zu geben, doch dann stöhnte ich bestürzt auf und schlug mir die Hand vor die Stirn.

»Ach, du meine Güte!« Ich sprang auf. »Ach, herrje! Wie konnte ich das nur vergessen?«

»Was? Was ist denn, Schatz?« Carol sprang ebenfalls auf. »Was hast du denn vergessen?«

»Ich sollte in diesem Augenblick vor Gericht erscheinen! Ein Strafzettel. Wenn ich nicht erscheine, dann sperren sie mich wahrscheinlich ein!«

»A-aber … aber …« Sie folgte mir, während ich ins Schlafzimmer rannte und meinen Mantel holte. »Aber du bist doch schon seit Wochen nicht mehr Auto gefahren! Woher hast du denn einen Strafzettel?«

»Bei Rot über die Ampel«, antwortete ich. »Ich bin so schnell wie möglich zurück. Vielleicht schaffe ich es, bevor unsere Gäste kommen.«

Ihr Gesicht hellte sich beim letzten Satz ein wenig auf. Sie war ziemlich entsetzt gewesen bei der Aussicht, sich den Drei Furien allein und unbewaffnet gegenüberzusehen.

»Ich hoffe es, Schatz«, sagte sie und folgte mir in den Hausflur. »Sie haben mich noch nie gemocht, ich weiß es, und …«

»Ich versuch mein Bestes«, versprach ich. »Jetzt gib mir einen Abschiedskuss und – ach ja. Noch was.«

»Hm?« Sie küsste und umarmte mich. »Was denn, Herbie?«

»Mit der Tür zu meinem Badezimmer stimmt was nicht. Ich glaube, der Knauf ist lose oder so was, sie lässt sich jedenfalls nicht öffnen.«

Carol nickte und sagte, sie würde sofort dafür sorgen, dass sich jemand darum kümmere. Das solle sie nicht tun, entgegnete ich; der Handwerker würde sonst die Arbeit durchführen, während unsere Gäste da seien. Am besten ließe man das später richten. In der Zwischenzeit könne man ja, falls nötig, ihr Badezimmer benutzen.

»Vielleicht kontrollieren wir das besser noch mal, bevor ich gehe«, erklärte ich. »Ich möchte ja nicht, dass du das Haus voller Gäste hast und dann kein Badezimmer zur Verfügung steht.«

»Du bist so aufmerksam, Herbie«, meinte Carol. »Du denkst an alles, nicht wahr?« Dann ging sie mit mir, um nachzuschauen.

Sie sah zu, wie ich mehrmals die Tür probierte, sie funktionierte. Als ich sie zum letzten Mal schloss, entfernte ich schnell die zuvor gelockerte Schraube, die den Knauf hielt.

Mit großem Bedauern verabschiedete ich mich abermals von Carol und eilte durch den Hausflur davon.

Ich hätte alles darum gegeben, bei dem Spaß dabei zu sein.

5.

Mrs. Schultz, Mrs. Flugenheimer und Mrs. Dillingham hatten sich wie üblich vor dem Gebäude versammelt. Sie lullten sich gegenseitig mit ihrem Blödsinn ein und warfen den unschuldigen Passanten böse Blicke zu. Heute lungerten sie im Eingang herum und stellten ihre fest in Korsette eingeschnürten Leiber und geblümten Zeltkleider zur Schau, mit denen sie sich gegenseitig zu übertrumpfen suchten.

Sie sahen aus wie große, für ein Halloween-Bankett herausgeputzte Säue. Natürlich wollten sie wissen, wohin ich denn ginge, so kurz vor ihrem Besuch, und sie sahen keinen Grund, mich nicht zu fragen.

Ich antwortete, ich sei in null Komma nichts wieder zurück, sie sollten sich ruhig schon mal auf den Weg machen. »Meine Stiefmutter mag es nicht, wenn man sie warten lässt«, fuhr ich fort. »Sie kann richtig gemein werden, wenn die Leute nicht pünktlich kommen.«

»Pffhh!«, machten sie und warfen ihre dummen Köpfe nach hinten. Auf verschiedenste Weise erklärten sie, dass *manche* Leute vorsichtig sein sollten, wo sie hinträten. Und ich murmelte, dass man manchen Leuten die Bombe auf den Kopf werfen solle.

»Sie müssen eins zugeben, meine Damen«, sagte ich und zog sie verschwörerisch näher. »Wenn alles gesagt ist und die Hühner sich beim Nachbarn zur Ruhe begeben, wenn das letzte Bild gemalt ist, dann müssen Sie eins zugeben ...«

»Ja, Herbie?« Ihre Augen strahlten vor lüstern gespannter Erwartung. »Was denn, Herbie?«

»Wenn alle sich gemeinsam anstrengen und aufstehen und zu ihrer Meinung stehen, dann müssen Sie zugeben, dass Hitler den Menschen wenigstens Arbeit verschafft hat.«

Sie nickten in weiser Zustimmung. Seit geraumer Zeit hatten sie nun schon diese kindischen Aussagen von mir gehört; sie nickten zu allem, was ich sagte, da sie ja schon wussten, was kam. Ich bin sicher, sie hätten mir auch zugestimmt, wenn ich behauptet hätte, dass Scheiße nach Sahne schmeckt.

Auf denselben Gedanken war ich manchmal bei dem wilden Gelächter gekommen, wenn ein bekannter Komiker eine vollkommen witzlose Bemerkung machte. Oder bei dem donnernden Applaus, wenn ein Kandidat für ein politisches Amt sich in einer Rede als Blödmann entpuppte. *(»Fortschritt gibt es nur, wenn wir voranschreiten.«)* Oder die lächerliche Freude eines Ehemanns in einer Seifenoper, wenn ihm seine Frau erzählte, dass sie schwanger sei. (Tatsächlich würde er ihr viel lieber in den Bauch treten.)

Was ich sagen will: Wenn überhaupt, dann gibt es nur eine äußerst dürftige Verbindung zwischen Bemerkung und Antwort, zwischen Aktion und Reaktion. Stärke ist die Mutter der Verzagtheit. Tugend wird als Laster angesehen. Weisheit als Irrsinn. Gesegnet sind, die all dessen beraubt sind, was sie brauchen (heißt es hier).

Büßt, ihr kleinen Kinder, Punktum. Völkermord ist besser als Vanille, und solche Gasöfen werden heute einfach nicht mehr gebaut.

Dr. Barnsdall, mein Psychiater, besteht darauf, dass die Dinge nicht so sind, wie ich sie sehe. Er sagt (und ich zitiere), dass ich eine Eichel betrachte und einen ganzen Wald sehe – eine überaus unzutreffende Beschreibung meines Zustandes. Die Realität steckt in dem betrachteten Gegenstand, nicht im Auge des Betrachters, denn man kann nicht sehen, was nicht existiert. Natürlich kann das, was man sieht, auch versteckt sein. Die Fassade einer Kirche mag eine Höhle von Teufelsanbetern verbergen, deren labyrinthische Kammern die Schreie der Ungläubigen, die der Prüfung unterzogen werden, dämpfen. Eine Schule könnte in Wahrheit eine Art Prokrustes-Schlafkammer sein – ein ausgefeilter Komplex voller Gegenstände, die jeden Schüler auf dasselbe Muster zurechtstutzen und auf grausame Weise alles abscheren, was darüber hinausragt. Ähnlich ist es mit dem trauten Heim, das oft genug ein Bordell ist, mit dem Krankenhaus, das in Wirklichkeit ein Schlachthof, mit der Bank, die das Versteck von Gaunern ist. Und um abschließend ein weitverbreitetes Phänomen zu erwähnen: Wer wird leugnen, dass die intelligent wirkende Physiognomie eines Mannes recht häufig nur ein verkappter Pferdearsch ist?

Aus gutem Grund also hege ich immer größere Zweifel, was Dr. Barnsdalls Ansichten betrifft. Ich kann mich ja wohl kaum auf jemanden verlassen, der keine Ahnung von dem hat, was in seiner eigenen Praxis vor sich geht.

Ich betrat das Empfangszimmer und nannte der Schwester meinen Namen – den Namen, den ich dort verwendete, sollte ich wohl besser sagen. Sie wiederholte aus vollem Hals: »Howard Lonsdale!« – damit auch ja alle Anwesenden ihn von da ab kannten und mit Kichern und Wiehern darauf reagieren konnten. Dann wies sie mit einem dreckigen Finger in eine Richtung und brüllte: »Setzten Sie sich da drüben hin, zu all den anderen Perversen, Kriminellen und Irren!«

Ich setzte mich und dachte darüber nach, wie sehr sie doch einer Hexe glich. Sie war fast völlig blind und taub, und da sie weder lesen noch schreiben konnte, war sie noch besser für ihren Job geeignet. Ich wandte mich von dem widerwärtigen Anblick ab, sah mich um und bemerkte, dass es noch voller war als üblich.

Es befanden sich buchstäblich Tausende von Menschen in dem Raum, sie lagen auf dem Boden, saßen auf dem Schoß von anderen, fünfzehn bis zwanzig Mann standen sich gegenseitig auf den Schultern; sie baumelten am Kronleuchter, hingen am Querbalken und linsten hinter Stühlen hervor. Sie hatten keine Gesichter – nur Augen. Und alle Augen waren auf mich gerichtet. Sie kniffen, schlugen und traten sich. Sie trieben es miteinander, masturbierten, kotzten und pinkelten – und die ganze Zeit beobachteten sie mich. Ich machte mich auf dem Stuhl ganz klein, schloss die Augen und hob die Füße vom Boden, um der steigenden Flut ihrer teuflischen Ausscheidungen zu entkommen. Eine Schwester kam zu mir, berührte mich sanft an der Schulter und nannte leise meinen Namen.

Eine andere Schwester, nicht die Hexe, auch wenn sie ihr entfernt ähnelte. Sie lächelte mich sehr fein an, bedeutete mir, ihr zu folgen, und führte mich in Dr. Barnsdalls Sprechzimmer.

»Mr. Lonsdale scheint sich heute nicht sehr wohlzufühlen«, erklärte sie. »Ich dachte, Sie sollten ihn vielleicht etwas früher sehen.«

Der Doktor nickte, schickte sie hinaus und drehte sich zu mir um. Er streckte seine Hand über den Tisch, ich legte mein Handgelenk hinein. Er fühlte mir den Puls, nickte und lehnte sich zurück. Es gab ein Sofa in dem Zimmer, aber er forderte mich nicht auf, mich hinzulegen. Keiner der Psychiater, die mich bisher behandelt haben, hat mich jemals dazu aufgefordert.

»Also, Howie«, sagte er nach einer Weile. »Wie ist es Ihnen in letzter Zeit so ergangen?«

»Ach, wissen Sie«, meinte ich und zuckte mit den Schultern. *»Comme ci, comme ça.«*

»Ich meinte das genau so, wie ich es sagte, Howie. Was haben Sie seit unserem letzten Gespräch getan, das Ihnen den Eindruck vermittelt, sie würden bald dafür bestraft werden?«

»Ich habe nichts getan, wofür ich bestraft werden müsste.«

»Das sind Ausflüchte, Howie.«

»Sie haben eine zweideutige Frage gestellt. Die Tatsache, dass ich wütend bin, weil ich wie ein sabbernder Irrer behandelt werde, heißt noch nicht, dass ich es verdiene, wütend zu sein.«

»Zugegeben«, meinte er und nickte nur. »Ach übrigens, Ihr Wartezimmer-Syndrom – wie ich das in Ermangelung eines anderen Namens nennen will – ist nicht ungewöhnlich. Aber heute schien es ausgeprägter zu sein.«

»Ich schätze, solche Dinge nehmen zu, oder, Doktor?«

Er seufzte, zündete sich eine Zigarette an und warf mir die Schachtel zu. Als ich mir auch eine angesteckt hatte, fragte er mich, ob ich meinen Freund Ignatz Korello in letzter Zeit häufiger gesehen hätte. Ich erwiderte, ich würde keinen Sinn darin erkennen, über Korello zu reden, da er, der Doktor, offenkundig nicht daran glaubte, dass er überhaupt existierte. Barnsdall schüttelte den Kopf.

»Das habe ich nie gesagt, Howie. Ich glaube, dass viel von dem, was er angeblich sagt und tut, nur Ihre eigenen Projektionen sind – er dient lediglich als Spiegel, als Echo, und bricht oder reflektiert Ideen, die die alltägliche Welt missverstehen und/oder ablehnen würde. Ich leugne nicht seine Existenz.«

»Das ist sehr großzügig von Ihnen«, sagte ich. »Ungefähr wie viel von ihm, würden Sie sagen, ist echt und wie viel Projektion.«

»Warum sagen Sie es mir nicht, Howie?«

»Weil es Ihr Job ist, und Sie werden üppig dafür bezahlt.«

»Aber Sie sind doch gekommen, um Hilfe zu suchen.«

»Wofür sonst würde ich Sie bezahlen?«

Dr. Barnsdall grinste und kicherte leise. »Schätze, da ist was dran, nicht? Also, mal sehen …« Er lehnte sich wieder in seinen Sessel zurück und legte die Hände hinter den Kopf. »Ich glaube, ich würde sagen, er ist ein Großteil von beidem; in Wirklichkeit ist er fast ein ebenso großes Konglomerat aus seinen eigenen Ansichten und Gefühlen wie aus den Ihren. Sie ergänzen sich gegenseitig. Deshalb haben Sie ihn ja als Alter Ego gewählt.«

Ich fragte ihn, wie ich denn zwischen Realität und Projektion unterscheiden könne. Dr. Barnsdall entgegnete nur träge, dass das für mich gar nicht notwendig sei, und fügte nach einem Augenblick hinzu, dass ich die beiden durchaus unterscheiden könne, wenn ich nur wolle. Nach einem weiteren langen Augenblick meinte er noch, dass jener Teil von Ignatz (*Itzop*), der auf harmlose Weise interessant und amüsant sei, wahrscheinlich er selbst sei, während es sich bei dem Rest um meine Projektionen handeln würde.

»Mit anderen Worten«, fasste ich zusammen, »ist er gut und ich böse.«

»Hm?« Er runzelte fragend die Stirn. »Fahren Sie fort.«

»Womit?«

»Sie meinten, er sei gut und Sie böse. Das ist ganz allein Ihre Schlussfolgerung. Ich habe lediglich gesagt, dass, wenn man das Harmlose abziehe, der Rest Ihres Freundes Sie wären.«

»Aber … aber …«

»Da liege ich falsch, hm? Er tut die bösen Dinge?«

»Nun ja …« Ich lachte, ahmte sein eigenes leichtes Kichern nach. »Manchmal können sie schon ärgerlich sein. Neulich, zum Beispiel, schenkte er mir eine Tüte voller Hundekot.«

»Ach, wirklich? Hat er in irgendeiner Weise erklärt, warum er Ihnen so etwas schenkt?«

»J…, nein.«

»Er hat nicht ein Wort gesagt, Howie? Er hat Ihnen den Kot vollkommen wortlos überreicht?« Dr. Barnsdall drückte seine Zigarette aus und griff nach einer Pfeife. »Nun? Werden Sie es mir sagen, oder sollen wir unser Gespräch hier beenden?«

»Beenden? Den Teufel werde ich! Ich zahle für die ganze Stunde!«

»Dann sollten Sie sie besser auch nutzen, oder?« Er zog an seiner Pfeife. »Also, ich würde sagen, er hat Ihnen dieses Geschenk gemacht, weil er dachte, Sie könnten es bei einem üblen Scherz oder so etwas gebrauchen. Ich schätze, das war es, denn die Einsatzmöglichkeiten von Hundekot sind doch recht beschränkt.«

»Zugegeben«, sagte ich. »Wenn ich so darüber nachdenke, hat er etwas in dieser Richtung gesagt.«

»Und Sie haben das Geschenk eingesetzt und so die Furcht vor den Konsequenzen geschürt, die der Grund Ihrer Aufgeregtheit heute ist.«

Ich meinte nur, falls er das glaube, sei er verdammt noch mal noch verrückter, als es sein Spiegel ihm verriete. Wer wäre denn nicht aufgeregt, wenn er sich auf einmal mitten in einem verdammten Zoo wiederfinden würde? Und diese Hexe, die er da angestellt habe, die Zoowärterin. Warum zum Teufel würde er die nicht rausschmeißen?

Dr. Barnsdall wartete, bis ich fertig war, und meinte dann, kurz angebunden, dass er über den sogenannten Zoo und die Hexe nicht diskutieren würde, da wir ja beide wüssten, dass dies alles Unsinn sei.

»Das ist doch nur ein Deckmantel, unter dem Sie sich verstecken, Howie, ein Ausweichen. Sie reden sich das absichtlich ein, bis Sie es glauben, um so die Verantwortung von sich zu weisen. Nein, nein …« Er hob die Hand. »Ich werde mich nicht mit Ihnen darüber streiten. Es handelt sich um eine selbst herbeigeführte Täuschung – das ist die Wahrheit –, Sie können das akzeptieren oder ablehnen.«

»Also gut«, meinte ich. »Davon mal abgesehen, liegen Sie mit der Tüte Hundedreck falsch. Ich habe damit keine Streiche gespielt.«

»Wie haben Sie ihn dann verwendet?«

»Gar nicht. Ich habe ihn einfach weggeworfen.«

»Das sieht Ihnen gar nicht ähnlich.« Er schüttelte den Kopf. »Sie werfen doch nie etwas weg. Sie haben den Drang, einen durchaus nicht ungewöhnlichen Drang, für alles, was Ihnen in die Finger kommt, eine Verwendung zu finden. Und da Ignatz Ihnen die Tüte gegeben hat und er Sie so gut kennt, muss er sich sicher gewesen sein, dass Sie sein Geschenk auch einsetzen würden.«

»Nicht unbedingt. Es hätte sich auch um eine Zurechtweisung handeln können.«

»Ach ja? Wirklich, Howie?«, fragt er scharf. »Wofür denn?«

»Ach, ich weiß nicht«, meinte ich nur. »Nichts. Irgendetwas. Er ist ein komischer Typ; ab und zu hat er ziemlich alberne Vorstellungen.«

Der Doktor betrachtete mich gedankenverloren. Dann, als er offenbar zufrieden war mit dem, was er sah, nickte er leichthin. »Na, vielleicht. Vielleicht haben Sie recht.

Wie geht es denn neuerdings zu Hause? Alles in Ordnung zwischen Ihnen und Ihrer Stiefmutter?«

»Bestens«, antwortete ich. »Könnte nicht besser sein.«

»Sie haben ein gutes Verhältnis zu ihr, hm? Keine Klagen?«

»Bestens«, wiederholte ich. »Einfach perfekt.«

»Ebenfalls ungewöhnlich, Howie. Der geistig verwirrte Neurotiker hat niemals gute häusliche Verhältnisse.«

»Na ja«, meinte ich. »Ich meine nicht, dass ich nicht irgendwelche Mängel finden würde, wenn ich wollte. Aber …«

»Aber Sie sind nicht der kritische Typ. Suchen immer die Sonnenseite des Lebens. Mal unter uns, Howie, da Sie ja entschlossen sind, dieses Gespräch in einen schlechten Witz zu verwandeln, haben Sie jemals daran gedacht, die Dame flachzulegen?«

»Meine Stiefmutter? Meine eigene Stiefmutter?«, fragte ich. »Um Himmels willen, Doktor!«

»Ich verstehe«, sagte er und nickte. »Das beleidigt Ihr Gewissen. Geht gegen Ihre Religion – oder sonst etwas.«

Der Stich saß. Ich fragte ihn, wen zum Teufel er da verarschen wolle, und er gab die Frage an mich zurück. Er grinste nur schwach, als ich ihn fragte, warum ich Carol seiner Meinung nach denn flachlegen wolle.

»Nun ja, ich verfüge da nicht über Informationen aus erster Hand, und ich würde das auch nicht überall hinausposaunen. Aber ich habe mir sagen lassen, das sei ein tolles Gefühl.«

Unwillkürlich musste ich lachen. Er unterbrach mich, indem er plötzlich mit der flachen Hand auf den Schreibtisch schlug. »Howie! Um Himmels willen, Howie! Wie kann ich Ihnen denn helfen, wenn Sie sich mir ununterbrochen widersetzen? Da drüben findet sich alles.« Er deutete mit dem Kopf zu den Reihen von Aktenschränken. »Einzelne Versatzstücke hier und da, doch zusammengefügt ergibt sich daraus die Tatsache, dass Sie Ihren rechten Arm dafür hergeben würden, sie flachzulegen, und dass sie sich nicht allzu sehr widersetzen würde. Was hält Sie davon ab?«

»Ich stelle Ihnen mal eine Frage, Doktor«, meinte ich. »Ist es nicht unethisch für einen Psychiater vorzuschlagen …«

»Ich habe gar nichts vorgeschlagen. Ich habe gefragt, warum Sie nicht das getan haben, wonach Sie gieren und wozu Sie die Möglichkeit haben.«

»Nun«, erwiderte ich. »Ich … ich weiß nicht. Vielleicht komme ich noch dazu.«

»Sie bestrafen sie, richtig, Howie? Warum? Wie weit wollen Sie mit Ihrer Bestrafung gehen?«

»Ach, hören Sie schon auf«, lachte ich leichthin. »Wozu sollte ich sie bestrafen wollen?«

»Meine Frage. Eine von zweien.«

»Aber das ist doch Unsinn! Das ist zu albern, um darüber zu reden!«

Er wartete. Saß da und wartete, und seine Augen bohrten sich tief in meine. Mit einem forschen *brrr* meldete sich sein Tischsummer.

Das dritte Mal in den letzten zehn Minuten. Diesmal mit einem ungeduldigen, gebieterischen Ton.

Ich schwieg natürlich weiter. Ich atmete ein wenig schwer, bewunderte seine Cleverness, obwohl sie mich in Bedrängnis brachte. Er hatte vollkommen recht, was mich betraf, versteht sich. Er hatte vollkommen recht und lag doch völlig falsch. Ich verstellte mich vor ihm. Ich versperrte die Zugänge, durch die mir Hilfe hätte zuteilwerden können. Dabei *wollte* ich Hilfe, ganz verzweifelt sogar. Es war nicht meine Schuld, dass ich gleichzeitig gezwungen war, mich dagegen zu wehren.

Wieder ertönte der Summer. Ein beinah verdrießliches *brrr brrr brrr!*

Doktor Barnsdall seufzte, drückte zur Antwort auf einen Knopf und nickte.

»Sie haben den Gegenwert für Ihr Geld erhalten, Howie. Ich sollte wohl sagen, Sie haben sogar mehr Zeit dafür bekommen als vorgesehen. Lassen wir es damit bewenden, in Ordnung? Ich gebe Ihnen die Namen von ein paar anderen Ärzten, und …«

»Nein«, unterbrach ich ihn. »Ich möchte keinen anderen Arzt.«

»Ich finde, das wäre das Beste, Howie. Wirklich.« Er schrieb schnell auf einen Notizblock, riss das Blatt ab und schob es mir über den Tisch zu. »Alles Gute und viel Glück für Sie.«

Ich stand unsicher auf. Ich nahm die Namensliste, zerriss sie und warf mit den Fetzen nach ihm.

»Sie und Ihre gottverdammten Empfehlungen können mich mal kreuzweise«, sagte ich. »Ich würde noch nicht mal Ihren Rat beherzigen, an welcher Seite man ein Streichholz anreißt! Wo haben Sie überhaupt Ihren Abschluss gemacht, am College für Kosmetologie? An der Akademie für Veterinäranatomie in Dummhausen? Sie sind gar kein Psychiater, Sie sind ein gottverdammter Schwindler!«

»Das denke ich auch oft, Howie. Sollen wir jetzt Abschied nehmen?«

»Sie können sich Ihren Abschied in den Hintern stecken! Und wie kommt man hier raus, ohne wieder durch Ihren gottverdammten Zoo zu gehen? Wo ist der Hinterausgang?«

»Es gibt keinen, Howie«, antwortete er. »Sie gehen zu der Tür hinaus, durch die Sie hereingekommen sind. Immer.«

6.

Leicht deprimiert trat ich auf die Straße hinaus und redete mir, wenn auch ohne viel Erfolg, ein, ich wäre ohne Barnsdall besser dran. Ganz gleich, welche Verdienste er vorzuweisen hatte oder nicht, er hatte mich abgewiesen. Eine weitere Zurückweisung in einer langen Reihe von Zurückweisungen. Ich fragte mich, wann das jemals ein Ende haben würde.

Es war ein wenig früh, um in die Wohnung zurückzukehren. Ich wollte sicher sein, dass die Furien aus dem Weg waren, und Carol sollte noch eine Weile allein bleiben. Sie musste allein sein, um über die Katastrophe nachzudenken und sich zu fragen, wie es dazu hatte kommen können.

Also wanderte ich eine Weile umher und schlug die Zeit tot (die sich als recht unempfindlich dagegen erwies). Als ich es leid war, ziellos umherzustreifen, betrat ich ein kleines Restaurant.

Die Kellnerin hatte lange rote Fingernägel und zahlreiche Pickel von derselben Farbe im Gesicht. Sie befingerte sie, während ich meine Bestellung aufgab, und zeigte keinerlei Lebenszeichen, abgesehen von wiederholtem Brummen und einigen »Hä?« Ich bestellte einen einfachen Donut und einen schwarzen Kaffee. Sie brachte mir einen glasierten Donut und einen Kaffee mit Milch und Zucker. Als sie beides vor mich hinknallte, erhaschte ich einen Hauch von Eau de Femme fäkal, ein Duft, der manchmal mit der Ausdünstung von altem Fisch verwechselt wird.

Wir sahen uns an. Sie schrieb die Rechnung, legte sie sorgfältig in den verschütteten Kaffee und verzog ihre Pickel zu einem verdrießlichen Stirnrunzeln.

Ich spürte, wie meine Wangen anschwollen; ich pustete sie vor unterdrücktem Lachen auf. Ihre Pickel wurden röter und schienen jeden Augenblick platzen zu wollen.

»Stimmt was nicht, Sir?«, brummte sie.

»N-nein.« Ich schüttelte den Kopf.

»Möchten Sie noch was?«

»Nein, n-nein. N-nur ...« Ich brach in schallendes Gelächter aus. »Bleiben Sie nur so, wie Sie sind! Ä-ändern Sie – *ha, ha, ha* – nichts! Bleiben Sie dreckig und dumm und – *ah, ha, ha, ha* – faul, dann reißen Sie die ganze Menschheit mit sich! Sie brauchen überhaupt nichts zu tun, außer – *ah, ha, ha, ha* – Himmel, ist das komisch!«

Ich gab auf und warf ihr etwas Geld hin. Sie war zu perfekt, um schon sterben zu müssen, doch ich wusste, ich hätte sie jeden Augenblick umbringen können.

Beinahe hilflos vor Lachen, lehnte ich mich an die Hauswand. Als ich mich wieder im Griff hatte, ging ich nach Hause. Nach ein paar Blocks erinnerte ich mich an diesen Schriftsteller, von dem ich Ihnen berichtet habe, Thomas oder Tomlinson oder etwas in der Art – und musste wieder lachen.

Tomlinson oder wie zum Teufel er auch hieß, hatte mir versichert, dass es in jedem Restaurant eine solche

Kellnerin gab wie jene, die ich gerade zurückgelassen hatte. Sie wurde unter den Dielenbrettern auf dem Klo versteckt und blieb dort die meiste Zeit in verstunkener Einsamkeit. Wenn dann ein Kunde hereinkam, dem es offenkundig nicht sehr gut ging – und der sich somit leichter in den Wahnsinn treiben ließ –, dann holte man sie aus ihrem Loch hervor. Ruckzuck waren ihre Fingernägel und Pickel wieder blutrot lackiert. Blitzschnell wurde ihr ein toter Fisch zwischen die Beine gestopft, und sie erhielt einen betäubenden Schlag auf den Kopf. So stinkend, abstoßend und betäubt wurde sie dann zu dem auserwählten Kunden geschickt.

»Ich weiß, wovon ich spreche«, meinte Tomlinson. »Das passiert mir andauernd.«

»Aber wozu wollen die, dass den Leuten übel wird und sie sich ärgern?«, fragte ich.

»Aah«, machte er weise. »Aah. Um sie in den Wahnsinn zu treiben, natürlich. Um sie umzubringen.« Dann erklärte er mir das Ganze in aller Ausführlichkeit.

Diese besondere Kellnerin, so sagte er, wurde nur auf bestimmte Personen losgelassen. Die Sensiblen, also die Intelligenten – jene, die vom Leben sowieso schon mehr als genug hatten. (Und jeder sensible, intelligente Mensch jenseits der Pubertät hat mehr als genug vom Leben.) Nur für sie also waren Tod und Demenz bestimmt, die Hirnlosen und Wertlosen durften weiterleben.

»Es sind nicht die Sanftmütigen, die das Erdreich besitzen werden«, schloss er. »Es sind die Schwachsinnigen. Schauen Sie sich doch nur mal um, falls Sie mir nicht glauben.«

Im Großen und Ganzen hatte er wohl recht. Allerdings sollte es eine Ausnahme von der Regel geben. Wenn es Zeit war, das Erbe zu teilen, würde Carol leer ausgehen.

Ich dachte an sie, als ich in die Nähe der Wohnung kam. Ich dachte, sie würde die Ausnahme von einer weiteren Regel sein, derzufolge es unmöglich war, einen Schwachsinnigen in den Wahnsinn zu treiben. Carol war bereits auf dem Wege dorthin, und wie könnte jemand noch hirnloser sein als sie?

Sie erstaunte sogar mich mit all dem, was sie mir abkaufte. Sie würden es nicht glauben, selbst wenn Sie es sehen würden, verstehen Sie? Sie würden schwören, dass niemand *so* blöd sein kann. Das ging einfach nicht. Unmöglich, und …

Ich blieb abrupt stehen, stand verwirrt da, und mein Magen verkrampfte sich schmerzvoll.

Das konnte sie doch nicht sein …

Unmöglich …

Ich stand mitten auf dem Bürgersteig und dachte nach, ließ die anderen Passanten mich umkurven, ignorierte ihr Murmeln und Stirnrunzeln. Ich grübelte über die einzige Alternative zu der unmöglichen Möglichkeit ihrer Nicht-Dummheit nach und schüttelte schließlich den Kopf.

Selbst wenn sie nicht das erzdumme Häschen war, das sie zu sein schien, folgte daraus noch nicht, dass sie übermäßig klug war. Also klüger als ich, denn das musste sie sein, um mich täuschen zu können. Natürlich gibt es so etwas wie Bauernschläue, was nichts mit Intelligenz zu tun hat, aber häufig ebenso wirkungsvoll sein kann. Aber – Carol?

Carol bauernschlau und gerissen? *O nein!* Tausendmal nein!

Überhaupt, was wäre denn ihr Motiv dafür, sich schwachsinnig zu stellen, während sie in Wirklichkeit das genaue Gegenteil war? Mich unvorsichtig werden zu lassen? Mich – und die Vorstellung war lächerlich – zu ermorden? Aber warum, wenn es finanziell nichts einbringen würde?

Papa, der selbst ein Arschloch gewesen war, hatte eine ziemlich schlechte Meinung von der menschlichen Natur. Sein Testament hatte er so verfasst, dass weder seine Frau (Carol) noch sein Sohn versucht waren, einen Mord zu begehen. Starb einer von uns beiden, kam sein Anteil nicht dem Überlebenden zugute, sondern einem guten Zweck. Carol hatte also durch meinen Tod nichts zu gewinnen, finanziell zumindest. Und ein einfaches Rachemotiv hatte sie auch nicht – ich dagegen schon, und das trieb mich an, ihr aus Gründen der ausgleichenden Gerechtigkeit ein passendes Ableben zu bereiten.

Also …?

Also konnte sie nur ein Motiv haben – und das war so weit hergeholt, dass es praktisch nicht in Betracht kam. Das Motiv der Zeit; genauer gesagt, drei Jahre Zeit.

Carol war verpflichtet, mir ein »moralisch einwandfreies« Heim zu bieten, bis ich volljährig war. Offiziell (wenn auch nicht in Wahrheit) waren es noch etwa drei Jahre, bis ich einundzwanzig wurde. Sollte ich allerdings versterben, würde sie ihr Erbe sofort antreten können. Kein Warten mehr. Kein »moralisch einwandfreies«

Heim mehr. Nur die nette kleine Carol mit mehr Geld, als sie in eine Scheune stapeln konnte.

Ich ging weiter und schüttelte inwendig den Kopf. Wenn man jung und attraktiv war, konnten einem drei Jahre lang vorkommen. Wenn man nur den leisesten Vorgeschmack auf das Leben gehabt hatte, gerade genug, um nach mehr zu gieren, dann konnte es einem wie eine Ewigkeit vorkommen. Aber Mord? Das ungeheure Risiko, alles zu verlieren? Nein, nein, das konnte ich nicht glauben. Obwohl ich, offenkundig, nicht Carol war.

Ich konnte nicht glauben, dass sie irgendetwas anderes sein konnte, als es den Anschein hatte. Weiß war weiß. Schwarz war schwarz. Carol war Carol.

Dennoch konnte es nicht schaden, vorsichtig zu sein. Das konnte nie schaden.

Diesmal fehlten die Drei Furien vor dem Haus, weshalb ich ohne die übliche Verzögerung den Fahrstuhl betrat und zu unserem Stockwerk hinauffuhr. Ich stieg aus, ging den Hausflur entlang und blieb stehen, als die Tür zu unserer Wohnung geöffnet wurde.

Zwei Personen kamen heraus, ein Hausmeister mit Werkzeugtasche und eine Putzfrau mit zwei Eimern und allerlei Reinigungsmitteln. Sie kamen den Flur entlang, grinsten, witzelten leise und schienen sich prächtig zu amüsieren. Dann sahen sie mich, den Sohn des toten Hausbesitzers, und wurden augenblicklich formell und umsichtig. Diese vorbildliche Haltung behielten sie bei, bis sie an mir vorüber waren und die Sicherheit des Fahrstuhls erreicht hatten. Als die Tür sich hinter ihnen geschlossen hatte und sie ihren Abstieg begannen, brachen sie anscheinend zusammen, und ihr schallendes Gelächter stieg den Fahrstuhlschacht in einem Ausbruch von metallgedämpftem Frohsinn empor.

Ich musste grinsen. Offenbar war alles nach Plan verlaufen.

Ich schloss die Wohnungstür auf und trat ein.

In der Luft lag der Geruch von Kernseife und heißem Wasser. Auf dem Teppich zeichneten sich feuchte krumme Bahnen und große Kreise ab, Spuren der kürzlich erfolgten gründlichen Reinigung. Ich sah mich im Wohnzimmer um und nahm eine den Umständen angemessene verwirrte Haltung ein. Endlich ließ ich meinen Blick zum Sofa schweifen, von wo aus Carols Schluchzen zu mir drang.

Sie lag auf dem Bauch und hatte ihr Gesicht unter den Armen verborgen. Ihr Kleid war ihr fast bis zu ihrem entzückenden Hinterteil hochgerutscht, ihre nackten Schenkel flogen, während sie mit den Füßen strampelte; ein wütendes Strampeln, offenbar befeuert durch Wut und Enttäuschung.

Ich sprach sie an, und sie hob halb den Kopf. Doch bevor sie sprechen konnte, wurde sie wieder von ihren Gefühlen übermannt, und ihr Gesicht verschwand im Kissen. Sie weinte unterdrückt, bekam kaum Luft und zitterte. Sie trat heftig mit den Füßen, ihr Kleid rutschte ihr den Po hinauf, und hemmungsloses Schluchzen drang aus dem Kissen.

Das war mehr, als ich erhofft hatte. Mehr, als die Situation verlangte. Leicht beunruhigt, trat ich ans Sofa und setzte mich neben sie. Ich zog ihr das Kleid über das Gesäß, gab ihr einen mitfühlenden Klaps darauf und redete ruhig auf sie ein.

Was denn los sei? Was denn in Mama Carol gefahren sei, was sie so fürchterlich aufregen würde?

Wieder ein unterdrücktes Aufstöhnen. Ein konvulsivisches Zucken ihres Körpers. Ein langer, schaudernder Seufzer. Dann setzte sie sich plötzlich auf und warf sich mir buchstäblich in den Schoß. Sie klammerte sich hysterisch um meinen Hals, sprach in einem heiseren, zitternden Flüstern mit von Emotionen beschwerter Stimme.

»Ach, H-Herbie! Ich ... ich – ach, ach, ach ...«

»Ist ja schon gut«, sagte ich und spürte ihre Brüste an mir beben. »So schlimm kann es doch nicht sein, Mama Carol! Immer mit der Ruhe, dann ...«

»Ach, H-Herbie! Ich ... ich – ach – *ich könnte sterben!*«

Sie warf den Kopf in den Nacken, klammerte sich noch immer um meinen Hals, ihr Mund öffnete sich, und sie fing an zu kreischen. Jetzt erkannte ich erst, was mir gleich zu Anfang hätte auffallen müssen.

Sie weinte nicht, sie lachte. Sie war ganz außer Atem vor Lachen, kriegte sich kaum ein.

Ich hörte ihr zu, beobachtete, wie die Zuckungen ihren Höhepunkt erreichten und dann langsam verebbten. Ich hörte zu, beobachtete, und ein kalter Schauer durchfuhr mich. Eine tödliche Betäubtheit kroch durch meinen Körper und umschloss mein Herz. Ich kam mir vor wie ein Mann in einem Traum; einer von diesen Träumen, in denen man gejagt wird und einem plötzlich die Beine versagen.

Als ich endlich wieder sprechen konnte, klang meine Stimme wie ein Echo.

Carol kicherte belustigt und kuschelte sich unter mein Kinn. Sie lachte und meinte, ich wisse doch ganz genau, was passiert sei.

»Das war ganz schön fies von dir.« Sie wurde rot und kicherte erneut. »Ganz, ganz fies«, fügte sie in einem völlig hoffnungslosen Versuch an, ernst zu bleiben, »und es ist sehr, sehr falsch von mir, darüber zu lachen. Und … und – ach, ach, *ha, ha, ha* …!«

Stumpfsinnig wartete ich, bis sie sich wieder beruhigt hatte. Dann wiederholte ich meine Frage. Diesmal klang ihre Antwort leicht gereizt.

»Schluss jetzt mit der Vorstellung, Herbie. Du hast etwas in den Kuchen getan, wovon die Damen, na, du weißt schon, und dann hast du die Badezimmertüren präpariert, sodass niemand aufs Klo gehen konnte.«

»Ich?«, fragte ich. »Ich soll das getan haben?«

»Ja, hast du! Und das weißt du ganz genau!« Sie presste die Lippen fest zusammen. »Und es war überhaupt nicht lustig. Herbie. Ich bin zwar hysterisch geworden und habe die Kontrolle über mich verloren, aber es war ganz und gar nicht lustig. Sie haben mir die Schuld dafür gegeben, und sie haben sich ihre besten Kleider ruiniert, und … Also Schluss jetzt! Schau mich nicht so an!«

Ich sei vollkommen verwirrt, erklärte ich, völlig schockiert, dass sie mir solche heimtückischen Taten unterstelle. »Wir haben doch selbst von dem Kuchen gegessen; weißt du nicht mehr, Mama Carol? Wir beide haben von demselben Kuchen gegessen, und du hast mich gesehen …«

»Ho, ho!«, unterbrach sie mich wütend. »Mich legst du nicht herein! Ich habe gesehen, wie du den Kuchen geschnitten hast, den wir beide gegessen haben. Du warst ja ach so vorsichtig dabei, um nur ja sicherzugehen, dass du auch das richtige Stück erwischst!«

»Habe ich das?«, entgegnete ich. »Dabei wüsste ich gar nicht, wie man einen Kuchen so raffiniert anschneidet. Aber wenn du es sagst …«

»Natürlich war es so! Und als du die Badezimmertür ausprobiert hast, hast du die Schraube aus dem Knauf gezogen! Sie lag nicht auf dem Boden, also ist sie nicht einfach rausgefallen! Der Hausmeister konnte sie nirgendwo finden, und die andere Badezimmertür war auf dieselbe Art präpariert, und … und … Du warst es! Ich weiß, dass du es warst!«

»Was immer du sagst«, meinte ich beschwichtigend. »Die drei Damen waren immer sehr freundlich zu mir. Du hast sie nie gemocht, oder …? Aber ich würde nicht daran denken, meiner Mama Carol zu widersprechen. Was immer meine Mama Carol sagt …«

»Hör auf damit!« Sie presste sich die Hände auf die Ohren. »Du hörst jetzt auf damit!«

Ich erhob mich und zog sie an den Ellbogen hoch. Ich zog sie in meine Arme und gab ihr einen Kuss auf die Stirn, wie es sich für einen Sohn geziemte. »Jetzt werde ich meine Mama Carol ins Bett bringen«, murmelte ich. »Ich werde meine kleine Mama Carol schön eng einmummeln, und dann …«

»Schluss damit! Verdammt noch mal, ich hab gesagt, du sollst damit *aufhören!*«

Sie riss sich aus meinen Armen los und starrte mich derart zornig an, dass die Adern an ihrer Kehle hervortraten. »Ich sag dir jetzt mal was«, fauchte sie mit rauchig vibrierender Stimme. »Wenn du mich noch einmal Mama nennst, wenn du es jemals wieder WAGEN SOLLTEST, MICH MAMA ZU NENNEN, dann … Tu das ja nie nie nie wieder, wag es nicht, sonst wird es dir übel ergehen, hast du gehört? HAST DU MICH VERSTANDEN? Und was ich dir noch sagen wollte …« Die Worte purzelten nur so aus ihr heraus, stießen aneinander, vermischten und überholten sich und ergossen sich in einer Tirade lang aufgestauter Wut.

»Du und dein Vater! Du bist genau wie er. Da versucht man, nett und freundlich zu sein, und du lachst einen nur aus. Bloß weil ich nicht so klug bin wie du, machst du dich über mich lustig. O doch, das tust du! Ich bin nicht so dumm, dass ich nicht wüsste, wann sich die Menschen über mich lustig machen! Und du hörst nicht auf damit, Tag für Tag, Jahr um Jahr, bis ich selbst fast glaube, ich sei so blöd, wie du es von mir denkst! Das ist die einzige Möglichkeit für mich, es auszuhalten; so zu tun, als sei ich eine dumme Gans. Und vielleicht bin ich am Ende wirklich eine; vielleicht habt ihr beide, du und dein Vater, mich endlich so weit gebracht. Aber … aber …« Sie hielt inne und holte tief Luft. »Aber ich bin nicht verrückt, Mr. Herbie Layman! Ich bin es nicht, also behandle mich auch nicht so! Und ich bin auch nicht deine Mutter, also hör auf, mich Mama zu nennen!«

Ich sah in ihre sanften braunen Augen, die nun ganz hart waren und vor aufkeimenden Tränen glänzten. Leise sagte ich, es würde mir leidtun, falls ich sie je beleidigt haben sollte, und dass ich mich anstrengen würde, es nie wieder zu tun.

»Und ich werde dich natürlich nicht mehr Mama nennen. Ein Überbleibsel aus Kindertagen, nehme ich an, aber ich bin ja kein Kind mehr.«

»Nein, bist du nicht!«, fauchte sie mich an. »Und ich bin nicht, na, Schwamm drüber. Ich will nur so viel sagen, dass du vielleicht noch etwas anderes feststellen wirst, nachdem du jetzt beschlossen hast, kein Kind mehr zu sein!«

»Schon möglich«, sagte ich und nickte. »Aber was da heute passiert ist, also, ich weiß gar nicht, wie …«

»O doch, das weißt du! Aber sicher!«

»Tut mir leid, wenn du das glaubst«, sagte ich. »Tut mir leid, dass du so eine schlechte Meinung von mir hast, Carol.«

»N-na ja, aber Herbie …« Ihre Lippen zitterten. »Wenn du es nicht warst – dann muss ich es ja – und ich war's nicht! *Ehrlich* nicht …«

»Tut mir sehr leid«, fuhr ich fort. »Auf meine eigene Art, und offenbar ist es die falsche, was dich betrifft, mag ich dich mehr, als ich in Worte fassen kann.«

Ich nickte würdevoll, wendete mich ab und murmelte, ich würde mich eine Weile hinlegen.

Ihre Stimme folgte mir: »Ach, Herbie! Herbie Schatz …«

Und damit hätte ich beruhigt sein können. Dieser Beweis dafür, dass ihr Ausbruch keinerlei Bedeutung hatte, dass er so sinnlos war wie seine Schöpferin, hätte mich aufmuntern sollen. Denn sie hielt alle Waffen, die Tatsachenbeweise für das, was ich ihr antat, in der Hand, und doch war sie gewillt, sie nach ein paar sanften Worten zu strecken.

Doch aus irgendeinem Grund munterte mich das nicht auf; ich fühlte mich nicht wohl. Irgendwie klang das, was eine Bestätigung hätte sein müssen, wie eine Ablehnung.

Erst der Doktor, dann die Kellnerin … ja, selbst diese blöde Schlampe … und jetzt Carol. Ich ließ mich auf die Bettkante sinken und vergrub mein Gesicht in meinen Händen. Eine Wolke schien sich auf mich zu senken, schien mich zu umfassen, die Welt auszusperren. Eine braune Wolke, so braun wie Carols Augen; und aus ihren Tiefen schien ich ihr Lachen zu hören, höhnisches, hasserfülltes Gelächter. *»Ho, ho, ho! Du wirst schon sehen. Ich bin nicht so dumm, wie du denkst …«*

Die Wolke verdichtete sich, wurde immer bleierner, stickiger. Ihr Gewicht drückte mich nieder, presste mich zusammen, machte mich kleiner und kleiner und ließ die Welt entsprechend größer werden. Und mir war, als hörte ich noch eine andere Stimme, als sähe ich ein aufgedunsenes, rotäugiges Gesicht und röche den sauren Duft von Whiskey.

»Plot? Es gibt nur einen Plot auf der Welt, mein Junge. Gibst du ihnen was anderes, dann erschlagen sie dich damit.«

»Polti meint, es gäbe zweiunddreißig Plots.«

»Die haben alle denselben Papa, den einen grundlegenden Plot. Die Dinge sind nicht so, wie sie zu sein scheinen, das ist der Papa der zweiunddreißig. Die Dinge sind nicht so, wie sie zu sein scheinen.«

»Kein einziges? Nichts ist jemals so, wie es zu sein scheint?«

»Nur – hicks – nur wenn es stinkt. Wenn es stinkt, dann ist das so. Der lebende Beweis …«

Gefangen in der Wolke meiner manischen Depression, verlor ich das Gespür für Zeit und alles andere. Ich hörte nicht, wie Carol klopfte – falls sie denn klopfte –, ich weiß auch nicht, wie lange sie an meiner Seite saß, bevor ich sie bemerkte. Der sanfte Druck ihres Arms um mich, das beharrliche Flehen ihrer Stimme.

»Bitte, Schätzchen. Bitte sag, dass du mir verzeihst. Es … es bricht mir das Herz, dich so zu sehen …«

Ich schaffte es, ihr die Hand zu drücken, zu murmeln, sie sei nicht verantwortlich für meine Stimmung. Doch sie gab sich weiter die Schuld.

»Ich hab das nicht so gemeint, Herbie. Nicht ein Wort! Diese furchtbaren Frauen, die haben mich so aufgeregt, dass … Ich schätze, ich habe es wohl getan, Schatz. Anders kann es nicht sein. Ich w-weiß gar nicht, wie … Ich erinnere mich nicht, irgendwas in den Kuchen getan oder an den Badezimmertüren herumhantiert zu haben. Aber …«

Wieder murmelte ich, sie solle es vergessen. Aber ich konnte den Kopf nicht aus den Händen heben, konnte nicht aufblicken, und ihr Flehen wurde immer ängstlicher.

»Was ist denn, Herbie? Sag es mir, damit ich dir helfen kann, Liebling! Bitte, Schatz, sag mir doch, was dir Sorgen macht!«

Sie gab nicht nach. Ich musste es ihr einfach sagen – aber wie? Wie konnte ich ihr sagen, was ich selbst nicht verstand, dass ich selbst das Problem war?

Aber ich konnte unmöglich nichts sagen. Sie brauchte irgendeine Erklärung, sonst würde sie etwas Dummes tun, zum Beispiel einen Arzt herrufen. Also sagte ich schließlich das Erste, was mir durch den Kopf ging. Aber das ist immer ein Fehler, wie Sie vielleicht wissen.

Ich sagte, ich hätte über Papas Selbstmord gegrübelt. Ich meinte, sein Selbstmord – zwei Selbstmorde in einer Familie; meine beiden Eltern – hätte mich wohl stärker mitgenommen, als mir bewusst gewesen sei.

»Du armer Liebling«, murmelte Carol. »Soll ich … *Selbstmord?*«

Ich hatte es natürlich wie einen Selbstmord aussehen lassen. Ich hatte ihm eine ganze Flasche Digitalis verabreicht, und als ihm das stinkige Herz versagte, hatte ich die leere Flasche neben seinen Schreibtisch fallen lassen und war in mein Zimmer gegangen.

Dem Anschein nach schlief ich bereits, als Carol durch die Tür zu seinem Arbeitszimmer schaute und ihn auf dem Boden liegen sah. Voller Angst hatte sie den Arzt gerufen, und während sie furchtsam an der Tür stand, war er in das Arbeitszimmer gegangen und hatte schließlich erklärt, Papa sei an Herzversagen gestorben. Kein Wort von Selbstmord. Als alter Freund von Papa hatte er wohl die leere Flasche eingesteckt und …

Selbstmord!

Der Arzt hatte nur kein Wort davon gesagt. Aber er wusste es, dieser skrupellose Mistkerl! Er wusste es ganz genau! Doch nachdem er die Flasche eingesteckt hatte, hatte er Carol gesagt, Papa sei seinem langjährigen Herzleiden erlegen. So lauteten die tragischen Neuigkeiten, die Carol mir, dem kleinen unschuldigen Kerl, der angeblich in seinem Zimmer schlief, tränenreich unterbreitet hatte.

Und …?

Und wie konnte ich wissen, dass Papa keines natürlichen Todes gestorben war? Offensichtlich nur auf eine Weise. Nur wenn *ich* den Selbstmord vorgetäuscht hatte. Nur wenn *ich* ihn umgebracht hatte.

»Herbie«, sagte Carol. »Sieh mich an, Herbie!«

»Aber natürlich«, sagte ich, hob den Kopf und sah sie an. »Hast du mich was gefragt, Carol?«

»Ja, habe ich«, sie nickte. »Und du hast nicht geantwortet.«

»Ach, na ja, so ist das Leben, nicht wahr?«, meinte ich. »Ich habe dem Leben schon mein ganzes Leben lang diese Frage gestellt, aber immer noch keine Antwort bekommen. Und wie lautete die Frage, falls es dir nichts ausmacht, sie noch mal zu wiederholen?«

»Macht es nicht. Ich möchte wissen, warum du behauptest, dein Vater hätte Selbstmord begangen.«

»Eine sehr hübsche Frage«, sagte ich. »Und dazu noch aus so einem hübschen Hals. Einem liebenswerten, bewundernswerten Hals. Was für eine Schande, falls ihm etwas Unangenehmes zustoßen sollte!«

7.

Carol trug ihr Nachtgewand und einen locker zugebundenen Morgenrock.

Ich legte meine Hände um ihren Hals und bewegte sie sanft nach außen, schob Morgenmantel und Nachtgewand beiseite, legte die schmalen, cremefarbenen Schultern frei. Ich strich zärtlich darüber, bewegte die Hände hin und her.

Sie schauderte sacht. Sie befeuchtete sich die Lippen mit der Spitze ihrer winzigen rosa Zunge und fing dann zittrig zu flüstern an.

»H-Herbie. Herbie, Schätzchen …«

»Ich möchte, dass du eins weißt, Carol«, sagte ich. »Du hast ein Recht darauf, es zu wissen, jetzt in diesem Augenblick, denn das Leben ist so schnell vorbei, Carol, und dieser Augenblick wird nie wieder kommen … du solltest, du musst wissen, was ich für dich empfinde. Was ich tatsächlich empfinde, etwas, das ich dir bisher nie sagen konnte, mir selbst nie eingestanden hätte, bis jetzt …«

Ich hielt inne, meine Hände wanderten an ihren Hals. Waren bereit, sich zu schließen und zuzudrücken.

Ich habe kräftige Hände. Es würde sehr schnell vorbei sein. All diese Anmut, all das, was ich liebte, für immer vorbei.

»Ja, H-Herbie?« Ihre Augen waren braunes Feuer. »Sag es, Liebling!«

Ich liebe dich, Carol, sagte ich stumm. *Vom ersten Augenblick an, als ich dich sah, als Kind, liebte ich dich. Denn du selbst warst kaum mehr als ein Kind. Und nun liebe ich dich als Mann. Lägen die Dinge anders, dann würde ich nicht mehr vom Leben verlangen, als dich zu heiraten. Für mich könnte es keine andere geben außer dir; und wenn es Böses in dir gibt, dann weil ich es dort eingepflanzt habe, und da ich sein Urheber bin, könnte ich es auch genauso einfach wieder entfernen. Für mich bist du die ewige Wahrheit – die liebenswürdige, anspruchslose, unprätentiöse Frau, die ihre Freude darin findet, dem Mann Freude zu schenken. Für mich bist du die alleinige Wirklichkeit, der einzige Grund, zu existieren. Ich sterbe ein wenig, jedes Mal, wenn ich dir wehtue, und es wird mich umbringen, dich zu töten. Und …*

Ich konnte sie nicht umbringen. Sie umzubringen gehörte nicht zum Plan.

DAS ASHLEY-INSTITUT FÜR HOCHBEGABTE

Es stand genau in der Mitte der Stadt (erklärte ich), doch nur selten kam jemand in seine Nähe, der nicht unbedingt dorthin musste. Zahlreiche üble Gerüchte kreisten um das Institut, und es herrschte die allgemeine Ansicht, dass es sich um einen geheimen Ort der Teufelsanbetung handelte. Seit Jahren schon gab es hartnäckige Bestrebungen, das Gebäude abreißen zu lassen und das Grundstück als Parkplatz zu verwenden.

Über die Höhe des Institutsturms ließ sich nur spekulieren, da einem beim Versuch, ihn zu messen, unweigerlich schwindlig wurde. Angeblich bestand er aus massivem Elfenbein, das Grundgeschoss des Gebäudes wiederum aus spiegelndem Asphalt mit scharfen Glassplittern darin. Der Turm wurde von Tausenden von Trotteln, Zauberern, Schamanen, Päderasten, Onanisten, Lesben, Schwulen, Kommunisten, Faschisten, Integrationisten, Faulenzern und anderen verdächtig gelehrten Männern und Frauen bewohnt, deren patriotische Gesinnung zweifelhaft war. Das Erdgeschoss, in dem die Klassenzimmer lagen, war übervölkert von Schwächlingen und Schwachköpfen, von denen keiner je Football gespielt, einen Majorettenstab gewirbelt oder einen Lehrer geschlagen hatte. Man näherte sich dem Gebäude über eine lange, steile Treppe – so schwer zu erklimmen, dass schon hier viele scheiterten. Gleich nach Betreten des Gebäudes konnte man zwischen einer steilen, glitschigen und einer einladend abwärtsgebogenen Rampe wählen. Allerdings durfte man sich unter keinen Umständen für Letztere entscheiden. Wenn doch, dann fand man sich in einem mechanischen Labyrinth wieder, das einen grausam schüttelte und durchwirbelte, bis man die Sinne verlor, nur um dann auf dem Müllhaufen zu landen – ein Schicksal, dem man normalerweise bis zum letzten Examen entging.

Statuen unterschiedlichster Art bewachten die vier Eingänge zum Institut. An einem davon stand eine Kopie des Kolosses von Rhodos, der so unglaublich schnell und treffsicher im Umgang mit seiner automatischen Keule war, dass er so manchen Schüler trepaniert und zahlreichen anderen grobe Kolotomien verpasst hatte. Am zweiten Eingang stand ein bronzener Herkules, der sich für das Ausmisten des Augiasstalls bis zur Taille entblößt hatte und mit einer Schaufel ausgestattet war, die sich unablässig mit Pferdemist füllte, den er den weniger Schnellen hinterherwarf. Der dritte Eingang war flankiert von Glaube, Hoffnung und Wohltätigkeit, die, raffiniert mit Rohren versehen, als Springbrunnen dienten; sie kauerten dort nieder mit hochgerafften Röcken und gaben einen verlockenden Strom täuschend echt wirkenden Champagners von sich, der bei Kontakt nicht nur Löcher in die dickste Kleidung ätzte, sondern auch noch auf ewig stank. Der vierte und letzte Eingang wurde von einer furchterregenden Statue der Medusa bewacht, auf deren Kopf es von gusseisernen Schlangen nur so wimmelte, die einem mit blitzschnellen Bewegungen die Nase abbeißen oder ein Auge ausstechen konnten. Ursprünglich waren es echte Schlangen gewesen, lebendige Kriechtiere, doch ihre Fänge hatten untereinander so viele Todesopfer gefordert, dass der Tierschutzverein die Rückkehr der überlebenden Tiere in den Zoo durchsetzte.

DIE HADLEYS

»Aber die Hadleys, Herbie. Ich muss da jeden Tag vorbeischauen. Du weißt doch, ich habe versprochen, auf ihre Haustiere aufzupassen, solange sie im Urlaub sind, und, ähm, ich weiß ja, was du von ihnen hältst, aber …«

»Ja«, sagte ich und schaute mürrisch. »Was soll ich auch anderes von ihnen halten, nachdem sie mir so fürchterliche Dinge unterstellen.«

»Ich weiß. Das war furchtbar gemein von ihnen, Schatz. Aber sie haben mich gebeten aufzupassen, und ich wusste nicht, wie ich es ihnen hätte abschlagen können. Ich kenne sie doch seit fast einer Ewigkeit; sie waren sehr nett zu mir, als ich noch klein war, und … und …«

Ihre Stimme verstummte kläglich. Ich ließ sie noch ein paar Augenblicke zappeln, dann seufzte ich schwer.

»Das bringt mich in eine sehr peinliche Lage, Mama Carol. Die Hadleys haben sich mir gegenüber äußerst gehässig benommen. Normalerweise würde ich ja vergeben und vergessen, aber … Augenblick mal!«, rief ich und strahlte. »Ich habe eine Idee. Warum rufst du nicht an und sagst, du hättest es dir anders überlegt, und …«

»Ach, Herbie, das kann ich nicht machen! Das kann ich einfach nicht!«

»Aber warum denn nicht? Sie sind doch nur ein paar Hundert Meilen entfernt. Wenn du sie jetzt anrufst, könnten sie um Mitternacht zu Hause sein.«

Das könne sie nicht, wiederholte Carol, das könne sie einfach nicht tun. Es würde ihnen den Urlaub verderben, und das würden sie ihr nie verzeihen. Sie verstummte und sah mich flehend aus ihren braunen Augen an.

Ich ließ die Spannung erneut steigen, dann machte ich eine resignierte Geste. »Na, also gut«, meinte ich. »Wenn du gehen musst, dann komme ich eben mit.«

»Ach, Schatz.« Sie schluchzte beinahe vor Dankbarkeit. »Du bist ja so süß.«

»Aber ich werde die Wohnung nicht betreten«, erklärte ich theatralisch. »Du kannst reingehen und tun, was immer du zu tun hast, aber ich warte draußen im Flur.«

»Wie du meinst, Herbie. Lass uns gleich gehen, in Ordnung? Ich könnte sterben, so sehr sehne ich mich nach Sonne!«

»Also, das können wir ja nicht zulassen«, erklärte ich mit mutig fröhlichem Lächeln. »Ich schätze, da habe ich noch ein Wörtchen mitzureden, ob meine Mama Carol stirbt oder nicht!«

Wieder meinte sie, wie süß ich doch sei. Sie sei auch süß, entgegnete ich. Dann machten wir uns nach gewissen Vorbereitungen auf den Weg zur Wohnung der Hadleys.

Ich weiß nicht, woher die Hadleys stammen. Aber ich habe da eine Theorie, denn da sie den Menschen nicht ähneln, sind sie wohl von einem komischen Planeten bei einer seiner Annäherungen an die Erde herübergesprungen. Mr. Hadley hat zahnstocherdürre Beine – die am unteren Ende umgeknickt sind, wodurch sie Füßen ähneln – und einen vollkommen kahlen Kopf von der ungefähren Beschaffenheit und Größe einer Billardkugel. Sein Rumpf war eine nahezu perfekte Kugel, die nach hinten fast so weit hinausragte wie nach vorn. Seine Gesichtszüge, wenn er denn welche besaß, versanken im Fett, eine Tatsache, die es – angesichts seines ovulären Körperbaus – nahezu unmöglich machte zu erkennen, ob man ihn von vorn oder von hinten sah.

Mrs. Hadley hatte (mit einer Ausnahme) keinerlei körperliche Besonderheiten, die ansonsten Frauen von Männern unterscheiden. Sie hatte nicht nur keinen Hintern und keine Brüste, ihr fehlten auch die Hüften, und ihr pfeifenstielartiger Torso reichte ihr hinunter bis an die Knie und hinauf bis zu ihrem Kopf. Tatsächlich hätte man mangels eines Halses ihren Kopf nicht als solchen erkennen können, wenn da nicht ein paar ölige Haarsträhnen und eine ungeheure Anzahl Zähne gewesen wären.

Ich hätte sie auf zwanzig Kilogramm geschätzt und ihn auf zweihundert. Angesichts dieser und der anderen bereits erwähnten Diskrepanzen kann ich keinerlei wissenschaftliche Erklärung für die Tatsache liefern, dass er es geschafft hatte, sie zu schwängern. Ich nehme an, die verwendete Methode ähnelt jener, mit der man wilde Tiere ruhigstellt; soll heißen, indem man mit einem starken Gewehr die vorbereitete Kapsel abfeuert, um das Tier an der dafür vorgesehenen Stelle zu treffen.

Wie auch immer, jedenfalls wurde sie schwanger und gebar. Kein Gewusel giftiger Nattern, wie man wohl hätte erwarten können, sondern einen außergewöhnlich gut aussehenden Jungen. Die Tatsache seiner nahezu makellosen Vollkommenheit wurde mir bei ihren Besuchen in meiner Wohnung – und faktisch lebten sie nach Carols Ankunft dort – ständig unter die Nase gerieben. Sie stellten nicht direkt widerwärtige Vergleiche an, doch was sie meinten, war nur zu deutlich. War es nicht sonderbar, dass manche Kinder so kräftig und schön waren und andere so kümmerlich und unscheinbar?

Trotz alledem, und so komisch sich das anhören mag, ich mochte die kleine Ratte. In der Schule hatte ich keine Zeit für normale Freundschaften. Außerhalb der Schule besaß ich gar keine Freunde, da ich entweder lernen oder bei Mama sitzen musste. In den paar Jahren, in denen Itzop bei uns gewohnt hatte, war das anders gewesen. Aber Itzop machte Mama immer nervöser, und das natürlich zu Recht – also hatte er gehen müssen.

Der kleine Hadley-Scheißer war also alles, was ich hatte, und man begnügt sich ja mit dem, was man hat. Ich tolerierte und beschäftigte ihn, bis er sich ein Tintenfass schnappte und dessen Inhalt absichtlich über meine Briefmarkensammlung goss. Ich verpasste ihm, was er schon seit Langem gebraucht hatte, eine ordentliche Tracht Prügel auf den hübschen kleinen Hintern.

Warum auch nicht, zum Teufel? Ich selbst hatte schon für erheblich weniger Schlimmeres abgekriegt. Doch niemand, vor allem nicht die Hadleys, schien das ebenso zu sehen.

Mrs. Hadley fiel in Ohnmacht, Mr. Hadley rannte wie wild umher, rief einen Arzt und einen Krankenwagen, drohte mit der Polizei und benahm sich auch ansonsten wie der Arsch, der er war. Der kleine Hadley schrie, ich hätte ihn gewürgt und mit einem Knüppel verdroschen. Das war natürlich eine gottverdammte Lüge. Aber selbstverständlich glaubten sie ihm jedes Wort und mir kein einziges, was für mich verheerende Folgen hatte.

Die Hadleys bestanden weiter darauf, ich hätte all das getan, was die kleine Ratte mir unterschob. Sie steigerten sich da sogar so weit hinein, dass sie irgendwann überzeugt waren, es selbst gesehen zu haben. Jedenfalls würde ihr kleiner Liebling, wie sie ständig betonten, niemals »Geschichten erfinden«. Nein, niemals!

Die Lage besserte sich auch dann nicht, als sich der Bursche ein paar Monate später eine Erkältung zuzog und starb. Lungenentzündung, schlicht und einfach, ohne äußere Einwirkungen. Doch nach den Blicken zu urteilen, die die Hadleys mir zuwarfen, wusste ich, dass sie die Wahrheit nicht hören wollten. Nein. Sie waren sicher, das mein »versuchter Mord« an ihrem Sohn zumindest seinen Tod begünstigt hatte.

Ihre Freundschaft mit Carol blieb ungebrochen; sie war wahrscheinlich eine der ganz wenigen Menschen, die nicht derart von ihrer Hässlichkeit entsetzt waren, dass sie schreiend davonliefen. Was mich anging, blieben sie jedoch so verbittert wie nur was. Ich hegte keinerlei solche Gefühle. Wie auch, gegenüber jemandem, der offenkundig viel zu verachtenswert war, um ihn auch nur anzupissen? Aber ich war ihnen noch etwas schuldig, und das sollten sie auch bekommen.

Und Carol ebenfalls.

Heute würde sie den ersten harten Schubser in die Richtung erhalten, die ich für sie vorgesehen hatte.

Ich schloss die Tür zur Wohnung der Hadleys auf, winkte Carol hinein und behielt den Schlüssel, den sie von ihnen bekommen hatte, in der Hand. Als sie ein paar Schritte in die Wohnung getan hatte, rief ich ihr zu, ich müsse nur schnell in den Drugstore, und eilte davon, bevor sie noch protestieren konnte, sie würde doch gleich fertig sein.

Ich blieb etwa eine Viertelstunde fort. So lange brauchte ich, um in den nächsten Laden zu gehen und mir einen Zweitschlüssel anfertigen zu lassen. Als ich zurückkam, fand ich Carol im Hausflur vor, wie sie ziemlich mürrisch mit dem Fuß aufstampfte. Also machte ich ein langes Gesicht und erklärte traurig, ich hätte gerade schreckliche Neuigkeiten im Radio gehört.

»Ich war so geschockt, Mama Carol, ich wäre fast in Ohnmacht gefallen, wenn mir der Drogist nicht etwas Riechsalz gegeben hätte.«

»Aber, du armer Schatz! Was …«

»Ich hab es nicht genau mitgekriegt. Nur eine Kurzmeldung. Elf Tote bei einer Schießerei nach einem Würfelspiel.«

»Wie entsetzlich!«, murmelte Carol.

»Schließt du bitte wieder ab, Mama Carol? Ich glaube, ich lehne mich besser einen Augenblick an die Wand.«

Sie nahm den Schlüssel und schloss ab. Als sie sich umdrehen wollte, schlug ich vor, sie solle lieber noch mal kräftig rütteln, um sicherzugehen, dass wirklich abgeschlossen sei. Das tat sie und stellte damit unbestreitbar fest, dass sie die Tür, zu der nur sie einen Schlüssel besaß, tatsächlich abgeschlossen hatte.

Wir gingen zurück in unsere Wohnung. Ich ließ sie an der Tür stehen und sagte, ich würde sehr bald wiederkommen. Sie machte eine Handbewegung, als wolle sie mich zurückhalten. Dann ließ sie ein wenig die Schultern fallen, senkte den honigblonden Kopf und trat in die stets düstere Wohnung.

Das Schloss verriegelte sich mit einem zögerlichen Klicken, sperrte die Welt voller Lachen und Sonnenlicht aus, die Carol so mochte. Nun steckte sie in einer Welt des Dämmers und des Todes.

Zwei Tote. Eine fehlte noch. In ihrem Zustand würde es nicht mehr lange dauern. Keineswegs so lang, wie ich es gern gehabt hätte. Längst nicht so lang, wie Mama gebraucht hatte. Denn Mama hatte etwas gehabt, woran sie sich klammern konnte und das Carol fehlte: Hass.

Carol konnte nicht hassen.

Ich kehrte zum Mietshaus der Hadleys zurück und ging zu dessen Rückseite, wo Itzop bereits wartete. Er hatte ein kleines Bündel unter dem Arm. In der anderen Hand hielt er die Zügel eines sehr alten Pferdes.

Es handelte sich um das fraglos älteste Pferd der Welt; der Rücken war schon so durchgebogen, dass der Bauch fast den Boden berührte. Ich nahm Itzop das

Bündel ab und ließ mir von ihm die Zügel geben. Er umfasste kurz den Hals des Tieres, klopfte es sanft und sprach zärtlich mit ihm. Dann drehte er sich zu mir um und warf mir einen strengen und zugleich flehenden Blick zu.

»Du hast es versprochen, Herbie. Du hast versprochen, dass du ihm nicht wehtun wirst.«

»Und ich halte meine Versprechen«, erklärte ich. »Also, jetzt geh, und mach deinen Job.«

»Und was hast du mit ihm vor, Herbie?«

»Was soll ich schon mit ihm vorhaben, um Himmels willen? Was zum Teufel willst du überhaupt? Jetzt hau schon ab, bevor uns jemand sieht!«

Er trottete zögerlich davon, murmelte, ich solle ja dem Pferd nichts tun. Ich ging ein paar Schritte die Seitengasse entlang zum Hintereingang des Gebäudes und drückte die Tür ein wenig auf. Ein paar Minuten vergingen. Ich wartete, sah den Hausflur entlang zum Haupteingang, wo der Pförtner eifrig Messing polierte. Nach weiteren ein, zwei Minuten blickte er fragend zu jemandem auf.

»Ja bitte?«, sagte er zu der Person, die nicht zu sehen war. »Was wollen Sie, Mister?«

»Was glauben Sie wohl?«, brüllte Itzop. »Warum, glauben Sie wohl, lasse ich meine Hose herunter?«

»Aber, hören Sie … hören Sie mal …« Der Pförtner eilte hin, um Itzop davon abzuhalten, und verschwand ebenfalls aus meinem Blickfeld. »Das ist mein Bürgersteig! Sie können doch nicht …!«

»Bringen Sie mir Klopapier!«, brüllte Itzop. »Ich brauche Klopapier!«

Die Stimmen überschlugen sich wütend.

Ich führte das Pferd zur Hintertür herein, zog es in den Lastenaufzug und fuhr hoch zur Wohnung der Hadleys.

Sie hatten die Wohnung gemietet, nachdem das Baby auf die Welt gekommen war, ganz allein aus diesem Grund. Sie hatten dem Kind das beste Zimmer gegeben, es erst als Babyzimmer eingerichtet und dann verschiedene, dem jeweiligen Alter gemäße Gegenstände hinzugestellt.

Es gab ein Schaukelpferd, Holzsoldaten und eine winzig kleine Schreibmaschine. Es war alles da, alles, was ein Kind sich in der unbeschreiblich kurzen Dauer seines Leben nur wünschen konnte. Und obwohl es schon so viele Jahre tot war, war alles noch so wie damals, als sein Lachen von den Wänden widerhallte.

Ich glaube, es gibt nichts Stilleres als ein Zimmer, in dem mal ein Kind gewesen ist und nun nicht mehr ist. Ein Zimmer, aus dem es für immer verschwunden ist. Eine schmerzliche Stille, die unbeschreiblich außerweltliche Stille, wie sie auf das einsame Jaulen eines Hundes folgt, der sich verlaufen hat. Die nicht hinzunehmende Stille eines Herzens nach dem allerletzten Schlag. Die hungrig hoffnungsvolle Stille, die argwöhnisch wartende Stille, die schrecklich herzzerreißende Stille, die die Abwesenheit dessen kennzeichnet, das einzig dein war und dir nicht einfach so sinnlos weggenommen werden durfte. Das *kann* nicht sein! Es kommt doch sicher wieder. Sicher, in Sünde geboren zu sein heißt, selbst gesündigt zu haben, und es tut dir leid. Aber das war doch nicht die Schuld des Kindes!

Das Kind kann man doch nicht für das bestrafen, was du getan hast! Das …

Den Teufel kann er. Der Herr gibt, und der Herr nimmt, und unter Mussolini waren die Züge pünktlich.

Die Haustiere des Jungen waren noch in dem Zimmer, ein Kanarienvogel und ein Glas mit Goldfischen. Während das Pferd sich breitbeinig hinstellte und auf den Boden pisste, öffnete ich das Bündel und machte mich an die Arbeit.

Ich ließ den Kanarienvogel zum Fenster hinausfliegen und legte eine große, ausgestopfte Eule – gelb eingefärbt – in den Käfig. Die Goldfische tat ich in ein Glas mit Wasser (später setzte ich sie in einem Springbrunnen im Park aus), öffnete ein großes Glas eingelegter Heringe und schüttete sie in das Goldfischglas.

Das leere Glas stellte ich auf das Bett des Jungen und legte einen Brief hinein, den ich auf der Schreibmaschine schrieb. Der Brief (die Unterschrift setzte ich getippt darunter) lautete wie folgt:

Liebe Mama, lieber Papa,

ich fühl mich höllisch einsam hier unten in der Hölle. Warum bringt Ihr beiden Euch nicht um, damit ich Gesellschaft habe?

Ich las den Brief – sah die gelbe Eule und das Glas mit den Heringen – und hätte es beinahe dabei bewenden lassen. Am liebsten wäre mir gewesen, ich hätte das mit dem Pferd nicht gemacht. Doch da war es nun, und hier war ich, also zog ich meinen Plan bis zum Ende durch.

Ich führte das Pferd ins Bad. Stellte es längs der Badewanne in der richtigen Position auf. Als es den Kopf vor Altersmüdigkeit senkte und die Beine unter ihm nachzugeben drohten, warf ich mich mit der Schulter dagegen.

Es klappte tadellos.

Das Pferd stolperte und fiel seitwärts. Es landete auf dem Rücken in der Wanne und streckte die Läufe in die Höhe. Einen Augenblick lang strampelte es erschrocken mit den Beinen. Als es feststellte, dass es unverletzt war und sich endlich ausruhen konnte, gab es einen zufriedenen Seufzer von sich und rührte sich nicht länger.

Es schauderte kurz, als ich ihm mit einem Küchenmesser die Kehle durchschnitt. Großen Protest äußerte es keinen. Tatsächlich bin ich mir sicher, dass es mir dankbar zuzwinkerte, bevor es für immer seine großen braunen Augen schloss.

Es gab vieles, wofür das Pferd dankbar sein konnte, so viel mehr als nur den Frieden und die Ruhe, nach denen es sich so lange gesehnt hatte. Der Tod entledigte es nicht nur aller Sorgen, er schickte es, wenn auch nur für kurze Zeit, in die lang vergangene Jugend zurück. Im Tod genoss es eine längst vergessene Erfahrung – das Zurückstreichen der Vorhaut durch eine feste Erektion.

Ich hoffte, es gab einen Himmel. Nicht für Menschen, um Himmels willen – welches Recht auf einen Himmel hatten die Menschen? –, sondern für Tiere wie dieses, dessen einziges Verbrechen darin bestand, den Menschen zu lieben, ihn zu ehren und ihm zu gehorchen, statt ihm die Scheiße aus dem Leib zu treten.

»Ach ja?«

Ja, wahrhaftig, ich hoffte, es gab einen Himmel und dass das Pferd dort war und gerade eine entzückende Stute bestieg.

Ich bin mir da ziemlich sicher.